눈물은
늙지 않는다

이 도서의 국립중앙도서관 출판예정도서목록(CIP)은 서지정보유통지원시스템 홈페이지(http://seoji.nl.go.kr)
와 국가자료공동목록시스템(http://www.nl.go.kr/kolisnet)에서 이용하실 수 있습니다.
(CIP제어번호 : CIP2015011143)

눈물은
늙지 않는다

임도건 지음

한울

차례

제3장 앓음이 아름다움을 낳는다 149

지은이의 말

중년학: 간절기의 미학에 관하여

이 책은 중년의 입문학이자 중년에 의한, 중년을 위한 인문학입니다. 듣기에 따라 중년이 문학세계에 입문한다는 것인지, 인문학의 오타인지 다소 헷갈릴 수도 있습니다. 좀 더 명확히 설명하면 세계 13위 경제대국, 국민소득 2만 8000달러 시대 대한민국 중년의 현주소와 바람직한 미래를 그려본 기상도입니다. 글로벌 감각을 갖춘 중년의 지침서라고나 할까요?

흔히 'OO학'이라고 할 때 특정 이론의 발생 배경이나 시류, 혹은 관련 집단 및 그 사회적 파장 등의 다양한 현상을 언급하는 것이 상식입니다. 한국에서도 K대학의 대통령학, U대학의 정주영학, S대학의 삼성(이건희)학이 소개된 바 있으나 아직 정식 학문이나 정규 교과로 꽃피우지는 못한 상태입니다.

그런데 미국에는 '중년학'이라는 전문 분야가 있습니다. 이른바 청소년학과 노인학의 중간 영역을 체계화한 이론으로 컬럼비아 대학의 월터 피트킨^{Walter B. Pitkin} 교수가 대표적입니다. 그는 미국 심리학자를 대변하는 일급 학자로 자신의 주장을 각종 저널에 소개하고 있습니다. 그는 중년은 100세 시대의 반환점으로 극심한 변화와 혼란의 과정을 거치기 때문에 그 어느 때보다 신중하고 현명한 삶의 기술Life Skill이 필요한 세대라고 말합니다.

이러한 삶의 기술은 여러 세계적인 거장을 탄생시켰습니다. 게오르크 프리드리히 헨델Georg Friedrich Händel이 56세에 「메시아Messiah」를 작곡했고, 요한 제바스티안 바흐Johann Sebastian Bach는 44세에 「마태수난곡St. Matthew Passion」을 작곡했으며, 프란츠 요제프 하이든Franz Joseph Haydn은 67세에 「천지창조The Creation」를 만들었습니다. 레오나르도 다빈치Leonardo da Vinci가 불후의 명작 '모나리자Monna Lisa'를 그린 것 역시 54세였습니다. 이들의 공통점은 무엇일까요? 그들은 유아기와 청년시절에 어리석었고, 꿈과 야망은커녕 행동까지 형편없었습니다. 그런데 무엇이 그들을 변화시킨 것일까요? 바로 중년에 만난 인문학 기풍이었습니다.

그들은 청년기에 좋은 학생이었으나 위대한 학자는 아니었고, 부지런히 배우긴 했으나 현명하지 못했으며, 반응은 민첩했지만 실천에는 기민하지 못했습니다. 중년에 이르러서야 체력과 지성을 비롯해 인생을 두 배로 즐기는 법을 터득한 것입니다.

이제는 대한민국 중년이 일어날 때입니다. 과학, 의학, 교육 분야의 눈부신 발전으로 세상이 매우 복잡하고 어려워졌습니다. 관록의 중년이 파릇한 청년보다 더 유리한 시대를 맞이한 것입니다. 세상이 단단한 호두처럼 깨기 힘들수록 노련한 중년이 더 필요한 법입니다.

이 책은 그런 중년을 위해 쓰였습니다. 이른바 '중년의', '중년에 의한', '중년을 위한' 인문학이자 뇌가 섹시한 중년으로 거듭나는 책입니다. 기왕이면 뇌만 섹시할 것이 아니라 가슴, 인품, 패션, 분위기까지 돋보이게 하는 인품 스타일링이라 하겠습니다.

일단 중년에 대한 공감대부터 찾아보겠습니다. 먼저, 중년을 현실적인 관점에서 살펴보고 점차 난이도를 높여보겠습니다.

중년이 무엇인가요? 청년과 노년의 중간세대입니다. 책임져야 할 일은 늘어나고 만나야 할 사람은 많은데, 체력·체면·지갑이 받쳐주질 않습니다. 이들의 신체적·정신적·사회적 특징을 살펴보면 아주 흥미롭습니다. 신체적으로는 팔다리가 저리는 퇴행성 척추염과 노안(원시) 등 건강의 평준화가 이루어지고, 정신적으로는 생각과 표현이 오락가락하는 감정 인지認知 불능상태에 접어들며, 사회적으로는 아무도 가르치려 들지 않고 누구에게도 배우려 하지 않는 독단적인 자기 동굴에 거주하며, 자신의 주의주장이 강하면서도 돌아서면 나만 그런가를 자문하는, 이른바 젊음과 노년 사이에 '낀 쉰' 세대입니다.

계절로 치면 가을입니다. 뜨거운 여름, 30대의 청춘을 한구석에 간직한 채 60대라는 초겨울 추위 앞에서 떨고 있습니다. 계절이 바뀌는 환절기이자 또 한 시절을 보내고 맞이해야 하는 간절기입니다.

이들의 정신적·문화적 갈등은 급등과 급락을 대책 없이 반복합니다. 한편으로는 요즘 젊은 것들이라 비판하면서, 다른 한편으로는 그들의 자유분방함을 시기함과 동시에 부러워합니다. 예의 바른 싸가지라 고개를 저으면서도, 20년만 젊어도 '니들처럼 튈 수 있는데'를 연발합니다. 쥐뿔도 없으면서 화려한 아웃도어 룩을 걸치고, 나도 왕년에 한가락 했음을 보여주고 싶은 '세련된 허세'를 훈장 삼아 삽니다. 나이키 신발에 인케이스 백팩을 멨는데도, 나이스에 온케이스 브랜드라고 빡빡 우겨대는 청소년들의 뒤통수를 한 방 갈기고 싶은 심정입니다. 물론 그렇지 않은 사람도 있으니 딴죽은 정중히 사양하겠습니다.

중년의 한마디는 체험적 고백이자 소리 없는 외침이요, 깊은 회한 이자 철저한 반성이며, 처절한 뉘우침이자 강력한 깨우침입니다.

이 중년에 왜 인문학인가요? 모든 걸 다 알 수는 없어도 특정 주제 가 화두에 오르면 "감 잡았어!"라고 외쳐야 하기 때문입니다. 왜냐고 요? 느낌 아니까! 중년은 노련하고 쇠락하면서도 세련된 열정의 야누 스입니다. '아직도'와 '여전히' 사이에서, '혹시나'와 '역시나' 사이에 서, '과연 그럴까'에서 '진짜 그러네!'로 옮겨가는 중입니다. 이른바 중년은 20대에서 80대까지 전 연령대에 한마디씩 던지기에 충분한 나이이자 경륜입니다.

20대에게는 이렇게 말합니다.

"너 이름이 뭐니? 니들은 늙어봤니? 나는 젊어봤단다!"

30대에게는 이렇게 말합니다.

"나도 자네들만큼 방방 뜨고 잘나갈 때가 있었지. 왜들 그래?"

40대에게는 이렇게 말합니다.

"그래도 다시 한 번 생각해봐. 순간의 실수가 10년 가는 거 알아?"

50대에게는 이렇게 말합니다.

"이제 같이 나이 들어가는데, 우리 손잡고 사이좋게 걸읍시다."

60대에게는 이렇게 말합니다.

"아직 늦지 않았어요. 노화 방지를 위해 열심히 노력하세요."

70대에게는 이렇게 말합니다.

"어르신, 밥 한 번 사세요. 흘러간 추억을 돌려드릴게요."

80대에게는 이렇게 말합니다.

"그동안 수고 많으셨어요. 마지막 콘서트에서 성대하게 베푸세요."

90대에게는 이렇게 말합니다.

"우물쭈물 하다보니 어느새 이렇게 되었죠?"

100세에게는 이렇게 말합니다.

"더 이상 여한이 없죠? 긴 소풍 마치고 편히 흙으로 돌아가세요."

중년의 풍경을 시쳇말로 옮겨보았는데 여러분 생각은 어떠신지요? 너무 부박浮薄하다고 나무라지 마시고, 다만 가는 세월을 연장해보려는 마지막 애교로 이해해주시기 바랍니다.

이제 중년의 입문학과 인문학이 어떻게 만날 수 있는지 공감하셨나요?

가을과 겨울 사이의 간절기를 지나는 중년은 '이미'와 '아직' 사이에서 갈등하고 아파하면서 나이는 숫자에 불과하다며 '브라보 마이 라이프Bravo My Life'를 외치는 시기입니다. 아직도 이들에게는 섹시한 두뇌와 중저가의 세련된 패션, 노련한 경험이 섞인 열정이 살아 꿈틀거립니다.

눈물이 늙지 않듯이 중년도 사라지지 않습니다. 혼자 맞장 뜨기에는 너무 큰 세상 앞에 침착하게 좌정해 있을 뿐입니다.

사랑이 퇴색하지 않듯 가을도 시들지 않습니다. 확실하게 뜰 수 있는 기회를 살피며 조용히 내공을 쌓을 뿐입니다.

차 한잔의 사색을 즐기며 붓글씨의 묘미를 배우는 중에도 먹墨과 칼을 동시에 갈 수 있는 연륜입니다. 검劍과 도刀의 차이를 알기에 뺄 때와 집어넣을 때를 분간할 뿐입니다.

고요함 가운데 중심을 잡고 소리 없이 주변을 움직이는 정중동靜中動의 옷깃을 여밉니다.

눈물은 왜 늙지 않을까?

제주도로 가족여행을 갔을 때 서커스 현장에 있던 코끼리의 눈물을 보고 묘한 감정을 느꼈던 적이 있습니다. 정글과 초원을 마음껏 누벼야 할 육중한 체구의 코끼리가 조련사의 채찍질과 제한된 자유 속에서 수동적인 삶을 살아가는 서글픔 말입니다. 던져주는 바나나와 기계적 명령에 길들여진 일상을 반복하는 저들에게서 생존을 위해 청춘의 꿈을 희생해야만 했던 중년 가장의 축 처진 어깨를 떠올렸는지도 모릅니다. 여러분은 어떠신지요? 말 못하는 코끼리도 눈가에 짙은 흔적을 남기는데, 인간이야 오죽하겠습니까?

인간의 눈물은 가장 강력한 마음 치유제요, 영혼 세정제라 하지 않던가요? 희미한 기억 속에 작자 미상의 시 「눈물」이 문득 떠오릅니다.

내가 다시 무엇이 된다면 눈물이 되리라.

너의 가슴에서 잉태하고

너의 눈가에서 출생하여

너의 뺨에서 살다가

너의 입술에서 죽으리라.

인간의 삶은 눈물에서 시작해 눈물로 끝납니다. 아무 잘못도 없는데 첫 생명의 호흡을 위해 엉덩이를 얻어맞으면서 희로애락의 긴 장정을 눈물로 출발합니다. 그 울음을 지켜보는 가족은 환희에 차 기뻐하지만 정작 본인은 인생의 지난한 미래를 알지 못합니다.

그렇게 숭고한 출생은 입시 경쟁과 실연의 아픔, 취업과 퇴직 등의 궤적을 지나면서 마침내 긴 소풍을 끝내고 영면의 세계에 들어갑니다. 울면서 시작한 인생은 죽을 때도 남아 있는 사람들에게 눈물을 남기며 이 세상과 이별합니다.

일생을 돌아보니 우리는 기쁠 때 울고, 슬플 때 울고, 억울해서 울고, 분통 터져 울고, 심지어는 어이없을 때조차 웁니다. 인간을 가장 인간답게 하는 요소는 예리한 논리가 빚어낸 이성이 아니라 순수한 감성인가 봅니다. 머리로는 속여도 눈물이나 가슴으로는 절대 속일 수 없다고 하지요. 평범한 우리네 삶에서도 눈물은 결코 끊이질 않습니다.

상사에게 굴욕감을 느낀 여직원이 화장실에서 숨어 우는가 하면, 직장 잃은 중년이 새벽 공기를 가르며 무심한 하늘을 향해 뿜어내는 결기에 찬 눈물도 있습니다. 세월호 참사로 온 국민이 울었고, 여전히 그 눈물은 멈추지 않았습니다. 그러고 보니 울고 싶을 때가 특정 순간에만 국한되는 것 같지는 않네요.

눈물은 인간에게 어떤 의미일까요? 정신과 전문의와 안과 전문의에 따르면 인간에게는 세 가지 눈물이 있습니다. 첫째, 생물학적인 눈물, 둘째, 환경반사적인 눈물, 셋째, 감정적인 눈물이 그것이라네요.

생물학적인 눈물은 안구 건조를 예방하는 일종의 윤활유로, 19세 이상의 성인은 하루에 0.6cc의 눈물을 배출하는 것으로 알려져 있습니다.

환경반사적인 눈물은 양파 등 매운 음식을 접할 때, 혹은 독성 물질이나 최루가스를 마셨을 때 이물질을 배출하려는 인간 생체의 본능적 반응이라고 알려져 있습니다.

감정적인 눈물은 앞의 두 경우와 달리 심리학을 비롯한 어떤 학문에서도 그 원인을 규명하지 못한 신비의 영역으로 분류됩니다.

『종의 기원The Origin of Species by Means of Natural Selection』을 쓴 찰스 다윈Charles Darwin은 이 감정의 눈물을 생존이나 생식과는 무관한 '목적 없는 분비물'로 규정했지만, 이에 대한 이견도 적지 않습니다. 이 세 가지 눈물은 분명 원인도 다르고 성분도 다를 겁니다.

첫 번째 눈물과 두 번째 눈물은 스트레스를 받을 때 생기는 호르몬 작용에 의해 분비되는 것으로, 모유 수유나 성 기능과 관련된 '프로락틴prolactin' 배출을 주원인으로 꼽습니다. 인간의 신체는 불가항력적인 스트레스를 받을 때 원상복귀를 위해 인체 내에 이 프로락틴을 과잉 생산하는데, 이것이 눈물의 생물학적 기능인 셈입니다.

그러나 감정의 눈물은 인간이 사회적 종으로 진화할 때 수반되는 가장 두드러진 변화입니다. 눈물을 통해 심리적 안정을 찾고 정서 또한 차분해지는데, 이때 시야가 뿌옇게 되는 것은 '너를 공격하거나 너에게 보복하지 않겠다'는 포기와 굴복을 나타내고, 때로는 이제 무장을 해제했으니 '나를 도와달라'는 신호로 해석할 수도 있습니다. 특히 여성이 남성보다 눈물이 많은 이유는 남성의 내면에는 '울면 안 돼' 증후군이 내재해 있기 때문이랍니다. 남자는 눈물을 보이면 안 된다는 과잉 허세는 많은 경우 우울증과, 간헐적이긴 하지만 심각한 경우 자살로까지 이어지기도 하지요. 감정을 억누르지 않고 마음껏 우는 것이 정신과 육체 건강에 좋다는 설명은 더 강조할 필요가 없을 것 같습니다.

어차피 참을 수 없고 억제할 수 없는 눈물이라면 우울증으로 귀결되는 부정적인 발산보다는 인생의 복병을 극복하는 행복의 촉매제가 되면 좋지 않을까요?

평생을 울어도 늙지 않는 그 눈물이 내면적 울림에서 외부적인 어울림으로 승화되기를 바라면서 이 책을 구상했습니다.

이 책은 프롤로그와 에필로그를 제외하고 총 4장으로 구성되어 있습니다. '제1장 지하철 돈 내고 타는 화려한 백수'에서는 가정의 버팀목인 중년의 서글픈 눈물을, '제2장 터지지 못해 터질 것 같은 삶에게'에서는 적폐와 부정으로 인해 분노와 좌절을 오가는 '침묵하는 다수silent majority'의 외로운 눈물을, '제3장 앓음이 아름다움을 낳는다'에서는 앓음에서 아름다움을 낳는 애절한 사랑의 눈물을, '제4장 스마트한 소외'에서는 스마트한 소외에 젖은 도시군중과 함께 무공해 청정해역에서나 볼 수 있는 순수한 눈물의 세계를 공유하고자 했습니다.

마지막 에필로그에서는 열풍에서 광풍의 시대로 접어든 우리 인문학의 현주소를 진단하고, 앞으로의 방향을 모색하는 공론의 장을 마련했습니다.

인구 5000만 명, 세계 13위 경제대국 대한민국. 2014년 말 기준 국민소득 2만 8000달러 시대에 들어섰지만 전체 가구 70%의 자산 규모가 3억 원 이하였으며, 그중에서도 1억 원 미만이 34.6%라는 우울한 보고가 있습니다.

이러한 대한민국에서 팔순 노모와 처자식 부양, 노후대책이라는 삼중고에 휘둘리는 중년 가장은 100세 시대를 맞아 툰드라 지역보다 더 열악한 환경을 헤쳐 나가야 합니다.

그뿐 아니라 현재 600만 명 정도가 비정규직이라고 합니다. 예수와 공자를 비롯해 달라이 라마까지 인류의 위대한 지도자들이 모두 비정규직이었다는 사실을 애써 위안 삼아봅니다.

세계와 자신과 한국의 현주소를 알자는 취지로 쓴 이 책을 '아빠의 청춘'을 외치는 중년 가장, 그들의 곁을 힘겹게 지키는 아내, 미래를 슬기롭게 헤쳐 나가야 할 2030자녀들에게 바칩니다.

소리 없이 흐느낀 울음이 희망찬 울림으로, 그 울림이 가족과의 어울림으로, 그 내면적 '앓음'이 중년의 고혹적인 '아름다움'으로, 밑바닥 인생이 새로운 삶의 밑바탕으로 뿌리내리기를 희망합니다. 격랑의 세월을 이겨낸 중년은 '살다보면 살아낸다'라는 진리를 누구보다 잘 알고 있습니다. 일상에 스친 사무침이 일생의 뉘우침과 깨우침으로 이어지기를 바라며 '브라보 마이 라이프'를 힘차게 외쳐봅니다.

제1장

지하철 돈 내고 타는 화려한 백수

  휴일 증후군을 깨고 새로운 한 주를 여는 월요일 아침. 여느 때와 마찬가지로 출근길에 쫓기는 사람들로 붐비는 버스정류장과 지하철역에 등산복 차림을 한 중년 남녀들이 유난히 눈에 띕니다. 축 처진 저들의 어깨 너머로 흔들리는 중년의 위기가 보이는 듯합니다. 이런 분위기를 두고 한때 세간에 회자되었던 말이 있지요. 지돈화백과 지공쓸백입니다. 언뜻 듣기에 '지돈화백'이라는 신조어는 중견 화가의 아호를 떠올리게도 하고, 때로는 신제품 백팩을 연상시키기도 하지만, 실상은 지하철 돈 내고 타는 화려한 백수와, 지하철 공짜로 타는 쓸쓸한 백수라는 뜻입니다.

  남성들은 화려한 아웃도어 룩으로 지나간 청춘을 만회하려는 듯 산행길에 오르고, 짙은 화장으로 세월의 흔적을 숨긴 여성들은 자영업 일터로 나가거나 청소 용역 또는 간병 도우미로 일하러 가기 위해 지하철에 몸을 싣습니다. 세련된 패션 감각으로 짐작건대 최소한 고등교육을 받은 '붕괴된 중산층'입니다. 바로 이것이 국민소득 2만 8000달러, 세계 13위 경제대국 대한민국이 맞이하는 아침 풍경이자 우리 시대 일그러진 영웅의 자화상입니다.

한국의 50대 중년은 베이비부머 전후 세대로 가정에서는 가장이지만 사회에서는 자녀뻘인 2030세대와 일자리를 놓고 격돌하는 기현상을 연출하고 있습니다. 실질적 가장의 재취업 및 그에 따른 가정의 안정과 2030세대의 청년 실업 해소에 대한민국의 미래가 걸려 있다고 해도 과언이 아닙니다.

제1장에서는 열심히 뛰고 일하면서 살았지만 자녀의 사회 진출과 미래 발전이라는 명제 앞에 반평생의 회한을 추억으로 달래는 지돈 화백의 서글픈 일상을 내시경으로 들여다보았습니다.

 작은 것이 아름답고, 소박한 것이 행복이다?

평일 아침인데도 산행길을 떠나는 발길이 유독 눈에 많이 띕니다. 심드렁한 표정 너머로 초겨울의 을씨년스러움이 엿보입니다. 국제통화기금IMF 경제위기와 2008년 글로벌 금융위기로 나락에 떨어진 '사라진 중산층'의 환영이 어둡게 되살아납니다. "열심히 일한 당신, 떠나라"라는 시대 명령 앞에 높이 비상했던 가장들의 힘없이 추락하는 '꺾인 날개'를 봅니다.

과연 이들에게 '작은 것이 아름답고 소박한 것이 행복'이라고 말할 수 있을까요? 언뜻 듣기에 맞는 말 같기도 하고 틀린 말 같기도 합니다. 다의적인 해석을 낳는 이 양면 가치는 대체 어디에서 나왔을까요? 대상과 상황에 따라 이 말은 전혀 다르게 들립니다.

물론 보석이나 액세서리에서 미니멀리즘이 유행의 한 축을 차지한 것도 사실이지만 주택이나 차종에서만큼은 큰 것이 편리하고 좋다는 인식을 바꾸기 힘든 모양입니다. 자동차와 아파트는 다운그레이드가 어렵다는 말이 진리가 된 지 오래입니다.

그런데도 소박한 것이 행복이라고요? "그런 행복, 너나 하세요!" 금방이라도 주먹이 날아올 분위기입니다. 그도 그럴 것이 음식점이나 백화점을 비롯한 모든 건물의 경우 대형화가 대세인 오늘의 현실에서 '소박한 것이 행복'이라는 말은 가시적으로 큰 (경제적) 성공을 이루지 못한 사람들의 편리한 자기변명이자 궁색한 합리화로 치부되기 때문입니다. 겉으로는 명분과 허세를 내세우지만 속으로는 실리를 취하면서 자신도 별 수 없는 속물이라는 자조 섞인 탄식을 내뱉는 것은 아마 두 가지 이유 때문일 겁니다.

첫째, 종교적 수련이나 인격 수행이 부족한 탓도 있을 테고, 둘째, 매일 바쁘게 살아가는 일상이 경제 번영만을 향해 질주하면서 무차별적인 상업 광고가 우리의 의식을 지배했기 때문입니다.

부드러운 카리스마의 주인공으로 주목받던 이종선은 『성공이 행복인 줄 알았다』(2012)에서 그것이 완전한 착각이었음을 죽음 앞에 가서야 깨달았다고 술회합니다. 하루 평균 8시간 노동을 기준으로 월평균 200시간을 일에 파묻혀 살다가 갑자기 들이닥친 질병 선고가 그의 삶을 송두리째 바꿔놓았다는 것입니다. 모든 성공의 초점을 오로지 제도권에서의 신분 상승, 경제적 성취, 혹은 명성 획득에만 맞춰온 문화가 온 국민을 성공 신드롬으로 마취시켰기 때문입니다.

대학 서열을 스카이SKY 중심에서 '인 서울in-Seoul'로 국한하고, 그 외 대학을 모두 타자화한 장본인이 누구인가요? 결국 제도권의 주류 인사들이지요. 자신의 지위와 삶을 동경하고 부러워하면서 부지런히 뒤따라오라고 외치는 산업자본주의의 금권金權 세력은 대다수의 대중을 볼모 삼아, 결코 따라오지도 모방할 수도 없는 세계로 냅다 질주하면서 신분 차별을 은근히 즐기고 있는지도 모릅니다. 한정판 명품을 두르고 신상품을 구입해 경제적 약자에게 불편한 열등감과 굴욕감을 심어주는 그들이 불필요한 비교의식까지 심어줌으로써 사회적 범죄를 야기하기도 합니다.

가진 사람은 기꺼이 베풀고, 도움을 받는 사람은 고마워하면서 부지런하게 노력하는 상생이 바로 성숙한 사회의 평등이자 보편적 복지가 뿌리내린 모습 아닐까요? 가진 자들의 생색 없는 베풂과, 사회적 약자의 비루하지 않은 자발적 존경이 만날 때 좀 더 나은 세상이 오지 않을까요? 저는 한 미국인 친구가 전해준 다음의 경구를 자주 되뇌곤 합니다.

'진정한 의미의 사회발전'이란 이미 많이 가진 사람에게 더 주는 것이 아니라 최소한의 것마저도 갖지 못한 사람에게 자립과 갱생의 희망을 심어주는 것이다. Our perspective on advance is not to add something to those who have already much, but to provide the least to those who have little.

사회적 약자의 경제적 자립을 위해 그라민은행Grameen Bank을 설립한 공로로 노벨평화상을 수상한 방글라데시의 무함마드 유누스Muhammad Yunus 총재를 많은 이들이 존경하는 이유입니다.

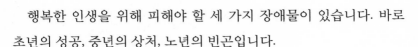

나이 50에 깨달은 사실

행복한 인생을 위해 피해야 할 세 가지 장애물이 있습니다. 바로 초년의 성공, 중년의 상처, 노년의 빈곤입니다.

그중에서도 마지막이 가장 애잔합니다. 첫 번째 경우는 만회할 기회가 있고, 두 번째 경우는 인격 성숙의 계기가 된다지만, 마지막 경우는 만회하기엔 남은 생애가 그리 길지 않기 때문입니다.

인생사 어차피 복불복이라지만 지금 와서 돌이켜보면 무지나 경험 부족으로 인한 후회도 적지 않습니다. 중년의 쓸쓸한 명퇴가 젊은 시절의 재충전을 위한 휴직과 비교할 수 없을 만큼 슬픈 건 어떤 이유 때문일까요? 회사 규모가 작고 연봉이 높지 않아도, 재직 중에는 퇴직 이후를 미리 생각하지 않았습니다. 어디 그뿐인가요? 재취업 기회를 기다리며 조마조마한 마음에 명함을 건네지만 정작 전화하는 사람은 보험회사나 대출회사 상담원 외에 없다는 사실이 참 서글플 따름입니다. 패기와 양심의 이름으로 쿨(?)하게 사직서를 던지고 보니 아주 잘난 사람보다는 오히려 약간 무능한 사람이 직장생활을 더 오래 하더군요. 퇴근 후 막걸리 한잔 나눌 동료를 꼽아보니 재직 당시의 인맥이 퇴직 후까지 이어질 확률은 그다지 높지 않습니다. 이 정도면 서글픔이 더 깊어집니다.

가장 절절한 순간은 이 대목입니다. 회사로부터 받은 월급은 자신이 회사에 전문성으로 공헌한 대가였다기보다 금쪽같은 내 인생의 기회손실에 대한 보상이었던 것입니다. 그렇다고 세월 탓만 하기엔 주어진 삶이 너무 짧습니다. 인생 만사가 모두 자기 뜻대로 되는 건 아니지만 상궤에서 벗어난 해프닝을 늠름하게 부딪혀보는 것도 그리 나쁘지 않습니다.

오랜만에 동창회에 나가보면 반전 사례도 더러 있습니다. 학창시절 남몰래 좋아했던 부잣집 여자친구는 잘나가던 과거와 달리 얼굴에 고생의 잔주름이 끼었고, 조금 얼뜨고 모자라 고문관이라 불리던 친구는 중소기업 사장이 되어 있기도 했습니다. 이제 와서 '역시 친구밖에 없다'며 명함을 건네니 언제 밥이나 한번 먹자고 시큰둥하게 반응합니다. 인생지사 새옹지마입니다. 세월이 지나도 인생에 남는 건 사진, 자식, 그리고 자기가 만든 콘텐츠라지요. 자세히 보니 남자들은 (사실 여자도 크게 다르지 않지만) 시쳇말로 40대 초반에 자뻑(자기착각)이 가장 심하고, 40대 후반부터는 급격히 비겁해집니다. 그것도 모자라 아무리 비굴해지고 비위가 상하더라도 금전적 이익 앞에서는 꿀꺽 삼켜버립니다. 아주 자연스럽고 능글맞게 말이죠.

반면 여자들은 40대 후반에 방황과 유혹에 가장 취약해서 이때 자유부인이 될 확률이 아주 높습니다. 식구 챙기는 일에 이골이 나면서 철저히 자기중심적으로 변한 탓이지요. 나이 들어 뒤늦게 깨닫습니다. 우리가 인생에서 저지른 가장 큰 실수가 인간관계에서 경제적 손실만 따진 것이라는 사실을 말이죠. 그러나 지나간 세월을 어찌 되돌리겠습니까? 남은 생애만이라도 회한을 반복하지 않고 즐겁게 살아야겠지요. 소박한 행복을 위해 두 가지를 권해드립니다.

첫째, 평상시에 가졌던 주변 사람에 대한 기대감을 낮추는 것이 좋습니다. 이를 '창조적 무희망'이라 하더군요. 이해와 용서의 폭을 넓히면 넓힐수록 사람이든 환경이든 약속이든 기다리는 시간이 덜 지루해집니다. 둘째, 때로는 엉뚱하고 무모한 꿈^{wildest dream}을 꾸면서 당일치기 여행을 떠나보는 것도 좋습니다. 책 한 권 들고 훌쩍 정동진 열차에 몸을 실어 오후의 나른한 차창 밖을 응시하는 것도 괜찮을 듯싶네요.

독서와 여행은 일란성 쌍생아입니다. 독서는 앉아서 (상상으로) 떠나는 여행이고, 여행은 걸어 다니며 읽는 독서라 하지 않던가요? 은빛 햇살에 비친 강물이 조용히 말을 걸어옵니다. 나이만큼 주관화된 세월이 그동안 잊고 살았던 자신에게 말을 걸어오니 독백으로 자신과 대화할 시간이 주어집니다. 자신을 객관화하는 최적의 기회인 것입니다. 이런 여행에서 주의할 점은 위험수위를 넘지 말아야 한다는 것입니다.

우연인지 필연인지 자태가 중후한 신사숙녀가 KTX의 7C-7D 좌석에 함께 앉는 상황이 벌어졌습니다. 따사로운 가을 햇살이 커튼 사이로 스며드는 오후 4시 40분. 때마침 지나가는 홍익회(弘益會)의 카트! "여기 커피 한 잔……(겸연쩍은 정적이 흐른다.)…… 아니 한 잔 더요." 2초간 왠지 모를 낯선 익숙함이 살포시 고개를 듭니다. 그 이후는 책임질 수 없으니 각자의 상상에 맡깁니다.

2008년에 중년 여성의 일상 탈출을 그린 TV 드라마 <엄마가 뿔났다>가 인기리에 방영되었지요. 틀에 박힌 일상을 부지런히 살아온 중년 여성이 위기의 순간을 맞습니다. 미로의 방황으로 이어질 느닷없는 유혹인지, 침전된 삶의 기쁨을 길어낼 새로운 기회인지는 내가 탄 기차 옆자리에 누가 앉느냐에 따라 달라집니다. 낯선 기대와 절제된 흥분이 교차되는 순간입니다. 세월에 연마된 그 설렘이 잔잔한 추억을 담은 해프닝으로 끝날지, 다시 건너지 못할 메디슨 카운티의 다리가 될지는 당일의 바이오리듬이 결정하겠지요.

아무튼 낯선 곳으로의 여행이 삶에 반전의 기회를 주는 것은 사실입니다. 동선이 바뀌어야 시선이 바뀐다고 하지 않던가요? 낯선 설렘과 익숙한 권태 사이에서 중년에 찾아오는 제2의 사춘기가 시작되는 것입니다.

아뿔싸! 불행인가 다행인가? 「California Vibes」라는 음악과 함께 KTX 안내 멘트가 흘러나옵니다. "본 열차는 잠시 후 종착지인 정동진역에 도착합니다. 잃어버린 물건 없이 즐거운 여행되시기를 바랍니다." 쳇! 2시간의 꿈에서 깨어나는 순간입니다.

그래도 여행은 언제나 즐겁습니다. 여기서 끝나지 않습니다. 다음날 아침 같은 해변에서 어제의 일출을 또다시 함께 보게 된다면 어떻게 될까요? 짓궂은 운명의 장난에 맡길 수밖에요. 부디 시험에 들지 않기를 바랍니다. 메디슨 카운티의 다리는 미국에만 있다는 사실을 기억하시기 바랍니다.

 ## 재미있는데 서글픈 현실

오늘날 우리 삶의 현주소를 들여다보면 서글프기 짝이 없습니다. 취업하기 위해 엄청난 돈과 시간을 투자하고, 회사에 입고 갈 옷과 출퇴근용 승용차를 구입하고, 그 할부금을 갚기 위해 회사에서 뼈 빠지게 일하고, 결국 그렇게 번 돈은 하루 종일 비워놓을 집값으로 쏟아붓습니다. 이를 비웃기라도 하듯 20대에는 '답'이 없고, 30대에는 '집'이 없고, 40대에는 '내'가 없고, 50대에는 '일'이 없고, 60대에는 '낙'이 없고, 70대에는 '돈'이 없고, 80대에는 '다 필요 없다'는 말이 공감을 자아냅니다. 자조 섞인 탄식이 절로 나옵니다.

20대의 태반이 백수라는 이태백, 38세에 명예퇴직 여부를 결정해야 하는 삼팔선, 45세가 정년이라는 사오정, 56세까지 일하면 월급도둑이란 오륙도는 이미 익숙한 단어입니다. 심각한 취업난을 생선 이름에 빗댄 신조어도 있습니다. 조기퇴직을 뜻하는 조기, 명예퇴직을 가리키는 명태, 어느 날 갑자기 황당하게 쫓겨났다는 황태, 잘리지 않으려고 몸부림치면서 눈치만 보다가 퇴직금도 받지 못하고 내몰린 '북어' 등이 그것입니다.

한국에도 일본처럼 저성장 장기불황이 밀려올 태세입니다. 신용카드사 3사의 정보 유출 사태 이후 가정경제 위기와 금융대란이 수차례 예고된 바 있습니다. 또 어떤 신조어들이 등장할지 벌써부터 걱정입니다.

50대 남편과 아내의 문자 대화가 또 한 번 실소를 자아냅니다.

> 남편: 당신, 이 세상에서 소중한 '금' 세 가지가 뭔지 알아? 바로 '황금, 소금, 지금'이야.
> 아내: '현금, 지금, 입금'.
> (화들짝 놀란 남편이 다시 문자를 보낸다.)
> 남편: '방금, 쪼금, 입금.'

그날 이후 남편은 아내에게 문자를 보내지 않았고 급할 때만 통화했다고 합니다. 만사를 돈으로 환산하는 우리 시대의 자화상입니다. 사랑을 돈으로 살 수는 없지만 (최소한의) 돈 없이 이미 시작된 사랑과 행복을 유지하기는 어렵다는 사실을 또 한 번 깨닫습니다.

20대 사이에서 유행한 광고도 있었습니다. 한 여자가 남자친구와의 데이트에 자신의 여자친구를 데려왔습니다. 이른바 삼각관계가 벌어질 수 있는 순간이죠. 여자친구가 화장실에 간 사이 때를 놓치지 않은 남자친구는 그 친구의 손바닥에 전화번호를 몰래 적어줍니다. 일주일 후 마음이 바뀐 남자친구가 여자친구에게 못내 미안해하고 있는데, 그녀에게서 문자가 옵니다. "오빠, 미안해! 그동안 고마웠어.

사실은 나, 다른 남자가 생겼어. 우리 그냥 좋은 친구로 지내자! 내 마음 알지?"

'뛰는' 남자 위에 '나는' 여자가 있었던 겁니다. 그날 저녁 그 남자는 '사랑은 움직이는 것!'이라는 평생 잊지 못할 교훈을 가슴에 새겨야 했습니다. 요즘의 남존여비는 남자의 존재가치는 여자의 비위를 잘 맞추는 데 있다는 뜻이랍니다.

미래 없는 미래세대: 88만원세대, 그 이후

앞서 언급한 지돈화백 중에는 2030세대도 상당수 포함되어 있습니다. 대한민국 젊은이의 스트레스 '위험지수'는 한계점을 넘어 임계점에 이른 것으로 보입니다. 만성화된 청년 실업이 대한민국의 미래를 옥죄는 불안을 넘어 국가적 위기로 정착되어가는 형국입니다. 제대로 된 일자리 없이 사회에 첫발을 내딛은 2030세대가 상대적 박탈감에 마취된 지 오래입니다. 평생을 노력해도 기성세대가 쌓아올린 사회적 지위를 도저히 따라잡을 수 없다는 분노와 절망감은 급기야 결혼과 출산 포기로 이어져 생산인구의 감소를 야기하고 있습니다.

2030세대는 몇 년 전 반값 등록금에 대한 집단의사를 표출한 적이 있습니다. 상당수가 졸업 후 등록금 상환에 시달린다는 증거입니다. 이전의 청년세대가 그랬던 것처럼 오늘날의 청년 역시 스스로 각성하면서 활로를 모색하지만, 취업에 저당 잡힌 청춘에게는 결혼도 출산도 여전히 잉여감정의 사치로 간주됩니다. 미래 없는 미래세대가 분노를 터뜨리는 겁니다.

2009년 <개그콘서트>의 인기코너 '나를 술 푸게 하는 세상'에서 박성광이 "국가가 나한테 해준 게 뭔데?", "1등만 기억하는 더러운 세상"이라는 유행어를 회자시킨 적이 있습니다. 2030세대의 분노를 반영한 이 대사는 부박하다는 어른들의 질타를 받기도 했지만 폭넓은 공감대를 형성하면서 여전히 현재진행형입니다. 출구가 보이지 않는 청년들의 절망과 분노는 극단적 선택으로 이어지기도 했지요. 2010년 S대의 유윤종(24) 군, K대 김예슬(26) 양, Y대 장혜영(25) 양이 '대학을 거부한다'며 자퇴 선언을 하고 'SKY' 간판을 스스로 떼버린 것입니다.[1] 예전에도 이런저런 이유로 대학을 중퇴한 사례가 더러 있긴 했지만, 선망의 대상으로 불리는 'SKY' 출신의 연쇄적인 기득권 포기는 대학생 자녀를 둔 부모들의 비상한 관심을 끌었습니다.

이에 비해 언론의 조명은 받지 못했지만 더 조직적이고 적극적인 행동에 나선 부류도 있습니다. '대학·입시 거부로 삶을 바꾸는 투명가방끈들의 모임(일명 투명가방끈)'에 소속된 대학생과 고3 수험생들은 몇 해 전 수능 당일, 대학 자퇴와 수능 거부를 당당하게 선언한 바 있습니다. 거부 사유는 "경쟁에 뛰어들어 남을 짓밟는 대신 스스로 거부자의 길을 선택한다"였습니다.[2] 이들은 "당신들이 고통 받았던 길을 왜 우리에게 똑같이 강요하는가?"라고 항변합니다. 이 단체 소속의 한 여학생은 "기성세대들이 만들어놓은 시스템에서 그들조차 고통 받고 살았으면서 그 삶을 아래 세대에 강요하는 것은 도무지 이해할 수 없다"며 울분을 터뜨립니다. 이어 "더 슬픈 건 청년들에게조차 이미 기성세대의 구조가 내재화된 것"이라고 주장합니다. 이 소식

1 김도형, " '하고픈 일은 모두 학교 밖에 있었다' 명문대생 또 자퇴", ≪동아일보≫, 2011년 11월 17일 자. http://news.donga.com/3/all/20111117/41936898/1

2 홍재희, "투명가방끈들의 모임, 우리는 대학 입시를 거부한다!", ≪더데일리 뉴스≫, 2011년 11월 12일 자. http://www.thedailynews.co.kr/sub_read.html?uid=14256

을 접한 또 다른 학생 역시 "낮은 수준의 지방 대학에서 원하는 공부를 한다 해도 결국 돈은 돈대로 들이고 인정받지 못한다면 차라리 대학이 사라지는 편이 낫지 않겠느냐"고 말했습니다.

이어 "대학 교육 거부 선언을 할 때조차 언론의 인터뷰는 서울대학교 자퇴생을 우선으로 찾는 걸 보면서 이런 경우에서조차 우리 사회가 지나친 학벌 중심 사회임을 뼈저리게 느꼈다"라고 하면서 기성 사회에 강한 반감을 드러냈습니다. 설상가상 장래가 보장된 듯한 카이스트 학생까지 성적과 연구 실적을 비관한 나머지 목숨을 끊은 사건을 보면, 한국의 젊은이들이 학업과 진로 때문에 겪는 스트레스가 임계점에 이르렀음을 알 수 있습니다.

2014년 유엔경제사회국UNDESA 발표에 따르면 한국이 청년 사망률 1위였는데, 그 첫 번째 원인이 성적 위주의 사회와 그에 따른 과도한 경쟁이었다고 합니다. 그러고 보면 결혼과 출산을 포기하는 것도 병폐적 사회 시스템에 대한 무언의 항거로 풀이할 수 있겠네요.

위아래로 낀 세대의 미래는 아주 불투명하기만 합니다. 현재의 사회 구조가 지속되는 한 2030세대의 미래도 어둡기는 마찬가지입니다. 일자리 부족으로 기성세대보다 출발점 자체가 늦은 데다 평생 고용 불안에 시달릴 가능성이 크기 때문에 주택 구입을 비롯한 재산 마련 면에서도 사회적 약자일 수밖에 없습니다. 심지어 고령화 추세로 윗세대의 발언권이 강화되고, 이들에 대한 부양책임까지 짊어질 형편이 되면서 2030세대의 스트레스는 극에 달합니다.

지상파방송의 9시 뉴스에 따르면 노인 1명을 부양하는 경제활동 인구는 2000년 당시 9명이었지만, 2020~2030년에는 3명으로 줄어 그 부담이 3배 더 급증할 것이라 합니다.

서울대학교 조영태(인구학) 교수는 "노인연금 도입 후 자살률이 3

년째(2010~2013) 줄어들고 있다"라고 진단했습니다.[3] 이에 비춰 볼 때 2030세대는 취업이나 진학, 결혼, 출산 등에서 이전 세대에 비해 훨씬 더 열악한 것으로 보입니다. 또한 집을 장만할 여력은 물론이고 직장마저 불안정하다보니 미혼 상태로 불안하게 살아갈 수밖에 없습니다.

앞서 언급한 자발적 대학 중퇴와 수능 거부를 그저 철없는 청년들의 일시적 충동으로 치부하면서 다른 또래 청년들을 다독이는 일은 별로 설득력이 없어 보입니다. 하지만 이것 말고는 뾰족한 대안이 없다는 사실에 숨이 막힐 지경입니다.

이들에게 스티브 잡스Steve Jobs 나 빌 게이츠Bill Gates 의 반전 사례를 들려준다 한들 의미 있는 타자의 경험에 불과합니다. 직장과 결혼을 유보한 채 부모 등골을 빼먹는 2030빨대세대와 장성한 이들을 경제적으로 뒷받침해야 할 5060세대의 활로 모색이야말로 현 정부와 차기 정부가 풀어야 할 최우선 과제입니다.

 ## 덜떨어진 사람: 무기력인가 무능력인가?

지극히 상식적인 질문인데도 궁핍한 상황에 던져지면 평소와 달리 당황스러운 대답이 나오는 경우가 있습니다. 다음의 세 가지 질문이 특히 더 그렇습니다.

첫째, 먹기 위해 사는가? 살기 위해 먹는가? 익히 아는 이 질문에

---

3 김동섭, "노령연금 도입 후 노인 자살률 3년째(2010~2013년) 줄어", ≪조선일보≫, 2014년 10월 3일 자. http://news.chosun.com/site/data/html_dir/2014/10/03/2014100300 298.html

요즘 사람들은 잘 사는 데 잘 먹는 일이 제일 중요하다는 반응을 보이기도 합니다. 먹을거리가 없어서 병약하던 과거와 달리 너무 많이 먹거나, 또는 먹지 말아야 할 것을 먹어서 생기는 현대 성인병이 그렇고, 거기에 음식으로 못 고치는 병은 약으로도 고칠 수 없다는 속설까지 더해지면 질문은 더 복잡해집니다. 물론 질문의 요지는 그 궁극적인 목적이 어디에 있느냐는 것이겠지요.

건강하고 행복하게 살기 위해 먹는 것이 정답이건만 어떤 때는 먹기 위해 사는 것처럼 먹방을 보다보면 메뉴를 선택하고 칼로리를 계산하며 어떤 것을 먹을까에 온통 관심이 집중되는 경우가 있습니다. 목적보다 수단에 목매는 '행복한 저능아'가 되는 겁니다.

두 번째 질문 역시 헷갈립니다. 살기 위해 돈이 필요한가 아니면 돈을 쫓아가며 사는가? 이 역시 정해진 답이 있지만 실상은 돈을 위해 사는 것은 아닌지 하는 착각이 들 때가 많습니다. 아울러 가치가 가격을 정하는지, 가격이 가치를 높이는지도 가끔 혼동되는 질문입니다. 저렴하고 실용적인 구매보다 무조건 비싼 브랜드에 목을 매는 품위 있는 허영도 건강한 소비를 방해하는 잘못된 습관입니다. 정작 알면서도 실천하기는 쉽지 않습니다. 마지막 질문은 생존에 치명적인 것으로 현실적인 갈등을 부추깁니다.

셋째, 한국 사회는 무기력해서 무능력자로 전락하는 것일까요? 아니면 능력이 없어 결과적인 무기력에 빠지는 것일까요? 무기력과 무능력 사이에 분명 연관성이 있을 것 같습니다.

과연 인간의 생득적 능력이나 후천적 노력 외에 개인 특유의 친화성이나 사교적 수완도 성공의 범주에 포함시킬 수 있을지 의문이 생깁니다.

이성적이고 합리적으로 판단해보건대 무능력이 무기력의 주요인은 아니라 해도 무기력으로 이어질 가능성은 매우 높습니다. 특히 남자들 세계에는 특정 나이가 되면 일정 수준의 지위에 올라 있어야 한다는, 이른바 '사회적 시계'가 있습니다. 예를 들어 45세가 되면 국장급이 되어 있어야 하고, 50세 정도면 기사가 출퇴근시켜 주는 임원급 대우를 받아야 하는데, 현실은 그렇지 않다는 자괴감에서 비롯된 것이지요.

'이 나이 되도록 나는 대체 뭐 했나?'라는 자조 섞인 탄식이 밀려올 때면 가부장적인 남자들은 급격히 무기력감에 빠지곤 합니다. 전원 스위치를 켜지 않으면 아무 일도 할 수 없는 컴퓨터처럼 허세와 위신에 취약한 남자들은 그 좌절의 정도가 매우 심각합니다. 조금만 비굴해지면 재미있고 편하게 살 수 있다는 중견 개그맨의 말이 역설적인 공감으로 다가옵니다.

이른바 판단능력 상실, 감정 인지 불능상태가 옵니다. 조금 슬프면 입맛이 뚝 떨어지지만 슬픔의 심연에 빠지면 그 정신적 허기를 채우기 위해 속으로 울면서 마구 폭식을 한다는 연구결과도 있습니다. 비육체적 자아의 내적 갈증이나 배고픔을 탄산음료나 커피 혹은 피자, 햄버거 같은 외적 수단으로 채울 수 없다는 것을 알고 있으면서도, 그토록 처절한 상황에 직면하면 평소에 이성적이던 인간도 비이성적인 감상에 빠지기 쉬운 모양입니다. 흔히 접하는 이야기지만 어쩌면 우리 속에 내재된 자화상일지 모릅니다. 다음 스토리는 나와 무관한 절대적 타자가 아닌 감정이입을 통해 정서적으로 공감할 수 있는 타자화의 이야기입니다.

미국발 금융위기 이후 한국 사회에 감원 바람이 거세게 불어닥쳤지요. 인천시 남구 학익동에 사는 K씨(55세)는 국영기업 하청회사 팀장으로, 세후 연봉 4500만 원 정도의 안정된 직장에서 15년간 일하다

2010년 명퇴했습니다. 녹슨 머리를 쥐어박으며 10개월 동안 죽어라 공부한 끝에 주택관리사 자격증을 획득했고, 현재 아파트 단지 경비 업무를 하고 있습니다. 하지만 100여 만 원의 최저 생계비 월급으로 4인 가족을 뒷바라지하기에는 역부족입니다. 50대 초반의 그의 아내는 식당 주방 보조 일을 하고, 군대 간 아들을 빼고 둘째 딸은 편의점 야간 아르바이트를 해 근근이 연명하고 있습니다.

여기저기 친척과 지인의 애경사에 들러 인사치레마저 할 수 없는 자신의 신세가 처량해 매일 죽고 싶은 심정으로 살아갑니다. 벌어야 할 액수보다 벌고 있는 액수가 턱없이 적다보니 딸아이의 결혼비용 마련으로 말 못할 고민이 깊어집니다.

그러던 어느 겨울밤 라면 하나를 조촐하게 끓였습니다. 어제 이사 간 집에서 버린 냉장고에서 운 좋게 발견한 계란 한 알도 넣었습니다. 김이 모락모락 나는 냄비를 들고 경비실 입구로 오던 중 화단 가림막에 발이 걸려 그만 냄비를 쏟고 말았습니다. 영하 10도의 날씨는 5분도 되지 않아 그 화단 가림막을 라면 고드름으로 덮어버렸습니다. 순간 머리가 하얘진 K씨는 평소에 써두었던 유서 한 장을 주머니에 넣고 아파트 25층 옥상에 올라갑니다. 딱 3초만 마취를 걸면 이 고달픈 세상사를 모두 잊을 수 있다고 스스로를 속이며 이를 악문 채 55년 세월을 버틴 몸을 영하 10도 추위의 허공으로 던졌습니다.

그런데 불행인지 다행인지 1층 베란다 옆에 있던 나무에 걸려 가벼운 찰과상만 입었습니다. 이런 사람을 전문용어로 뭐라고 부르는지 아시나요? 바로 '덜떨어진 사람'이라고 합니다. 제대로 끝까지 떨어지면 죽었을 텐데 말이죠.

웃다가 울게 되는 이 이야기는 주변에서 볼 수 있는 슬픈 자화상입니다. 제2, 제3의 '덜떨어진 사람'이 나와서는 안 됩니다. 희망은 살아 있는 동안에만 반전의 기회를 주기 때문입니다.

지금 K씨는 고용노동부 산하 재취업센터 소개로 제조업 현장에서 값진 땀을 흘리고 있습니다. 우리들의 일그러진 영웅이 다시 건강한 한 사람의 가장으로 거듭난 겁니다. 150만 원의 적은 월급이지만 기죽지 않고 잘 헤쳐 나가는 자녀들을 보며 행복한 감사에 눈시울을 적십니다.

비싼 레스토랑에서 폼 나는 외식은 하지 못해도 이들에게는 살아 있는 소망이 있습니다. 마른 떡 한 조각으로도 화목한 것이 비싼 고기가 가득한 테이블 위에서 다투는 것보다 낫다는 성서(잠언 17장 1절)의 말씀을 뼈저리게 체감하는 현장입니다.

 ## 돈이 뭐길래

2014년 어느 날 송파구 석촌동에 위치한 2층짜리 단독주택 반지하 방에서 세 모녀가 동반 자살했다는 소식이 전해졌습니다. 이들은 세상과 이별하는 순간조차 마지막 집세와 공과금 70만 원을 '죄송하다'라고 적은 메모와 함께 주인아주머니께 남겼습니다. 어머니 박 씨(61세)와 큰딸(36세), 작은딸(33세)이 살던 방에서는 함께 살을 부비며 지난한 삶을 위로하던 작은 고양이도 죽은 채 발견되었습니다. 12년 전 방광암으로 타계한 남편과 아버지를 잃은 이들 세 모녀는 2005년 이곳으로 이사 온 후 보증금 500만 원과 월세 38만 원의 고단한 삶을 꾸려가고 있었습니다. 설상가상 큰딸은 당뇨와 고혈압에 시달렸고, 작은딸은 편의점 아르바이트를 전전했으며, 어머니 박 씨도 식당 보조를 하면서 어려운 생계를 이어온 것으로 전해집니다.

TV 뉴스는 지난 9년간 단 한 명의 친척이나 손님도 찾아오지 않았다는 점을 언급하면서 사회적 약자에 대한 관심을 촉구했습니다. 이들이 남긴 봉투에는 인상된 월세 50만 원과 전기세, 수도세, 가스비 등을 포함해 대략 70만 원 정도가 들어 있었습니다. 안타깝다 못해 분노가 치미는 점은 이들 세 모녀가 자살로 내몰릴 정도로 궁핍했는데도 아무런 정부 지원도 받지 못했다는 것입니다.

이에 대해 송파구청의 한 관계자가 "박 씨가 기초생활수급자나 차상위계층으로 수급 신청한 기록이 전혀 없다"며 에둘러 해명했다니 황당할 따름입니다. 해당 구청이 뒤늦게 행정조치를 강화한다지만 이미 늦은 대응입니다. 소 잃고 외양간 고치는 전시행정이나, 고작 한두 달 보여주는 그럴듯한 임기응변은 더 이상 없기를 바랄 뿐입니다.

캐나다에 거주하는 한 교포 여교수는 이 기사를 보고 소치 올림픽에서 김연아의 빼앗긴 금메달에는 분노하면서 사회 극빈층의 자살에는 담담해하는 현실이 매우 서글프다고 꼬집었습니다. 국민의 사랑에 힘입어 엄청난 광고 수입에 명예까지 얻은 유명인들이 자발적으로 불우이웃 돕기 성금이라도 쾌척한다면 더 없이 좋으련만 정작 마음 여린 서민만 안타까워하며 1~2만 원을 낼 뿐입니다.

대박 한 번 터뜨리면 대기업, 중소기업 할 것 없이 광고 찍자고 달려드는 과잉관심을 죄라 할 수는 없지만, 그에 상응하는 사회 환원이 없다는 점이 한국 사회의 미성숙과 집단 이기주의의 한 단면을 보여주는 듯해 마음이 아주 불편합니다.

잃어버린 금메달을 되찾기 위해 200만 명이 동참했다는 서명운동[4]이 왜 이런 사안에는 침묵하는지 이해하기 어렵습니다. 한 네티즌은

---

4 www.change.org 참조.

이를 한국인의 집단적인 출세 욕망에 빗대어 설명했습니다. 세계적 성공과 1등에만 칭찬을 쏟으며 건강한 서민의 미담은 묻혀버리는 한국 사회의 기형적 성숙이 선진국을 향한 여정이 아직도 멀었음을 깨닫게 합니다.

대중은 세계적인 스타에게 주어지는 보상과 영예에 자발적으로 존경을 표하는 것 같지만, 이는 사실 존경이라는 이름 아래 그들의 외형적인 결과만 닮아가고픈 욕망과 다름없습니다. 김연아에 대한 편파 판정과 관련해 해외 교포들의 눈에 비친 한국 사회는 감정적인 분노보다 맹목적인 1등 심리와 그에 따른 국가적 보상에만 관심을 쏟는 것이 아닌가 하는 의구심을 들게 했습니다.

2014년 기준 한국의 국민소득은 2만 8000달러를 오락가락합니다. 다시 말해 4인 가족 한 가구당 평균소득이 1달러 1100원 기준 약 1억 2300만 원(2만 8000달러 × 4인 × 1100원)이어야 하는데, 현실은 그렇지 못합니다. 앞서 말한 세 모녀가 기초생활수급 대상자에서 제외되었다는 사실은 한국의 사회복지 시스템이 실수요자 중심이 아니라 실적 위주의 전시행정일 뿐이라는 비판을 면하기 어렵게 합니다.

세 모녀의 죽음은 동반 자살일까요? 아니면 사회적 타살일까요? 많은 사람이 이 사건을 사회구성원의 암묵적 동의 아래 저질러진 방기적放棄的 타살로 규정하는 듯합니다. 최소한의 생활을 보장하는 사회안전망이 제도적으로 정착되고 고용 안전성이 확보된 중산층이 두터울수록 진정한 선진국으로 분류되는데, 한국 사회는 상류층20:중산층60:하류층20이라는 이상적인 인구 분할이 깨진 이후 20:80의 양극화로 벌어졌습니다.

일각에서는 중산층이 사라진 이 공간에 가구당 월평균소득이 350만 원 기준 상하 ±50%인 175~525만 원인 소득계층을 '중위층'이라는 신조어로 안돈시키려 했지만 실물경기 지수로 볼 때 이는 설득력이 떨어질 수밖에 없습니다. 결국 경제 거래 규모 세계 13위, 국민소득 2만 8000달러의 실체가 무늬만 선진국에 불과한 것은 아닌지 되묻게 하는 대목입니다. 앞에서 언급한 '이미 많이 가진 사람에게 더 주는 것이 아니라 최소한의 것마저도 갖지 못한 사람에게 자립과 갱생의 희망을 심어주는 것이 진정한 의미의 사회발전'이라던 경구가 다시 한 번 공감을 자아냅니다.

복지 사각지대에 놓인 제2의 피해자가 속출하지 않도록 우리 주변을 돌아보면 좋겠습니다. 강의실 복도를 청소하다 계단에서 쉬고 있는 미화원 아주머니께 따뜻한 캔 커피와 빵 한 개를 건네는 오후입니다. 끝나지 않을 것처럼 보이는 겨울이어도 봄의 따스한 햇살은 또다시 찾아옵니다. 찬 서리가 맺힌 창문에 희망의 하트 하나를 그려놓고 다시 연구실로 향합니다.

 ## 가난함의 유익과 교훈

여기서 말하는 가난이란 게으름이나 나태함의 결과가 아닌 자신의 의지와 상관없이 불가피한 상황이나 조건에서 야기된 것을 말합니다. 일본 작가 다카노 히데유키高野秀行는 『와세다 1.5평 청춘기ワセダ三疊靑春記』에서 '가난의 유익'을 "한 평 반짜리 자취방의 좋은 점이 뭔지 아세요? 한 번만 바닥에 엎드리면 방에 있는 물건을 모두 한꺼번에 집을 수 있다는 점입니다"라고 묘사했습니다.

역경을 장애가 아니라 기회로 삼아 경력으로 바꾼 사람들!

그들의 출생은 가난했지만 그들이 잉태했던 미래의 꿈은 결코 가난하지 않았습니다. 실패는 추락하는 것이 아니라 추락한 채로 앉아 있는 것이라 하지 않던가요? 러시아 시인 알렉산드르 푸쉬킨^{Aleksandr} Pushkin(1799~1837)이 남긴 「삶이 그대를 속일지라도」는 언제 읽어도 진한 감동을 줍니다.

> 삶이 그대를 속일지라도 슬퍼하거나 노여워하지 마라
> 슬픔의 날을 참고 견디면 기쁨의 날이 오리니
> 마음은 미래에 살고 현재는 언제나 슬픈 것
> 모든 것은 순간에 지나가고, 지나간 것은 다시 그리워지나니

패기 하나로 가난과 역경을 견뎠던 대학 시절 즐겨 암송하던 이 시가 격랑의 세월을 지나면서도 저를 지켜준 버팀목이었습니다.

활짝 핀 꽃보다 더 아름다운 것은 씩씩하고 슬기롭게 이겨낸 사람의 인내이며, 실패를 값지게 한 도전이며, 내일을 기다리게 하는 희망이지 않던가요?

과거의 경험에서 추출한 미래의 확신이 현재의 역경을 튼실한 경력으로 만든다는 점을 기억하면 좋겠습니다. 가난하게 태어난 것은 죄가 아니지만 가난한 상태로 죽는 것은 분명 직무유기이자 직무해태職務懈怠입니다. 일약 세계 제2위의 글로벌 공룡기업으로 성장한 알리바바의 마윈馬雲 회장의 생애가 이 사실을 뒷받침합니다. 가질수록 더 큰 결핍을 느끼고, 꼭 필요한 것 외에 욕심내지 않는 지족知足함은 어디서 나오는 것일까요? 소유에서 오는 스트레스와 청빈의 지족함 사이를 오가는 것이 곧 인간의 무한한 욕심의 양면입니다. 욕실 인테리어까지 욕심내면 무리가 따릅니다. 인테리어보다 쾌변이 더 큰 행복 아닌가요?

독일의 식물학자 유스투스 폰 리비히Justus Freiherr von Liebig는 1843년 '식물의 성장과정에서 건강한 성장을 좌우하는 것은 넘치는 잉여요소가 아니라 가장 부족한 요소'라는, 이른바 '최소량의 법칙law of minimum'을 발표해 세계적인 주목을 받았습니다. 그에 따르면 생장生長은 그 생물이 필요로 하는 양 대비 가장 낮은 농도로 존재하는 필수 원소에 의해 제한된다고 합니다.

한 식물의 수확량은 그 작물이 필요로 하는 성분 가운데 이산화탄소나 물처럼 풍부한 요소가 아니라 극소량의 붕소 같은 어떤 한 요소에 의해 제한된다는 것이지요. 이를 '최소양분율' 혹은 '최소율'이라 부릅니다. 이 원칙을 주식시장에 적용해보면 어떨까요?

주가를 움직이는 요인은 매출, 순익, 금리, 통화량, 환율, 주식의 수요와 공급량, 유가, 국제 수지 등 매우 다양합니다. 이렇게 다양한 요소 중에서 어느 한 요소가 최악의 상태에 놓이면 기업의 자산가치가 아무리 높아도 주가는 절대 오르지 않습니다.

사람에게 적용해도 결과는 마찬가지입니다. 어떤 한 사람이 장점이 아무리 많아도 정직하지 않거나 성실하지 않으면 그 사람의 인격 전체는 그 결여된 정직과 성실로 평가됩니다. 성공에 노력과 재능, 두 가지가 모두 필요하다고 볼 때 이런 경우의 성공은 노력만으로도 안 되고 재능만으로도 되지 않습니다. 성공을 위해 '10'만큼의 노력과 '10'만큼의 재능이 필요할 경우, 어떤 사람이 '15'만큼의 재능을 가졌다고 해서 '5'만큼의 노력만 더한다고 성공할 수 있을까요? 여기에 '행운'이라는 제3의 요소를 더하면 결과가 더 흥미롭게 나옵니다.

재능이 많은 사람이 열심히 노력하는데도 성공하지 못하는 경우를 자주 봅니다. 여기에 이 법칙을 적용해보면 그에게는 '행운'이라는 요소가 부족해 보입니다. 선한 사람이 열심히 노력하는데도 성공하기 힘든 이유입니다.

인간이 요구하는 수많은 '원함desires, wants' 가운데 신은 꼭 있어야 할 한 가지 '필요need'만을 허락한다지요. 그것이 생장을 이루는 것 같습니다. 동물성을 지닌 인간도 어떤 측면에서는 식물입니다. 이로부터 파생된 원칙 하나가 있습니다. "진정한 가치는 결코 보상 없이 지나가지 않는다.True value can go unrequited."

그것은 시기의 문제지 결과를 확인할 사안이 아니라는 점입니다. 토끼와 거북이 경주에서 토끼가 진 것은 게으른 낮잠 때문이 아니라 바로 '자만심' 때문이었습니다.

 권태, 나태, 변태

새롭거나 신선한 자극 없이 늘 같은 일과 같은 대상을 10년 이상 접하다보면 권태감을 느끼게 마련입니다. 권태란 싫증이나 피로에 지쳐 생동감이 없는 상태로, 고착화되면 만사에 무관심한 '귀차니즘'으로 이어지기도 합니다. 권태는 변화에 반응하고 싶지 않은 무기력이나 의도적인 둔함dullness, 때로는 따분하고 침체된 감정을 동반하면서 식욕 상실은 물론 취미생활까지 잃게 만듭니다. 신상품 쇼핑이나 낯선 장소로의 드라이브를 통해 잠시 해소되기도 하지만 만성이 되면 고치기 어렵습니다. 독일의 문화비평가 발터 베냐민Walter Benjamin의 지적대로 도시에서의 권태가 군중 속의 고독을 심화시키는 것이지요.

개인의 무료함도 모자라 그러한 개인이 모인 군중도 권태롭기는 마찬가지인가 봅니다. 2002년 월드컵 이후 열광할 일이 없어진 군중! '나와 상관없는' 사건에 익숙해진 도시 군중은 비인격적 반려자인 스마트폰과 동거 동락하면서 다양한 외부 자극으로부터 자신을 지키기 위해 주변 환경에 의도적으로 냉담해집니다. 자신을 제외한 모든 것을 무미건조한 풍경으로 인식하면서 도시는 마침내 바닥이 보이지 않는 권태로 빠져듭니다.

이로부터 벗어나고자 귀농해보지만 2년 만에 다시 도시 문명으로 돌아오면서 또 다른 형태의 권태에 직면합니다. 그야말로 이중적인 권태입니다. 도시인이 시골에서 느끼는 권태가 하나라면 도시에서 도시인으로서 느끼는 권태가 다른 하나입니다. 그런데 후자가 더 치명적인 증상이라고 하네요. 전자는 시골에서 도시로 이주하면 일정 부분 극복할 수 있다지만, 도시의 권태는 어디서 어떻게 해소해야 할까요?

그래서 익숙한 것과의 결별을 선언하고 새로운 경험과 체험을 향해 나아가는 것입니다. 문제는 그 새로운 도전이 색다른 경험과 낯선 유혹으로 변질된다는 점입니다. 독일의 실존주의 철학자인 마르틴 하이데거Martin Heidegger의 '내던져진 존재', 이른바 '피투성의 존재 geworfenheit'는 이제 새로운 탈출구를 향한 '기투성企投性의 존재'로 바뀌어야 합니다.

구약성서의 전도서 12장 1절은 "청년의 때에 경험할 수 있는 모든 쾌락이 쇠잔하여 더 이상 아무 낙이 없는 곤고困苦한 날이 이르기 전에 창조주를 기억하라"고 권면합니다. 창문 너머로 내다보는 사람이 없어지고 길거리의 문들이 닫혀 인적 드문 밤이 깊어질 때 삶의 무상함과 허무함이 절정에 이른다고 경고하는 것입니다.

인간은 끝없이 욕심을 부리면서도 그 욕심을 다 채우지 못할 때 허무함을 느끼는 존재라는 것은 자명한 사실입니다. 그 욕망이 명분에 따른 성실한 노력을 통해 삶의 목적으로 나아간다면 다행이지만, 노력 없이 결과적 성취만 기대하면 그 끝없는 욕심의 반대편에는 허무가 기다리고 있습니다. 지혜의 왕이자 부와 쾌락의 절정을 통해 생철학자生哲學者로 변신한 솔로몬 왕은 모든 인생에는 선악善惡과 희비가 교차한다고 교훈합니다. 모든 강물이 바다로 흐르되 바다를 채우지는 못하듯, 보아도 족함이 없고 들어도 가득 차지 않는 눈과 귀는 무한 욕심의 실체라는 것을 정확하게 꿰뚫고 있습니다. 하늘 아래에서 행하는 일들은 한결같이 괴롭고 고단하지만 그 과정에서 본분을 발견하라고 촉구합니다.

'목표 없음', '자극 회피', '철저한 자기 동굴에서의 안주', '커널형 이어폰으로의 매몰', '무료함을 달래주는 저속한 영상' 같은 대체요소로 권태를 달래보지만 좀처럼 수그러들지 않습니다. 이런 권태가 나태함을 낳고, 나태는 성실하고 우아했던 자태를 망가뜨려 바이오리듬은 물론 일상의 동선을 비생산적 행동으로 바꿔 결국 변태욕망을 부추깁니다.

사이코패스psychopath, 소시오패스sociopath로 불리는 '반사회적 인격 장애자'는 성격이나 행동상의 비정상적 편향성을 보이고 현실에서 자신이나 사회에 부정적인 영향을 끼치는 사람으로 규정되곤 합니다. 이러한 반사회적 인격 장애자는 공공의 안녕과 질서를 위해 확립된 사회규범에 어떠한 책임의식도 느끼지 못하는 것은 물론, 타인의 권리를 침범하면서도 전혀 죄책감을 느끼지 못합니다. 심지어 이들은 그것이 잘못인지조차 모른 채 기괴한 사회범죄를 일으킵니다. 세월호 선장이 그랬고, 윤일병 사건의 가해자들이 그랬습니다.

그중에서도 타인의 사생활을 훔쳐보며 은밀한 쾌락을 탐닉하는

'관음증voyeurism'적 광기가 가장 치명적입니다. 이러한 변태가 최음제를 섞은 술에 용해되어 고주망태가 될 때 그 부정적인 파괴력은 절정에 이릅니다. 개인과 가족은 물론 피해 당사자에게 씻을 수 없는 상처와 오명을 남깁니다.

미몽迷夢에서 깨어나도 세상은 여느 때와 같이 잘 돌아갑니다. 여의도 빌딩 숲을 지나 횡단보도를 건너다 산뜻한 차림의 청춘남녀를 는 보는 순간 그 상큼 발랄한 매력이 아침 햇살을 더 빛나게 합니다. 단정한 걸음으로 걸어가는 자신감 넘치는 실루엣에서 꿈을 향한 청춘의 매력이 짙게 배어납니다. 이 정도 자태라면 누구라도 두 번이고 눈길을 줄 것입니다.

 ## 충고라는 이름의 가시

면책面責이 숨은 사랑보다 낫다지만(잠언 27장 5절) 충고라는 이름의 가시도 있습니다. 이 가시는 아주 잘 위장되어 있어 언뜻 보면 가시처럼 보이지 않습니다. 사람들은 흔히 '널 사랑하기 때문에', '널 위해' 충고하는 것이라고 말합니다. 그러면서 충고 뒤에 감춰진 가시로 은근히 아주 깊게 상대의 폐부를 찌릅니다. 그러나 진정한 사랑에는 가시가 자라지 않습니다.

우리는 관심이라는 이름으로 세련되게 간섭하고, 배려라는 이름으로 성가시게 하며, 칭찬으로 포장해 상대 인격을 저울질하기도 합니다. 관심으로 위장해 친구의 속셈을 떠보고, 싸구려 대접으로 큰 대가를 얻기 위해 관계에 기름칠을 하기도 합니다. 의미 없는 안부 전화, 구체적인 일정이나 대책 없이 무작정 던지는 즉흥적인 식사 약속.

진짜로 안녕한지 궁금하지도 않으면서 습관적으로 날리는 인사. "안녕하세요?", "별일 없으시죠?" 왜 내게 별일이 있기를 기대하는 거죠? 사실은 자신에게 일어난 별일을 자랑하기 위한 전주곡입니다. "아니 글쎄, 우리 애가 이번에 전교 2등을 했지 뭐예요? 그런데 기쁘기는커녕 고민이 한두 가지가 아니에요. S대를 갈지 해외 유학을 보낼지 정말이지 고민스러워 미칠 지경이에요."

"우리 딸애는 키가 164cm에 몸무게가 52kg인데, 글쎄 옷값이 장난 아니에요. 하필이면 저의 미모를 닮아가지고 캠퍼스 퀸에 뽑히더니 이렇게 엄마를 힘들게 한답니다. 어쩌면 좋죠?" 누가 물어는 봤나? 왜 느닷없이 자랑하면서 염장을 지를까요?

면전에서 돌직구로 충고하는 것보다 더 심각한 것이 방관하면서 저주하는 것입니다. 평소 충고하는 자와 충고를 받는 사람이 좋은 관계일 때는 이런 충고가 불필요한 오해를 불러일으키지 않을 것입니다. 공적인 원칙이나 규율을 갖춘 조직 혹은 게임에서는 충고 대신 경고가 주어집니다. 옐로카드를 두 번 받으면 레드카드(out)로 이어지죠. 곧장 경기장 밖으로 나가야 합니다. 그러나 경고를 받기 전에 충고를 받아들이면 선고가 철회되기도 합니다.

말 한마디로 천 냥 빚 갚는 셈이죠. 천 냥 빚이면 오늘날에는 얼마 정도의 가치일까요?

중국 명나라 시기에 모든 조세를 은으로 납부하던 때가 있었습니다. 비단과 도자기, 차를 수출하던 시절 은을 화폐수단으로 삼았던 거죠. 이때 엽전 한 닢의 가치를 약 500원으로 상정할 때 은전의 가치는 2배 이상이었을 것으로 짐작됩니다. 이를 토대로 추산해보면 말 한마디에 천 냥 빚 갚는다는 것은 현재의 화폐가치를 기준으로 최저 50만 원에서 최대 100만 원의 가치와 상응한다고 하겠습니다. 말 한마디에

천 냥 빚을 갚으려면 그 말 한마디가 50만~100만 원 정도의 진심과 가치를 지녀야 한다는 뜻입니다. 진심 어린 말 한마디가 사람을 살리고 부채를 탕감하게 하기도 합니다. 탕감 자체를 겨냥한 의도된 연출이 아니라 진정성 있는 말 한마디가 세상을 바꾸기도 합니다. 경쾌하지만 가볍지 않고, 진중하지만 무겁지 않은 말 한마디는 고래도 춤추게 합니다.

 ## 다리를 건넌 후에도 불은 지르지 마라

"다리를 건넌 후에도 불은 지르지 마라.Do not burn the bridge even after you crossed it." 미국인 친구가 가르쳐준 속담입니다. 한국에도 이와 유사한 의미의 '잠시 머물다 떠난 우물에도 침 뱉지 마라'라는 말이 있습니다. 다시 볼 일이 없다고 홧김에 버럭 소리를 지르며 경솔한 결단을 내려놓고 평생 후회하는 사람을 여럿 보셨을 겁니다. 누군들 감정이 없겠습니까? 자신의 감정을 다스리지 못하면 순간의 선택이 몰고 올 향후 결과는 평생 짊어질 자신의 몫입니다.

사회는 기본적으로 보이지 않는 사람끼리 모여 있는 집합체입니다. 오죽하면 인간을 사회적 동물이라고 부르겠습니까? 특히 한국 사회에서 더불어 살기 위해서는 어떤 형태로든 주변과 타자로부터 인정받을 필요가 있습니다.

강상중은 『살아야 하는 이유』(2012)에서 그 수단을 일(직업)이라 했습니다. 일을 통해 비로소 당신은 '거기 있어도 좋아'라고 인정을 받는다는 말입니다. 아울러 타인과의 관계가 유연해야 자신과 자신이 속한 조직도 함께 발전하는 것입니다. 혼자 골 넣겠다고 단독 드리블을 하면 다음부터 동료들은 결정적 찬스가 와도 패스해주지 않습니다. 때로는 중요한 찬스에서 어시스트도 잘해야 합니다. 화려한 개인기 이상으로 동료들의 신뢰와 팀워크가 중요한 이유입니다. FC 바르셀로나의 간판스타 리오넬 메시^{Lionel Messi}와, 레알 마드리드의 크리스티아누 호날두^{Cristiano Ronaldo}, 현재 FC 첼시의 감독이면서 전 유럽 축구리그를 석권한 축구 감독의 전설 호세 무리뉴^{Jose Mourinho}가 주는 교훈입니다.

사회가 돌아가는 방식도 축구와 다르지 않습니다. 올라운드 플레이어 한 사람으로 움직이는 사회가 아니기 때문입니다. 최소한의 예의를 갖추고 진심으로 배려하는 상생협조가 개인과 조직 모두를 건강하게 발전시킵니다. (직)업에는 생계유지, 가족부양, 자아성취 및 사회적 공헌이라는 네 가지 측면이 있습니다. 이 네 가지가 각각 따로 작동하는 것 같지만 사륜구동의 자동차처럼 몸체는 하나입니다.

21세기는 의사소통과 관계의 능력^{attractiveness}이 성공의 키워드라고 합니다. 2002년 행동경제학으로 노벨경제학상을 수상한 대니얼 카네만^{Daniel Kahneman}의 뼈 있는 지적입니다. 친절한 미소, 상냥한 목소리와 단정하면서 시크한 패션 감각은 현대인이 갖춰야 할 기본 덕목입니다. 청아한 미소와 친절, 센스 있는 배려가 곁들여지면 금상첨화겠죠. 끌리는 사람에게는 분명 1%의 다른 뭔가가 있습니다.

 ## 초한지에서 배우는 관계의 기술

흔히 『초한지^{楚漢志}』로 알려진 원작 『초한연의^{楚漢演義}』는 중국을 대표하는 고전소설 중 하나로, 진나라 말기에서 한나라 초에 이르는 시기 혼란스러운 중원의 정세를 잘 풀어낸 역사소설입니다. 『초한지』
는 『삼국지三國志』나 『수호지水滸誌』 같은 사대기서四大奇書와 달리 각각
독립적인 작품으로 남아 있지는 않지만, 진나라 말기에서 서한 초기
까지의 여러 사실을 토대로 후대 작가들이 살을 붙인 이야기가 주를
이루고 있습니다. 가장 보편화된 줄거리는 진시황秦始皇의 천하통일
후 억압받던 민중이 난을 일으키자 초나라 귀족이던 항량項梁과 조카
항우項羽가 난세를 틈타 부상하고, 한편에서는 유방劉邦이 세력을 일
으켜 패권을 놓고 대립하던 중 유방이 승리한다는 내용입니다.

일부 역자들은 창해공滄海公의 진시황 암살 음모나 여불위呂不韋의
이야기에서 시작하고, 그 결말도 토사구팽에서 벗어나 오호칠국吳楚
七國의 난과 한무제漢武帝의 즉위로 끝나는 경우가 일반적이라고 평가
합니다.

<샐러리맨 초한지>라는 TV 드라마가 엘리트 출신 항우와 다소
말이 어눌하지만 인간미 넘치는 유방의 리더십 대결을 소재로 현대
직장인의 단면을 잘 묘사해준 바 있습니다. 이로부터 유추할 수 있는
흥미로운 사실이 하나 있습니다.

평소 잘난 체하는 사람이 위급한 상황에서 주변의 도움을 받으려
면 기대 이상의 굴욕을 감수해야 합니다. 설령 그렇게 해도 제대로 도
움을 받을 수 있을지는 장담할 수 없습니다. 반대로 좀 모자라 보이고
스스로를 낮추는 사람은 어려움에 처했을 때 타인의 측은지심을 우
러나게 해 기꺼이 도움을 받습니다. 자신 안에 자만심이 꽉 차 있으면
타인이 들어갈 공간이 없습니다.

절대로 꺾이지 않을 것 같은 신념, 호불호에 대한 냉정한 기준, 피
도 눈물도 없이 목표를 추구하는 실행력 같은 태도는 상대의 마음을
닫게 하고, 다른 사람의 접근을 차단함으로써 마침내 고립을 자초하

고, 결국에는 모든 일을 혼자서 처리해야 하는 상황을 초래합니다.

　역으로 자신을 낮추고 타인이 들어올 공간을 비우는 사람에게는 스스럼없이 다가가 자신이 아는 정보와 지식을 아낌없이 발휘하면서 기꺼이 도와주려 합니다.

　노자와 공자는 인간관계의 핵심을 비움으로 정의하면서 이를 계곡에 비유했습니다. 비어 있는 계곡은 물과 바람과 소리가 한데 어우러진 자유 공간으로서, 혹자는 '어눌함'이라 부르기도 합니다. 뭔가 부족하고 결핍되어야 다른 것이 채워질 수 있다는 의미입니다.

　고립되기를 원한다면 잘난 체, 있는 체, 가진 체, 배운 체하십시오. 그러나 절실할 때 도움을 주는 친구를 얻고 싶다면 겸손하고 어눌하며 2% 부족한 사람이 되어야 합니다. 단기적으로는 엘리트 출신 항우의 리더십이 먹히지만, 중장기적으로는 유방의 인간미 넘치는 리더십이 효과적입니다. 소설 『초한지』는 이 메시지를 토대로 두 가지 유형의 인재가 있음을 교훈합니다.

　평가 목표performance goal를 중시하는 부류가 그 하나고, 학습 목표 learning goal를 중시하는 부류가 다른 하나입니다. 평가 목표를 좇는 사람은 주어진 과제를 자신의 능력이나 적성에 대한 평가로 인식하고, 수용하기 때문에 프로젝트 하나를 성공하면 자신의 능력을 인정받았다며 은근히 기뻐합니다. 이런 사람은 과제 해결을 위해 최선을 다하지만, 반대로 목표를 이루지 못할 때는 심한 좌절감에 빠져 자신감을 잃고 맙니다. 더 높고 큰 도전보다는 감당할 수 있는 과제만 해결하고 그곳에 안주하기 쉬운데, 그 이유는 목표의 성취만을 자신의 존재가치로 생각하기 때문입니다.

　반면 학습 목표를 추구하는 사람은 과제가 주어졌을 때 결과 자체에 대한 평가보다는 그 과정에서 자신의 약점을 보완하고 새로운 배움을 즐기면서 자기발전의 계기로 삼습니다. 이러한 사람은 단기 목표가 가시적인 성과를 얻지 못한다고 해도 이를 또 다른 기회로 생각하면서 신속하게 좌절을 극복하고, 결코 쉽지 않은 과제를 만났을 때도 그 일을 즐기면서 꾸준히 노력합니다. 현재의 능력보다는 미래 가능성이 더 높은 부류입니다.

조직 입장에서는 급한 프로젝트일 경우 평가 목표를 가진 사람을 선호합니다. 그러나 장기적으로는 학습 목표를 지닌 사람을 키우려합니다. 이때 훌륭한 리더는 평가 목표에 치우친 사람이 학습 목표를 가질 수 있도록 격려하고 훈련시킵니다. 개인의 회복 탄력성이 조직의 장기적 에너지 축적에 어떤 영향을 주는지 잘 알기 때문이죠. 실패와 좌절을 성공과 발전의 타산지석으로 삼는 사람이 지속적인 경쟁력을 지닌 글로벌 인재입니다.

 관계, 경계, 한계

인사가 곧 만사라 하지요. 결국 모든 일은 사람이 하고 사람을 통해 이루어진다는 말입니다. 특히 한국 사회에서는 인맥이 중요하다고 말합니다. 인맥은 내가 얼마나 많은 사람을 알고 있느냐가 아니라 얼마나 많은 사람이 나를 알아주고 인정해주며 중요한 순간에 먼저 연락해주느냐에 관한 역량입니다. 물론 인맥이 중요한 정보 제공의 우선 기회일 뿐 무자격자의 인사 청탁으로 오용되어선 안 되겠지요. 인맥을 휴먼 네트워크human network 라 하는데, 2~3명을 거치면 국내의 모든 사람과 연결되고, 6~7명을 거치면 전 세계 누구와도 만날 수 있다는 이론을 들어보셨을 겁니다. 그런데 말처럼 쉽지는 않습니다.

10년 전만 해도 일당백(명)에 해당하는 허브^{hub}를 사귀라 했는데, 이제는 그 허브와 직접 접촉이 가능한 링커^{linker}를 사귀어야 한답니다.

문제는 관계를 맺기 위해 명함을 교환하지만 정보의 비대칭성이 작용하는 한 역선택의 가능성이 높기 때문에, 일반적으로 지위가 높은 사람은 자신보다 지위가 낮은 사람과는 잘 교류하려 하지 않는다는 데 있습니다. 상대 파악이 끝날 때까지 밀당을 계속하는 것이지요.

이런 이유로 지위가 높은 사람 입장에서는 과도한 경계를 하게 마련입니다. 소박한 식사나 선물로 어느 정도 상대의 마음을 열 수는 있겠으나 접근 의도가 드러나는 순간 상대는 경계의 수위를 높일 겁니다. 이런 시도를 한두 번 하다가 잘 풀리지 않으면 한계에 부딪혀 관계 맺기를 아예 포기하기도 합니다.

관계의 기술은 곧 신뢰와 진정성을 인정받는 기술입니다. 자신의 내밀한 바닥을 다 보여줄 필요는 없으나 진정한 의견 교류는 관계 지속의 핵심입니다. 진심을 줄 때 진실한 반응이 돌아오고, 계산된 행동을 보일 때 상대도 경계하게 마련입니다. 말과 행동에 정성이 담겨야 진정성이 느껴지는 법입니다. 대도무문^{大道無門}, 즉 큰 진리에는 장애물이 없다고 하지 않던가요?

다만 불신에 기초한 협소한 인격이 경계와 한계를 만듭니다. 물론 자신의 삶에 전혀 도움이 되지 않는 관계도 있기는 합니다. 두 번 이상 함께 식사해도 진실한 대화를 나누거나 가까워지지 못한다면 그 관계는 깨끗이 정리하는 게 현명합니다. 경계는 뛰어넘을 수 없을 때 한계로 변하고, 그 한계가 여러 차례 반복되면 자포자기나 체념에 이르게 됩니다. 임계점, 이른바 티핑 포인트$^{tipping\ point}$인거죠. 그러나 깨진 관계라 해서 모두 실패한 관계는 아닙니다. 타산지석으로 삼을 만한 좋은 경험을 했을 뿐입니다.

이 세상은 수많은 관계가 얽혀 작동하는 치열한 현장입니다. 각 상황이 독립적으로 존재하는 것 같지만 사실은 다른 이들과의 친분관계 안에서 작동합니다.

연약하고 실수를 하기에 인간이라지만 의도적인 실수가 아니라도 너무 자주 범하면 신뢰를 잃습니다. 공인의 경우 특히 더 그렇습니다. 이해 못할 바 아니지만 정당화될 수 없는 실수입니다.

한편 지나치게 자기방어에 능한 사람에게도 정을 붙이기 어렵습니다. 직장 동료 중에도 매일 만나는 사이지만 가까이하기 힘든 '의미 있는 타자'들이 있습니다. 이들 사이에서 건강하게 생존하기란 여간 어려운 일이 아닙니다. 실로 엄청난 지혜가 필요합니다. 그렇게 하루하루 쌓인 어색함이 직장생활을 더 힘들게 합니다. 이쯤 되면 일보다 관계 때문에 더 힘들다던 선배의 말이 절절하게 다가옵니다.

사이는 경계와 경계를 잇기도 하고, 어떨 때는 분리하기도 하는 틈새입니다. 사이가 나빠지면 벽이 높아져 도저히 건널 수 없는 경계가 생깁니다. 벽이 높아지고 경계가 생기면 난공불락의 벽과 루비콘 강 같은 상황이 앞을 가로막습니다. 경계가 한계로 바뀌는 순간입니다. 친구 사이가 적으로 바뀌고, 애인愛人 사이가 애증愛憎관계로 발전합니다. 관계는 '너와 나', '나와 너'라는 의식 없이 '나는 나', '너는 너'라는 극단적이고 자기중심적인 사고와 이해관계 때문에 어긋나는 것입니다. 나뿐인 사람이 나쁜 사람이라지요. 진리는 어느 한곳에만 머무르지 않습니다. 진리는 언제나 사람과 사람, 상황과 상황 사이에서 흐릅니다.

진리가 경계를 넘지 못하고 한계에 부딪히는 순간 진리는 편협한 우물에 갇혀 자기 분야, 자기가 그어놓은 경계에만 안주하는 편리함으로 전락합니다. 실리만 따지고 진리가 없는 사람이 질리는 이유입니다. 편의주의적 발상으로 이해하고 해석한 진리는 전문 분야를 넘나들지 못하고 한곳에 정체되어 자기중심적 편리를 추구하는 편견으로 전락하고 맙니다. 전문성이라는 이름 아래 보편타당성을 경시하는 학자들이 자주 빠지는 직업병입니다. 개성은 유지하되 보편타당성의 범주를 넘지 말아야 하는 이유입니다.

박사학위 실업자, 누구 책임인가?

　박사학위 소지자 가운데 1/4이 백수인 것으로 전해집니다. 20년 넘게 공부에만 전념해온 고학력 실업자의 자살 소식을 들을 때마다 비슷한 길을 걸어온 한 사람으로서 비애의 실체를 알기에 누구보다 공감합니다. 사례 하나를 들어보겠습니다. 명문대에서 박사학위를 받고 선임연구원으로 근무하는 40대 중반의 P씨는 150만 원의 월급으로 4인 가족을 부양하고 있습니다. 비싼 물가에 가족들의 처절한 희생을 등에 업고 박사학위를 받기까지 들인 시간과 돈이 얼마인데, 턱없이 초라한 월급과 연구비로 가장의 역할을 감당하려니 자괴감이 극에 달할 수밖에 없습니다.

　2013년 한 지방대학에서 연구 실적 대필과 임용비리 의혹을 제기하다가 자살한 시간강사 K씨의 소식 역시 동료지식인들을 안타깝게 합니다. 이를 계기로 2008년 제정된 「교원지위향상을 위한 특별법」이 2013년 개정되었으나, 일선 교/강사들의 현실 체감지수는 크게 달라지지 않았다는 전언입니다. 전체 예산 규모는 동결하고 인원 감축만 강행하다보니 재임용되지 못한 강사들의 예산이 생존한 교원에게 편중되면서 내부 갈등이 생긴 것입니다.

이를 계기로 대학과 사회 안팎에서 한국 고등교육의 현실을 재조명하자는 목소리가 높아지고 있습니다. 대학은 대학 나름의 구조조정에 들어갔고, 특성화 교육을 내세워 지방대학을 육성하겠다던 교육인적자원부가 2016년까지 점진적 인원 감축안을 내놓은 상황에서 대학 교원들이 느끼는 위기감은 생존위기로 이어지고, 순수한 연구열까지 변질시키고 있습니다. 65세로 정년퇴임하는 교수는 극소수인데, 매년 배출되는 박사 인원은 1만 명을 상회하는 것으로 전해집니다. 수급 현황이 맞지 않으니 실업자 발생이 불가피한 것입니다. 이러한 한국 사회에서 박사 신분으로 살아간다는 것은 어떤 의미일까요?

한국에서 박사博士는 고위관직에 오르는 징검다리로, 그 기원은 중국 진나라로 거슬러 올라갑니다. 중국 최초의 통일제국 한나라는 임금에게 글을 올리는 '상서'라는 직위를 통해 유교사상을 지배 이데올로기로 관학화함으로써 국가의 기강을 세우곤 했습니다. 그 실행방안 중 하나로 태학이란 교육기관을 설립해 국가시험을 통과한 박사들로 하여금 귀족 자제들에게 4서(논어, 맹자, 중용, 대학)와 5경(시경, 서경, 주역, 예기, 춘추)을 가르치게 했습니다. 국학의 정립과 국정에 종사할 인재 발굴이 주요 임무였습니다. 다시 말해 태학은 국가 주도 학문의 주요 커리큘럼으로 관직에 오르기 위한 국가고시였던 셈입니다.

시대와 상황에 따라 차이가 있겠지만 중국과 한국의 박사에도 일련의 공통점이 있습니다. 서민에게 신뢰와 존경을 받는 사표로서 '전인교육'을 담당했다는 점입니다.

그러나 오늘날의 위상은 어떤가요? 국내 박사, 외국 박사를 막론하고 박사란 정규 교육과정에서 도달하는 마지막 자격이자 '학문의 정수'를 뜻합니다. 1980년대까지만 해도 한국 박사 역시 그 학문적 수준에 상응하는 영예와 대우를 누렸습니다. 당시의 박사는 국가 운영의 요직에 오르는 필수 과정이던 반면, 요즘의 박사는 일부 유망한 보직을 가진 사람들을 제외하고 아무런 미래도 보장받지 못합니다. 존경과 영예마저도 명문대학 정교수 중 수상경력이 화려한 극소수에게만 돌아갈 뿐입니다. '고학력 실업자'라는 씁쓸한 꼬리표를 단 채 갈 곳과 설 곳을 잃은 것입니다.

2013년 기준 국내에서 박사학위를 받은 사람은 대략 1만 1700여 명입니다. 이 중 그나마 비정규직 가운데 가장 화려한 직업군이라고 할 수 있는 시간 강사를 포함해 약 70%만이 취업했다고 합니다. 10명 중 3명이 놀고(?) 있다는 말입니다. 놀 때도 돈이 필요한데, 그것도 지성인답게 격식을 차리고 놀자니 미칠 지경이랍니다. 문화생활의 수준은 엄청 높아졌는데, 실질소득이 그 수준을 따라가지 못하니 어쩌다 공돈이 좀 생겨도 품위 있게 놀아야 한다는 부담감에 더 고통스럽습니다. 경제적 여력 덕분에 취미 삼아 공부해서 자격증 하나 더 딴 엄친아들은 지극히 예외입니다.

국내만이 아닙니다. 현재 미국에도 박사 후 과정 Post-Doc 을 밟고 있는 사람이 수천 명이라고 합니다. 해외 박사학위 우대라는 말에 큰맘 먹고 귀국했는데, 실상은 고작 계약직 몇 개입니다. 《서울신문》 2012년 8월 18일 자 "박사 4명 중 1명 백수시대: 20년 넘게 공부만 한 고학력 실업자의 비애"라는 제목의 기사가 그 심각한 상황을 잘 보여줍니다. 교육지책으로 선택한 고국행마저 마뜩하지 않자 미주 지역의 한인 박사 수백 명은 마땅히 발붙일 곳 없는 고학력 철새로 전락하고 있습니다. 국내외 수천 명에 이르는 이들 고학력자들은 생존을 위해 '3D Difficulty, Dirty, Dangerous' 직종에 기웃거리거나 제3국으로의 이민을 심각하게 고민 중이랍니다.

기업 부설 연구소나 정부 산하기관의 비정규직이라도 있으면 감지덕지겠지만, 그나마도 이미 선점한 선배의 정보 제공이나 도움 없이는 치열한 경쟁을 홀로 뚫어야 합니다. 확실한 미래가 보장되지 않는 고국행이냐, 현지의 바닥 생활을 계속할 것이냐가 이들이 처한 딜레마입니다.

국내 박사들의 고민은 더 심각합니다. 명문대에서 박사학위를 받은 L(40세)씨는 카이스트(KAIST)를 택했지만 교수는커녕 연구원 자리 하나도 얻지 못한 채 수년째 세월만 까먹고 있습니다. 공학과 첨단기술 분야나 남성 박사의 경우 형편이 좀 낫지만 인문계와 여성 박사의 진로는 훨씬 더 심각합니다. 현재 박사들이 처한 생존위기는 결국 '수급 불균형'으로밖에 풀이되지 않습니다. 박사학위 소지자 대비 일자리가 비례적으로 증가하지 않기 때문에 공급과 수요의 불균형이 심화된 것입니다. 1990년대 말까지 박사학위 소지자의 가장 큰 취업 장벽은 외모와 성 차별을 포함한 인맥이나 학연과 관련된 불공정한 채용 관행이 대부분이었지만, 예산 삭감 및 그에 따른 경영난의 이유로 박사급 채용 기회가 원천적으로 줄어든 요즘이 더 큰 문제입니다.

이러한 현실은 박사학위 소지자의 취업난이 결국 구조적인 실업 문제와 연결되어 있다는 사실을 뒷받침합니다. 10년 전 고학력 인재의 실업은 구직-구인 간 비대칭과 선호 직종의 제한성에 따른 것이었던 반면, 오늘날에는 아무리 눈높이를 낮춰도 매년 배출되는 인재를 수용하지 못하는 수급불균형 문제 때문에 도무지 답이 보이질 않습니다.

문제 해결을 위해 박사들도 우월의식을 버리고 겸손해질 필요가 있습니다. 사회공헌형 일자리로 눈을 돌리는 것도 대안입니다. 다른 한편에서는 지식 기반 소규모 아이디어 산업이 새로운 블루오션이 되리라는 전망도 설득력을 얻고 있습니다. 일각에서는 박사학위의 가치를 높이기 위한 제도적 장치가 우선되어야 한다는 목소리도 심심찮게 들립니다. 석·박사 리크루팅 전문사이트 '하이브레인넷'을 창설한 우용태 교수는 젊은 인재를 해외에 파견해 핵심기술이나 학문을 연수하게 하자는, 이른바 우수 박사인력에 대한 정부 지원을 촉구한 바 있습니다.

교육인적자원부도 박사 졸업자 수급을 조정하기 위한 대책 마련에 고심하는 것으로 전해지지만, 그것마저 일종의 전시행정은 아닌지 강한 의구심이 듭니다. 「시간강사 처우개선법」이 통과되었지만 실상은 사립대학의 전임교원 확보율을 강화하기 위한 보조수단으로 둔갑했습니다. 즉, 기존의 「고등교육법」 14조 2항의 개정안인 14조 2.1항은 대학 강사를 '교원 외 교원'으로 규정하는데, 이는 교원 충원율을 높일 목적으로 수정된 것일 뿐 사실상 이들의 신분과 처우에는 가시적인 변화가 없는 실정입니다.

TV 인터뷰에 응한 교육인적자원부 관계자는 박사과정 입학의 1/3이 상위 10여 개 대학에만 편중되는 상황에서 기타 대학에 석사 정원을 늘리는 인센티브를 준다면 수익에만 초점을 맞춘 비정상적 박사학위의 남발을 최소화할 수 있을 것이라 전망했지만, 과연 실제로 그렇게 될지는 여전히 미지수입니다. 수레바퀴가 지나간 자리에 고인 물에서 힘겹게 살아가는 붕어처럼, 최근의 수정안은 학철부어涸轍鮒魚 식 해결이라는 의혹을 지울 수 없습니다. 좀 더 구체적이고 현실적인 대안이 마련되어야 국력 낭비를 줄일 수 있습니다. 이는 박사학위를 소지한 당사자와 정부가 함께 풀어야 할 국가적 과제입니다.

부모인가, 학부모인가?

　K군은 올해 17세로, 고등학교 2학년 학생입니다. 가수 싸이가 몰고 온 한류열풍에 필^{feel} 받아 시간 가는 줄 모르고 뮤비^{MV}와 커버댄스에 빠져 삽니다. K군의 부모는 대학 입시가 내일 모레인 이 외아들 때문에 부부싸움이 잦아졌습니다. 윽박도 질러보고 퓨전 레스토랑에서 맛있는 음식을 사 먹이며 달래도 봅니다. 최신 스마트폰으로 바꿔주는 유화책까지 써보지만 아들의 의지를 꺾기가 쉽지 않습니다. 이때 한 광고 카피 패러디가 가슴을 후벼 팝니다.

　"부모는 '꿈을 꾸라' 하고 학부모는 '꿈에서 깨라' 한다. 당신은 부모입니까? 학부모입니까?"

　내면의 당위는 '부모'인데 현실은 어쩔 수 없이 '학부모'입니다. 한국의 부모들이 자녀교육, 아니 좀 더 정확하게 말해서 인간됨을 위한 교육보다 자녀들이 좋은 대학에 가고 좋은 직업을 갖게 하기 위한 교육에만 혈안이 되는 이유는 길고 긴 인생에서 좋은 대학, 좋은 직장만이 한국 사회에서의 성공과 실패 대부분을 결정짓는다고 믿기 때문입니다. 무산된 부모의 꿈을 확대 재생산할 요량으로 자녀의 꿈을 희생시키는 사례라고 하겠습니다. 일반화할 수는 없지만 일각에서는 '열심히 배우자^{Let's learn}'는 교육열이 고능력 배우자^{spouse}만 찾는 품귀 현상으로 변질되어 나타기도 합니다.

　이때 부모는 자녀라는 상품의 시장점유율을 높이기 위한 일종의 투자가이자 좋은 학원과 강사를 섭외하는 마케팅 전문가로 변신하고, 자녀는 자신의 미래적 성취를 담보로 부모에게 수익을 가져다주는 소비자로 전락합니다. 그 모범 답안을 강남 엄마들이 갖고 있다는 건 누구나 아는 불편한 진실입니다. 서울의 강남구, 서초구, 송파구,

양천구, 노원구의 엄친아들이 대표적인 수혜자들입니다.

2014년 문을 연 '행복한공부연구소'는 부모와 학생이 함께 변하는 길을 제시해 큰 주목을 받았습니다. 박재원 연구소장은 자녀를 공부하는 기계로만 인식해 성적을 강요하면 부모는 화병에 걸리고, 자녀는 학업 포기자 혹은 정신질환 환자로 변해갈 것이라고 진단합니다. 극히 예외적인 사례도 있지만 30조 원 규모에 이르는 강남 사교육 시장에서 흘러나오는 정보는 진정한 교육과 대학 입시에 도움이 되기보다 불안감만 심화시키고, 이러한 불안감은 사교육 시장의 규모를 음성적으로 키운다는 것입니다.

그는 자기 주도적 학습을 끌어내는 비결은 결국 부모와 자녀 간 솔직하고 인격적인 소통이라고 강조합니다. 그 자명한 대답을 찾기까지 왜 그리도 짜증나는 과정을 오래 거쳐야 했을까요? 자녀를 향해 재수財數 없다고 화내던 부모와 그 말을 듣던 자녀들이 솔직한 대화를 나눈 뒤 재수再修 없이 단번에 대학에 들어갔다니 공부는 요령이 아니라 자발적인 즐거움을 동력으로 한다는 점이 분명해집니다. 학부모의 눈에 '재수 없던' 학생이 '재수 없이' 단번에 대학에 들어가 자신은 물론 부모가 함께 기뻐했다는 소식을 들으니 구름 낀 하늘이 오늘따라 더 푸르게 보입니다. 자녀들은 점수를 따는 공부기계가 아니라 창의력 있는 교육을 받으며 꿈을 이루기 위해 부모의 사랑과 격려를 필요로 하는 인격체입니다.

책보다 위대한 스승, 세월

멀리 보고 길게 호흡하라는 지인의 말이 긴 여운을 줍니다. 찬찬히 곱씹어 보니 과연 세월이 약이라고 할만합니다. 몰라서 못한 것은 아니지만 실행에 옮기지 못할 만큼 각성의 깊이가 빈약했음을 깨닫습니다.

저는 오랫동안 인생의 스승은 '책'이라고 생각해왔습니다. 그런데 살면 살수록 책보다 더 위대한 스승이 '세월'이라는 생각이 듭니다. 훌륭한 책이 주는 힘을 과소평가하는 것은 아닙니다. 책에서 얻은 깨달음이 진리로 확인되는 것은 정직하고 성실하게 살면서 해답을 찾았던 세월의 깨달음과 다름없었습니다.

제 인생에 큰 힘이 된 것은 책과 선배들의 충고였지만, 저의 내면을 성숙함으로 이끈 원동력은 바로 소리 없이 흐르는 세월의 깨달음이었습니다. 풀리지 않는 일에 대한 해답도 흐르는 세월이 알려주었고, 이해하기 어려운 사랑의 진가도 거짓 없는 시간을 통해 깨달았습니다. 나이 50이 넘어서야 흐르는 세월이 가장 위대한 스승임을 깨닫습니다. 세간에 회자되었던 글에서 혹자는 '시간'을 '책 이상의 교훈을 주는 스승'으로 묘사했습니다.

시간은 책 이상의 스승이었다. 어제는 오늘의 스승이고, 오늘은 내일의 스승이 된다.

가장 낭비한 시간은 방황했던 시간이고, 가장 교만한 시간은 남을 얕보던 시간이었다.

가장 지루한 시간은 기다리는 순간이고, 가장 서운한 시간은 이별하는 순간이다.

가장 현명한 시간은 위기를 극복한 시간이고, 가장 억울한 시간은 굴욕감을 느낀 순간이다.

가장 즐거운 시간은 땀 흘려 일한 뒤의 휴식시간이고, 가장 아름다운 시간은 후회 없이 사랑했던 시간이다.

미국의 유명한 설교자 릭 워렌Rick Warren 역시 이렇게 말했습니다.

최고의 인생은 사랑하는 삶이요 The best use of life is love
최고의 사랑은 시간을 함께하는 것이며 The best expression of love is time
사랑하기 제일 좋은 시간은 바로 지금이다. The best time to love is now.

'단순할수록 더 위대하다'는 말은 이럴 때 쓰나봅니다.

최고의 인생은 후회 없이 사랑한 세월의 흔적일 겁니다. 읽은 책이든, 흘러간 세월이든 영원히 남는 것은 "나는 이렇게 사랑하며 살았노라"는 기억일 겁니다. 책이 지식을 제공했다면 세월은 지혜를 가르쳐주었습니다. 재승박덕才勝薄德한 사람이 주변으로부터 고립되는 반면, 지혜로운 사람은 지식 이상의 존경심을 불러일으킵니다. 격랑의 세월을 이겨낸 백발에서 고고한 연륜이 훈장처럼 빛납니다. 그들의 삶은 소박하고 겸손하며, 차분하고 고요합니다. 결코 야단스럽게 나서서 휘젓고 다니지 않습니다. 구름 따라 바람 따라 걷는 유유자적함 속에는 거친 세파가 빚어낸 초연함이 묻어납니다. 이른바 '텅 빈 충만'이자 '자발적 가난이 주는 풍요'입니다. 소박한 끼니를 챙기고, 내 몸 하나 기댈 안식처와 소탈하게 담소할 친구 몇 명만 있다면 그것이 이미 고귀한 인생 훈장입니다.

그런데 왜 과도하게 욕심을 부릴까요? 제한된 자원과 포화된 시장에서 좋은 것을 선점하려는 조바심 때문입니다. 따사로운 봄날, 잔디밭에 누워 가녀리게 물줄기를 뿜어대는 분수 사이로 청명한 하늘을 쳐다보노라면 하늘이 지붕이고 바닥이 안방이며 우뚝 선 빌딩숲이 내 일터라는 착각이 행복한 상상으로 초대합니다. 책이 전문직 일자리를 주었다면 세월은 아낌없이 사랑할 수 있었던 축복을 선물했습니다. 지식이든 자식이든, 자신이 남긴 흔적이 모두 인생의 나이테입니다. 문패보다 비석이, 명함보다 묘비명이 더 오래 기억되는 이유입니다.

 예의 바른 싸가지들

영어에는 모순어법을 뜻하는 'oxymoron'이라는 단어가 있습니다. 어울릴 수 없는 두 개의 단어를 조합한 경우를 말합니다. 소리 없는 아우성, 우아한 냉혈인, 고상한 마녀, 찻잔 속의 폭풍 등 여러 용례가 있는데, 여기서는 '예의 바른 싸가지'의 경우를 살펴볼까 합니다.

저도 어느덧 사람 가르치는 일에 종사한 지 20년이 넘었습니다. 요즘에는 강의도 글쓰기도 인스턴트 일색입니다. 교육 콘텐츠 자체보다는 첨단기기를 이용한 교육공학적인 변신이 훌륭한 강의 평가의 기준으로 정착되어가는 현실이 아쉽습니다. 엄밀한 의미에서 인성을 도모하는 '교육'이 아니라 한시적 목표를 이루기 위한 집단적 '사육'에 가깝다고 하겠습니다. 교육의 핵심은 지식과 정보의 체계적 정리 및 그것의 전수과정으로서, 면대면 혹은 인격적·환경적 접촉이 큰 비중을 차지합니다.

사이버 공간을 통해 전달되는 인터넷 강의는 수강 중에 궁금한 점이 있어도 질문할 수 없다는 한계가 있습니다. 저는 한국에서 최고와 최초, 최대 규모를 자랑하는 원격 교육의 본고장 한국방송통신대학교에서 세상 연륜이 제법 쌓인 직장인과 사회인을 가르치고 있습니다. 강의 대부분이 온라인으로 진행되지만, 학기 중 최소한 2~3일은 거주지 인근 접근성이 편리한 지역 대학에서 오프라인으로 수업을 수강한 뒤 간단한 필기시험을 치르고 학점을 땁니다. 이러한 제도적인 특수성 때문에 현장 교육인 출석 수업은 온라인 강의 못지않게 중요합니다.

강의 중 휴식 시간에 복도에서 만나거나 공강 시간에 교수실에 찾아와 강의가 참 재미있었다며 음료수를 건네주는 학생들이 더러 있습니다.

이와 관련된 흥미로운 일화 하나를 소개합니다. 몇 년 전 4월 즈음 오후 3시 강의에서 춘곤증으로 깜빡깜빡 조는 여학생이 눈에 띄었습니다. 제 강의 시간에 존다는 것은 기적에 가까운 일입니다. 바로 그해에 그 기적이 일어났습니다. 창가에서 강의를 듣던 긴 파마머리의 한 여학생이 연신 고개를 끄덕이면서 제게 절을 하는 것이 아닙니까? 그래서 쉬는 시간에 내 강의가 그리도 재미없더냐고 물었습니다.

돌아온 대답이 걸작입니다. "교수님 죄송해요. 미인은 잠꾸러기라는 말이 아무래도 사실인 것 같아요. 제가 잠이 좀 많은 편이거든요 ……." 제가 재치 있게 받아쳤습니다. "내가 보기에 자네는 좀 더 자야겠는걸?" 강의실이 온통 웃음바다가 되었습니다. 그 뒤의 일은 여러분의 상상에 맡깁니다. 그날 이후 그 여학생은 졸지 않았고, 제 담당 과목에서 B+ 학점을 받아 무사히 졸업했습니다. 고운 정보다 미운 정이 더 오래가는 모양입니다. 남 보기에는 자잘한 기억일지 모르지만 저에게는 행복한 추억입니다. 제 삶을 행복하게 수놓은 고마운 제자들입니다.

이와 달리 별종의 학생도 더러 있습니다. 근래 들어 강의실에 제법 비싼 L사이즈의 별다방, 콩다방 브랜드 커피를 들고 들어와 샌드위치를 먹으면서 살짝살짝 스마트폰을 만지작거리는 학생들이 눈에 띕니다. 교수를 빤히 쳐다보면서도 "좀 드릴까요?" 하는 인사 한마디 건네지 않습니다. 어쩜 그리도 당당하게 먹을 수 있을까요? 순간 섭섭하고 괘씸하다는 감정이 스쳐 지나갑니다.

이 '예의 없는 싸가지들' 혹은 '깜찍한 이기주의자들'은 강의가 끝나면 복도까지 졸졸 따라와 어울리지도 않는 애교를 섞어 출석 확인을 해달라는 것도 모자라 시험 범위를 알려달라고 추근거립니다. 추호도 알려주고 싶지 않습니다. 왜 그런지 곰곰이 생각해보았습니다. 너무 오랜 세월을 받는 데만 익숙해져 그런 것일까요? 음료수 한 병 건네주는 관심 대신, 자기 편의만 챙기는 학생을 보면 왠지 섭섭한 마음이 듭니다. 그때 '주는 거 없이 미운 사람은 주는 게 없어서 밉더라는 것'을 깨달았습니다.

15년 전 일입니다. 대학 전임강사로 있을 때 한 여학생이 제게 '피곤하실 텐데 힘내시라'며 박카스 한 병과 아로나민골드 알약 한 알을 내밀고 갔습니다. 그야말로 병 주고 약 주던 그 여학생이 아직도 기억에 생생합니다. 지금쯤은 한 남자의 아내, 아이 엄마가 되었으리라 추측됩니다. 아직도 애제자로 남아 있는 이수현 양, 오진경 양 보고 싶네! 연락 한 번 주시게.

위대함: 생득적 유전인가 후천적 노력인가?

　모든 사람은 평등한 조건에서 태어납니다. 생득적인 형질을 결코 무시할 수 없다고 해도 부모의 사랑이 깃든 양육과 자녀 스스로의 노력 여하에 따라 한 개인이 일생 동안 만들어가는 결과는 천양지차입니다. 후천적 경우로 국한해볼 때 사람들 사이에는 아주 약간의 차이만 존재할 뿐입니다. 그런데도 그 아주 약간의 습관 차이가 10년 뒤, 일생을 거쳐 아주 큰 차이를 만들어냅니다. 그 미세한 차이가 바로 삶의 자세attitude이고, 큰 차이는 긍정/부정으로 나뉘는 분수령이 됩니다. 인공위성이나 미사일 발사 시의 아주 작은 오차가 최종 목적지에서 큰 거리로 빗나가는 결과를 야기하지 않던가요?

　일상적 태도가 인생의 방향을 좌우하는 데에는 예외가 없습니다. 막연한 열정은 있으나 구체적인 계획이 없고, 제법 그럴듯한 계획을 세워도 실천 목표가 분명하지 않은 착하기만 한 사람이 성공하지 못하는 이유입니다. 비전 있는 열정! 일상을 움직이는 '연료'가 없으면 우리 인생은 이내 휘발해버립니다. 초심이 출발의 동기라면 성공의 관건은 뒷심이 좌우합니다. 그 사이에서 중심을 잘 잡아야 끝까지 완주할 수 있습니다. 초심, 중심, 뒷심의 황금 비율이 성공을 좌우하는 것입니다.

　잘못된 습관을 깨려면 올바른 방향을 향한 깨달음으로 이어져야 합니다. 새로운 아이디어나 실험적인 실천 없이 매일 상상에서만 맴도는 평면적 삶을 지속하면서도 반전의 기적이나 입체적인 삶을 기대하는 것은 코끼리가 요가를 배우는 것 이상으로 불가능합니다. 제대로 뿌리내린 작은 습관 하나가 한 사람의 운명을 바꿉니다. 숙명이 하늘에서 비롯된 것이라면, 트랙을 달리는 동안의 운명은 우리 손에 달려 있습니다.

행과 불행은 주어진 조건이 아니라 그 환경을 헤쳐나가는 삶의 자세에 따라 결정됩니다. 다리를 움직이지 않으면 아무리 좁은 도랑도 건널 수 없듯이 말입니다. 소원과 목적은 있으나 노력이 따르지 않으면 어떤 좋은 환경도 소용없습니다. 소원과 목적, 그것을 실현하는 동력이 바로 노력입니다. 노력해서 소원을 찾는 것이 아니라 뚜렷한 목적의식이 노력이라는 결과로 이어지는 것입니다.

준비되지 않은 사람에게 찾아온 기회는 행운이 아니라 오히려 불행의 씨앗입니다. 이미 준비된 좋은 환경도 노력하는 과정에서 얻는 행복과 결코 비교할 수 없습니다. 자신의 의지만으로 주변 환경을 바꿀 수는 없지만 환경을 바라보고 받아들이는 '자세'는 평상시 잘 유지하다 결정적일 때 발휘해야 할 순발력입니다.

 중년에는 개성보다 균형

인간의 생존에 필요한 세 가지는 공기, 음식, 정서적 안정입니다. 앞의 두 가지가 육체의 생명을 위한 것이라면 마지막은 정신건강을 위한 것입니다. '정서'는 우리가 일상에서 보고 느낀 감흥을 뇌의 기억에 저장하는 주 경로인데, 잘 여과하고 수용하면 평정심을 유지할 수 있습니다.

하지만 한국 사회에는 왜곡된 관점으로 야기되는 오해와 편견이 다반사입니다. 나름 전문적인 이론과 준거를 대지만, 그것은 개인 혹은 자신이 속한 조직의 이익과 가치관을 대변할 뿐 엄밀한 의미에서의 가치중립은 불가능합니다. 그렇다고 논의나 비판을 하지말자는 것은 아닙니다. 진지하고 치열하게 토론하되 인신공격 ad hominem 만은 피해야 한다는 말입니다. 인간 자체가 모순적 이성을 지닌 존재이기 때문입니다. 지적인 사람은 지성을 도구로 진실을 호도하고, 정적인 사람은 자기감정의 편견에 사로잡힐 수 있으며, 의지가 강한 사람은 주변의 의견을 무시한 채 독선적이 되기 쉽습니다. 이러한 지知·정情·의意가 균형을 이룰 때 비로소 신체적·정신적·사회적으로 건강하고 아름다운 인간이 되는 것입니다.

그런데 세상에는 아름다운 사람만 있는 게 아니더군요. 지구상에 존재하는 4000개 이상의 광물 가운데 50가지 정도가 보석으로 분류된다고 합니다. 그중에는 다이아몬드처럼 보이는 가짜 보석도 있고, 수수하게 보이는 루비나 사파이어 혹은 토파즈 같은 것도 가끔 있습니다.

수천, 수만 가지의 유형과 변수가 그물처럼 얽혀서 작동하는 곳이 인간 사회입니다. 그렇다면 특정 의혹을 자기주장으로 예단하지 않고 겸손하게 경청하는 일이 중요합니다. '나와 다르면 틀린 것'이라는 전제하에서는 진정한 대화가 이루어질 수 없습니다. 그러나 애석하게도 한국 사회, 그중에서도 특히 제도권에는 사적인 감정을 공적인 직위(신분)로 포장해 은밀하고 교묘하게 압력을 행사하는 전근대적 권위주의가 여전히 팽배해 있습니다.

다이얼로그 Dialogue 가 모놀로그 monologue 로 둔갑할 때 소통의 부재인 불통이 따릅니다. 그런 조직은 복지부동으로 이어집니다. 굴지의 대기업에서 상의하달, 하의상달 식 의사소통의 수평적 조율을 골자로 하는, 이른바 조직 내 커뮤니케이션을 교육하는 이유입니다. 저도 여러 차례 강의하다보니 그 중요성을 뼈저리게 느끼곤 합니다.

생각-판단-행동 프로세스에서 특별한 부연설명 없이 최고경영자

CEO와 실무진의 호흡이 75% 이상 맞아야 건강한 조직으로 분류됩니다. 살아 움직이는 조직은 회의시간meeting이 길지 않습니다. 회의시간이 길어지면 회의적skeptic이 된다는 사실을 잘 알기 때문입니다. 회의가 자주 열리고 길게 열린다는 것은 잦은 의견 충돌로 어딘가 모르게 삐걱거린다는 뜻입니다. 그래서 종료시간을 정해놓은 회의가 훨씬 더 생산적인 결과를 얻는 것이죠. 다시 핵심으로 돌아갑니다.

편견이란 객관적 사실을 주관적으로 수용하는 과정에서 지식과 경험의 편향성 때문에 비롯됩니다. 단지 하나의 견해에 머물러야 할 사안이 사견을 넘어 과도한 자기주장이나 맹신으로 발전하면 편견이나 아집, 심지어는 독단에 빠지기 쉽습니다.

자신이 보기에 '제일 중요한' 것을 '절대적인 것'으로 호도해서는 안 됩니다. 한 사람의 견해에는 그것이 지식이든, 경험이든, 감정이든 자신만의 잣대와 관점이 있게 마련입니다. 그렇다고 아전인수의 견해를 모두 사실로 받아들이라고 강요해서도 안 될 일이겠지요. 내가 옳다고 생각하는 대로 사는 것은 이기적인 것이 아니지만, 내가 맞는다고 생각하는 것을 남에게 요구하는 것은 이기적인 것입니다.

자신의 의견이 제한적일 수 있기 때문에 다른 이들의 견해를 통해 상호보완하자는 말입니다. 상호이해에 기초한 겸허한 존중이야말로 개인은 물론 그가 속한 조직의 균형 잡힌 성숙을 가져옵니다. 직장생활이 회의적이 되지 않으려면 제일 먼저 회의부터 짧게 해야 합니다.

그 유명한 중년을 위한 금언金言, 즉 중년에는 속도보다 방향이, 개성보다는 균형이, 허튼 잔소리보다 먼저 지갑을 여는 길이 존경받는 길임을 다시 한 번 되새겨봅니다.

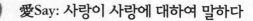

愛Say: 사랑이 사랑에 대하여 말하다

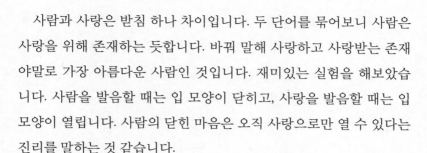

사람과 사랑은 받침 하나 차이입니다. 두 단어를 묶어보니 사람은 사랑을 위해 존재하는 듯합니다. 바꿔 말해 사랑하고 사랑받는 존재 야말로 가장 아름다운 사람인 것입니다. 재미있는 실험을 해보았습니다. 사람을 발음할 때는 입 모양이 닫히고, 사랑을 발음할 때는 입 모양이 열립니다. 사람의 닫힌 마음은 오직 사랑으로만 열 수 있다는 진리를 말하는 것 같습니다.

서양 속담에 '실제 글을 써보면서 글쓰기를 배우고, 상처와 오해를 동반한 사랑을 실제로 해보면서 진짜 사랑을 배운다'라는 말이 있습니다. 동사의 사랑이 명사의 사랑으로, 물음표(?)의 사랑이 느낌표(!)의 사랑으로 승화하는 순간입니다.

동서고금을 막론하고 인간은 사랑에 관한 한 누구도 예외 없이 후천성 면역 결핍증Acquired Immune Deficiency Syndrome: AIDS 환자입니다. 시도 때도 없이, 나이나 신분에 상관없이 인간은 태생적으로 사랑하고 사랑 받고 싶은 원천적 욕망으로부터 벗어날 수 없습니다. 저항할 만한 항체나 면역체가 없는 것이죠. 비록 형태와 대상은 다를지라도 사랑을 위해 태어나고 사랑을 위해 죽는 것이 인생입니다.

사랑하고 싶은 이상형과 그로부터 돌아올 이상한(?) 반응 사이에서 우리의 뇌와 영혼은 신비한 에너지를 생성합니다. 엔도르핀endorphine 이 꿈과 현실 사이를 오가면서 의식과 무의식을 자극하는 것입니다. 문제는 주고 싶은 사랑과 받고 싶은 사랑 사이에 심각한 불일치가 존재한다는 데 있습니다.

쳇! 결과가 뻔한 사랑인데도 왜 인간은 굳이 그 아프고 슬픈 갈등 구조 속에 자신을 밀어 넣는 것일까요? 개인의 삶이나 역사에서도 별

차이가 없습니다. 상처 받을 줄 알면서 사랑하고, 결과가 뻔해도 펀^{fun}한 사랑을 꿈꾸며 이리저리 살다가 마침내 죽을 줄 알면서도 사는 게 인간입니다. 그 과정에서 지불해야 할 대가가 엄청나게 아프고, 때론 고통스러워도 사랑의 묘약^{cure-all}과 위로의 힘을 맛본 사람들은 절대로 그 지독한 탐닉과 묘한 중독에서 벗어나지 못합니다. 중독인지 집착인지, 아니면 몽환적 착각인지 구분할 필요 없이 더 끈끈한 굴레를 씌워 절망에서 벗어날 구원의 비상구를 찾습니다. 왜 그럴까요?

사랑은 누군가를 애절하게 집중하면서 생각하는^思 헤아림의 분량_量과 비례하기 때문입니다. 사량^{思量}이 사랑으로 농축되는 것은 인간의 본성이 사랑 지향적이라는 사실을 뒷받침합니다. 어르신들 말에 심하게 앓고 난 사람이 예뻐 보인다고 하지 않던가요? 인간은 몸과 마음의 앓는 과정(앓음)을 통해 그 속에 있던 위해요소를 배출함으로써 비로소 아름다워지는 것입니다. 앓음이 곧 아름다움의 원천인 셈입니다. 앓음이라는 압축 ^{zip}을 해제^{unzip}하면 아름다움이 탄생하는 것입니다.

진리를 깨닫는 앎과 육체나 영혼의 앓음이 아름다움의 기원입니다. 한 편의 시가 가슴 시리도록 아름다운 이유는 시인의 앓음이 그 속에 용해되어 있기 때문입니다. 아름다움의 이면에는 반드시 앓음이 있게 마련입니다. 고통을 수반하지 않은 아름다움은 없습니다. 내면도 그렇고, 외모도 그렇습니다. 인간은 모두 후천성 사랑 결핍증 환자입니다.

제 2 장

터지지 못해 터질 것 같은 삶에게

살면서 분통 터질 일이 한두 가지가 아닙니다. 성질이 급하거나 인격 수양이 부족해 표출되는 분노도 있지만, 불합리하고 억울한 상황에서 비롯되는 분통도 적지 않습니다. 법과 제도는 행동의 외형적 결과로만 판단할 뿐 그 내면과 동기까지 헤아려주지 않습니다. 정당한 가치를 인정받지 못한 데서 기인한 분노, 역량과 기회의 불균형 문제는 세대를 초월해 한국 사회의 주요 갈등요인입니다. 빈부격차, 지역과 이념의 갈등, 세대 내 갈등과 세대 간 갈등이 한국 사회의 건강한 발전에 걸림돌이 되고 있습니다. 그중에서도 가장 분통이 터질 것 같은 세대가 바로 50대입니다.

가장이자 부모로서 한창 일할 나이에 용도 폐기된 현실에 맞서 시대의 과제와 인생의 숙제를 동시에 풀어야 하는 시기이기 때문입니다. 송호근 교수는 그 실태를 다음과 같이 요약합니다.

한국 베이비부머의 평균자산은 3억 8000만 원 정도로, 그중 부채액이 6500만 원, 부동산 빚이 2억 8000만 원, 금융자산이 8600만 원 정도로 전해집니다. 어림잡아 3억 원대 아파트 한 채에 1억 원 가량의 현금을 보유한 사람들이 한국의 유명무실한 중산층입니다. 이들은 이제 자신의 무능력과 무기력에 크게 좌절하고 심히 분노하고 있습니다. 자녀 양육비에, 노부모 부양에, 자신의 은퇴 후를 걱정하는 삼중고에 시달리고 있습니다. 전국 1070만 가구 중 108만 가구가 하우스푸어 housepoor 이고, 50대 베이비부머 260만 가구 중 22만 가구가 원리금 상환에 시달리고 있습니다. 크레바스(소득절벽)로 불리는 무연금, 무소득 기간을 지나는 중년 가장들이 알량한 주택 하나에 목숨을 걸 수밖에 없는 오늘의 현실입니다.[1]

이러한 고민으로 속을 끓이면서도 50대 가장은 부모에게는 절대 손 벌리지 않고 자식에게는 모든 걸 다 해주고 싶은 강박관념에 사로잡혀 있습니다. 역설도 이런 역설이 없습니다. 아주 기형적인 한국 사회의 특징입니다. 한국 부모의 자식 사랑은 인류가 만들어낸 가장 아름답고 감동적인 불공정 거래입니다.

초고속 압축 성장과 전방위적인 무한경쟁체제가 50대의 삶을 이렇게 몰고 간 것입니다. 수고 후에 안식처 없는 인생. 이들의 노후는 처량하기만 합니다.

주택난과 자녀 양육비 외에 가장 큰 현실적인 부담이 자녀들의 취업과 결혼 문제입니다. 지금보다 더 가난했던 시대의 부모들은 열악한 환경에서도 스스로 가정을 꾸리고 자녀들을 훌륭하게 키워냈건

---

1 송호근, 『그들은 소리 내 울지 않는다』(이와우, 2013), 36쪽.

만, 자녀의 취업과 결혼에서 부모의 경제적 지원이 필수가 되어버린 오늘날의 현실이 일면 이해가 되면서도 마뜩하지 않습니다.

부모와 자식을 잇고, 농경사회와 산업화시대를 이으며 근대와 현대를 연결했던 가교세대인 한국의 50대 가장은 마땅한 문화생활 한번 제대로 해보지 못한 채 가정 속 외딴섬처럼 겉돌고 있습니다. 그것도 모자라 거시기(?)까지 숙인 남자로 아주 납작하게 엎드려 있습니다. 제2장에서는 이처럼 터뜨리지 못해 터질 것 같은 중년의 삶에 내 시경을 투사해보았습니다.

 ## 한국인이 분노하는 이유

국제 영어의 표준인 '메리엄-웹스터Merriam-Webster' 사전에도 고유 한국어가 눈에 띕니다. 김치kimchi, 태권도taekwondo에 이어 소주soju라는 단어가 한국을 대표하는 공식 단어로 등재된 것입니다. 아마 조만간 비빔밥, 한류, 독도 같은 단어들도 후보군에 오를 것으로 보입니다.

한국인의 정서를 묘사하는 단어 가운데 울화통pent-up anger도 빼놓을 수 없겠네요. 분통 혹은 분노로 환치될 수 있는 이 단어가 왜 한국인의 정서를 대변하는 것일까요?

한국인의 분노감정 기저에는 불합리한 관행을 용납하지 못하는 이성적인 회의나 본질적인 환멸이 자리하고 있습니다. 특히 고용, 교육, 복지 분야는 타국에 전례 없는 광범위한 분노의 정서가 지배하고 있습니다. 왜 그럴까요?

'아무리 정직하고 성실하게 노력해도, 알아서 눈치껏 행동하지 않으면 성공하지 못한다'는 통념이 뇌리에 깊이 각인되어 있기 때문입니다. '죽도록 노력해봐야 결국 소용없다'는 비관적인 현실 인식은 사람들에게서 정상적인 노력 의지와 그에 따른 보상기제를 빼앗음과 동시에, 이들을 경쟁적이면서 파행적인 지대 추구rent seeking 행위로 몰아갑니다. '지대 추구'란 자신의 이익만을 위해 정상 절차 외에 로비나 향응 같은 비생산적 활동에 전념하게 함으로써 정상적인 노력을 경시하는 것은 물론, 공공자원까지 낭비하는 것을 말합니다. 다시 말해 자기 이익을 위해 건강하지 않은 꼼수를 부리는 것이지요.

문제는 거기서 끝나지 않고 이 꼼수가 또 다른 꼼수를 부른다는 데 있습니다. 이런 과정을 통해 혈연, 지연, 학연 등 연줄과 배경에 따라 성공과 실패가 판가름 나다보니 사람들은 좌절하거나 분노합니다. 자신의 부족함을 돌아보기에 앞서 불공정한 사회와 비열한 경쟁자들을 먼저 탓하고 비난하는 아주 못된 습관이 생깁니다. 정해진 게임의 규칙을 지키지 않고 고도의 세련된 반칙을 통해 오로지 득점에만 초점을 맞추다보니 불건전한 과열 경쟁으로 시장의 부도덕성을 부추기는 악순환을 거듭하게 되는 것입니다. 더군다나 이런 전략이 단기적·한시적으로 먹히다보니 사회 전체에 관행이라는 악습이 만연하게 된 것입니다. 한국 사회가 서서히 하향 평준화되어가는 것은 아닌지 심히 우려스럽습니다.

 ## 바다를 이해하게 된다는 나이 50

나이 50이 되어야 비로소 하늘의 뜻을 안다는 지천명知天命!
수년 전 마흔아홉의 고비를 넘기면서 혼자 중얼거리던 순간이 있었습니다. 동물들이 10년마다 털갈이를 하듯 저 역시 남들이 흔히 말하는 아홉수를 지나면서 생각과 행동은 물론이고 동선과 관심거리에 큰 변화가 생겼습니다.

'내가 어쩌다가 오십 줄에 들어선 거야'라고 했던 제가 이제 50 중반을 넘어섰습니다. 정신없이 살았던 10년처럼 그렇게 10년, 20년이 또 지나가겠지요. 장차 이룰 수 있는 일의 한계도 이제 명확해 보입니다. 지금까지 이루어놓은 성과는 허접하기 짝이 없으면서, 여전히 폼나는 버킷리스트를 짜고 있습니다. 이런 식으로 한 번씩 찾아드는 우울한 생각은 하루에도 몇 번씩 습관처럼 반복됩니다. 뉴스를 보다가 화들짝 놀란 적이 한두 번이 아닙니다. 남들의 부러움을 사던 대기업 부사장, 얼마 전 만나 악수까지 했던 노벨상 후보에 오른 교수, 탁월한 능력을 지닌 의사가 원인도 모른 채 자살했다는 기사를 접한 후로는 더 그렇습니다.

도대체 어디서부터 어떻게 잘못된 것일까요? 도대체 무엇이 모자라 때론 비굴하게, 때론 무모하게 부대끼며 치열하게 살아온 우리네 삶이 이토록 허전하단 말입니까? 김정운 교수는 『남자의 물건』(2012)에서 독일의 심리학자 비요른 쥐프케 Bjorn Sufke 의 말을 빌려 중년 남자들에게 불현듯 찾아와 도무지 벗어날 수 없게 엉켜드는 무기력감을 '알렉시티미 Alexithymie'라 불렀습니다. 번역하면 '감정 인지 불능' 정도 되겠습니다.

자신이 무엇을 느끼고 있는지 도무지 모른다는 말입니다. 자기 내면에 무슨 일이 일어나는지 모르는데, 세상이 어떻게 돌아가는지 어찌 알겠습니까? 정신없이 앞만 보고 달려가다가 어느 날 갑자기 세상이 통째로 변해버렸다는 사실 앞에서 눈앞이 캄캄해지고 가슴이 먹먹하고 답답해지는 것입니다. 더 이상 내가 설 자리가 없다는 느낌에

한 번 거꾸러지면 다시 일어나기가 여간 힘든 게 아닙니다. 한 방에 훅 간다는 말입니다. 어느 날 갑자기 바닥에 서 있는 모습을 발견하고는 멍하게 주저앉습니다. 이때 만난 시가 정호승의 「바닥에 대하여」입니다. 그는 바닥까지 가봐야 다시 일어설 수 있다고 말합니다. 그 한계가 보이든 보이지 않든 다시 일어설 수 있는 용기는 오직 바닥에서만 배울 수 있다는 것입니다.

이 시를 알고 있던 10년 선배가 한마디 충고를 합니다. 요즘의 청춘과 자신의 청춘을 쓸데없이 비교해 스스로 초라해지지 말랍니다. 시대와 문화가 바뀌고 가치관도 바뀌었기 때문입니다. 가능하면 밥도 자주 사면서 존경을 받으랍니다. 인색한 노인은 궁색하다고 더 천대받는다는 겁니다. 그러나 실질적인 소득이 없는 은퇴자들에게는 이마저도 쉬운 일이 아닙니다.

그다음으로 중요한 것이 마음을 느긋하게 먹는 것입니다. 신경과민과 소화불량에 우울증과 불면증이 겹치면 바로 뇌졸중이나 심근경색으로 이어질 수 있기 때문입니다. 아울러 나이가 들어도 혼자 문제를 해결할 수 있는 독립적인 능력을 길러야 합니다. 적지 않은 일당의 가사도우미와 휠체어 끌어주는 인력을 고용해도 자신의 기대에 못 미칠 뿐 아니라, 설령 가족이라 해도 10년 병수발의 효도를 기대하기는 어렵기 때문입니다. 건강관리 잘하는 것이 자신뿐 아니라 가족의 짐을 덜어주는 일입니다. 이미 알려진 내용이지만 '3척'을 멀리하는 것이 중요합니다. 잘난 척, 아는 척, 있는 척이야말로 자신이 속한 모임이나 조직에서 왕따 당하는 지름길입니다.

무엇보다 제일 중요한 일이 신앙을 갖는 것입니다. 시인 고은은 한 TV 프로그램에서 "종교는 아주 먼 곳을 바라보며 목적의식을 함양한다는 점에서 정신건강에 매우 유익하다"라고 권면한 바 있습니다. 경건한 신앙생활이야말로 거친 세상을 헤쳐 나온 인생의 황혼을 한층 더 우아하게 가꿔주기 때문입니다. 비록 머리에 살구꽃이 피어도 동안의 미소를 지닐 수 있는 유일한 길입니다.

자주 들어서 알고 있지만 제대로 하지 못하는 습관도 있습니다. 노파심에서 비롯된 잔소리는 가능한 한 줄이고 칭찬과 격려로 힘을 북돋아주는 것이 멋진 중년입니다.

자기연민에서 벗어나라는 말이 가장 가슴 깊이 파고듭니다. 마음 여리고 생각이 고지식한 사람일수록 자기연민에 쉽게 빠집니다. 나만큼 고생한 사람, 나만큼 외로운 사람, 나만큼 노력한 사람 있으면 나와 보라는 착각에서 이제 벗어나야 합니다. 아무리 뛰어나도 당대의 아들이듯 동시대를 살면서 비슷한 정도의 고민과 고생은 누구나 다 겪고 지금 이 자리에 생존해 있는 것입니다. 나만큼 고생하지 않고, 나만큼 아파하지 않으면서 나이 든 중년이 어디 있던가요? 모두 을씨년스러운 자기긍휼일 뿐입니다. 이제 지나간 일은 훌훌 털고 인생 후반전을 준비할 때입니다. 지나간 추억은 언제나 그립고 아쉬운 법. 추억만 먹고 살기에는 살아가야 할 여정이 너무 깁니다.

이 말을 들은 누군가가 맞장구를 칩니다. 중년에 마시는 술 한잔의 의미를 어눌한 발음으로 뱉어내던 그의 눈가가 어느새 촉촉한 이슬로 젖어들기 시작합니다. 참이슬 한잔에 흐르는 눈가의 이슬이 짐작되시지요? "중년이 마시는 술 한잔은 '그리움의 술'이며, '외로움의 술'이고, 치열하게 살고자 하는 '욕망의 술'이다. 숨이 목전까지 다가왔을 때 내뱉을 곳을 찾지 못해 부르짖는 울분의 술이기도 하다." 이는 이채의『중년이라고 그리움을 모르겠습니까?』(2006) 중「중년에 마시는 술」을 혹자가 개작한 것으로 여러 사람의 입에 회자되고 있습니다.

세월 속에 잊혀가는 세월호

2014년 4월 16일. 아침 공기가 제법 스산했던 수요일 아침! 활기찬 하루를 열어갈 즈음 아무도 예상하지 못한 대형사고가 발생했습니다. 씻을 수 없는 트라우마를 안긴 세월호 침몰 사고는 온 국민에게 큰 상처와 아픔을 남겼습니다. 놀람, 충격, 망연자실, 분노의 감정이 뒤엉켜 한국 사회를 다시 돌아보게 했습니다. 총체적 부실, 관료마피아의 고질적 병폐, 재난 및 안전관리 시스템의 부재, 진리를 따르기보다 실리만 따지는 후안무치의 고위층과 전문가들이 빚어낸 대한민국 국치의 날이 되었습니다. 언론과 미디어의 편향적 보도와 그에 따른 억측과 유언비어들로 한 달 내내 몸살을 앓았고, 아직도 그 후유증에 시달리고 있습니다.

소 잃고 외양간 고친다고 했는데, 외양간 수리비용이 소값보다 훨씬 비싸다는 게 문제입니다. 농경사회 시절 한국을 대표하는 민중문화는 상부상조였습니다. 품앗이를 하고, 동네의 애경사를 둘러보던 사랑방 공동체의 훌륭한 전통은 도대체 어디로 사라진 것일까요? 상부상조가 부당거래로, 순수한 관심이 사후 보상을 위한 인맥관리로, 축의금과 조의금을 향후 보상을 위한 선투자로 왜곡하는 현실은 누구 탓으로 돌려야 할까요? 지금 유가족들에게 가장 필요한, 그래서 다른 무엇보다 선결되어야 할 문제는 개인 성금이나 국가적 차원의 보상을 넘어 이웃 사랑에서 비롯된 진정성 있는 위로, 무엇보다 보편적인 인간의 가치를 존중하는 공동체에 대한 인식의 전환일 겁니다. 후자가 해결될 때 비로소 전자가 제대로 작동할 것이기 때문입니다.

얼마나 더 많은 소를 잃어야 외양간이 고쳐질까요? 사후 수습비용보다 예방 교육비용을 늘려야 하는 이유입니다. 원인 규명을 둘러싸고 각계 전문가들과 논객들이 다양한 글을 쏟아냈지만, 논리 전개의 설득력으로 실체적 진실을 호도하려는 관행이 아쉽습니다. 아니 우려스럽고 어떨 때는 무섭기까지 합니다. 대중의 인기를 등에 업은 유명 논객들이 자신의 글이나 견해가 사회에 얼마나 큰 반향을 일으키는지 잘 모르는 모양입니다. 칼럼니스트들과 오피니언 리더들이 당위적 과제 해결의 도구로 사실에 기초한 진정성보다 대중 선동에 초점을 맞추는 근래의 행태는 팩트fact를 중시하는 저 같은 역사학도들의 마음을 심히 불편하게 만듭니다.

자의 반 타의 반으로 그들의 주장이 매스컴을 타지만, 정작 그들은 진실 자체보다 자기주장이 대중에게 어떻게 어필할지 그 반향 효과에만 주목하는 듯합니다. 논객이나 칼럼니스트 역시 우리와 성정이 비슷한 인간인지라 자신의 주장에 담긴 실체적 진실이 무엇이든 그것이 미치는 사회적 파장이나 자신의 위상을 알리고 싶은 나르시시즘과 명예욕으로부터 완전히 자유로울 수는 없겠지요. 그들은 일반 대중에게 실체적 진실을 알려주기 위해 글을 쓰는 것처럼 보이지만 궁극적으로는 자신의 신분 상승 혹은 관료적 영광을 노리는 세련된 권력 숭배인 경우가 대부분입니다.

산소통을 메고 직접 바닷물 속으로 뛰어들 게 아니라면 유명인사의 현장 방문은 또 다른 위선으로 보일 가능성이 높습니다. 어떻게 해도 쉽지 않습니다. 방문을 한다 해도 곧이곧대로 보지 않고, 방문하지 않아도 비난을 피해 가기 어렵습니다. 그 어떤 사과와 해명도 성난 민심을 잠재우기에는 역부족입니다. 한두 번의 방문으로 희생자의 아픔을 대신할 수도 없을뿐더러 시기와 방법은 물론이고 그 형식에서도 공감을 얻기에는 미흡해 보입니다. 정부의 미흡한 대처능력과 부패한 관료사회는 말할 것도 없고, 도덕과 안전관리 시스템을 감시, 통제, 비판하지 못한 우리의 허물도 면죄부를 받기는 어렵습니다. 문제는 면죄sin & crime부를 면벌penalty부로 대치해 조속히 마무리 짓고자 하는 전시행정입니다. 아픔은 싸매 주고 상처는 보듬어주되 철저한 책임 규명과 더불어 역사적 교훈을 절대 잊지 말아야 합니다.

우리의 삶이 타인의 생존 노력과 도덕적 희생 위에 세워져 있다는 점은 누구도 부인할 수 없는 사실입니다. 그래서 슬프고, 무섭고, 분노하면서 동시에 미안하고, 부끄러운 것입니다. 아프고 무섭고 도저히 어찌할 바를 모르겠지만, 우리는 이 척박한 환경과 역사적 과정을 침착하고 슬기롭게 이겨내야만 합니다. 언제 어떤 공황장애가 다시 찾아온다고 해도 우리는 그저 살아 있다는 이유만으로 죽음보다 삶을 선택해야 합니다. 4월은 정말이지 끔찍하게 무서운 밤의 연속이었습니다. 어설프게 살아 있는 제 자신도 두려운데, 무기력한 상황 앞에서 울부짖는 당사자들은 얼마나 더 큰 공포와 분노에 전율할까요?

이 소리 없는 아우성의 이면에는 부패 척결, 제도 개선 못지않게 생존권 및 기본권을 포함한 인간 생명의 존엄성을 정당하게 예우 받으려는 갈급함이 깔려 있습니다. 외양간을 미리 정비하지 못한 국가에 대한 질타와 반성이 이제는 과거와 현재를 타산지석 삼아 미래로 향해야 합니다. 반드시 짚고 넘어가야 할 점은 사실 보도에 사활을 걸어야 할 언론과 미디어의 편향적 보도와 축소 논평, 세월이 흐르면서 점차 시들해진 대중의 집단기억과 방조 속에서 자신의 중장기적 이익을 계산하는 곡학아세曲學阿世에 길들여진 전문가들을 솎아내는 일입니다.

세월호 참사에 바칠 진정한 예의는 어설픈 위로보다 진중한 침묵이 아닐까 생각합니다. 진실을 은폐하자는 게 아닙니다. 겸허하게 봉사하는 무명無名의 헌신이 존중받아야 한다는 사실입니다. 단 한 번의 사고로 사회 구석구석이 발가벗겨진 한국의 야만적인 역사의 현장을 직시하고 바로잡는 것이야말로 살아남은 사람들이 감당해야 할 과제이자 갚아야 할 부채입니다.

구원파를 비롯해 불교, 천주교, 개신교 할 것 없이 종교계 전반의 비리도 철저하게 개혁해야 합니다. 유병언 회장은 부패한 재력가를 넘어 파렴치한 경제사범으로 불려도 부족합니다. 세월호世越號의 '세월'이 '세상을 넘는다(초월한다)'라는 뜻으로, 선박 이름치고는 참으로 상서롭지 못할뿐더러 세월을 바다에 흘려보낸다는 듯이 듣기에 따라 상스럽기까지 합니다.

더 무서운 것은 그의 전횡을 곳곳에서 방조했을 검은 먹이사슬입니다. 세월호 승무원, 청해진해운, 해운조합, 해경, 항만청, 해양수산부, 안전행정부 및 중앙정부에 이르기까지 관련되지 않은 곳이 없는데, 앞장서서 수습할 책임자가 없다는 사실이 황당할 따름입니다. 국민을 볼모로 자신의 신분과 지위를 지키려는 사람들에게 이제 국민의 정당한 권리로 책임을 물어야 합니다.

이 사건을 겪으면서 알게 된 사실이지만, 저지대 국가인 네덜란드와 산업혁명의 본산지인 영국을 제치고 세계 조선기술의 선두를 달리는 한국이 정작 여객선은 제대로 만들지 못하는 나라라고 하니 참으로 어처구니가 없습니다. 'STX조선'이 출범해 미개척 분야를 육성하려 했지만 부실 경영으로 현재 법정관리에 들어간 상태입니다. 각국의 연안을 잇는 여객선을 만든 뒤 수출용 대형 선박을 건조하는 것이 상식일진대, 이게 어찌된 일이란 말입니까? 이러한 기초 부실이 한국의 초고속 압축 성장의 현주소입니다. 돌이킬 수 없는 사고를 당한 유족들에게 메리 캐서린 디바인Mary Catherine Divine의 시 「마음껏 슬퍼하라」를 통해 작은 위로나마 드리고자 합니다.

진정 슬픈 일에서 벗어날 유일한 길이니

두려워 말고, 큰 소리로 울부짖고 눈물 흘려라

눈물이 그대를 약하게 만들지 않을 것이다

눈물을 쏟고, 소리쳐 울어라

눈물은 빗물이 되어,

상처를 깨끗이 씻어줄 테니

상실한 모든 것에 가슴 아파하라

마음껏 슬퍼하라.

(중략)

 ## 네 사람이 나눈 대화

세월호 참사의 아픔이 가시기도 전에 지하철 2호선 탈선으로 170명의 부상자가 나왔다는 소식이 전해졌습니다.

두 사고 모두 우발적인 사고였습니다. 이 사고 현장에 주인공인 당사자, 현장 목격자, 해결을 자처한 자, 유관기관의 관계자들이 모두 모였다고 가정해봅시다. 이들이 사고 책임 소재를 놓고 설전을 벌입니다. 그들의 이름은 '모든 사람everybody', '누군가somebody', '아무나anybody', '아무도nobody'였습니다. 우리는 이 네 사람 중 과연 누구에 해당할까요?

어떤 이가 그건 '나와 상관없는 일'이라고 외치자 네 사람이 각기 다른 반응을 보였습니다.

'모든 사람'은 '누군가'가 그 일을 해줄 것이라 생각했습니다. 그러나 '아무나' 할 수 없는 일이라고 생각했기에 '아무도' 하지 않았습니다. '누군가'가 이에 대해 화를 냈습니다. '모든 사람'이 해야 하고, 또 할 수 있는 일을 왜 하지 않느냐고!

'모든 사람'은 '누구나' 그 일을 할 수 있으리라 생각했지만 '아무도' 하지 않으리라는 사실을 전혀 알지 못했습니다.

결국 '모든 사람'은 그 일을 앞장서서 하지 않은 '누군가'를 맹렬히 비난했습니다. '누구나' 할 수 있는 일을 왜 '아무도' 하지 않았느냐고요.

이번 사고들을 계기로 한국 사회가 상대적인 의인과 도의적인 죄인으로 양분되는 분위기입니다.

그렇다면 이런 상황에서 물리적 혹은 도덕적 책임은 과연 누구에게 있을까요? 누구도 비난할 수 없고 아무도 비난 받을 일이 아니라지만, 양심 있는 사람이라면 누구나 양심에 찔리고 부끄러워해야 할 내용입니다. 우리 모두가 공범자입니다. 감시를 소홀히 하고 돈에 눈먼 공무원들이 우리의 친인척이자 지인이라는 이유로 나 역시 그런 자리에 있으면 어쩔 수 없었을 것이라는 공감대를 형성하며, 우리 모두의 암묵적 동의 아래 저질러진 범행입니다. 법적 처벌은 면했을지 몰라도 도의적 책임으로부터 벗어나기는 어렵습니다. 어떤 행위가 범죄로 성립되는지, 그리고 그 범죄에 대하여 어떤 형벌을 줄 것인지는 오직 법률로만 정할 수 있다는, 이른바 '죄형법정주의the principle of 'nulla poena sine lege'의 근본정신을 되새겨볼 때입니다.

권위, 권력, 권리

'권위' 없는 자의 '권력' 휘두르기는 정당한 '권리'를 가진 자들의 굴기屈起를 통해 바로잡힌다는 것이 역사의 교훈입니다. 권위, 권력, 권리는 올바른 사용의 전제하에 합당한 역량을 지닌 사람에게 부여하는 신의 선물이기 때문입니다.

대표적인 예가 구약성서 역대기하 10장 8~15절에 등장하는 사건으로 정치 경험이 일천한 어린 왕의 대관식입니다. 르호보암Rehoboam 왕은 원로의 충고를 무시하고 어린 동료들의 말에 따라 전체주의 totalitarianism를 실시했으며, 그 결과 민생 파탄과 실정을 야기해 결국 남유다와 북이스라엘의 분열시대를 열었습니다. 그런데도 여호와는 여로보암Jeroboam 왕을 통해 이스라엘 백성에게 새 희망을 제시하고 권위, 권력, 권리가 어떻게 상호작용하는지를 교훈합니다.

이 글은 한국의 정치 현실이나 역사를 이해해야만 공감할 수 있는 내용으로 첫 문단부터 딱딱하게 느껴진다면 다음 장으로 건너뛰어도 무방합니다. 도대체 뭐가 얼마나 어렵길래 건너뛰라는 건지 의문을 품을 수도 있습니다. 기왕에 부아가 치밀었다면 3~4분만 인내해보시기 바랍니다.

세상사 정치적이지 않은 것이 없습니다. 바꿔 말하면 정치세계에서 우연히 발생하는 일은 없습니다. 누군가가 의도했고, 입안하고, 공방과 격렬한 논쟁을 거쳐 합법적으로 제도화되면 승자와 패자, 그리고 이익을 챙기는 자와 손해 보는 자로 나뉘게 마련입니다.

이때 반응은 두 가지로 나타납니다. 하나는 정치인들의 구습과 병폐에 대한 혐오입니다. 다른 하나는 정치에 대한 철저한 무관심으로, 이는 정당한 권리의 방기 혹은 자발적인 포기로서 자율적 인권이라

는 이름 아래 행해지
는 철저한 직무유기
입니다. 둘 다 건강하
지 않은 태도입니다.
여기서 잠깐 프랑스
대혁명에 대해 살펴
보겠습니다.

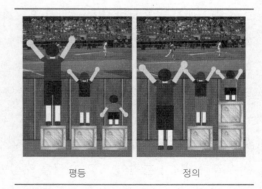

평등   정의

프랑스 대혁명이
남긴 유산은 모든 인간이 신과 법 앞에 아무 조건 없이 평등해야 하
고, 그 제도적 기본권 보장은 사상적·종교적·신체적 자유를 포함한
인간의 제반사에서 궁극적인 자유를 누리기 위함이라는 것입니다.

이러한 프랑스 대혁명 원년(1789)에서부터 파리 코뮌(1871) 형성에
이르기까지 근 82년간 싸운 끝에 얻어낸 권리가 바로 오늘날 19세 이
상의 모든 성인 남녀에게 평등하게 주어진 보통선거권이란 말입니
다. 그렇게 얻은 권리를 겨우 등산이나 야유회를 이유로 포기하는 것
은 민주시민이 될 자격이 없다는 뜻입니다. 생업에 치이고 병석에 누
웠거나 불가피한 해외 출장의 경우를 빼고 사소한 이유로 그 권리를
포기하면서 정치에 대한 사적 분노만 터뜨리는 것은 공감을 얻지 못
합니다.

이 보통선거권, 노동권, 생존권, 행복추구권 등이 민주주의의 핵심
가치로서, 이런 권리들이 제대로 수행될 때 비로소 중산층이 두터운
선진국이 되는 것입니다.

프랑스 대혁명은 진원지인 프랑스에만 국한되지 않고 전 세계에서
발생한 모든 시민혁명에 모범 강령을 제공한 민주주의 정치혁명의 전
형으로, 최근에는 친러시아계 빅토르 야누코비치Viktor Yanukovych 우

크라이나 대통령을 하야시키는 대신 우크라이나를 유럽에 편입시키려는 유로마이단Euromaidan 시위로 재현되었습니다. 우크라이나 시민 혁명은 2013년 11월 반러세력과 친유럽파 시민 약 20만 명이 야당 지도자 율리아 티모셴코Yuliya Tymoshenko를 중심으로 소련의 속령이던 키예프 광장에 모여 일으킨 내생적인 굴기로서, 현재 티모셴코가 임시정부를 장악하고 있습니다. 추이는 더 지켜봐야겠지만 러시아와 극우 우크라이나가 한편이 되고, 미국을 포함한 유럽연합EU과 반러 세력이 한편이 되어 대결 국면으로 나아갈 것이 자명해 보입니다.

사실 모든 정치행위는 국익 차원에서 정책 입안자나 실행자의 이해관계를 충족시키기 위해 목숨 걸고 싸우는 리얼리티 쇼Reality Show와 같습니다. 국가 구성원의 안녕과 행복을 증진시킨다는 공리주의는 기본이고, 공익 봉사라는 가면을 쓰고 온갖 실리를 챙기는, 이른바 호모폴리티쿠스Homo Politicus의 전형인 셈입니다. 한편으로 현실세계reality를 다루면서, 다른 한편으로는 (목숨 건 연기를 통해) 뭔가를 보여주는Show 종합격투기와 다르지 않습니다.

예를 들어보겠습니다. 1937~1940년까지 영국의 수상으로 재임했던 정치가 네빌 체임벌린Neville Chamberlain(1869~1940)은 유화정책과 관련된 선한 동기에 크게 영감을 받았습니다. 그는 전직 수상들에 비해 개인적인 권력욕은 없었던 반면, 평화 유지와 국민의 행복 증진에 큰 관심을 가졌습니다. 하지만 그가 펼친 정책은 그의 의도와 상관없이 제2차 세계대전 발발에 일조함으로써 수백만 명에게 처참한 아픔을 안겼습니다.

이와 달리 윈스턴 처칠Winston Churchill(1874~1965)은 일상 활동에서는 지극히 보편적이었으나, 권력 쟁취에서만큼은 아주 집요했습니다. 처칠의 외교정책은 자신이 다른 사람보다 열등하다는 인식에서 출발했는데도, 도덕적·정치적 측면에서는 그의 선임자들보다 우월했습니다.

한편 내적 동기 차원에서 프랑스 대혁명 시기 자코뱅 당의 수장이던 막시밀리앙 로베스피에르^{Maximilien Robespierre}는 당시 생존 인물 중 가장 덕망 높은 자였음에도 자신의 정적을 모두 죽였습니다. 이는 그의 내면에 잠재된 과격한 유토피아적 성향 때문이었으며, 이로 인해 그는 교수형에 처해졌을 뿐 아니라 그가 주도했던 혁명까지 무산되는 결과를 낳았습니다.

현실정치는 설령 신중하지 않은 정책일지라도 동기가 선할 경우라면 대중에게 확신을 줄 수 있지만, 그렇다고 해서 선한 동기 자체가 자동적으로 도덕적 향상을 수반하거나 정책의 정치적 성공을 담보하지는 않습니다.

특정 정치지도자의 외교정책을 파악할 때 알아야 할 점은 그 지도자의 일차적 동기가 아니라 외교정책의 본질을 이해하는 그의 지적 능력 및 그가 그것을 성공적인 치적^{治績}으로 번안해낼 수 있는 정치적 역량을 보유했는지 여부입니다. 현실정치가 추상적인 윤리를 잣대로 내적 동기와 관련된 도덕성을 판단하는 반면, 이론정치는 지성, 의지 및 실행에 따르는 정치적 본질을 판단한다는 점에서 그 평가 기준이 매우 다릅니다.

현실정치에서 국제정치를 논할 때 특정 정치인이 외교정책과 자신의 정치적 이상을 동일시하고자 한다면 대중의 집단적 오해를 피하는 것과 동시에 자신의 정치적 이상이 외교정책에 묻혀 빛을 보지 못하는 것도 피하려 할 것입니다. 특히 당대의 상황과 조건에 민감하게 영향 받는 정치가들은 장차 실행에 옮길 외교정책을 대중적 지지 아래 자신의 정치철학의 이상에 맞게 윤색해 공표하는 것이 관례입니다. 이때 국익 차원에서 행하는 '공적 임무'와 자신의 도덕적 가치 및 정치이념을 전 세계에 알리고 싶은 '사적 소망' 사이에서 그럴듯한 조화를 이루어야 합니다. 에이브러햄 링컨Abraham Lincoln이 그 좋은 예라 할 수 있습니다.

현실정치는 정치적 이상이나 도덕적 원칙을 강요하거나 그 반대인 무관심 또한 허용하지 않지만, 자신이 원하는 것과 가능한 것 사이, 다시 말해 언제 어디서나 항상 원하는 것과 특정 시간과 장소에서만 가능한 것의 차이를 엄밀하게 구별할 것을 요구합니다.

모든 외교정책이 언제나, 반드시 합리적이고 객관적인 과정을 거치는 것은 아닙니다. 개인의 성향, 선입견, 주관적 선호 및 누가 후임자가 될 것인지에 대한 정치공학적 계산, 지성과 의지의 연약함으로 인해 야기되는 막연한 추론 과정에서 자신의 외교정책을 종종 편향되게 만듭니다. 특히 외교정책이 민주주의적 조건으로 통제되는 경우 해당 정책에 대한 대중적 지지와 정서를 하나로 응집시킬 필요가 있지만, 그것이 외교정책 자체의 합리성을 악화 혹은 약화시키지는 못합니다.

그럼에도 합리성을 추구해야 하는 외교정책 이론은 늘 그랬던 것처럼 비합리적 요소와 거리를 두되 가능한 한 추상적인 표현으로 에두르기를 좋아합니다. 또한 경험상의 합리성과 조건적인 도덕성을 구분하지 않는 범위 내에서 외교정책의 이론적 바탕에 근거해 실리적 혜택까지 동시에 챙기려 할 것입니다.

사적인 변덕스러움이나 정책 입안자의 정신 병리학적 소산이 아닌, 합리성으로부터 벗어난 도덕적 일탈은 유리한 경우에 한해 조건부로 발생하지만 상호 밀착된 불합리한 체제에서는 그 자체로 정책이 되기도 합니다. 작게는 국회의원의 집단적 이기주의를 위한 방탄

국회가 그렇고, 크게는 인도차이나 전쟁을 지휘했던 미국이 좋은 사례입니다. 인도차이나 전쟁 때 미국이 어떤 외교정책을 펼쳤는지 살펴보겠습니다.

인도차이나 전쟁은 1946년 당시 프랑스 속령이던 인도차이나의 독립을 둘러싸고 인도차이나 3국(베트남, 캄보디아, 라오스)과 프랑스 사이에 일어난 전쟁으로, 1954년 7월 제네바 휴전 협정에 따라 일단락되었습니다. 그 후 라오스와 캄보디아가 분리 독립하고, 베트남이 월맹越盟과 월남越南으로 양분되었습니다. 휴전 협정이 체결되기 전 중국이 베트남을 지원한 반면, 미국은 프랑스를 측면 지원했습니다. 제네바 협정은 단일정부를 수립하기로 결정했으나, 반프랑스 민족주의 운동가 응오딘지엠Ngo Dinh Diem의 배후세력이던 당시 미국 대통령 드와이트 아이젠하워Dwight Eisenhower는 그를 차기 베트남 지도자로 세워 원격 조정하려 했습니다.

이때 응오딘지엠이 남북총선거(월맹과 월남)를 반대한 이유는 당시 분위기상 공산주의를 신봉하면서 민족 영웅으로 추앙받던 호찌민Ho Chi Minh이 차기 지도자가 될 것이 확실시되었기 때문입니다. 이때 미국의 외교정책은 차기 지도자로 반프랑스 정서를 지닌 응오딘지엠을 전폭 지지함으로써 프랑스 철군 이후의 베트남을 장악하려던 속셈이었습니다. 우리가 미국의 입장이었어도 크게 다르지 않았을 겁니다.

상술된 사례에서처럼 현대 심리학자들은 비합리적 정치학의 반대 이론, 즉 국제정치학의 병리현상을 해명하는 개념 도구를 제공합니다. 인도차이나 전쟁은 비합리적인 전쟁을 반대해야 하는 이유에 대해 다섯 가지 교훈을 줍니다.

첫째, 민간전승으로부터 유래한, 그래서 지극히 단순하고 선험적인 그림을 경험적 세계 위에 부과하는 것, 다시 말해 경험을 미신으로 대치하는 것.

둘째, 경험에 비추어 현실세계에 대한 그림을 수정하지 않는 것.

셋째, 잘못된 현식 인식에서 비롯된 외교정책의 고수, 즉 정책을 현실에 맞추지 않고 현실을 정책에 맞추기 위해, 또는 당대 현실을 재해석하기 위해 지성을 오용하는 것.

넷째, 한편으로 인식과 정책 사이의 공간을 넓히려는 정책 입안자들의 이기주의와, 다른 한편으로 인식과 현실 사이의 공간을 넓히려는 주류 학자들의 담합 이기주의.

다섯째, 근절 불가능한 현실을 다루고자 어떤 형태의 주관적 행동을 통해서든 최소한이나마 그 간격을 좁히려는 망상적인 외압.

이상을 종합해보면 전 세계 정치계와 정부 고위관리 사이에 가시적인 치적을 보여주고자 뭔가를 해보려는 욕망이 곳곳에 만연해 있으며, 그 무모한 망상이 다른 이들의 상식적인 충고를 억누름으로써 발전적인 사건을 생산해낼 수 있는 시민사회의 건강한 잠재력을 하찮게 만들고 있음을 알 수 있습니다.

실체로서의 국제정치학과 그로부터 파생된 합리적 이론의 차이는 하나의 사진과 그것을 묘사한 그림의 차이와 같습니다. 사진은 육안으로 볼 수 있는 모든 것을 보여주는 반면, 그림은 육안으로 볼 수 있는 모든 것을 보여줄 수는 없지만 육안으로 볼 수 없는 최소한의 한 가지를 보여줍니다. 화폭에 그려진 것은 그림 속 주인공에 대한 화가 본성의 투영이라는 점입니다. 사회학자이지만 어린이, 노인, 노동자, 여성 등 사회의 피지배자와 소외계층의 힘겨운 삶을 피사체로 담아내 사진작가로 더 큰 명성을 떨친 미국의 루이스 하인 Lewis Hine (1874~1940)은 "사진은 거짓말을 하지 못하지만, 거짓말쟁이도 사진은 찍을 수 있다"라고 했습니다. 이 말이 꼭 이런 경우에 해당할 듯합니다.

현실정치는 이론적 측면뿐 아니라 규범적인 요소까지 포함합니다. 이는 정치적인 사실주의Political Realism 안에 우발적 사건과 체계적인 비합리성이 가득 차 있기 때문으로, 이때야말로 외교정책에 쏟는 정치인들의 노력이 독특한 영향력을 발휘하는 순간입니다. 하지만 그것은 현실정치의 합리적 요소에 대한 강조, 즉 이론적 이해와 공감이라는 목적 아래 필요에 따라 모든 사회적 이론을 무차별적으로 공유합니다. 현실세계를 지적 이론에 맞추는 것이야말로 정치가 보여주는 가장 합리적인 메커니즘이기 때문입니다. 정치적 현실주의 혹은 현실정치는 인간의 경험만으로는 결코 성취할 수 없는, 이른바 합리적 외교정책에 대한 이론의 틀을 마련해줍니다.

한편 정치적 사실주의 혹은 포퓰리즘적인 치적에 목을 매는 현실정치는 하나의 정책을 합리적으로 보이게 연출하는 데 온 힘을 쏟아붓습니다. 이는 합리적인 외교정책이 위기를 최소화하는 한편 혜택은 최대화할 때 그로부터 도덕적인 규범과 성공에 대한 정치적 요구 사항이 잘 맞아떨어지기 때문입니다. 정치적 사실주의가 세상에 보여주려는 진의는 사진처럼 생생한 그림(현실)을 인위적으로 그린 초상화(정책)와 가능한 한 유사하게 보이게 하는 것입니다.

따라서 정치적 현실주의는 합리적인 외교정책과 현실적인 외교정책 사이에 존재하는 불가피한 간격을 의식하면서 특정 정치이론이 현실세계의 합리적인 요소에 초점을 맞추게 하고, 나아가 외교정책 자체가 정치인 자신의 도덕적·실천적 목적에 부합함과 동시에 합리적인 정책이 되도록 조율할 것입니다.

허구의 세계를 진실하게 연기해 감동을 주는 '일회적 예술' 연극과 달리 정치는 현실세계에서 뭔가를 보여주는 리얼리티 쇼이기 때문에 '목숨 걸고 싸우면서 보여주는 의도적인 연출'일 수밖에 없습니다.

이로부터 추론할 수 있는 사실은 실제 외교정책은 그것에 따라 살 수도 없고 살지도 않는, 이른바 현실의 한 단면만을 호도해 보여주는 이론적 담론과 다름없다는 것입니다. 이러한 주장은 국제정치학의 합리적 이론을 보여주려는 이 글의 취지와는 전혀 상관이 없음을 밝힙니다. 아무튼 권력정치의 완전한 균형이 현실세계에서 이루어질 확률은 지극히 낮기 때문에 불완전한 상태의 현실은 단지 권력 균형의 이상에 대한 하나의 근사치로 이해되거나 평가되는 것이 바람직합니다. 그래야만 현실정치에서 희망을 엿볼 수 있기 때문입니다. 성숙한 사회를 위한 정치개혁은 아직도 갈 길이 멀어 보입니다.

 불법과 편법

주변에서 '법 없이도 살 수 있는 사람'을 종종 발견합니다. 지극히 양심적이고 착한 사람을 칭찬한 말이겠지만, 여러 개체가 어울려 사는 사회에서 '법' 없이는 살 수 없습니다.

가령 3차선 도로가 겹치는 사거리에서 자동차의 유동량에 따라 작동하는 신호교통 '법'이 없다면 어떻게 될까요? 모두 착하고 양보심이 많아서 서로 먼저 가라고 한다면 만성 정체에 시달릴 수밖에 없을 겁니다. 양심에 따른 자발적 배려가 뿌리내린다 해도 모두의 안녕과 질서를 위한 최소한의 규칙이 요구되게 마련입니다.

국어사전은 '법'을 '국가의 강제력을 수반하는 사회의 온갖 규범'으로 정의하고 있습니다. 즉, 법은 '정당한 정치권력이 사회의 정의 실현 또는 질서유지를 위해 정당한 방법으로 제정한 사회생활의 강제적 규칙'입니다.

법학의 기초는 죄형법정주의로, 어떠한 행위가 범죄로 성립되는 지와 그 범죄에 어떤 형벌을 내릴지는 법률에 의해서만 정할 수 있습니다. 형벌권의 자의적 행사를 방지하는 인권 보장의 표상이자 근대 자유주의 형법의 기본 원칙입니다.

죄형법정주의는 1215년 영국의 대헌장 마그나 카르타^{Magna Carta}에서 유래된 이후 1628년 권리 청원, 1689년 권리 장전에서 재현된 것을 비롯해 1774년 필라델피아의 식민지 총회 선언, 1776년 버지니아 주의 권리 장전, 1789년 프랑스 대혁명의 인권 선언에 이어 1810년의 나폴레옹 형법 제4조(어떠한 위경죄·경죄·중죄도 범행 전 법률이 규정하지 않은 형벌로 처벌할 수 없다는 규정)에 그 기본 정신이 잘 드러나 있습니다.

이것이 등장하기 전에는 '죄형전단주의'라는 것이 있었습니다. 이는 범죄 행위의 규정과 형벌의 결정을 법률에 의하지 않고 재판자의 자유재량에 맡긴다는 사상으로, 죄형법정주의가 수립되기 전 전제정치專制政治와 함께 행해진 내용입니다.

'법'은 자발적인 준수를 요구하지만 도덕성이나 준수 의지 결여, 혹은 내외적인 변수에 따른 비의도적인 실수로 제3자에게 피해를 줄 경우 최소한의 처벌이나 보상이 뒤따라야 하기 때문에 공리주의의 목적하에 공정성, 형평성, 적용의 일관성을 유지해야 한다는 난제가 따릅니다. 또한 시대 변화에 따라 새로운 조항이 제정되기도 하고 수정 혹은 폐지되는 경우도 있습니다. 법이 이러한 공정성을 지녔음에도 부도덕성과 이익을 독점하려는 인간의 이기적 성향 때문에 규제나 제재가 불가피하지만, 인간의 모든 생각과 행동을 법조항으로 통제할 수는 없다는 한계가 있다는 것이 문제입니다. 법 준수의 초점이 사후 처벌보다 사전 예방에 있음에도 자발적으로 잘 지켜지지 않기 때문에 물리적인 제재를 가할 수밖에 없는 것입니다.

　로마 전성기Pax Romana에 '시민법'과 '만민법'이라는 것이 있었습니다. 전자의 시민법은 로마 태생 시민을 위한 법이었고, 후자는 흡수 통일로 로마제국에 편입된 피지배국가 토착민에게 적용되는 법으로, 이 두 법이 유럽 법체계의 골격이 되었습니다. 한편 1948년 '바이마르헌법'의 정신을 계승한 대한민국의 '헌법'에도 문자 조항으로 완성된 성문법과 함께 그 이전부터 적용되던 '자연법', '양심법', '교회법(신법)', '도덕법', '기본법' 등이 포함되어 있었습니다.

　이와 같은 자발적 준수 과정이 있음에도 무지와 오해에 따른 불법과 편법이 끊이질 않습니다. 불법이 편하고 편법이 훨씬 더 유리하지만, 이 둘은 우리에게서 근본적인 힘을 빼앗아갑니다. 진정한 힘은 양심에서 비롯되기 때문입니다. 통상 다변하는 세상을 움직이는 힘과 능력은 외적 스펙specification에 있다고 생각하기 쉽지만, 결과적으로는 미약할 수밖에 없습니다. 오히려 강력한 힘은 절대자 신과 사람 앞에서의 부끄러움 없는 양심에서 나온다고 생각합니다.

　공동체적 자유주의를 표방한 마이클 샌델Michael Sandel의 『정의란 무엇인가?Justice: What's the Right Thing to Do?』가 유난히 한국 시장에서 뜨거운 반응을 보인 이유는 무엇일까요? 외부세계를 향해서는 정의를 외치지만 정작 자신의 인격이나 이해와 관련된 내면세계에서는 불법과 편법 사이를 아슬아슬하게 줄타기하는 이중성을 꼬집었기 때문입니다. 이러한 이중적인 준법정신이 한국이 정신 선진국으로 나아가는 데 최대의 장애물입니다. 부동산 투기의 변종인 '알'박기, 사회적 배려 대상자 전형으로 국제학교에 특례 입학한 재벌가 자녀, 특권층 자녀의 병역 면제, 그밖에도 탈세를 통한 부의 축적 등 수많은 편법이 우리 주변을 맴돌고 있습니다. 한 신학자의 말이 깊은 울림을 줍니다. "진정한(온전한) 사랑이 있는 곳에는 법으로 금하는 일이 발생하지 않는다."

바닥에서 희망을 쏘다

희망고문이라는 말을 들어보셨을 겁니다. 희망에 의한 고문 혹은 희망이란 이름으로 가해지는 고문을 말합니다.

고통이 아닌 '희망에 의한 고문'이라니? 아이러니하게 느끼셨을지 모르겠습니다. 한국 사회에서는 광화문 시위 현장이나 명동 주변 야외 집회에서 자주 듣던 구호이기도 하죠. 그러나 오래전부터 회자되던 말 '희망고문'은 프랑스의 상징주의 작가 빌리에 드릴라당 Villiers de L'Isle-Adam(1839~1889)의 소설 『희망고문 The Torture by Hope』에서 비롯된 것입니다.

이 소설은 2007년 출간된 우석훈의 『88만원세대』를 통해 한국에 소개되고 널리 알려졌습니다. 이 책은 발간 2주 만에 서점가를 강타했고, 언론의 호의적 조명을 받았으며, 이후 20대 한국 청년들의 현주소를 상징하는 대표 아이콘으로 자리 잡았습니다.

한국 사회에서 베스트셀러가 되기 위해서는 어떤 비결이 요구될까요? 무엇보다 먼저 판매 부수가 높아야겠지요. 사람들의 입에 뜨거운 화두로 오르내려야 하는 것도 빼놓을 수 없습니다. 저자의 사회적 위상이나 신분도 한몫할 겁니다. 대중매체를 통해 인지도를 높인 텔레페서 tele+fessor 들이 기본적인 흥행을 보장한다는 것은 이미 공개된 비밀이지요.

그러나 이 모든 것보다 더 중요한 요소는 그 책이 당대의 민감한 화두를 어떻게 읽어내고, 그에 대한 대책을 어떻게 제시하며, 그 결과 후속 작품들이 얼마나 파생되었는가 하는 점입니다.

우석훈의 『88만원세대』 역시 대한민국 20대의 현주소와 미래를 가리키는 대명사로 뿌리내리면서 『88만원세대여, 880만 원을 꿈꿔라』, 『이제 무엇으로 희망을 말할 것인가?』, 『88만원세대: 절망의 시대에 쓰는 희망의 경제학』, 『88만원세대에 답한다』, 『시민의 정부, 시민의 경제: 우리가 만들어야 할 대한민국의 미래』, 『불황 10년』 등 다양한 책을 우후죽순처럼 쏟아냈습니다.

어느 분야 어느 제품을 막론하고 최신 히트작이 나오면 수많은 유사제품이 저가 공략을 통해 틈새시장을 비집고 들어오는 것이 상례이지만, 몇 해가 지나도록 여전히 그 여파가 남아 있는 것을 보면 한국 사회, 아니 향후 세계경제의 미래가 그리 밝지 않다는 점은 분명해 보입니다.

여기서 하나의 의문이 생깁니다. 정말 '88만원세대'는 깊이 고착화되어 더 이상 변화의 가능성이 없는 정확하고 엄밀한 진단인가? 아니면 상위 10%가 자신의 고유 영역을 사수하기 위해 주류 학자나 일선 전문가들의 주장을 앞세워 현금의 불가항력적인 빈부격차를 고도의 이론과 전략으로 호도하는 것인가? 궁금증이 과한 탓일 수도 있겠지만 주변의 말을 들어보면 저 혼자만의 예단은 아닌 듯합니다.

설령 한두 번의 대국민 호도전략을 통해 특정 집단의 이익을 추구하는 일이 발생할 수는 있다고 해도, 이를 개념 없는 사람들이 행하는 국가의 100년 대계와 맞바꿀 정도의 정치적 제스처라고 믿고 싶지는 않습니다.

그래도 정부가 20대의 일자리 창출과 50대 이후 재취업 시장 문제를 심각하게 고민하고 있는지에는 강한 의구심이 듭니다. 제가 다른 이들보다 유독 과민하고 의심이 많아서 지나친 편견에 사로잡힌 것은 아닌지 자문하면서 반성도 해봅니다. 아무튼 불투명한 현재의 경기가 쉽사리 개선되지 않을 것이라는 전망이 지배적인 것은 사실입니다. 이런 맥락에서 우석훈의 『88만원세대』는 객관적 정보의 가치를 넘어 많은 시사점과 질문을 동시에 던지고 있습니다. 드릴라당의 소설 『희망고문』의 내용을 제 방식대로 재구성해보겠습니다.

어느 유대인 랍비가 가난한 서민에게 고리대금업을 했다는 이유로 체포됩니다. 어느 날 여명이 밝기 전 파란 새벽에 그는 바깥세상을 향해 열린 비상구 하나를 발견합니다. 랍비는 자신의 소원을 들어준 신께 감사의 기도를 올립니다. 그에게는 오랜 시간의 고통에서 벗어날 수 있는 한줄기 소망이었던 겁니다. 얼굴에 생기가 돌고, 온몸이 새로운 자유에 대한 설렘으로 충만해집니다. '그래 열심히 달리자, 저기 산등성이까지만 도망가면 난 새로운 자유를 누릴 수 있어! 주께서 내게 두 번째 삶을 주신 거야!'

아뿔싸! 그런데 이것은 기만된 희망이었습니다. 종교재판관은 처음부터 이 사건의 전말을 모두 알고 있었습니다. 희망을 보여준 것 자체가 사실은 고문의 한 단계였던 겁니다.

문간에 선 랍비는 자신의 눈앞에 펼쳐진 풍경에 감사하며 중얼거립니다. 수용소의 문은 바깥 정원을 향해 열려 있습니다. 별이 반짝이는 밤하늘을 본 랍비는 봄, 자유, 생명의 자유를 마음껏 흡입해 뿜어냅니다. 그러자 지평선으로 뻗은 구불구불한 산맥이 눈으로 빨려듭니다. 밤새 이 길을 걸으면 향기 나는 레몬나무 숲을 통과하겠지. 일단 산중에 이르면 안전할 거야. 랍비는 폐를 부풀려 신선한 공기를 맛있게 흡입합니다. 산들바람이 온몸을 적십니다. 예수께 새 삶을 얻은 거지 나사로의 심정이었습니다. 그리고 하늘을 향해 두 팔을 벌려 자비로운 주님께 감사기도를 드립니다. 아, 이 환희의 극치여!

순간, 어두운 그림자가 앞을 가립니다. 그림자는 서서히 다가와 그를 집어삼킵니다. 거구의 남자가 시선을 가로막고 서 있습니다. 랍비는 눈을 내리깐 채 그 자리에서 얼어버리고 맙니다. 퀭하고 멍한 눈동자와 헐떡이는 호흡에 숨이 멎을 정도의 공포가 엄습합니다. 랍비의 멱살을 움켜잡은 사람은 바로 존귀한 종교재판관 페드로 알부에즈 데스필라였습니다. 공포에 떨고 있는 랍비 앞에 우뚝 선 종교재판관의 눈가에 길 잃은 어린 양을 바라보는 목자처럼 촉촉한 이슬이 맺힙니다. 죄인 랍비는 눈알이 튀어나올 것 같은 난감한 표정으로 종교재판관의 품에 안깁니다. 사랑이 내재된 긍휼인지 아니면 먼 세상으로 떠나보내기 위한 최후 위안인지 알 수 없는 정적이 흐릅니다. 그날 운명의 밤은 미리 준비된 고문이었던 겁니다.

희망이라는 이름의 고문! 드릴라당의 소설이 이 시대 한국 사회에 던지는 질문처럼 들립니다.

한국 사회가 20대에게 주는 희망은 무엇일까요? 무슨 가당치 않은 질문이냐고 따지면서 반문할지 모르겠습니다.

"한국이 과연 희망을 주는 사회인가? 어차피 '될 놈'은 되고, '안 될 놈'은 안 되는 것 아닌가? 절망과 냉소를 퍼뜨려서 뭘 어쩌겠다는 건가?" 지극히 합리적이고 그럴듯한 반문입니다.

설령 한국의 시대현실이 희망 없는 사회라는 점을 인정할 수밖에 없다 해도 절망과 냉소를 전염시키는 것으로는 아무것도 바꿀 수 없을뿐더러 정당화될 수도 없습니다. 문제는 희망의 부재가 아니라 거짓 희망의 과잉이라는 점입니다. 『성공하고 싶은 20대에게 들려줄 착한 습관 24가지』, 『20대 여자, 성공을 메이크업하라: 좌충우돌 20대, 성공으로 향하는 일곱 빛깔 꿈테크』, 『20대 취업은 연애다』, 『성공하는 20대의 7가지 패러다임』, 『돈 밝히는 20대가 성공한다』, 『20대, 성공하는 습관에 미쳐라』 등의 책은 승자독식의 희생양이 된 청년들의 실전 면접에서는 단기간 효과를 낼 수 있겠지만, 장기불황을 뚫을 근원적인 해결책으로는 여러 면에서 미흡해 보입니다. 저자들 나름의 노력을 가상하게 여긴다고 해도 시대의 큰 흐름을 뚫고 나아가는 데는 역부족이라는 것이 냉엄한 현실입니다. 그럴듯한 감언이설로 일시적 마취주사를 놓는 것으로는 '고용 없는 저성장'과 장기불황의 특효약이 될 수 없습니다. 약효 성분이 빈약한 알약에 저가 초콜릿을 코팅한 당의정糖衣錠에 불과할 뿐입니다.

앞에서 언급한 『희망고문』에서 사형수에게 희망을 보여준 것은 사실상 고문의 최고 단계였던 것입니다. 희망을 슬쩍 보여주다가 그가 그것을 움켜잡으려는 순간 다시 빼앗는 것. 이는 인간에게 말로 다 형용할 수 없는 좌절을 안겨줍니다. 실현될 확률이 줄어들수록 희망이란 단어의 사용 빈도와 유인효과는 상대적으로 더 커지게 마련입니다.

이것이 바로 희망이 '고문'으로 변하는 메커니즘입니다. 희망을 가질 기회가 줄어든 마당에 젊은이들에게 희망을 말한다는 것은 그저 또 다른 '희망고문'과 다름없습니다. 애당초 고문할 의도가 전혀 없었다고 해도 결과적으로는 고문에 해당하는 또 하나의 미필적 고의입니다. 그러면서도 자살만 하지 않기를 바란다니 참으로 커다란 모순이 아닐 수 없습니다.

제2차 세계대전 당시 폴란드 아우슈비츠 수용소에서 생존한 심리학자 빅토르 프란클Viktor Frankl은 '고통 속에서 죽음을 선택하는 것은 가장 쉽고도 나태한 방법이다. 육체적 자유는 감금되어 이미 내 것이 아니지만 나의 마음과 의지는 여전히 내 소유'라고 했습니다. 최악의 조건에서도 삶의 의미를 찾아낼 수 있다는 말입니다. 포로수용소라는 극한의 절망이 오히려 희망에 대한 절대가치를 높이는 환경일 수는 있어도, 상대적으로 느긋한 상황에서는 희망을 반복적으로 강조한다고 해도 그 가치가 이에 비례해 커지는 것은 아니라는 점을 보여줍니다.

희망고문의 시대를 '신앙'의 힘으로 극복하겠다며 애절하게 기도하면서 자기소개서를 쓰는 젊은이들의 취업 도전이 오늘따라 새삼스레 멋져 보이는 오후입니다. 빛나는 청춘, 패기에 찬 도전만으로도 응원의 박수를 보냅니다. 활짝 핀 꽃보다 더 아름다운 것은 실패를 값지게 한 도전이자 바닥에서 재기한 인내이며, 밝은 내일을 향한 희망입니다.

오늘은 그냥, 마냥 슬프다

오늘은 그냥 슬프고 마냥 우울하기만 합니다. 별다른 나쁜 일이 있던 것도 아닌데 아무런 이유 없이 슬픕니다. 분명 이유가 있을 것 같은데, 설명할 수 없기에 더 슬픈지도 모르겠습니다. 하나하나 원인을 헤아려보니 몇 가지 이유를 꼽을 수 있을 것 같습니다. 원인을 모른 채 슬펐을 때는 참을 만했는데, 알고 나서 참으려니 더 슬픕니다. 어쩌면 스스로 슬퍼하면서 위로하고픈 자기연민인지도 모르겠습니다. 이 정도로 열심히 살았으면 일정 부분에 도달했어야 하는데, 그럴 듯한 가시적 업적 없이 그저 소박한 일상에 만족해야 한다는 사실 때문에 저 자신에게 화가 났나 봅니다. 똑딱거리는 시계 소리를 제외한 모든 것이 정지한 느낌입니다. 지구의 중력마저도 멘탈붕괴에 빠진 저의 공중부양을 제어하지 못할 것 같은 기분입니다. 허공을 표류하는 상상 속에서 영혼의 무중력 상태를 경험합니다. 아마 이런 기분을 공감까지는 못해도 어렴풋이 짐작은 하실 겁니다.

일단 배가 고파서 슬픕니다. 먹을 것을 찾는데, 지갑에 돈이 없어 슬픕니다. 때마침 전화할 친구가 떠오르지 않아 더 슬픕니다. 거기다 가을비까지 내립니다. 우산도 없습니다. 막차가 있을 시간인데 교통카드까지 없습니다. 20여 분을 추적추적 내리는 비를 맞고 집에 들어왔습니다.

아내는 출장 가고 기숙사에 들어간 딸을 빼니 노쇠한 노모만이 심드렁하게 코를 골고 주무십니다. 이제껏 살아온 내 모습이 처량하게 느껴집니다. 하염없이 눈물은 나오는데 내밀한 심장 속으로만 흐릅니다. 눈물을 삼키다 기도에 걸리고 맙니다. 아무도 들어주지 않는 절대 고독을 혼자 헤쳐나갈 생각을 하니 다리 근육이 풀리고 맥박까지 가라앉습니다. 긴 한숨을 몰아쉬어도 잔인한 정적만이 흐릅니다. 아무리 사랑해도 대신해줄 수 없는 진공상태의 공간에 나 혼자 우두커니 서 있습니다.

젖은 옷을 갈아입고 풀 죽은 채 앉아 식은 밥에 한물간 나물을 참기름과 고추장에 버무려 왕창 비볐습니다. 조금 슬플 때는 밥맛이 없다던데, 진짜 슬프니까 맛도 모른 채 비빔밥을 위장 속으로 밀어 넣습니다. 씹지도 않고 삼킵니다. 소화를 돕는 침샘 대신 눈물이 소화제가 되어 기도를 타고 내려갑니다. 분하고 억울하고 울화통이 터져 미칠 것만 같습니다.

나는 왜 이리 슬픈 것일까? 평범한 행복 유전자는 나와 왜 인연이 없는 것일까? 신을 원망해봅니다. 남들처럼 소소한 즐거움은 왜 나랑 친하지 않을까? 상을 물리다 문지방에 걸려 부딪힌 엄지발가락이 발갛게 달아오릅니다. 분명 아파야 하는데 아픔이 느껴지지 않습니다. 원인 모를 오기와 독기가 솟아오르는데 화풀이할 대상이 없다는 게 더 슬픕니다. 정말이지 비 내리는 이 밤을 제대로 보낼 수 있을지 두려움에 휩싸입니다.

하등동물은 닥치는 대로 살기 때문에 슬픔을 느끼지 못하는 반면, 고등동물은 유독 고독과 눈물이 많다더니 제 자신이 그런 모양입니다. 새벽 2시에 적막이 흐릅니다. 베란다 문을 여니 빗소리가 세차게 창문을 때립니다. 순간 뛰어내리고 싶은 충동이 번개처럼 지나갑니다. 뼛속까지 지친 내 모습이 참 보기 싫습니다. 그동안 읽었던 책과 영화의 명대사들이 하나도 도움이 되질 않습니다. 그야말로 감정의 진공상태입니다. 괘종시계의 초침은 여전히 속삭이듯 돌아가는데, 나의 감정은 표출 정지상태로 냉동되어 있습니다. 눈은 감았는데 잠이 오질 않습니다. 누워있는데 뇌는 깨어 있습니다.

꼴딱 밤을 샌다는 것이 이리도 고통스러운지, 뒤늦은 나이에 뼈저리게 느꼈던 어느 가을밤의 불편한 기억입니다.

다시 끄집어내고 싶은 행복의 순간은 도대체 기억나질 않고, 망각하고 싶은 악몽은 굳이 애쓰지 않는데도 생생하게 떠오릅니다. 정말이지 미칠 지경입니다. 미치고 싶은데 제대로 미치지 못해 더 미칠 것 같습니다. 그런 자신을 바닥에 메치고 싶은 심정입니다. 냉장고를 이리저리 뒤져도 먹다 남은 막걸리 한 병이 없습니다. 찬물 한 컵 들이켜는데 눈물 한 방울이 컵 속에 같이 떨어집니다. 그날따라 물맛이 짭조름합니다. 운동 후에 즐겨 마시던 포카리스웨트와는 또 다른 찝찔름한 맛입니다. 살아온 세월을 송두리째 삭제delete하고 프로그램을 완전히 새로 깔아 리부팅^{rebooting}하고 싶은 심정입니다.

그날 밤 아무 까닭 없이 슬펐던 것은 내 자신이 전능한 신이 아니라 나약한 인간이라는 사실 때문이었습니다. 제 자신이 전능했더라면 그토록 굴욕감과 모멸감을 안겨주던 비루한 인간들을 모조리 싹쓸이했을 텐데, 불행히도 저는 인간이었던 것입니다.

그날 밤 깨달은 것이 참으로 많았습니다. 내가 인간인 것에, 그것도 아주 나약해서 사랑과 인정에 목마른 평범한 인간인 것에 감사했습니다. 제게 필요했던 것은 자기과시와 영광으로 포장된 허세를 채워줄 거창한 능력이 아니라 겸손하고 소박한 감사와 사랑이었습니다. 소중한 가족, 몇 권의 책, 글을 쓸 수 있는 공간만 있어도 열심히 살아가기에 충분한 은총임을 그날 처음 알았습니다. 아픈 만큼 성숙한다는 것이 진리인가 봅니다. 그날 밤, 저는 다시 한 번 썩 괜찮은 시민으로, 나름 공공선에 이바지할 성숙한 인간으로 거듭났습니다. 다급하게 먹었던 비빔밥에 체하지 않은 것이 얼마나 다행인지 모릅니다. 그날 내린 밤비와 잔인한 정적이 진공 속에 있던 영혼을 풍성한 생의 찬미로 채워주었습니다. 20여 년 전 익명의 한 선교사가 즐겨 암송하던 시 한 편을 떠올리며 눈물 젖은 베개에 머리를 맡기고 평온한 잠을 청했습니다.

수많은 발길이 지나가고 온갖 쓰레기가 버려지는 땅.
밟힘을 거부하지 않는 온유함은 물론 그로부터 새 생명을 낳는 대지.
자신이 탄생시킨 새 생명의 아름다움은 찬양해도,
정작 칭송받아야 할 자신은 거름이 된 채 숨었네.
멸시와 무시로부터 다른 생명체를 살리는 대지.
그 온유와 겸손의 깊이를 다시 한 번 배우게 하소서.

젊은이여, 지금 이렇게 살고 있습니까?

한국은 세계 210여 개 국가 중 13위의 경제대국입니다. 또한 전 세계 인구 70억 명 가운데 7400만 명(남한 5000만 명, 북한 2400만 명)의 인구는 세계 24위(1.1%)에 해당합니다. 반도체, 'LED', '3D TV'를 비롯해 전자와 조선기술은 세계 1위를 달립니다. 우리는 현재 신약 개발 세계 8위, 2010년 11월 개최된 G20 정상회담 의장국, 자동차 생산 세계 5위뿐 아니라 교통사고 사망률까지 세계 1위를 기록한 진기한 나라에 살고 있습니다.

바야흐로 국민총생산GNP에서 국내총생산GDP으로 국가 대외경쟁력이 결정되는 시대! 이제 'Made in Korea'가 아닌 'Made by Korea'의 무한 글로벌 경쟁시대가 열렸습니다. 국민소득 2만 8000달러 시대, 그것도 5대 광역시와 수도권에서 70억 명 인구의 0.01%인 68만 명이 이른바 한국의 상위 10%로 살아간다는 것은 세계 13위 경제대국의 글로벌 시민으로서 시간을 나노 단위로 쪼개 분주하게 살아가야 한다는 뜻이기도 합니다. 아침 5시30분에 일어나 밤 11시까지 부지런하게 뛰어야 생존할 수 있는 시대인 것입니다.

강한 사람이 살아남는 게 아니라 살아남았기 때문에 강한 자로 인식되는 21세기는 글로벌 변화의 최첨단, 즉 개발도상국에서 선진국으로 가는 일종의 성장통을 겪고 있습니다. 인생을 돈 버는 기계처럼 살아야 할 필요는 없지만 가구당 평균소득 8000만 원 이상을 유지하며 상위 10%의 세계시민으로 살기 위해서는 창의력과 전문성이라는 평생의 업이 요구됩니다.

나태와 게으름이 발붙일 공간은 어디에도 없습니다. 날아드는 고지서, 카드 명세서, 하루가 멀다 하고 찾아오는 애경사와 회식 자리,

그 와중에 건강관리와 어학시험 자격증이 필수 스펙이 된 지 오래입니다. 이런 현실을 뒷골이 당길 정도로 고민한 적이 있으신지요?

새벽 5시, 찬바람 속에 던져진 조간신문에서 고귀한 땀방울의 냄새를 맡아본 적이 있습니까? 같은 시각, 노량진 수산시장과 가락시장, 장작불 타오르듯 바삐 돌아가는 새벽 상인들의 시선에서 절박한 삶의 맥박을 들어본 적이 있습니까? 늦은 퇴근길, 파장 직전의 할인마트에서 구겨진 쿠폰을 펼쳐 장 보는 일상을 8.8년 계속해야만 내 집 한 칸 마련할 수 있는 이 시대의 고달픔을 온몸으로 부딪혀보기는 했는지요?

보일러 수리, 신문 배달, 우유 배달, 목욕탕 때밀이, 공사자재 트럭 운전에 심야 대리운전까지 무려 6개의 아르바이트를 계속해 5년 만에 3억 빚을 갚은 어느 가장의 피눈물 나는 고백을 들어본 적이 있으신가요?

그렇지 못하셨다면 아직 환경이나 세상 탓을 할 때가 아닙니다. 인생은 풀어야 할 숙제가 아니라 치열하게 경험해야 할 현실이기 때문입니다. 30대까지 경험한 잘못된 일은 '실수'이지 '실패'가 아닙니다.

목표를 향해 차가운 새벽 공기에 눈물, 콧물이 얼어붙을 정도로 뛰어본 적이 있나요?

가능성의 한계를 알기 위해 불가능의 한계까지 가보셨는지요? 죽을힘을 다해 해보기는 했나요? 길이 보이지 않으면 찾으면 되고, 찾아도 없으면 길을 만들라던 정주영 회장은 이런 삶이 무엇인지 잘 보여줍니다.

그렇지 않다면 불가능이니 실패니 하면서 사회 여건을 탓하는 것은 감정의 사치에 불과합니다. 아무도 대신해줄 수 없는 절대고독과 진공상태에서 삶에 대해 궁극적으로 질문해본 사람만이 '살아 있음'

의 희열을 느끼는 법입니다. 그런 사람은 당장 어떤 가시적인 결과가 나오지 않더라도 큰 깨달음에 이릅니다. '상처를 별이 되게 하라.Turn your scar into star.'

노력에 대한 값진 보상은 노력 끝에 얻게 되는 그 무엇이 아니라 그 과정에서 만들어지는 우리 자신의 모습이자 내면의 인격입니다. 바닥을 치고 다시 올라온 자에겐 아름다운 인격이 오롯이 배어납니다. 그런 사람에게는 일과 기회와 사람이 필연적으로 따라옵니다. "하늘은 진솔하게 흘린 땀방울을 외면하지 않습니다True value can go unrequited." 제가 즐겨 인용하는 문구입니다.

인생이 바로 그런 겁니다. 젊은이여, 지금 이렇게 살고 있습니까? 그렇다면 당신의 삶은 가시적인 성취를 떠나 이미 성공한 것입니다. 테레사 수녀Mother Teresa는 "나는 위대한 일을 할 수 없다. 다만 내가 할 수 있었던 것은 큰 꿈을 갖고 작은 일을 성실하게 실천하는 것뿐이었다"라고 말했습니다. 이 말을 기억하면 좋겠습니다. "실패라는 상처위에 노력이라는 연고를 바르고 최선이라는 붕대를 감으면 성공이라는 흔적이 남습니다."

"젊은이여, 지금 이렇게 살고 있습니까?"

 ## 상처를 별이 되게 하라

한 분야에서 최고가 탄생하는 과정에는 최악의 시련과 역경이 용해되어 있게 마련입니다. 신은 큰일을 하려는 사람에게 먼저 시련과 역경을 허용한다고 하지요. 그 앞에서 어떤 자세를 취하는지, 그리고 그 시련과 역경을 어떻게 극복하는지 유심히 지켜본다는 겁니다. 신은 시련을 이기고 난 뒤에야 의미심장한 기회를 (선물로) 준다는군요.

시련 trial 이란 단어는 시도 try 에서 비롯된 명사입니다. 역경 adversity 이란 일이 순조롭게 풀리지 않는 불행한 사건이나 환경을 뜻하는 것으로, 항해하는 배가 바람의 반대방향으로 돛을 달았다는 뜻입니다. 대상과 방향이 빗나간 노력은 기회비용의 손실로서, 금전적 손해는 물론 세월까지 허비하기 때문에 세월을 아끼는 redeem 지혜가 필요합니다. 문제는 일주일, 한 달 앞을 전혀 예측할 수 없다는 데 있습니다.

산이 높은 곳에 골이 깊게 마련이고, 높은 나무 밑에 긴 뿌리가 있는 법입니다. 1980~1990년대 서울의 랜드마크였던 63빌딩은 당시 한국 최고의 마천루였지만, 그 이면에 엄청나게 긴 그림자가 드리워져 있다는 사실을 아는 사람은 많지 않습니다. 더욱이 지상 60층, 지하 3층으로 된 건물은 항진 설계 때문에 앞뒤로 40cm씩 움직인다고 합니다. 교통량이 많은 육교 위에 서면 흔들리는 것을 느끼는 것과 같은 이치입니다.

유리와 철근 콘크리트로 된 60층짜리 건물에서 느끼는 전후 40cm의 유격을 '한계허용적 자유'라 합니다. 허용 범위 아래에서 자신의 부주의로 발생한 사고를 인재라 한다면, 신이 인간에게 허락한 허용 범위를 벗어난 사건은 자연재해에 해당합니다. 스위스 다음으로 재난 방재 대책이 가장 잘되어 있다는 일본에서 리히터 규모 7.0의 지진과 쓰나미가 밀어닥치자 세계적 위용을 자랑하던 과학기술도 한 장의 종이짝처럼 형편없이 휩쓸려 내려가지 않던가요? 이러한 천재지변을 목격하면 무모한 욕심을 버리고 착하게 살아야겠다고 결심하게 됩니다.

어느 정신과 전문의는 이를 가리켜 '창조적 무희망'이라 하더군요. 많은 사람이 최고가 되어 최정상에 서기를 원합니다. 그런데 적성에 맞지도 않는 분야에서 최고가 되려 하면서 최선의 노력마저 하지 않는다면 언감생심 타깃을 빗나간 화살일 뿐입니다. 실험해보고 살기에는 인생이 너무 짧습니다. 커다란 성취 뒤에는 꼭 그 크기만큼의 좌절과 시련이 있게 마련입니다.

많은 사람이 축구선수 박지성, 발레리나 강수진, 피겨의 퀸 김연아처럼 되고 싶어 합니다. 그러나 정작 험난한 훈련으로 단련된 그들의 상처투성이 발을 본다면 금방이라도 생각이 달라질 겁니다. 발가락 마디마디가 흉스럽기 짝이 없는데도 아름다운 발이라고 부르는 이 역설은 무엇일까요? 너무 자주 들은 나머지 식상해진 '역경이 경력을 만든다'라는 말이 이에 해당합니다. 압력을 견디지 못한 다이아몬드가 어디 있겠습니까? 아름다운 꽃이 흔들리지 않고 피는 법이 어디 있던가요?

명품 바이올린 스트라디바리우스Stradivarius, 그중에서도 20억 원을 호가하는 최고 악기는 1715년을 기준으로 그 전후인 1698~1725년에 만들어졌습니다. 이 명기의 앞판은 가문비나무로, 뒤판은 단풍나무로 제작되었다는 것은 이미 공개된 비밀입니다.

이탈리아의 악기 명장 안토니오 스트라디바리Antonio Stradivari(1644~1737)는 자신의 생애와 후예를 통해 약 1200대의 명품 악기를 남긴 것으로 전해집니다. 그가 사용한 목재는 하나같이 긴 세월 동안 칠흑 같은 어둠과 혹한의 추위를 견딘 나무들이라고 합니다. 이름하여 매경한고발청향梅經寒苦發淸香, 즉 매화는 혹한의 고통을 이겨내야 맑은 향기를 뿜어낸다는 것입니다.

제일 주목해야 할 부분이 삶에 대한 자세attitude입니다. 환경 변수는 인간능력 밖의 일이지만, 삶의 결과는 그에 대한 반응 여하에 따라 크게 달라집니다. 기회가 오면 그때부터 잘 준비하는 것이 아니라 잘 준비된 상태로 살다가 기회를 맞이하는 것입니다. 지금 적극적으로 실천하고 있는 괜찮은 계획이 다음 주에 세울 완벽한 계획보다 훨씬 더 중요한 이유입니다.

 빅토르 안과 스포츠 민족주의

2014년 2월 23일, 러시아 소치에서 열린 제22차 동계 올림픽이 17일간의 추억을 남기고 폐막되었죠. 후반기에 있었던 경기에서 가장 뜨거운 화두는 단연 빅토르 안 선수의 금메달 6관왕 소식이었습니다.

얼마 전까지 한국의 안현수라 불리던 빅토르 안은 러시아 소치 아이스버그 스케이팅 팰리스에서 열린 쇼트트랙 남자 1000m 결승에서 운석 금메달을 목에 걸고 러시아 국기를 휘날리며 트랙을 한 바퀴 돈 후 빙판에 극적인 입맞춤을 하는 세레모니를 펼쳤습니다. 이를 지켜본 빅토르 안의 아버지는 감격의 눈물을 흘렸고, 안 선수 또한 감동과 행복의 눈물을 흘리며 여자친구 우나리 씨와 함께 찍은 인증샷을 자신의 인스타그램에 올렸습니다.

이에 대해 블라디미르 푸틴Vladimir Putin 대통령은 '최고의 기량으로 러시아에 긍지를 심어주었다'며 축전을 보냈고, 은퇴 후 러시아 대표팀의 코치직을 제안한 것으로 전해집니다. 빅토르 안 선수는 금메달 소감을 묻는 기자에게 "러시아 귀화라는 선택이 틀리지 않았음을 보여준 뜻 있는 금메달"이라 말했습니다. 그런데도 한국의 언론사들은 "러시아로 귀화한 안현수(29, 러시아명 빅토르 안)"라고 보도하며 어설픈 애국심에 호소했습니다. 이른바 스포츠 민족주의의 한 단면입니다. 그는 이미 떠났습니다. 러시아 국기를 흔들며 자신의 귀화 선택이 틀리지 않았다고 당당하게 고백하지 않던가요?

누군가 자신이 속한 조직을 떠날 때는 둘 중 하나입니다. 체제에 순응할 능력이 부족했거나, 아니면 적응할 가치를 느낄 수 없다고 판단했을 경우입니다. 그러나 뾰족한 대안이 없을 경우 자신의 의지와 상관없이 불편하고 불안한 공존을 계속할 수밖에 없겠지요. 빙상선수들에게 빙상연맹은 그야말로 조심스럽게 헤쳐나가야 할 얼음판이 아닐 수 없습니다.

어디 스케이터의 세계만 그럴까요? 중요한 위치에서 막강한 영향을 끼치며 매일 부딪히는 직장 상사로부터 느끼는 수모나 굴욕감도 별반 다르지 않습니다. 그렇다고 직장을 확 때려치울 수도 없는 노릇이죠. 그런데 순간의 분노가 아니라 꿈을 향한 큰 결단이 향후 좋은 결과를 내면 사후 평가는 완전히 달라집니다.

빙상연맹의 내부 사정을 알 수는 없지만, 그를 떠나게 만든 관리 행정은 반드시 짚고 넘어가야 합니다. 이와 관련해서 문화체육관광부가 빙상연맹에 부적절한 관행이 있었는지 뒤늦은 점검을 주문했다니 그나마 다행이지만, 또다시 소 잃고 외양간 고치기는 아닌지 심히 우려스럽습니다. 소 잃기 전에 고치기는 왜 안 될까요? 자신의 꿈과 행복을 동시에 성취한 빅토르 안 선수를 보며 우리 국민은 격려와 함께 묘한 애국심에 젖었을 겁니다. 마치 떠나간 애인의 마음을 돌리려는 듯 초라함과 쓸쓸한 굴욕감이 교차하는 느낌이었습니다.

개인의 생존과 행복추구권이 국가의 명예보다 선행하며, 이에 반할 시에는 국가제도나 지도자까지도 투표권 행사를 통해 바꿀 수 있다는 이른바 장 자크 루소Jean-Jacques Rousseau(1712~1778)의 사회계약 사상에 기초한 미국의 헌법정신이 오늘따라 새삼스럽게 다가옵니다.

과연 한국의 법과 제도는 국민 개개인의 행복을 현실적으로 담아내기에 충분히 탄력적이고 성숙한지 묻고 싶습니다. 물론 민주주의가 하루아침에 이루어질 수는 없겠지요. 오랫동안 물을 주고 햇빛을 쬐어줄 때 자라나는 꽃처럼 온갖 정성을 기울여야 숙성하는 것이지만, 그 성취에 대한 열망과 인내를 한낱 일회성 오락 프로그램에 함몰시켜버리는 방송사들의 무사안일한 시청률 편향의식이야말로 안타깝기 그지없습니다. 떠나간 빅토르 안을 아쉬워하기엔 이미 늦었습니다. 빙상계의 관리행정 쇄신을 시작으로 빅토르 안을 능가할 인재와 제2의 이상화를 길러내는 것이야말로 구겨진 한국의 스포츠 민족주의를 회복하는 길이 아닐까요?

그나마 빅토르 안이 미국 NBC 방송과의 인터뷰에서 자신의 귀화와 금메달 획득으로 한국의 빙상선수와 빙상연맹 사이에 불필요한 의혹이나 오해가 없기를 바란다고 말한 점을 미루어 볼 때 조국에 대한 애정이 식지 않았음을 엿볼 수 있어 다행입니다. 자신의 당위적 성취와 실리적 영광을 동시에 챙기면서 일정 부분 애국심까지 인정받은 셈이죠. 안타깝지만 아낌없이 응원의 박수를 보내야 할 우리의 일그러진 영웅입니다.

 견공 조련사들의 교훈

한국에서 남을 욕할 때 가장 흔하게 사용하는 비속어가 '개○○'라는 말입니다. 낳은 지 얼마 되지 않은 어린 동물을 일컫는 '새끼'는 어미 개의 극진한 사랑과 돌봄을 받습니다. 많은 동물 중에서 개만큼 귀소본능이 강하고 주인에 대한 충성도가 높은 동물이 없다고 합니다. 시각장애인을 인도하는 안내견의 경우 수천만 원을 호가할 정도라지요. 심지어 외국의 개들은 타국에서 온 일반 여행객들이 한마디도 알아듣지 못하는 현지 언어를 알아듣고(?) 주인과 교감합니다. 유럽에서 본 독일어와 프랑스어를 알아듣는 견공의 어학 실력은 우리보다 단연 한 수 위(?)입니다.

한 종합편성채널에서 방송한 미국의 애견 훈련 프로그램을 본 적이 있습니다. 미국의 개 훈련 전문가들이 야생견들을 품종에 따라 어떻게 훈련하는지 보여주는 프로그램이었는데, 말, 원숭이, 혹은 돌고래와 버금가는 지능을 가진 개들은 인간과의 소통능력에 아주 뛰어난 것으로 전해집니다. 더욱이 개는 주변에서 흔히 접하는 동물로, 요즘은 반려동물로 승격되기까지 했습니다.

애견 훈련에 조예가 깊은 한 전문가는 개를 훈련할 때 제일 먼저 "앉아"와 "기다려"라는 단어를 가르친다고 합니다. 개들은 그렇게 짧은 시간에 배우는 그 자세를 만물의 영장인 인간은 오랜 세월이 지나도 제대로 익히지 못합니다.

가끔은 삶에서 가만히 앉아 조용히 기다리는 것도 매우 중요합니다. 차분하게 앉아서 진지하게 생각하는 것이 더 중요하다는 말입니다. 인간도 개들과 마찬가지로 가만히 앉아서 기다리는 습관을 길러야 합니다.

진짜 고수는 확실한 승부처가 아니면 주변을 맴돌며 기웃거리지 않습니다. 확실한 승부처가 올 때까지 진득하게 참고 기다리죠. 기다리는 것은 운동의 정지상태가 아닙니다. 기다림은 폭풍 전야의 전초전이자 필사적인 공격을 위한 절제된 내공입니다. 기다림은 결코 멈춤이 아닙니다. 제대로 도약하기 위한 준비자세인 셈이죠.

인간이 동물 가운데 가장 영리한 개나 원숭이보다 혹은 앞서 열거한 말이나 돌고래보다 나은 점이 있다면, 아마 이성을 가진 존재라는 점이겠지요. 그런데 그 이성적인 인간이 동물적 본능보다 못할 때가 있다는 겁니다. 깨진 감성 때문에 이성이 병들어 자기모순에 빠지는 경우입니다. 주변 상황을 파악하지 않고 설쳐대는 것보다 가만히 앉아 실행 방안을 궁구窮究하는 것이 더 중요합니다.

개들은 보통 자기 배설물까지도 땅을 파서 자기 발로 덮습니다. 영국 스코틀랜드 지역에는 엄동설한에 산악지역에서 길을 잃어 동사 직전이던 주인을 혀로 핥아 체온을 유지시키고, 지나가는 등산객에게 구조 신호를 보내 주인의 목숨을 구한 '보비'라는 개가 있습니다. 주인에 대한 '보비'의 충성을 기리고자 스코틀랜드 지자체는 개 동상까지 세운 것으로 전해집니다. 우리는 과연 개보다 나은가요? 개들이 '앉아', '기다려'를 배운 그 자세를 이제는 우리가 배워야 할 차례입니다.

 못 말리는 궁금증들

성실한 사람은 대체로 고루하기 때문에 별 재미가 없다는 말을 듣곤 합니다. 삶의 동선動線이 한결같고, 만나는 사람이 한정되어 있어서 상시의 생각이 표준적 규범에서 거의 벗어나지 않기 때문입니다. 정해진 틀에서 창의성을 끌어내기 위해 가끔은 엉뚱한 역발상을 해보는 것도 좋은 방법입니다. 식상해진 상식에서 탈피하는 것이 새로운 발견의 실마리가 되기도 합니다. 이번 글은 21세기의 코페르니쿠스Nicolaus Copernicus가 될 수 있는지를 가늠하는 질문들입니다. 익숙한 것들에 새로운 상상력을 부여하는 것, 이것이 바로 발명가와 카피라이터의 아이디어 원천입니다.

누구나 품고 있지만 아무도 던지지 않는 질문들! 이 역발상에서 수많은 광고와 신제품이 나올 수 있습니다. 뇌 과학자에 따르면 인간의 대뇌는 네 부분으로 구성되어 있다고 합니다. 첫째, 후두엽occipital lobe은 시각, 청각, 촉각을 통해 정보를 수집하고 저장합니다. 둘째, 전두엽frontal lobe은 앞서 후두엽이 실시간으로 저장한 정보를 편집해 무슨 일을 할지 의지에게 명령을 내립니다. 컴퓨터 중앙처리장치 Central Processing Unit: CPU에서 정보를 읽어 들여 세부기능으로 분담하는 임시기억장치Read Only Memory: ROM에 해당합니다. 셋째, 두정엽parietal lobe은 분류된 정보를 감각기관에 전달합니다. 넷째, 측두엽temporal lobe은 말과 글을 관장하는 부위로 판단과 기억을 통합합니다. 다시 말해 청각, 지각을 통한 언어 구사 및 정서 조절 기능을 담당하는 것입니다. 이 네 부위의 상호기능이 적절히 조합될 때 창의력이 생깁니다. 다음 질문들은 카피라이터나 의사, 시인, 철학자들을 위한 영감의 원천이자 실행 아이디어를 끌어내는 마중물이 될 수도 있습니다. 아무도 못 말릴 궁금증의 세계를 함께 살펴보겠습니다.

눈썹과 머리카락의 생화학 성분은 동일한데 왜 눈썹은 일정 나이까지만 자라다 멈추고 머리카락은 계속 자랄까요?

눈썹은 눈 바로 위에 위치해 있는데 왜 볼 수 없을까요?

지금까지 자신의 생물학적 나이만큼 먹어치운 수십만 톤의 음식물과 배설물은 모두 어디로 갔으며, 과연 환경오염에는 아무 지장이 없을까요?

내 치즈는 누가 옮겼을까요? (일단 저는 아닙니다.)

인간과 게crab는 측면 보행이 가능한데, 버스, 기차, 비행기는 왜 불가능할까요?

왜 비는 내리기만 하고 올라가지는 못할까요?

컴퓨터의 하드디스크를 포맷한 뒤 윈도를 재설치하는 것은 가능한데, 우리 인생은 왜 포맷 후 재설치가 불가능할까요?

몸은 소파에 누워 있는데 생각은 어떻게 우주를 떠돌아다닐 수 있을까요?

왜 우리의 공교육은 규범화된 지식과 정보만 주입해 사고의 범위를 제한시킬 뿐 기발한 창의력을 기르는 데 도움이 되지 않을까요?

수많은 전파와 주파수들이 도심 상공에 떠도는데도 얽히지 않는 이유는 무엇일까요?

피사의 사탑 Torre Pendente 은 대체 누가 붙들고 있기에 무너지지 않는 걸까요?

나이아가라 폭포 Niagara Falls 는 누가 물을 공급하기에 유사 이래 한 번도 가물지 않을까요?

수신 중인 팩스가 올라오기 시작할 때 왜 종이 끝을 잡아당기고 싶은 충동이 일어날까요?

승강기에 탄 사람들은 왜 하나같이 머쓱하게 거울이나 층수 알림판만 쳐다볼까요?

뉴욕 허드슨 강에 서 있는 자유의 여신상은 왜 한 발짝도 움직일 수 없을까요? 그녀에게 없는 자유가 우리에게 있다니 얼마나 다행인가요? 달나라 빼고 어디든지 갈 수 있지요.

수영의 많은 영법 중 자기 마음대로 물을 가를 수 있는 자유형에서조차 손동작과 발동작이 똑같은 이유는 무엇일까요?

그냥 봐도 보이는 세상인데, 왜 굳이 7000원씩 주고 어두운 영화관에서 2시간 동안 감금된 채 남의 이야기를 구경할까요? 그렇게 유명해진 영화배우와 감독은 어떻게 1000만 관객을 동원한 흥행작 하나로 부귀 영화를 누리는 걸까요?

인간에게 과연 완전한 자유가 있을까요? 우리는 흔히 하고 싶은 것을 마음대로 할 수 있는 것만이 자유라고 생각합니다. 그런데 하고 싶지 않은 일을 거부하거나 자연발생적인 사랑의 충동을 억누르는 것은 왜 불가능할까요? 또한 나에게 더 이상 아무것도 요구하지 않게 할 자유는 왜 누리지 못할까요?

마음의 파장이 얼마나 뛰는지는 심전도로 측정할 수 있는데, 정작 뛰는 이유는 왜 모를까요?

하나만 터뜨리면 지구를 산산조각 낼 수 있는 수소폭탄을 만드는 천재 물리학자가 국제사회의 '반전쟁법'과 '핵무기 확산방지법'에는 왜 동의를 끌어내지 못할까요? 정치학과 역사학이 물리학보다 훨씬 더 어렵기 때문 아닐까요?

이 모든 질문에 독일의 계몽주의 철학자 이마누엘 칸트Immanuel Kant(1724~1804)는 그것이 바로 '신이 계셔야만 하는(필요요청에 의한 신) 이유'라고 말했지요. 과연 철학자다운 답변이라 하겠습니다. 흔히 인생에는 정답이 없다고 말합니다. 다만 상황과 대상에 따른 한시적 해답만 있을 뿐입니다. 정서적·경제적·현실적 반응속도가 생각의 속도를 따라가지 못한다는 것에 또 슬퍼집니다. 시인과 철학자는 외로움을 먹고 눈물을 마셔야만 탄생하나 봅니다.

종교의 미필적 고의

요즘 황당하고 억울한 죽음을 자주 목격합니다. 일명 '윤 일병 사건'을 통해 세상에 드러난 군대 내 가혹행위, 재난대책 및 관리의 소홀로 빚어진 세월호 참사, 가수 신해철 씨의 사망을 둘러싼 의료과실 논쟁 등 결과를 되돌릴 수 없는 안타까운 사건사고들이 '미필적 고의'라는 이름 아래 그 책임 공방과 처벌 수위를 놓고 법조계를 비롯한 사회 전반에 큰 파장을 일으켰습니다. 현행 실정법은 과실치사는 2년 이하의 금고 또는 700만 원 이하의 벌금에 처하고, 상해는 500만 원 이하의 벌금·구류·과료에 처한다고 명시하고 있습니다. 인식 있는 과실과 달리 '인식하지 못한 과실'은 처벌할 수 없다는 예외조항이 있는데도 재판관이나 배심원들은 그 범위와 동기를 판단하기 매우 어렵다고 토로합니다.

미필적 고의를 상식적인 수준에서 설명하면 특정 개인이 '어떤 말(일)을 했을 때 누군가 상처를 받거나 심한 경우 죽을 수도 있지만 어쩔 수 없다'는 의미라고 할 수 있습니다. 다시 말해 필연적必 결과를 수반하지 않은未 고의故意로, 그것은 의도적 행동이 아니었다는 변명을 사전에 방지하고자 도입한 개념으로 알려져 있습니다. 그런데도 사건 당시의 동기나 정황을 일어난 그대로 재구성하기 어렵다는 이유로 '법은 최소한의 도덕'이라는 말이 있는 것입니다. 유권 해석과 판단은 법 전문가에게 맡기면 된다지만, 법리 해석을 놓고 같은 법조계 안에서도 의견이 갈리는 것은 어쩔 수 없는 현실입니다. 일반 민사나 형사와 달리 양심에 호소하는 종교에도 '미필적 고의'에 해당하는 사례들이 종종 있습니다.

종교란 모름지기 절대자의 능력에 힘입어 인간사의 제반 고뇌를 해소하고 그를 통해 인생의 궁극적인 의미를 추구하는 교의체계로, 작게는 신자들에게 마음의 평안과 위로를 주고, 크게는 사회의 안녕과 질서 수립에 기여하는 것으로 정의할 수 있습니다.

고대 중국의 상나라와 주나라가 제의와 정치가 하나인 제정일치 국가였고, 대부분의 이슬람 국가들이 실정법과 종교법을 하나로 통합하고 있으며, 유럽의 많은 국가에서 기독교가 일상 문화로 뿌리내린 것을 감안할 때 종교가 시민사회나 국가에 미치는 영향력은 결코 과소평가할 수 없습니다. 일명 '교리의 사회적 기능'은 법이 다스릴 수 없는 영역을 정화하고 통제하는 데 귀한 밑거름이 됩니다. 다만 여기서 모든 종교를 다 거론하는 것은 불가능할뿐더러 적절하지도 않기 때문에 대표적으로 한국 교회의 단면만을 예로 듭니다. 교의적인 차별이나 특수성과 달리 종교 일반의 범주에서 볼 때 성당이나 사찰도 교회와 크게 다르지 않으리라 봅니다.

한국의 근대화를 견인한 기독교 문화 제고에 도움이 될 만한 책 김형국의 『교회 안의 거짓말』(2013)을 잠깐 소개할까 합니다.

저자는 연세대학교를 거쳐 미국에서 박사학위를 받은 후 한국 교회에 쓴소리를 아끼지 않는 훌륭한 목회자 가운데 한 사람입니다. 그의 책을 서평이란 이름으로 언급하기에는 여러 면에서 미흡하지만 유익한 내용 몇 가지만 선별해보았습니다.

저자는 스위스의 천재 언어학자 페르디낭 드 소쉬르Ferdinand de Saussure(1857~1913)의 '기호로서 언어의 한계'라는 연구를 기반으로 인위적으로 만들어진 담론의 실체를 노정합니다. 그는 담론 역시 일종의 언어표현이기 때문에 개념이나 대상을 정확하게 표현할 수 없다고 지적합니다. 예컨대 성서의 '비둘기'라는 언어기호는 실제 조류와 아무 관련이 없는 '성령'을 상징합니다. 그 언어는 지칭하는 대상을 인식체계에 들어오게 하는 하나의 패턴일 뿐입니다. 그런데 인간 의식이 언어 한계에 갇혀 지배를 받으면 대부분의 철학자가 동의한 대로 그때의 언어적 묘사는 대상을 정의하는 과정에서 '인식'과 '지식'을 결정하는 중요한 잣대로 기능합니다. 이때 담론은 '말할 수 있는 것'과 '말할 수 없는 것', '보이는 것'과 '보이지 않는 것'을 양분해 대상을 자기 나름의 방식으로 재해석하고, 즉 관점으로 사실을 재단하면서 시대감각에 맞는 언표만 포함시키는 '배타적 분절규칙'을 고수합니다. 여기서 그의 책은 한국 교회의 미필적 고의를 암시적으로 지적합니다. 일종의 '비진의적 허위진술'이라고 할까요? 다시 말해 의도적이지는 않지만 결과적으로는 좋지 않은 부작용을 야기할 수 있는 부분을 말합니다.

중세에서 현대에 이르기까지 서구 교회가 주장해온 '예수 구원, 불신 지옥'이라는 담론은 오늘날의 관점에서 볼 때 미필적 고의의 요소를 내포하고 있음에도 신자들의 일상생활에 큰 영향을 미쳤고, 심지어는 살아 있는 권세Powers(에베소서 2장 2절)로도 기능하고 있습니다. 다시 말해 교회의 미필적 고의는 '기만된 기복신앙', '고민 없는 조건 반사적 뉘우침', '진실하지 않은 사심의 기도', '구원에 대한 아전인수 격의 확신'입니다. 적극적인 교회행사 참여와 거액의 헌금을 영성의 크기와 동일시하는 것, '신앙의 대상인 그리스도'로 채움 없이 비참한 자기비하를 '비움'으로 정당화시키는 위장된 경건, 이 '세상에서의 성공'으로 신의 영광을 드러내야 한다는 그럴듯한 메시지들이 성서 중심의 신앙 본령과 무관하게 확대 재생산되고 있습니다. 여기서 저자는 신자들의 무지와 오해가 종교의 오래된 '미필적 고의'를 묵인방조하고 있다며 일반 신도들의 각성을 촉구합니다. 인간의 불완전성을 앞세워 종교 내부의 허물을 덮어주는 것이 마치 교회나 사찰의 온존을 위한 것인 양 위장한다는 것입니다. 이러한 '미필적 고의'는 종교를 가장 종교다워질 수 있게 하는 자기정화와 개혁을 둔하게 할 뿐 아니라 종교조직을 자기 의지대로 운영하려는 고위급 종교 지도자들의 허황된 욕심을 야기하기도 합니다.

일반인보다 더 높은 도덕 수준이 요구되는 종교지도자들은 더 통절하게 자기반성을 해야 합니다. 진정한 회개 없이 참된 종교개혁은 불가능합니다. '개혁된 교회는 계속 개혁되어야 한다.ecclesia reformata semper reformanda.'는 마르틴 루터Martin Luther의 말을 되새겨볼 시점입니다. 현명하고 깨어 있는 국민이 늘어날수록 정부의 전횡이 힘들어지듯이, 일반 신도들이 각성할수록 종교지도자들도 각성하게 되므로 종교의 미필적 고의를 파헤친 저자의 글은 상당한 용기 없이는 쓸 수 없는 불편한 진실을 다룬 것으로 보입니다.

저자는 한국 종교 전반에서 가장 민감하게 논의되는 주제, 이른바 성장주의를 지적하면서 끝을 맺습니다. 양적 부흥의 허상, 성직자와 평신도라는 인위적 구분이 만들어낸 병든 위계질서를 극복하기 위해서는 모든 성도가 한 몸이신 주께 속한 동등한 백성임을 강조할 필요가 있습니다. 종교의 성장과 건강한 부흥을 폄훼하자는 것이 아닙니다. 그것은 어쩌면 가난과 전쟁을 겪으며 살아온 보릿고개세대에게 과거 20년 전 경제적으로 어려웠던 시절의 삶을 신앙으로 굴절시키는 과정에서 파생된 불가피한 선택이었는지도 모릅니다. 그러나 이러한 미필적 고의 담론을 통해 성서의 진리를 왜곡하는 일은 더 이상 없어야 하겠습니다. 이는 곧 순수한 복음신앙이 시대정신에 교묘하게 굴복하는 것을 의미하기 때문입니다.

종교의 '비의도적 교의 왜곡inadvertent distortion of doctrine'은 다분히 강한 사회성을 띨 수밖에 없습니다. 그래서 종교담론은 다른 한편으론 정치담론이자 경제담론이기도 합니다. 대형 종교단체의 건축 문제를 교회 밖 세속인들이 비난하는 것은 구성원의 일부로서 책임을 느끼는 성숙한 신앙인들에게 창피한 일이 아닐 수 없습니다. 대중은 교회 건축이나 교회 비리, '묻지마' 식 선교를 종교담론이 아닌 사회담론의 시각에서 바라봅니다. 저자의 말대로 한국 교회가 미필적 고의의 거짓말을 앞세워 성장해왔다면, 한국 사회 역시 이와 유사한 패턴으로 성장해왔을 가능성이 큽니다.

　'예수 믿고 복 받으세요'의 담론은 군대와 사회에서 '하면 된다. 안 되면 되게 하라', '하늘은 스스로 돕는 자를 돕는다'의 유사 상품으로 평가 절하되고 맙니다. 이러한 담론을 믿고 무작정 달려온 한국이 세계에서 가장 눈부신 경제성장을 이루었는데, 공교롭게도 세계 상위의 자살 공화국이 된 오명은 어떻게 씻을 수 있을까요? 이런 면에서 종교의 미필적 고의를 다룬 김형국의 책은 사실 교회의 성장과 그 궤적을 같이해 온 한국 전체의 '미필적 고의'라 해도 과언이 아닐 듯합니다. 한국의 교회와 종교는 시대 기류에 편승해 어부지리 유익을 누려온 것뿐입니다. 이른바 '비진의적 허위담론'으로도 불리는 '종교의 미필적 고의'는 건강한 공동체를 파괴하고, 담론 생성자에게 부정한 권력을 몰아주는 병폐를 낳습니다. 이것이 종교의 미필적 고의이자 '비의도적 방기放棄' 혹은 '도덕적 해이'의 실체입니다.

　이런 의미에서 『교회 안의 거짓말』은 그동안 한국 교회가 주장해 온 비의도적 허위진술을 새롭게 조명함으로써 교회의 위상이 온당하고 건강하게 자리매김하는 데 공헌했다고 할 수 있습니다. 저 역시 이 책을 각 종교가 그들의 미필적 고의를 반성하는 계기로 삼았으면 하는 바람입니다. 통절하게 뉘우치는 마음으로 일독을 권합니다.

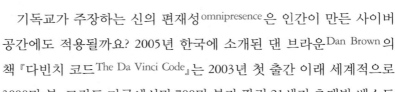

기독교가 주장하는 신의 편재성^{omnipresence}은 인간이 만든 사이버 공간에도 적용될까요? 2005년 한국에 소개된 댄 브라운^{Dan Brown}의 책『다빈치 코드^{The Da Vinci Code}』는 2003년 첫 출간 이래 세계적으로 3000만 부, 그것도 미국에서만 700만 부가 팔린 21세기 초대박 베스트셀러로, 2006년에는 영화로까지 제작되어 세간의 주목을 끌었습니다.

『다빈치 코드』는 루브르 박물관장인 자크 소니에르^{Jacques Sauniere}의 살해사건으로 시작합니다. 주인공 로버트 랭던^{Robert Langdon}과 소피 느뵈^{Sophie Neveu}는 이 사건에 연루되어 그들의 의지와 상관없이 거대한 음모에 휘말리고, 2000년 동안 단단하게 밀봉된 비밀을 파헤치는 최전선에 서게 됩니다. 주인공들은 이런 숨 막히는 여정을 통해 레오나르도 다빈치^{Leonardo da Vinci}의 미술작품에 숨겨진 단서들을 추적하면서 독자와 관객의 공감을 끌어냅니다. 모든 역사는 실제 일어났던 그대로가 아니라 역사가들 혹은 편찬자들이 다시 쓴 텍스트라는 점에서 영화로 연출된 것과 다소 차이가 있습니다. 이런 이유로 역사가는 자신이 특정한 사관을 통해 설정한 전제나 틀을 통해 과거의 특정 장면을 편집해 현재화^{re+present}하는 연출가로 비유되기도 합니다.

그렇다면『다빈치 코드』의 경우는 어떨까요? 성배의 향방에 깊은 관심을 보인 영국 귀족 레이 티빙 경^{Sir Leigh Teabing}이 말한 대로 성서는 하늘로부터 내려온 팩스가 아니라 누군가가 쓴 텍스트입니다. 그런데 이 텍스트를 둘러싼 진실 공방은 2000년이 지나도록 끝나지 않고 '믿음의 사활을 건 전쟁'이 되었습니다.

칼케돈 신조^{Symbolum Chalcedonensce}(451)는 신의 아들 예수를 '신-인 양성론', 즉 신성과 인성은 분리되지 않고 연합한다는 교리로 규정했는데, 그 진위를 따지는 일은 역사가의 몫이 아닙니다. 오히려 예수를 신격화함으로써 콘스탄티누스^{Constantinus} 황제가 노린 정치적 이익과 향후 가톨릭교회가 서양에서 발휘한 권력의 역사를 노정하는 것이 역사가의 몫이라 하겠습니다. 이와 유사한 사례가 또 있습니다. 기대효과를 끌어내기 위해 허위를 사실로 둔갑시키고, 사실을 허위로 간주해 기록된 역사에서 배제된 역사적 정황을 추적한 소설이 바로 움베르토 에코^{Umberto Eco}의 『장미의 이름^{Il nome della rosa}』입니다.

내용을 간추리면 다음과 같습니다. 이탈리아의 한 수도원에서 (원인 모를, 아니 실제로는) 요한묵시록의 예언에 따라 연쇄살인 사건이 발생합니다. 진상 조사를 위해 영국에서 파견된 윌리엄^{William} 수사가 출입금지 구역인 '미궁의 장서 보관소'에 도달하자 현장 관리를 맡은 맹인 수도사 호르헤^{Jorge}가 맞섭니다. 실체적 진실을 '신비'로 덮으려는 시각장애인 수도사와 '신비라는 이름 아래 저질러지는 끔찍한 만행'의 진상을 밝히려는 수도사가 사투를 벌이는 진실게임입니다.

이때 쟁점은 아리스토텔레스^{Aristoteles}의 서책에 나오는 '웃음'의 수용 여부입니다. 현대적 관점에서는 하찮은 주제일지 몰라도 당시에는 사활이 걸린 이슈였습니다. 교권이 국권을 지배했던 중세는 가톨릭교회가 사회 전체를 통제하는 종교 전성시대였기 때문입니다. 맹인 수사 호르헤가 온갖 억지와 폭력을 통해 절대 용서할 수 없는 끔찍한 행동을 마다하지 않고 수도사들을 금서 목록으로부터 격리시키려 한 이유는 바로 교황권 유지 측면과 깊은 관련이 있습니다.

이런 점에서 진실을 규명하려 한 윌리엄 수사의 행동은 신성 모독죄로 처형될 수 있는 중죄에 해당합니다. 인간의 호기심이 기존의 가치체계는 물론 신이 계시한 진리를 훼손하고 혼란으로 밀어 넣는 무질서를 초래할 수도 있다는 이유에서였습니다. 기존 질서를 수호하려 했던 호르헤의 입장이 어쩌면 더 고통스러웠을지 모릅니다. 누구의 입장에 공감할 것인지는 당대 사회가 처한 상황 및 시대 구성원들의 능력과 진실 규명 의지에 따라 달라지겠지만, 그럼에도 실체적 진실에 대한 못 말리는 궁금증은 인간의 생득적인 본능을 자극합니다.

14~16세기를 종교 전성시대로 규정한 것과 달리, 21세기 사이버 시대에는 영성이 어떤 모습으로 전개될까요? 매체는 바뀌었어도 다루어지는 콘텐츠는 크게 다르지 않다는 게 저의 주장입니다. 일찍이 역사 전승으로서의 기독교와 신앙으로서의 기독교 사이의 심각한 간극을 문제시하는 것이 일종의 터부taboo로 간주되어온 까닭에 이를 언급하는 것 자체가 불편한 진실을 밝히는 것만큼 두려운 일이었고, 그만큼 용기를 필요로 했습니다.

중세의 '신앙'이 종교의 권위로 세속학문을 누르는 데 기여했다면, 근대의 여명인 1517년 루터의 종교개혁은 가톨릭과 프로테스탄트의 종교적·정치적 갈등을 해소하고자 모인 아우크스부르크 종교화의(The Peace of Augsburg)(1555)에서 잠정적 합의를 이끌어냈습니다. 이른바 지역에 따라 종교가 결정되는 신앙 속지주의cuius regio, eius religio가 실현된 것입니다. 아울러 별개의 독립 영역으로 존재했던 종교와 과학이 더 이상 극한의 대립이 아닌 상호보완적 차원에서 공존의 길을 모색하기도 했습니다.

사실 복합다층적인 21세기는 그 어떤 형태의 독단이나 도그마도 허용하지 않는 대신 상호존중이라는 이름 아래 종교다원주의Religious Pluralism를 표방합니다. 역사학의 대부로 일컬어지는 영국의 정치가이자 역사가 에드워드 카Edward Hallett Carr(1892~1982) 역시 역사의 늠름한 진보(발전)를 믿을 때 인간의 잠재력이 극대화된다는 신념을 강조한 바 있습니다. 다시 말해 '근대 역사는 역사의 진보 가능성을 믿었던 세대의 행진'으로 규정할 수 있습니다.

진보에 대한 이 같은 믿음은 막스 베버^{Max Weber}(1864~1920)의 '세계의 탈주술화^{Entzauberung der Welt}'라는 표현에서 재현됩니다. 이 이론은 특정 신에 대한 이해와 헌신이라는 개념 대신 판도라의 상자를 개봉한 후 등장하는 희망과 같이 불행과 시련 속에서도 무엇을 위해 어떻게 살아야 할지에 대한 궁극적인 삶의 좌표를 제공한다는 점을 중시합니다. 바야흐로 신앙의 초점이 그 '대상'에서 신앙이 지닌 '현실세계에서의 실제적 기능'으로 옮겨간 것이라 하겠습니다.

베버를 비롯해 디트리히 본회퍼^{Dietrich Bonhoeffer}는 성숙한 세계에 사는 인간을 '가치의 다신교^{Polytheismus der Werte}' 시대에 살고 있는 존재로 규정했습니다. 이러한 가치의 다신교는 신^神을 믿고 안 믿고의 문제가 아니라 어떤 신을 숭배할 것인가를 질문하면서 가치의 혼돈^{chaos}을, 그리고 어떨 때는 혼동^{confusion}을 야기합니다. '혼돈'이 여러 가치가 뒤섞여 도무지 갈피를 잡을 수 없는 어지러움이라면, '혼동'은 여러 사물이 무질서하게 얽히고설킨 상태를 의미합니다.

유관한 것들이 한데 어우러진 것을 퓨전^{fusion}이라 한다면 김치나 깍두기도 아닌 배추, 무, 오이를 함께 절인 섞박지같이 이질적인 요소들을 어정쩡하게 조합하는 것은 혼동을 초래하게 마련입니다. 섞박지 자체로 하나의 새로운 음식이 될 수는 있으나 기존 관점에서는 새로운 메뉴가 아니라 잡동사니로 일축되기 십상입니다.

결론적으로 사이버시대의 영성은 절대적 신의 존재가 아니라 가치의 다신교가 주는 현실적 유익을 숭배하는 것이라고 규정할 수 있습니다.

사이버시대 영성의 좋은 근거가 되는 것이 바벨탑 사건입니다. 바벨탑은 원래 세계화를 추진하는 사람들이 꿈꾸던 이상향의 세계였습니다. 모든 사람이 동일한 언어를 구사하고, 동일한 화폐를 사용하며 동일한 회계기준을 따르는 세상, 그것이 곧 오늘날 만연한 세계화의 이상 아닌가요?

사람들이 모두 협력해 바벨탑을 건설한 동기가 바로 이런 동류의식 때문이었습니다. 이런 맥락에서 바벨탑이 인터넷의 원형이라 해도 큰 무리는 없을 것 같네요. 사이버 공간 역시 그 어떤 특정 문화의 영역에 국한되지 않는 일종의 범용 언어에 속하기 때문입니다.

사이버 세계의 가상현실은 집단지성의 장場이기도 하지만, 사실이 아닌 악성 댓글이나 루머를 유포해 '진실'을 죽이고 도덕적 책임 없이 사적인 불만을 공적인 통로에서 화풀이하는 블랙네티즌의 '집단적 광기'로 그 진정성이 훼손될 수 있는 만큼 예의 바른 네티켓과 선플good reply의 확산을 통해 그 경건성을 유지해야 합니다.

 ## 내 안의 역린: 은폐된 괘씸죄에 대한 보고서

2014년 5월, 세월호 참사 와중에도 개봉 6일 만에 관객 200만 명을 동원한 영화 <역린>이 화두가 되었지요. 여러 영화의 장점을 훌륭하게 융합한 흔적이 더러 보이지만 연출이나 연기를 포함해 역사적 개연성을 완성도 있게 다루었다는 점에서 나름 호평을 받았습니다. 감독이 내심 겨냥했고 실제로 관객이 얻은 소득은 <역린>에서 우리의 자화상을 보았다는 점입니다.

용의 비늘 중 거꾸로 서 있는 것을 역린逆鱗이라 하지요. 턱 아래에 있는 역린을 건드리면 엄청난 화를 부른다는 속설이 있는데, 흔히 임금의 분노를 야기하는 모종의 트라우마를 지칭합니다. 꼭 군주가 아니어도 모든 인간에게는 한두 개의 역린이 존재합니다. 출신 성분이나 인간관계에 얽힌 비사秘史, 신체나 용모상의 열등감이 이를 대신할 때가 많습니다.

직종에 따른 역린도 있습니다. 대학에서 몇십 년을 몸담은 저 역시 2.5평 무소불위 권력의 현장을 여러 차례 목격한 바 있습니다. 온갖 굴욕을 이겨내고 어렵게 전임교수가 되는 순간 누에고치를 벗어던지고 창공을 나는 우화등선羽化登仙이 됩니다. 일찍 교수가 된 사람들은 사정이 좀 다릅니다. 그들은 '일찍 교수가 되어 성숙한 인격을 갖출 기회를 잃었다'는 말을 들을까봐 언행 심사에 매우 조심합니다. 그런데도 알량한 지식과 우월적인 지위를 남용해 지적·사회적 약자 위에 군림하는 사람들이 많습니다. 관료사회의 적폐를 보여주는 재승박덕才勝薄德의 세계입니다. 사람들은 대부분 재주는 많으나 덕이 모자란 사람, 재물은 많으나 매너가 부박한 사람 주변에는 꼭 필요한 경우를 제외하고는 접근하기 싫어합니다.

이런 현상은 법조계, 의학계, 학계 중에서도 특히 인문·정치·외교 분야에서 두드러지게 나타납니다. 실력은 기본이고 인격 훈련을 따로 받지 않으면 학위는 물 건너갑니다. 한국 사회에서 가장 힘이 센 세력이 교수와 조직폭력배 집단인데도, 이들은 항상 끼리끼리 몰려다닙니다. 학파와 지역 파벌주의에 따라 치열한 자존심 경쟁을 벌이는 것이죠. 대학에는 전임교수 수만큼의 총장이 존재한다는 말이 과장은 아닌 듯합니다. 국내 박사, 외국 박사의 자존심 대결은 그나마 예상 범위 안에 있지만, 본교 출신이냐 S대 출신이냐는 또 하나의 '헤쳐 모여' 조직을 양산합니다.

재주가 많은 사람 주변에는 적이 많다고 하지만, 저는 적을 만들지 않는 것이 더 큰 지혜이자 재주라고 생각합니다. 자기 상사의 면전에서 다른 회사의 상관을 대놓고 칭찬하면 치명적인 역린을 건드리는 것입니다. 강을 안전하게 건너기(졸업)까지는 악어(주심)나 철갑상어(부심)의 성질을 건드리지 말아야 한다는 것이 최근 박사학위 논문을 쓰는 후배의 전언입니다. 논문 심사나 중간 평가일은 왜 수많은 날 중 하필이면 교수 생일 3일 전, 스승의 날 전, 추석 연휴 전, 구정 전날에 몰리는 건지 알면서 엮이는 기분은 상당히 꺼림칙합니다.

말씀은 점잖은 권유인데 내용은 절대명령에 가깝습니다. 일정 취소나 변경은 상상도 못합니다. 나중에 받게 될 불이익을 생각하면 그냥 복종해야 하는 것이 중세 봉건제와 다를 바 없습니다. 자발적 순종이 아니라 물리적 복종에 끌려간다는 것이 얼마나 큰 굴욕감을 주는지, 일제 강점기 당시 일본군 '위안부'sex slave가 겪었던 심정이 아마 이랬을 겁니다.

지도교수 입장에서는 계륵鷄肋 같은 제자들이 있습니다. 오랜 세월 붙어 있어서 남 주기는 아깝고, 그렇다고 옆에 둬봤자 빼먹을 것은 별로 없는, 말 그대로 닭 옆구리 살 같은 존재입니다. 다른 대학, 다른 학과에 빼앗기기는 싫고, 얻을 건 별로 없는데 착하고 정직하고 성실하며, 눈치가 없는 건지 둔한 건지 교수 마음대로 잘 휘둘리지도 않는 문하생들입니다. 그런데 지나고 보면 혹독하고 굴욕감을 느꼈던 과정이 모두 인생을 배우는 훈련이고 성숙한 인격을 갖추기 위한 밑거름이었습니다. 비판하면서 배우는 게 인간이라지요. 다만 확대 재생산하지 않는 것이 중요할 뿐입니다. 중용 23장을 해석한 마지막 대사를 통해 확인할 수 있는 영화 <역린>의 메시지는 심플합니다.

작은 일도 무시하지 않고 최선을 다해야 한다. 작은 일에도 최선을 다하면 정성스럽게 된다. 정성스럽게 되면 그것이 겉에 배어나고 겉으로 배어나면 결국에는 표면에 드러나고, 표면 위에 드러나면 이내 밝아지며, 점차 밝아지면 남을 감동시키고, 남을 감동시키면 곧이어 안팎이 변하게 되고, 변하면 생육하고 번성한다. 그러니 오직 세상에서 지극히 정성을 다하는 자만이 나와 세상을 변하게 할 수 있다.

진실무망眞實無妄의 지극한 경지로 자신의 본성을 잘 파악하면 이것이 타인과 만물에 미친다는 것을 말하려 했던 모양입니다. 자신의 본성을 진중하게 실천하면 자신의 선에 그치지 않고 타인이 제각각 그들의 본성을 극진히 실현할 수 있도록 도울 수 있다는 것입니다. 나아가 주변 사람에게 베푸는 선에만 머물지 않고 초목과 금수를 비롯한 천하 만물이 제각각 하늘이 부여한 본성을 온전히 실현할 수 있도록 돕는다는 말입니다. 넓은 의미에서 요약해보면 격물치지格物致知 성의정심誠意正心 수신제가修身齊家 치국평천하治國平天下 정도 되겠습니다.

 ## 적을 만들지 마라

"인생의 기술 중 90%는 내가 싫어하는 사람과 잘 지내는 방법에 관한 것이다." 새뮤얼 골드윈Samuel Goldwin이 남긴 명언입니다. 세계 어느 곳이든 마찬가지겠지만, 특히 체면과 평판을 중시하는 한국 사회에서는 친구를 잘 만드는 것 이상으로 적을 만들지 않는 것이 중요합니다. 옛 친구와의 우정을 깨지 않으면서 새 친구를 잘 사귀고 자신의 외연을 확대해나가는 것은 개인뿐 아니라 국제 간 외교관계에서도 정설로 받아들여집니다.

그런데 많은 경우 친구가 성공의 기회를 주기도 하지만 때로는 위기를 초래하거나 아주 가끔은 애써 얻은 성공을 무너뜨리는 경우도 있습니다. 어떤 조직이 무너지는 것은 3%의 내부 고발자whistle-blower 때문이라지요. 이것이 내부 고발자가 외부 비판자보다 무서운 이유입니다.

S기업의 법무팀장을 지낸 한 변호사가 기업의 내부 비리를 고발한 것과 관련해서 '앙심'인가 '양심'인가를 놓고 공방이 벌어진 적이 있었지요. 세상을 살면서 터득한 것은 친구 10명의 칭찬이 주는 기쁨보다 적수 1명의 악담으로 받는 아픔이 더 크다는 사실입니다. 이제부터 쓸데없이 남을 비난하지 말고 악연을 피해 적을 만들지 말아야 합니다. 상대의 실수나 오류가 비의도적인 경우라면 이해와 관용을 베풀어야 합니다. 물론 불가피한 비판도 있을 수 있습니다. 그때도 최소한 상대의 인격을 무시해 감정과 자존심에 상처를 주지는 말아야 합니다.

상대를 적으로 만드는 순간은 사실 정직한 비판 때문이 아니라, 우리 말에 상대의 수치심과 모욕감을 자극하는 감정이 담겨 있기 때문입니다. 불가피한 비판의 경우에도 감정이 배제된 객관적 사실만 말하고 상대의 인격에 대한 평가나 비난은 금물입니다. 자신도 불완전하면서 자신의 생각과 행동은 예외라고 착각하는 양면적ambivalence 가치를 지닌 존재가 바로 인간이기 때문입니다.

인생에서 중요한 것은 그저 좋은 인맥보다 아주 오래가는 괜찮은 인연입니다. 인맥이란 내가 얼마나 많은 사람을 알고 있는가가 아니라 얼마나 많은 사람이 나를 알아주느냐에 관한 것입니다. 평소에 커피와 밥을 잘 사야 하는 이유입니다.

문제는 인연이 항상 변하는 만큼 호연을 추구하고 악연은 피해야 한다는 것입니다. 적을 만들지 않는 것이 멋진 인연을 만드는 지름길입니다. 반기문 유엔 사무총장이 좋은 예입니다. 나의 말과 행동에 실수는 없는지 돌아보는 하루가 되기를 바라면서 퇴근길 전철에 고단한 몸을 싣습니다. 한강대교 너머로 서서히 내리는 오렌지빛 석양이 이보다 아름다울 수 없다는 듯 그 자태를 뽐냅니다.

연예오락 방송 PD들에게 바란다!

지상파나 종합편성채널을 막론하고 시청률에 목을 매는 방송사들은 효자 프로그램을 하나씩 가지고 있습니다. KBS의 <아침마당> 같은 프로그램은 남북 이산가족 상봉이라는 감동적인 프로그램을 방영한 이래 중년 시청자들로부터 꾸준한 사랑을 받았습니다. 1964년에서 1980년까지 일본의 니혼 TV와 제휴를 맺은 민영채널 동양방송 TBC은 1981년 이후 KBS2로 거듭났고, <연예가 중계>는 시청자의 알 권리를 대신해준다는 이름 아래 1984년 첫 회를 시작으로 현재까지 계속 방송되고 있는 KBS2의 대표적인 장수 프로그램입니다.

오늘날 연예오락 프로그램의 대세는 뭐니 뭐니 해도 리얼리티 쇼인 듯합니다. 한편으로 실재reality를 다루면서, 다른 한편으로는 재미있는 볼거리show를 줘야 한다는 이중적 부담을 이해 못할 바 아니지만, 어정쩡한 연예인들이 나와 싱거운 소재로 어설프게 웃기는 모습은 식견을 갖춘 시청자들이 보기에 편하지만은 않습니다. 실물경기가 얼마나 어려운데 그런 연예인들의 이색 체험을 앞세워 피곤과 실의에 지친 시청자에게 즐거움을 준다니 실로 어처구니가 없습니다. 20대 자녀들은 실소를 자아내는 이런 오락 프로그램에 분별없이 빠져드는데, 마치 서서히 뜨거워지는 주전자 속에서 죽어가는 개구리 Frog in the cattle처럼 청춘의 미래를 갉아먹고 있는 것 같아 심기가 불편합니다. 편당 1000만 원이 넘는 고액 출연료에 오락 프로그램을 진행하는 MC는 말할 것도 없고, 순간 시청률과 자신의 생존만을 위해 일하는 PD들은 과연 한국 젊은이의 미래와 공공선을 진지하게 고민하기는 할까요? 오락이 무조건 나쁘다는 게 아닙니다. 꿈과 희망을 담은 감동적인 프로그램을 늘려달라는 말입니다.

취업이 하늘의 별 따기보다 어려운 현실에서 별 호소력도 없는 이색 체험으로 젊은이들의 시선을 끄는 동안 싱그러운 청춘의 꿈은 서서히 붕괴되고 있습니다. 취업, 결혼, 출산(또는 연애)을 포기한 3포세대들이 시답지 않은 이색 체험 프로그램을 시청한들 무슨 도움이 되겠습니까? 이에 대해 아무도 쓴소리를 하지 않는 집단적인 환각증세가 더 원망스럽습니다.

2014년 3월, 3포세대에게 희망을 준다는 이름 아래 미혼 남녀의 속사정을 탐색하는 TV 프로그램 <짝>이 한 출연자의 자살로 갑자기 막을 내리면서 많은 청춘남녀를 충격에 빠뜨렸습니다. 그런데 그보다 더 끔찍한 일이 벌어졌습니다. 왜 하필이면 거기서 죽어 민폐를 끼치느냐는 비난성 댓글 등 자살 기사에 대한 반응이 문제였습니다. 건강하지 않은 호기심을 자극해 내재된 쾌락을 좇는 집단적 관음증의 대표적 사례라 하겠습니다.

충분한 개연성을 통해 볼거리를 보여준 환경 설정과 무대 세트, 감정의 내면을 끌어내는 뛰어난 연출, 일방적인 사랑 때문에 선택받지 못한 비극을 애잔한 미련으로 승화시키는 편집 실력 등으로 3포세대가 직면한 이 시대의 아픔을 잘 솎아낸, 그래서 침체된 한국 사회의 결혼문화를 개선하는 데 일조하겠다던 근본 취지를 가지고 시작된 건강한 청춘의 짝짓기 프로그램은 그렇게 씁쓸한 교훈을 남긴 채 막을 내렸습니다.

제가 보기에 <짝>이란 프로그램이 일정 부분 흥행한 것은 현실에서 흔히 볼 수 없는 짝짓기matching, 즉 인간의 원초적 욕망을 특별한 공간에서 자연스럽게 연출함으로써 자녀 결혼에 대한 부모의 관심을 고조시키는 데 기여했기 때문입니다. 제한된 시간과 공간에서 절박한 결혼 욕망을 극적으로 살려낸 촬영기술이 시청자의 집단적 호기심을 충족시킨 것도 한 요인입니다. 누구에게나 잠복해 있지만 공개할 수 없는 대다수 청춘의 상황이 출연자의 심경과 묘하게 중첩되었기 때문입니다. 타인의 실험적 도전에서 자기 내면의 욕구를 훔쳐보는 일종의 신종 도착증voyeurism인 셈입니다. 성사되는 커플에게서는 상상의 동질감을 느끼게 하고, 짝을 이루지 못한 커플에게서는 비극적인 이별을 사랑의 묘약으로 조제해 희망과 좌절을 동시에 느끼게 했습니다.

카메라의 시선과 영상 처리라는 묘한 매력에 함몰되어 특단의 의사결정을 내려야 하는 부담감만 빼면 인간의 내재된 연애심리를 충족시켜주는 최적의 플라시보(위약) 효과도 기대할 수 있습니다.

고전음악이나 현대미술에 대한 편견도 다르지 않습니다. 음악가나 화가 내면의 심오한 예술적 감성을 일반인 수준에서 이해하기는 쉽지 않습니다. 이런 이유로 예술가 정신의 심오함을 보편타당성의 범주를 넘어 특정 소수를 위한 난해함으로 과대 포장하는 행위 역시 공감하기 힘든 문화 테러입니다. 예술가의 작품 정신이 아무리 독특해도 보편타당성의 범주 안에서 묘사되고 교류되어야 합니다. 자아도취나 자기만족에 사로잡혀 있으면서도 그것을 심오한 예술로 덧칠해버리는 예술가의 세련된 기만은 이제 사라져야 합니다.

누구나 공감할 수 있어야 하지만 아무나 이해하거나, 반대로 누구도 이해할 수 없다면 그때는 이미 예술이 아닙니다. 인간개체의 주관성을 인정한다면 주관적인 해석이 다를 수밖에 없다는 사실 또한 인정해야 하지 않을까요? 예술은 목적을 가지고 만들어지는 영역이 아니기 때문입니다.

독일의 계몽주의 철학자 칸트는 미학을 '무목적적 합목적성', 즉 '오성悟性과 구상의 자유로운 유희'로 정의한 바 있습니다. 한편 유성준은 『유우석 시선』(2002)에서 당나라 '오의항烏衣巷'의 시를 인용하면서 예술의 자유를 다음과 같이 묘사했습니다.

> 주작교 언저리에 온갖 들꽃이 피었는데, 오의항 어귀에는 석양이 비꼈구나. 그 옛날 왕도와 사안의 집에 드나들던 제비들이 이제는 백성들 집 안으로 예사로이 날아드는구나.

여기 등장하는 왕도와 사안은 중국 중세에 고위관직을 지낸 이들입니다. 수-당 시대까지 이들의 정치권력은 하늘을 찔렀는데, 고관저택에만 드나들던 제비가 이제 백성의 집으로 예사로이 드나든다니 제비처럼 장소를 가리지 않고 날아다니는 것을 예술의 자유라 한 것입니다.

문벌귀족은 동서고금을 막론하고 엄청난 특권을 누렸습니다. 자녀에게 관직을 맡기고 싶으면 별도의 청탁 없이 관직에 오르게 할 수 있었습니다. 권력형 인사 청탁, 즉 낙하산 인사였습니다. 이들은 관료사회를 조종할 뿐 아니라 경제자원까지 장악해 부와 권력을 누린 권력 실세였습니다. 어찌 보면 오늘날의 재벌집단과 유사해 보입니다. 저들이 정재계에 광범위한 영향력을 발휘한다는 점에서 재벌권력은 고대 그리스의 참주정^{Tyrannos}과 닮아 있습니다. 이들 문벌귀족도 중앙정부의 눈치를 살펴야 했기 때문에 실로 묶은 인형을 원격조종하는 마리오네트^{marionette} 같았습니다. 하지만 오늘날에는 정치가 경제를 지배하기보다 경제가 정치에 영향을 미치는 역전현상이 일어나고 있습니다. 중앙정부가 글로벌 기업 총수를 함부로 대하지 못하는 이유입니다.

중국 위진·남북조시대(220~589)의 문벌귀족 역시 상당히 위세를 떨쳤습니다. 왕도와 사안은 당시 로열패밀리 가문이었습니다. 그런데 제비가 고관 저택이나 백성의 집을 가리지 않고 자유롭게 왕래했다니 참으로 멋지지 않나요?

예술적인 가치도 이와 유사합니다. 평범함 속의 비범함, 심오한 세계에 대한 보편타당한 묘사, 전문성과 대중성의 만남. 예술이 위대해지려면 제한적 소수만의 전유물이 아니라 만인이 공유할 수 있어야 하지 않을까요? 무엇이 평범함이고 무엇이 위대함인가요? 그 예술적 판단 기준은 누가 세웠나요? "모든 해석은 주관적 의미의 덧칠에 불과하다"고 한 하버드 대학의 여류 철학자 수전 손태그^{Susan Sontag}의 말은 아직 뒤집히지 않았습니다.

한국의 연예오락 방송 PD들에게 바랍니다. 아주 품격 높은 순수예술의 경지까지는 기대하지 않습니다. 아무리 시청률에 목매는 오락 프로그램일지언정 시청하는 젊은이들의 꿈을 천박한 소재와 웃음거리로 갉아먹지 않도록 심각하게 고민해주길 바랍니다.

한국의 정치 리더십

정재계를 망라해 리더십 이론이 다양하게 거론되고 있지만, 정치계에 요구되는 최상의 리더십은 무엇보다 목표를 설정하고 성취를 위해 반대의견을 잘 활용해 동반성장의 동력으로 이끌어가는 능력이라 하겠습니다. 이것이 곧 야당세력이나 언론, 미디어에 편승 혹은 영합하거나, 또는 반대로 전적으로 끌려가라는 뜻은 아닙니다. 리더로서의 대통령에겐 무엇보다 먼저 방향감각과 그에 따른 책임의식이 중요합니다. 국가에 대한 기본 가치를 보호하는 일에서 리더십이란 대내외적인 압력에 굴하지 않으면서도 야당을 비롯한 국민과 조화롭게 목표를 성취해나가는 것이겠지요.

이로부터 유추할 수 있는 사실은 한국의 역대 정권과 정치지도자들이 나름 애쓴 흔적이 적지 않지만 대체로 부정적 평가를 받는다는 점입니다. 누구인들 일부러 국가에 해를 끼치려 할까요? 한국의 정치지도자들은 공히 독립된 정부를 세우고 국가 안보를 지킴과 동시에 한국을 불과 몇십 년 만에 농경사회에서 산업화시대로 이끌었다는 점에서 긍정적인 성과를 거두기도 했습니다. 이는 지도자와 각료를 포함한 공무원들이 탁월한 능력으로 헌신했기에 가능했습니다.

그런데도 급진주의 분석가들은 긍정적 성과보다는 부정적 결과를 더 부각시키는 듯합니다. 이른바 한국의 정치지도자들이 국론을 분열시키고 북한과의 대치 상황을 만든 것이 모두 미국의 배후 조종이나 거대한 음모의 사주를 받았기 때문이라고 생각하는 모양입니다. 이런 이유로 한국의 정치지도자들은 미국의 눈치만 살핀다는 등 정부의 굴욕적 외교를 지적하기도 합니다. 급진주의자들은 한국전쟁 이후 지난 60년 동안의 초고속 압축 성장을 동북아시아에 자본주의 세력을 확장하기 위한 미국의 제국주의적인 위용에 휘둘린 것으로 평가하는 듯합니다. 100% 틀린 말도 아니지만 완전히 맞는 말도 아닙니다.

오늘날 한국이 처한 현실은 정치지도자들만의 과오나 실정이 아니라 국민의 책임이기도 합니다. 따라서 모든 책임을 미국을 비롯한 외부 요소의 탓으로 돌리는 것도 안 될 일입니다. 잘한 것은 잘했다고 해야 하는데도 왜 한국인들은 하나같이 정치지도자들을 부정적으로 평가하는지 궁금합니다.

한국의 지도자들이 과소평가되는 동안, 북한에서는 우상숭배 수준의 과대평가가 창궐하고 있습니다. 한국의 정치지도자들이 과소평가되는 데에는 몇 가지 이유가 있습니다. 국민이 대통령에게 요구하는 수준은 전능한 신에게 요구할 정도의 과잉 기대입니다. 비현실적인 요구를 끊임없이 늘어놓습니다. 국민은 대내외적으로 한국이 처한 현실, 이른바 한반도의 특수성에 대한 균형 잡힌 이해는 고려하지 않고 선진국의 지도자들과 수평 비교하면서 어느 한 단면만을 성급히 판단하고 비교하는 경향이 있습니다.

이는 대한민국 헌정사에서 공화정체제를 경험한 역사가 매우 짧았던 데다 그나마도 유교사상의 이상적 가치와 맞물려 있었기 때문인 것으로 풀이됩니다. 주권이 한 사람의 의사에 의해서가 아닌 여러 사람의 합의에 따라 행사되는 '공화정'이 제대로 실현되기에는 대통령 중심제가 너무 강하고 오래 지속되었기 때문으로 판단됩니다.

한국의 정치지도자들이 하나같이 비난받는 이유는 일방적인 관념, 즉 반공주의에만 철저히 묶여 있기 때문입니다. 역대 대통령들을 모두 제국주의의 대리인 혹은 반민족주의적 반동자로 치부하는 비판은 공산주의자 외에는 누구에게도 공감을 얻지 못할 견해입니다. 현실은 어디까지나 현실입니다. 연평도 공격 이후 빈발하는 북한의 신경전에 노출된 한국이 철저한 반공주의로 무장하는 것은 자연스러운 일입니다.

제1~3의 물결을 통해 겪은 수많은 사회 변동이 국민의 스트레스를 누적시켰고, 선진 사회를 향한 채워지지 않는 기대욕구가 정치 혐오 풍토를 만들어왔기에 국민이 이성적이고 합리적인 판단을 내릴 기회가 없었던 겁니다.

일본 식민 지배로부터의 해방 이후 격렬한 이데올로기적 굴절을 경험한 한국은 보수 우익세력이 자신과 견해를 달리하는 정치집단, 예컨대 중도우파, 중도파, 좌파 세력을 모두 억압하면서 정권을 유지해온 결과 정치적 분개와 적대감이 누적되어왔다고 할 수 있습니다.

권력의 중심에서 배제된, 그래서 신분 상승의 꿈을 이루지 못한 대다수 지성인은 학계, 미디어, 문화예술 및 출판 분야에서 연륜을 쌓았는데, 이들을 통해 정치지도자들에 대한 부정적 인식과 평가가 일반인에게로 널리 수용되고 확산된 것입니다.

또한 한국의 정치 리더십이 대체로 부정적 이미지로 그려진 이유는 한국 정치사의 어두운 단면과 결코 무관하지 않습니다.

1961년 5월 16일 군사정변과 유신체제의 강제 도입, 1980년 서울의 봄과 관련된 정치적 의혹(전두환과 존 위컴John Wickham 한미연합사령관의 면담기록 발견), 1980년 5월 17일 비상계엄 당시 헌법질서의 일시 정지, 1987년 6월 민주항쟁의 무자비한 진압 등이 한국인의 집단 심성에 정치 혐오감과 적대감을 심어준 것입니다. 이런 사건은 정치지도자 당사자뿐 아니라 이 나라와 국민 모두에게 비극이었습니다. 정치지도자들은 국민국가의 이미지를 반영하는 거울입니다. 지도자에 대한 저평가는 평범한 보통 시민의 지적 수준을 반영하는 척도이기도 합니다.

지도자는 사회구성원으로부터 고립되어 존재할 수 없습니다. 그들은 대중에게서 나왔기 때문에 당연히 대중에게로 돌아가야 합니다. 그러나 현실세계에서 대다수 시민이 정치적으로 현명하지 않거나 고의적인 악의를 품을 때조차 지도자 홀로 현명하고 덕스럽게 행동하기를 기대하기는 어렵습니다.

또한 정치지도자나 권력 엘리트와 연루된 만성적 병폐가 빈번한 것은 한국이 다른 나라에 비해 권력의 흥망성쇠와 이양 과정이 빨리 진행되었기 때문이라 할 수 있습니다.

정치권력의 빈번한 교체가 지도자들이 성숙할 기회를 박탈해버린 셈입니다. 이와 같이 교체 주기가 짧은 변화는 국민 개인뿐 아니라 국가 전체에도 바람직하지 않습니다.

흔히 관료를 현직, 그리고 후보군, 퇴직 원로 등 세 부류로 나눕니다. 이들에게는 공히 전문 분야의 역량, 도덕적 청렴, 시스템의 제도화(정착)가 요구되며, 이러한 가치와 덕목의 기본 골격이나 기조는 리더십이 교체되어도 지속되어야 합니다. 문민정부 시절 두 전직 대통령의 체포, 정적에 대한 의도적인 격하, 이전 정부 엘리트 발탁 배제 등 직간접 형태의 보복이 있었던 것이 사실입니다. 과거 반공주의자였던 우익 지도자들은 왜곡된 형태의 권위주의체제 아래 정치적 반대세력을 비롯해 자유주의자와 진보적 엘리트들을 탄압하고 배척한 바 있습니다.

분노와 보복으로 점철된 정치적 불안정의 악순환을 막기 위해 다가올 선거에서는 여야를 가리지 않고 지적·도덕적 전문성 면에서 고른 역량을 발휘할 수 있는 인물을 뽑아야 합니다. 21세기는 성숙한 시민사회입니다. 우파든, 좌파든, 중도든 그 어떤 형태로도 편향된 권위주의가 국가를 독점하는 일은 없어야 할 것입니다.

'권위'를 상실한 사람의 '권력' 휘두르기는 합법적인 '권리'(혹은 권한)를 가진 시민의 굴기를 통해 바로잡혀야 하고, 바로잡아야 합니다. 선진 민주주의가 우리에게 주는 교훈입니다.

 ## 국가대표와 국민대표

'국가대표'와 '국민대표'는 무엇이 다를까요? 2014년 소치 동계 올림픽에서 벅찬 감동을 안겨준 한국 선수단이 2월 말 귀국했고, 축구 국가대표 선수들도 2014 아시안게임에서 우승한 후 각 소속팀으로 돌아갔습니다. 반면 여의도에서는 그때까지도 정치공방이 끊이질 않고 있었습니다. 국가대표 선수들이 흘린 땀과 눈물을 생각하면 국민의 대표인 국회의원들이 보여주는 행태는 정말이지 볼썽사납습니다.

승리를 위해 처절한 훈련을 이겨낸 선수들은 페어플레이를 펼친 뒤 결과에 깨끗이 승복합니다. 그러나 타협과 절충을 통해 국익에 기여해야 할 일부 국회의원은 실력도 없으면서 오기만 부리는 '완승'에 집착합니다. 그들에게는 '네 탓'만 있을 뿐 '내 탓'이 없습니다. 인문대학의 정치외교학과가 정치외교를 전공하는 게 아닌, 정치를 외면하는 학문으로 전락한 것은 오래된 전설이지요. 정치가 어려워서 포기하기보다 꼼수와 술수가 역겨워서 싫어지는 이유는 저마다 자기 정당성만 강조하기 때문입니다. 보수는 기득권을 유지하려다가 내부 비리와 부패로 망하고, 진보는 자기주장만 앞세우다가 분열로 무너지는 것이 한국의 정치 현실입니다.

한국인은 유난히도 강렬한 원색을 좋아합니다. 원색은 극단화와 그에 따른 배척을 동반하게 마련이죠. 해방 후 한국의 정치는 좌우·보혁 대립은 물론 흑백 논리로부터 자유롭지 못했고, 따라서 대화와 타협보다는 모든 것을 배타적으로 극단화시키는 양상으로 발전해왔습니다. 게다가 튀고 싶은 정치인의 포퓰리즘과 근거 없이 내던지는 선동적 발언이 천박한 '원색 정치'를 심화시켜왔습니다.

여야에서 쏟아져 나오는 '원색적 비난'은 한국 정치사에 자주 등장하는 상투적 표현cliche이 되어버렸습니다. 원색은 눈길 끄는 데에는 효과가 있으나 쉽게 피로감을 줍니다. 그래서 튀지 않으면서 시선을 사로잡는 파스텔 톤이 가치를 발하기도 합니다. 정치도 마찬가지입니다. 합리적 온건파들이 설 자리를 잃고, 비타협적인 강경파들이 힘겨루기에만 몰두하는 모습은 정치 혐오증만 확산시킬 뿐입니다.

화해하는 것이 왜 그리도 어려울까요? 누군가는 양보하고 희생해야만 화해가 이루어집니다. 예수가 십자가의 순종을 희생 제물로 삼아 신과 인간을 화해시킨 것처럼 말입니다. 그런데 기득권을 포기하기 싫은 인간의 본성 때문에 개혁이 혁명보다 더 어려운 모양입니다. 이해하지 못할 바는 아니지만 정당화될 수는 없는 노릇입니다. 이제 국민을 두려워하고 섬겨야 존경받을 수 있는 상생의 정치를 보고 싶습니다. 언론매체 역시 사회적 약자들을 두려워하는 동시에 사회적 강자들이 두려워하는 대중의 창으로 거듭나야 합니다. 주도권 쟁탈을 위해 완전히 밀어붙인다든지, 혹은 여기서 지면 끝장이라는 투쟁 논리에 휘말리면 무한경쟁의 시대에서 도태되고, 그 결과 야기되는 폐해와 손해는 오로지 국민의 몫으로 돌아옵니다. 대외적인 외교와 원전 수주, 선진국과의 무역 교류를 통해 국가 브랜드를 격상시키면서도 대내적으로 과도한 내출혈을 앓으면 국가 전체가 합병증을 앓을 수도 있습니다.

'중도中道'가 양쪽 모두로부터 왕따 당하고, 협상파가 '양시론'으로 몰리는 정치행태가 늘 정치 혁신의 발목을 잡아왔습니다. 점잖은 직무유기는 이제 그만두어야 합니다.

'정치는 결국 표 싸움' 아니냐고요? 처절하고 치열한 일상의 생존 경쟁에서 고군분투하는 국민에게 그런 소리를 했다간 물세례를 맞습니다. 국민이 바라는 건 치밀하게 계산된 정치 쇼가 아니라 민생을 우선시하는 예측 가능한 상식의 정치입니다.

목소리 크면 이긴다는 전근대적 발상을 고집하는 의원 대신 성실하게 의정활동을 펴는 의원을 뽑는 선거 풍토를 만들어야 합니다. 의원들은 팀 승리에 공헌하면서도 마침내 자신까지 칭찬받는 국가대표 선수로부터 무엇이 진정 국민을 열광시키는지 배워야 합니다.

 ## 나만 그런가?

지금까지 내 의지와 상관없이 분통 터지는 사회의 다양한 모습을 공감하셨으리라 생각합니다. 분노와 분통은 단순한 인격의 결함 탓이 아닌 더 나은 사회, 좀 더 정의로운 공동체적 삶을 향한 희구일 겁니다. 따라서 성숙한 시민이라면 준법은 기본이고, 철저한 감시와 비판을 통해 한국 사회를 건강하게 유지하는 데 일조해야 합니다. 인문·사화과학이 우리가 사는 세상을 천국으로 만드는 만병통치약은 아니지만, 그것이 지닌 정신적 유산은 제도 개선이나 정책 개발에 크게 기여할 수 있을 것입니다.

유토피아는 그 어디에도 없는 ou+topos=nowhere 이상향의 세계이지만 모든 가능한 노력을 기울여 현실 세계 now here 를 개선하는 데 기여해야 합니다. 세상의 바람직한 변화에 관심을 가진 성숙한 시민의식은 무늬만 평균적인 지향을 반대합니다. 진정한 의미의 사회발전이란 현재에 침전된 미세 신호에서 미래의 거시 트렌드를 읽어내고, 불평등과 차별 요소를 최소화해 최대 다수의 최상의 행복을 실현하려는 공리주의의 실천인 셈입니다. 이는 대규모 여론조사나 '빅데이터' 분석으로도 포착할 수 없는 '작은' 날갯짓, 큰 나비효과를 통해 일궈내는 것입니다. 인문학의 사명이 여기에 있습니다.

좀 더 공의로운 사회를 만들려는 끊임없는 노력이 있음에도 다른 한편에서는 집단 이기주의의 철저한 보신주의로 사회발전을 저해하는 경우가 다반사입니다. 끝없는 싸움에 지친 사람들은 문화예술에서 새로운 탈출구를 찾습니다.

지나치게 열 받지 말고, 불필요한 제스처^{shadow action}에 휘둘릴 필요도 없습니다. 자연스러운 흐름을 타고 가되 개악이 아닌 개선으로 물꼬를 트는 노력을 계속해야겠지요. 가정이나 사회 변화 역시 제일 먼저 나 자신의 행복으로부터 나오기 때문입니다. 노력 여하에 따라 달라지는 결과도 있지만 그와 무관하게 벌어지는 인생사도 많습니다. 자연의 섭리와 우주의 작동 원리를 모두 알 필요도 없고 또 알 수도 없지만 경험을 통해 감을 잡을 수는 있습니다. 자유로운 인생을 위해 잠시 상념에 젖어봅니다.

맘 변한 사람 탓하지 말고, 떠나가는 사람 구차하게 붙잡지 마십시오. 그렇게 겨울 가고 봄이 오듯이 떠날 사람은 자연스레 멀어지고, 남을 사람은 무슨 일이 있어도 내 옆에 남습니다. 세상에서 가장 슬픈 것은 너무 빨리 죽음을 생각하는 것이고, 가장 불행한 것은 너무 늦게 사랑을 깨우치는 일이라지요. 이런 깨달음은 학교나 책에서 배울 수 없는 진리입니다. 인연^{因緣}에 대해 어떤 이는 스치는 우연이라 하고,

다른 이는 노력의 결과라고 말합니다. 그러나 제가 생각하는 인연은 '스치는 우연에서 의미 있는 필연을 발견해 호혜적인 관계로 발전시키는', 이른바 지속적인 관심이라 생각합니다.

최선을 다해 배려하지만 구걸하지는 않는, 그 자연스러운 당당함이야말로 인연의 시작과 끝이 아닐까요? 말처럼 쉽지는 않습니다. 정도의 차이는 있을지언정 인간은 어차피 자기이익을 좇는 이기적인 존재입니다. 아무리 사랑해도 대신할 수 없는 일이 있듯이 능력 밖의 일에는 최대한 관대한 편이 심신의 자유를 위해 현명한 처신입니다.

겨울가고 봄이 오듯이 살다보면 다 살아냅니다. 평생 알고 지내는 사람이 150~200명 정도고, 그중에서 연락하고 지내는 사람은 15~20명 정도랍니다. '절친 혹은 죽마고우'라고 부를 인연은 3~5명 정도에 불과하다는 사실에 많은 사람이 암묵적으로 동의합니다.

 단순한 삶과 단순화된 삶

진리는 언제나 단순합니다. 필리핀의 페페pepe 신부의 메시지는 언제 읽어도 감동으로 다가옵니다. 그 일부를 소개해보겠습니다.

> 사랑을 포기하지 않으면 기적은 정말 일어난다.
> 누군가를 사랑하는 마음은 결코 숨길 수 없다.
> 이 세상에서 제일 훌륭한 교실은 노인의 발치다.
> 하룻밤 사이의 성공은 통상 15년 정도가 걸린다.
> 어린 시절 어느 여름날 아버지와 함께 동네를 걷던 추억이 일생의 버팀목이 된다.

삶은 두루마리 화장지 같아서 끝에 이를수록 더 빨리 사라진다.

돈으로 인간의 품위를 살 수는 없다.

삶이 위대하고 아름다운 이유는 매일 일어나는 소소한 일 때문이다.

창조주도 여러 날 걸려 만든 일을 우리는 하루 만에 마치려 설친다.

알고 보면 이토록 단순한 사실을 경험하기 전에는 깨닫지 못하는 것을 보면 인간이 의외로 무지한 존재인가 봅니다.

"단순한 삶Simple Life!" 중세 수도사들의 삶이 그랬고 수많은 현자의 구도求道 과정이 그랬습니다. 세상이 복잡해질수록 삶은 더 단순해져야 합니다.

이제는 단순한 삶에서 단순화된 삶Simplified Life으로 한발 더 나아가야 합니다. 최우선적 열망을 위해 차선의 욕망과 부차적인 욕구를 버릴 때입니다. 자아실현과 무관한 일체의 만남 및 관계와 헛수고를 삶에서 지혜롭게 걸러내야 합니다. 그리하면 마지못해 생계를 꾸려나가는 것과 행복한 삶을 영위하는 것을 구별하게 됩니다. 목적 없던 방황이 의미 있는 방랑을 거쳐 바람직한 방향을 잡는 데 도움을 줍니다. 이를 위해 세 가지 습관을 추천합니다.

마음이 통하는 벗과의 여행, 규칙적인 독서, 훌륭한 생각과 멋진 습관을 가진 멘토와의 만남이 그것입니다. 이를 통해 큰 깨달음을 얻을 수 있습니다. 배우기는 했으나 현명하지 못했고, 민첩하긴 했으나 기민하지는 못했으며, 튀기는 했으나 세련되지 못했고, 다양한 경험을 했지만 노련하지는 못했다는 점을 말입니다. 몸과 마음이 가벼워야 인생의 긴 여정을 편안하게 소화할 수 있습니다. 우리는 디지털시대의 유목민입니다. 유목민에게 정착은 곧 죽음입니다. 여정의 끝은 자유입니다.

의식주 해결은 행복의 기본입니다. 잘 입은 거지는 얻어먹어도 추레한 거지는 굶어 죽는다고 하지 않던가요? 인간에게 음식은 입고 다니는 옷과 주거 공간 사이에서 행복을 조율하는 매개로서 누구와 어디서 어떤 음식을 먹느냐에 따라 행복과 불편함이 교차합니다. 산업혁명 이후 토머스 맬서스Thomas Malthus가 우려했던 기아와 절대빈곤은 오늘날 거의 사라졌습니다.

한국 사회에서 식사는 주로 세 가지 형태로 요약됩니다. 첫째, 생존을 위한 식사, 둘째, 문화생활로서의 외식, 셋째, 관계 개선이나 유지 혹은 청탁을 위한 식사입니다.

첫째, 생존을 위한 식사는 시간에 쫓기며 사는 사람들로 하여금 손쉬운 인스턴트식을 찾게 합니다. 이른 아침 출근과 등교 시간에 쫓기는 샐러리맨과 학생은 주로 삼각김밥이나 샌드위치를 먹습니다. 한 시간을 나노 단위로 나누어 사는 현대인에게 값싸고 빠른 식사 습관은 이미 익숙해진 풍경이지만, 조금 멀리 보면 영양 불균형과 불규칙적인 섭취로 심각한 건강 악화가 우려됩니다. 오죽하면 음식으로 못 고치는 병은 약으로도 못 고친다고 할까요?

둘째, 문화생활로서의 외식입니다. 30여 년 전 외식 하면 제일 먼저 떠오르는 메뉴가 짜장면과 탕수육이었습니다. 20년 전의 외식은 후식으로 냉면이 나오는 돼지갈비였죠. 10년 전부터는 피자와 파스타, 그리고 최근에는 퓨전 레스토랑 혹은 전국의 맛집 기행이 유행이라네요. 개인마다 편차가 있겠지만 먹방 프로그램의 인기에 편승한 외식문화 트렌드는 고급화, 차별화, 고가화로 진화하고 있습니다.

셋째, 관계 개선이나 유지 혹은 청탁을 위한 식사입니다. 학교 선후배, 동호회, 동아리 등 수많은 이해관계와 연결된 접대나 향응 때문에 한국의 음식점과 고객 마케팅은 그 어떤 산업보다 더 치열합니다. 낯선 사람과의 식사, 일면식도 없는 단체가 제공하는 식사는 관계 트기와 개선 및 유지를 위한 경우가 대부분입니다.

누군가와 함께 식사하면 둘 중 하나는 반드시 나옵니다. 아무것도 나오지 않으면 제가 책임지겠습니다. 그게 뭐냐고요? 입으로부터 중요한 정보가 나오거나, 그 다음 날 배설물이 반드시 나옵니다. 만약에 안 나오면 심한 변비 때문입니다.

음식은 상대의 긴장을 풀고 마음의 벽을 열게 하는 신비한 효능을 지닌 매개체입니다. 중요한 것은 메뉴와 분위기에 따라, 그리고 가끔은 식사비용에 따라 유출되는 정보의 가치가 다르다는 점입니다.

어떤 유형의 식사든 음식은 인간의 삶에서 빼놓을 수 없는 중요한 일부입니다. 이때 두 가지 조건, 즉 음식과 식욕이 맞아떨어져야 합니다. 맛깔스러운 음식은 있으나 식욕이 없는 사람이 있고, 역으로 왕성한 식욕은 있으나 먹을거리가 넉넉하지 못한 사람도 있습니다. 음식도 있고, 건강한 식욕은 물론이고 삶의 의욕까지 넘친다면 그야말로 금상첨화요 화룡점정 아니겠습니까?

2005년 출간되어 한때 유행했던 이민규의 책 『끌리는 사람은 1%가 다르다』의 말을 굳이 인용하지 않아도 '함께 밥 먹고 싶은 사람'이 되십시오. 누군가와 가까워지고 싶을 때 우리가 가장 흔히, 가장 쉽게 꺼내는 말이 함께 식사하자는 제안입니다. 음식을 매개로 하면 대화가 더 쉽게 풀리고, 음식을 접대한 사람에게 부드럽게 설득당하기 때문입니다. 왜 그럴까요? 멋있는 장소에서 맛있는 음식을 매개로 한 유쾌한 감정이 함께 식사하는 사람의 품위는 물론 그의 제안에까지 파급되기 때문입니다. 이런 이유로 정말 기분 나쁜 사람을 '밥맛없는 사람'이라고 표현하나 봅니다.

두 번 이상 함께 식사를 하면서도 가까워질 수 없다면 그 상대와는 어떤 일을 해도 성공하기 힘듭니다. 좋은 사람과 함께 식사하는 일은 인생의 행복 중 가장 큰 즐거움입니다. 그야말로 돈으로 살 수 없는 행복입니다. 왜냐고요? (신용)카드로 산 행복이기 때문입니다.

제 3 장

앓음이 아름다움을 낳는다

사회 구석구석이 병들었는데 아프다고 소리치는 사람이 없습니다. 이 역설을 어떻게 이해해야 할까요? 요즘 사람들은 아픔을 못 느끼는 게 아니라 안 느끼고 싶은 모양입니다. 동사 '알다'와 '앓다'가 명사의 '앎'과 '앓음'으로 굳어지는 과정에는 항상 고통이 수반됩니다. 치유healed 되지 않고 건강health 할 수 없듯이 앓지 않은 영혼이 아름다워질 수는 없습니다. '앎'과 '앓음'이 곧 '아름다움'을 낳는 모체이기 때문입니다. 지난한 앓음이 진한 아름다움을 낳습니다.

우리는 흔히 접하는 일상에서 감각적으로 강한 자극에만 눈길을 줍니다. 외적 성취만을 성공으로 여기면서 내면이 무너지는 소리는 무시하며 살고 있습니다. 적자생존을 지속하게 하는 삶의 재료는 망각한 채 고작 돈 버는 기계로만 살아가고 있는 것입니다. 억대 연봉도 아니면서 말이지요. 서글프다 못해 비참하다는 상실감은 이미 익숙한 증상입니다. 심오한 각성은 뒷전이고 서로 비슷비슷하게 모방하는 집단적인 복사인생을 살고 있습니다. 과연 대안은 없는 것일까요?

인문학은 유구한 역사의 보고에서 항구적 지혜를 추출해 거친 현실을 뚫고 나가게 하는 심근이자 운행 여건에 따라 원료를 자동 조절해주는 엔진입니다. 인문학은 본래 '사실을 진실하게 묘사했던' 현자들의 고백을 자전적으로 재해석하는 작업이었습니다.

제3장은 몸은 망가져도 몸매만 만들면 된다는 현대인으로 하여금 정신근력과 심신의 조화를 이루게 하려는 동기로 시작되었습니다. 많은 사람이 허송세월을 희망 소멸로 이어지도록 방기하면서도 그러한 삶을 치욕적으로 생각하지 않습니다. 좀 더 나은 삶을 위해 길들여진 눈요기 행복에서 과감히 벗어나야 합니다. 타고난 내 일my job을 한시적으로 보장된 내일tomorrow과 바꾸면서 알량한 밥줄에 연연해하는 쪼잔한 인생들에게 그렇게 살기엔 삶이 너무도 짧다는 경험을 뼈저리게 전해주고 싶습니다. 매일매일 시간에 쫓기고 환경에 치여사는 청춘에게, 그리고 그들의 부모인 50대에게 시드니 해리스Sydney J. Harris의 말은 좋은 자극제가 될 것입니다.

"누군가 사는 게 힘들다고 한숨을 쉰다면 난 언제나 이렇게 되묻고 싶어진다. 무엇과 비교해서?When I hear somebody sigh that life is hard, I am always tempted to ask, compared to what?"

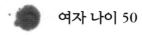 **여자 나이 50**

퍼트리샤 튜더산달Patricia Tudor-Sandahl은 『여자 나이 50Den tredje aldern』이란 책에서 인간이 50대에 이르면 40대 이전보다 훨씬 더 깊은 우울증을 앓는다고 진단합니다. 이때의 특징은 오래된 지식을 새

것으로 바꾸고, 지금까지 침전되었던 감정을 새롭게 마주하면서 마음 한구석에서 언젠가는 꼭 해야지 했던 버킷리스트를 실천하기로 다짐한답니다. 무의식에서 말하던 '나중에'가 '지금'의 순간으로 다가오는 것입니다. 지금 '당장' 하지 않으면 영영 돌이킬 수 없을 것 같은, 그래서 막연하지만 진지한 두려움이 마침내 한 걸음이라도 내디뎌야겠다는 결심을 자극하는 겁니다.

성공한 의사, 잘나가는 사업가, 유명 연예인이 갑자기 '죽고 싶다'며 자존심을 팽개치고 땅바닥에 엎어져 하염없이 통곡하는 현상을 어떻게 설명할까요? 갱년기 우울증으로만 풀이하기엔 석연치 않습니다. 40~50년 동안 누적된 삶의 무게가 눈사태처럼 일시에 무너져 내릴 수 있습니다. 완경기를 지난 여성처럼 남자에게도 나이 50이면 한 방에 훅(?) 갈 수 있는 삶의 무게와 쇠잔함이 있습니다. 사태가 이 정도면 건강 염려증 hypochondria 도 일시적인 기우는 아닌 듯합니다. 고개 숙인 가장의 스산한 외로움, 가정 속의 외딴섬처럼 '경제적 후원' 외에 그 어느 것으로도 보상받지 못하는 냉엄한 현실은 술 한잔의 넋두리에도 좀처럼 가시질 않습니다. 단지 처자식을 부양한다는 알량한 책임의식만이 생존의 아슬아슬한 명분이 될 뿐입니다.

50대는 이른바 가을나기세대로서, 그 간절기의 향수와 미학을 슬기롭게 극복해야 할 시기입니다. 너무 늦어 풀썩 주저앉기 전에 마지막으로 한 번 더 자신을 돌아보고 최종적으로 올인하는, 이른바 '고갯마루세대'이자 인생 전반전의 실점을 만회하는 '하프 타임' 세대이기도 합니다. 짧은 여행과 간헐적인 휴식이 도움을 주기도 하지만, 치열한 후반전을 치를 생각에 '예측된 스트레스'를 녹록지 않게 맞이하고 있습니다.

다른 무엇보다 신앙과 정신건강을 중시하는 시기이자 '느림의 미학' 속에서 참살이^{well-being}를 찾는 제2의 도약기입니다. '올레길을 갈래길로 걷기', '차 한잔의 사색', '마음의 고향 찾기'와 같은 고상한 주제와 더불어 '포도주와 드라마 분석하기', '대중문화 따라잡기', '건강한 재테크', '미래의 평생교육', '모데라토 칸타빌레', '따로 그리고 함께', '디지로그 100% 즐기기' 같은 주제는 글로벌시대에 어울리는 센스입니다.

저 역시 이 시대의 고민들로부터 완전히 자유롭지 못합니다. 다만 조금 먼저 해결책에 다가선 현재진행형일 뿐입니다. 인생에 정형화된 모범답안은 없습니다. 그렇다고 실험해보고 살기에는 남은 시간이 너무 짧습니다. 치러야 할 향후 대가가 너무 큽니다. 자신에게 맞는 최적의 환경을 개척해나갈 때 최상의 행복을 누릴 수 있겠지요. '성취된 결과보다 추구하는 과정이 행복'이라던 인문학의 교훈은 오늘날에도 여전히 유효합니다.

 꽃보다 중년

육체의 조락, 정신적 우울, 관계의 고립 등 중년이 버티기에 너무도 척박한 세상에서 한 곡의 노래와 한 편의 시만큼 위로를 주는 것도 없을 듯합니다.

그중 대표적인 시 가운데 하나가 이채의 「중년의 당신, 어디쯤 서 있는가?」입니다. 시인은 자신이 경험한 세상이 온통 엉터리였다고 고백합니다. 세상은 엉터리 같지만 엉터리처럼 살고 싶지 않은 이유는 마지막 남은 한 조각 순수 때문이라고 항변합니다. 또한 비굴하게 자신을 속이면서까지 편히 살기보다는 진실한 가치 앞에 당당해지기 위해서이며, 그것이 중년의 삶에 남은 마지막 자존심이라고 말합니다. 그토록 결기에 차서 꼿꼿하고 빳빳하게 살아도 세월의 흐름 앞에서는 어쩔 수 없습니다. 같은 하늘 아래에서 숨 쉬고 같은 땅을 밟으며 억척스럽게 헤쳐나왔건만 하나둘 세상을 떠나는 친구들을 보며 삶과 죽음을 동시에 경험한다고 술회합니다.

"살아 숨 쉬는 심장박동 각각의 소리가 곧 장례식을 알려주는 북소리다. Every one of heartbeats is the drumbeat to your funeral."라는 미국인 친구의 말이 떠오릅니다. 우리는 살아가면서 동시에 죽어가는 존재입니다. 희망이 있는 한 살아 있는 것이고, 절망하고 좌절하는 동안 사망세포가 퍼집니다. 그 확산의 속도를 늦추기 위해 오늘도 열심히 사는 것입니다. 슬프지만 허무하지 않고, 덧없지만 그래도 소중했던 사랑의 추억들! 다시 돌아올 수 없기에 더 애달픈 중년의 세월. 시간이 흐르는 게 아니라 우리네 인생이 흐르는 것임을, 머리에 복사꽃이 피고 나서야 깨닫습니다. 만났다 헤어지고, 사랑하다 상처받고, 울고 웃으며 흘러가는 삶이 하나의 긴 추억 소풍입니다. 노병은 죽지 않고 사라질 뿐이라던 말처럼, 중년도 늙지 않고 깊어질 뿐입니다. 일찍이 조지 버나드 쇼 George Bernard Shaw (1856~1950)가 묘비명에 남긴 명언이 오늘따라 새삼스럽게 다가옵니다. '우물쭈물 하다가 내 이럴 줄 알았지.' 나이 들수록 하루하루가 소중하고 짧게 느껴지는 이유입니다.

 고상하게 나이 들기

"길을 따라가지 말고 자신의 발자국을 따라가다 보면 그것이 길이 되리라던" 폴 윌리엄스 Paul Williams 의 말은 낯선 인생길을 나서는 우리에게 큰 힘이 됩니다. 나만의 영역을 확보해주는 성城을 깡그리 허물 용기는 없어도, 높은 담을 쌓는 어리석음은 더 이상 되풀이하지 않으렵니다. 성문을 활짝 열고 길을 나서봅니다. 아직 두렵고 떨리지만 지금 당장 나서지 않으면 영영 그 길을 가볼 수 없기 때문이라던 시인의 고백이 오늘따라 새삼스럽게 다가옵니다.

인생관이 불확실하던 젊은 시절, 남들이 좋다고 하는 말만 믿고 좌충우돌했지만 이제 나름의 가치관이 생겼습니다. 현자의 말은 진지하게 수용하되 전적으로 휘둘리지 않고, 내 체질에 맞도록 조율해 최적화된 맞춤형 삶을 살려는 일종의 착한 오기입니다. 이제는 내면의 소리와 몸이 보내는 신호에 귀 기울이려 합니다. 속도보다 방향이 더 중요함을 깨닫습니다. 젊은 시절의 시행착오는 타산지석이라지만 중년의 판단 착오는 예행연습 없는 인생길에서 긴 세월을 허비하게 합니다. 자연스레 생각이 깊어지고 행동이 신중해질 수밖에 없습니다.

나이 먹어 슬픈 일이 많지만 좋은 일도 많습니다. 공지영이 『빗방울처럼 나는 혼자였다』(2011)에서 밝힌 것처럼 나이가 들면 이전에 없던 깨달음을 얻습니다. 조금 무뎌졌고, 조금 더 너그러워졌으며, 조금 더 기다릴 수 있게 되었습니다. 무엇보다 내 자신에게 그렇습니다. 이제 웬만해서 화내지 않고 살다보면 그럴 수도 있지 하며 느긋하게 말합니다. 고통이 와도 언젠가는 지나가겠지, 설령 시간이 오래 걸려도 곧 지나갈 것임을 오랜 경험상 터득했기 때문입니다. '이 또한 지나가리라'라는 말에 공감합니다. 그중에서 가장 큰 공감은 사랑한다고 해서 반드시 내 곁에 두어야 하는 것은 아니라는 점입니다.

한가로움과 여유의 차이도 알게 되었고, 매사 포르티시모fortissimo와 피아니시모pianissimo를 조절하면서 오랫동안 변함없이 사랑하는 노하우도 터득했습니다. 살포시 드러내면서도 은근히 숨길 줄 아는 자태도 몸에 익혔습니다. "욱!" 하던 분노도 그저 살짝 눈꼬리를 올리고 말 정도로 자제하는 법을 배웠습니다. 고혹적인 인격과 한마디의 말로 사람의 마음을 읽는 감성 터치의 진수를 맛보기도 합니다. 소중한 이에게 살며시 다가가 괜찮은 인간미를 각인시키는 기술도 획득했습니다. 나이 드는 게 꼭 퇴화만은 아닌 듯합니다. 오히려 세련됨의 절정을 향한 조용한 질주임을 배웁니다. 서두른다고 해서 빨리 배워지지 않는 것들이 있습니다. 가진 것이 시간뿐이지만 그 소중함을 깨닫는 데 오랜 시간이 걸립니다. 비록 간단하게 보이는 지혜라도 터득하기까지는 일생이 걸리기에, 인생에서 얻은 새로운 지혜는 매우 소중하며 우리에게 소중한 자산이 됩니다. 알기는 다 압니다. 제대로 안되니까 문제지요. 그런데도 팔다리는 여기저기 저리고 쑤십니다.

또 하나 뼈저린 깨달음은 단지 나이가 들어 슬픈 게 아니라 나이는 들었는데 마음은 청춘이라는 것이 슬프다는 점입니다. 못 느끼는 게 아니라 안 느낀 것처럼 지나가는 여유로움의 지혜도 배웠습니다. 느끼면 느낄수록 그에 맞게 반응할만한 감성과 시간상의 여력이 많지 않음을 진하게 체감합니다. 나이가 들었는데도 30대처럼 반응하지 않는 것은 나이에 걸맞은 인격 유지는 물론이고 품위까지 지켜야 하기 때문입니다. 입은 닫고 지갑은 여십시오. 향기 있는 노무족NO More Uncle을 위해 만세를 부릅니다. 브라보 마이 라이프!

 ## 사라지는 것에 대한 그리움, 성산포

사라지는 것들은 왜 하나같이 그리운 것일까? 너무 그리워한 나머지 상처 주지 않으려 사라지는 것일까?

'그리움'의 눈물이 농축
되면 '그림'이 된다고 하
지요! 애틋한 기억 속에 사
라진 순간이 시퍼런 멍으
로 가슴에 남아 있습니다.

제주도 성산포

미움으로 물든 상처, 사
랑의 이름으로 머물다간
추억은 새벽녘 물안개처
럼 쉽사리 걷히질 않습니다. 그래서 그림을 보고 음악을 듣습니다. 아
니 역설적으로 그림의 침전된 소리를 듣고, 소리가 들려주는 세계를
봅니다.

그리움을 농축한 그림이 내재된 소리의 냉동이라면, 음악은 소리로
듣는 그림을 해동한 것이겠지요. 케니 지$^{Kenny\ G}$의 「Dying Young」을
듣고도 울지 않는다면 정신과 상담을 받는 게 좋을 듯합니다.

사라지는 것에 대한 연민은 왜 하나같이 연보라색일까요?

황혼녘의 노을은 천국의 그림자입니다. 전 세계 관광 명소 중 유네
스코가 지정한 절경 가운데 하나인 성산포는 세월의 묵은 때를 벗기
는 데 더할 나위 없이 아름다운 곳입니다.

이생진의 시 「그리운 성산포」를 읽고나니 한 폭의 그림 같은 바다
노을이 생생하게 되살아나면서 만감이 교차합니다. 시인이 읊었던
성산포의 감흥이 느껴지는 듯합니다.

사라져 가는 것과 남아 있는 것을 통해 느끼는 회한과 애잔함이 교
차하는 성산포! 방파제의 스산한 외로움이 느껴지는 진돗개의 한량
한 하품에서 평생의 바닷바람을 이겨낸 어민들의 애환이 엿보입니
다. 한가로이 지나가는 빛바랜 시외버스 차창에 비친 시골 아낙네의

주름진 얼굴을 떠올리니 절로 세월의 무상함이 느껴집니다.

어디 제주도 어민의 삶만 애달프겠습니까? 저는 50대 중반에 생애 두 번째로 가족과 함께 성산포를 찾았습니다. 검푸른 바위에 부딪히는 거센 파도와 눈썹이 날리게 하는 바닷바람이 섬사람 특유의 강인함을 만드는 원천임을 느끼며 힘껏 들이마셔 봅니다.

성산포 언덕에 오르면 용서 못할 과거도 없고, 이해 못할 사람도 없으며, 담아 가지 못할 추억도 없습니다. 유네스코가 세계자연유산으로 지정한 데에는 그만한 가치와 이유가 있는 것 같습니다. 아드리아 해의 빛나는 보석, 크로아티아 스플리트에 있는 마드리얀 언덕 못지않습니다.

석양이 장관을 연출하는 성산포! 그 오렌지빛 언덕에 올라 뜨거운 포옹과 입맞춤을 나누십시오. 그 한 번의 입맞춤은 지구를 진동하게 할 것입니다. 연인의 사랑스러운 눈가 이슬을 닦아주노라면 이글거리는 태양의 뜨거움도 홀연히 식어지리니.

내 사랑 성산포! 파도가 살아 있는 한 바다 비둘기도 여느 때처럼 창공을 날겠지요. 발을 담갔던 물은 흘러가도 성산포는 여전히 그 자리에서 지치고 상처받은 영혼들을 부릅니다.

"내게로 오라. 편히 쉬게 하리라."

 ## 마음이 마음대로 안 되는 이유

서양 중세시대에 학문의 여왕으로 불리던 신학과 더불어 인문학의 정수를 이루던 철학은 인간과 자연에 관한 모든 사유를 다룹니다. 그 유산을 물려받은 칸트는 독일의 계몽주의 철학자로서 『순수이성

비판Kritik der reinen Vernunft』이라는 명저를 남겼습니다. 이 명저는 인간사유가 도달할 수 있는 이성의 종착점을 파헤침으로써 고전철학과 현대철학의 분수령이 되었을 뿐 아니라 철학의 내용과 방법론 모두에서 전무후무한 기념비가 되었습니다. 그를 추종하든 비판하든 철학 연구는 가능할지라도 그를 빼놓고서는 논의 자체가 불가능할 정도입니다. 그의 전성기는 계몽주의시대였습니다. 이 사조는 17~18세기 유럽에서 일어난 지적·문화적 운동으로, 신·이성·자연·인간에 대한 개념을 하나의 통합된 세계관으로 솎아내 당대뿐 아니라 오늘날에 이르기까지 예술·철학·정치 분야의 눈부신 발전에 큰 영향을 끼쳤습니다.

계몽주의는 이성 예찬에 터를 둔 사상으로, 인간이성과 자유에 대한 성찰을 통해 마음의 작동방식을 규명하려는 운동으로 발전을 거듭했습니다. 계몽주의는 한 세기 전 절대왕정 시기에 구축된 세계관에 맞서 합리적인 추론과 질문을 통해 기존 사안에 끊임없이 새로운 질문을 던졌습니다. 무지와 미신으로부터 벗어나 현실을 직시하고, 실체를 깨닫기 위해서는 인식의 촛불enlightenment을 켜야 한다고 역설합니다.

그중에서도 알다가도 모를 것이 바로 사람의 '마음(의지)'입니다. 자기 마음인데도 왜 마음먹은 대로 안 되는 것일까요? 마음이 자기의지대로 작동하지 않는데도, 우리는 여전히 그 마음을 자기 마음이라고 부릅니다. 모순 아닌가요? 그냥 남의 마음이라고 하면 이상하니까 자기 마음이라고 부르는 게 아니죠. 분명 자기 마음이라고 불러야 한다면 그 마음은 자기가 마음먹은 대로 작동하고 그 소유권과 통제권도 자기의지에 있어야 합니다.

그런데 마음이 마음먹은 대로 안 된다면 그 마음은 자기 소유가 아니라 남의 것이란 말인가요? 그렇다면 소유권과 통제권이 자신에게 없는데도 여전히 자기 마음이라고 우기는 근거는 무엇일까요? 자기 마음인데도 자기 마음대로 되지 않는 것은 두 가지 때문입니다.

첫째, 인간의 마음은 항상 '마음먹지' 말아야 할 것만 골라서 마음먹습니다. 둘째, 상식적으로 '마음먹어도' 괜찮을 일을 마음먹지만, 환경의 변수나 노력 여하에 따라 그 결과는 '마음먹은' 대로 전개되지 않기 때문이지요.

두 경우 모두 다반사로 일어나는 것이 우리 삶입니다. 그러면서도 여전히 '자기 마음'이라고 부르는 것은 커다란 모순입니다. 그렇다면 우리 마음의 진짜 소유주는 누구일까요? 그 마음을 만든 궁극적 존재가 있거나, 혹은 그 주체인 인간이 자기 마음대로 마음을 잘 통제할 수 있어야 합니다. 인생 중반을 넘다보니 내 마음대로 안 되는 일이 훨씬 더 많다는 점을 경험적으로 알게 됩니다. 그래서 이래저래 세파에 시달리다보면 내 마음 갈 곳을 잃었다는 노랫말에 어느새 공감하게 됩니다. 가수 최백호 씨가 벌써부터 제 맘을 눈치챘나 봅니다.

다시 읽는 중세

흔히 5~15세기까지의 1000년을 중세라 부릅니다. 대부분의 사람은 이 시기를 암흑기로 기억합니다. 인간의 제반사들이 절대적 종교 권위의 통제를 받으면서 자연과학의 성취가 거의 이루어지지 않았기 때문입니다. 그나마 12~13세기를 중세의 전성기로 꼽는 이유는 프랑스의 파리 대학, 이탈리아의 볼로냐 대학, 영국의 옥스퍼드 대학 등 최초의 근대적 형태의 대학이 출현했기 때문입니다. 이러한 배경에는 상업 발달과 급속한 도시화에 따른 경제발전, 교역의 증대가 연쇄적으로 일어난 것도 한몫했습니다. 중세는 이 같은 대학 설립을 통해 시대의 변화와 요구를 제도적으로 반영해 당대에 적실한 맞춤형 지식과 정보를 제공함으로써 교회 및 세속권력으로부터 지식의 자율성을 확보하려 했습니다. 대학은 다름 아닌 자율적인 지식 공동체였던 셈이죠. 당시 대학은 교양학부, 의학부, 법학부, 신학부라는 네 개의 골격을 갖추고 있었는데, 이것이 오늘날 대학 졸업식 때 머리에 쓰는 사각모의 기원입니다.

이와 같이 중세는 12~13세기를 기점으로 근대화로 나아가던 과도기였습니다. 한 시대가 막을 내리면 다음 시대가 밝듯이 중세의 절정은 곧 근대의 여명이었습니다. 그러나 시대로서 중세는 지나갔으나 의미로서의 중세는 여전히 반복됩니다. 문화가 바뀌어도 인간의 본성은 쉽사리 바뀌지 않기 때문입니다. 전문가의 말을 들어보겠습니다.

『중세의 가을Herfsttij der Middeleeuwen』의 저자이자 네덜란드 역사가인 요한 하위징아Johan Huizinga(1872~1945)는 중세 말의 정신적 혼란과 사회적 절망을 '결핵으로 죽음을 기다리는 여인의 창백한 얼굴'에 비유했습니다. 혹자는 중세 말의 분위기를 생사의 경계에 서 있는 창백한 여인의 처연한 아름다움으로 느낀 반면, 다른 이들은 하위징아가 '임종의 가을'로 묘사한 중세 말의 분위기를 과거에 대한 비극적인 동경으로 바라보기도 했습니다.

그러나 정작 중세 말을 '가혹한 우울'로 몰아넣은 것은 1000년 동안 내려온 계층제hierarchy의 붕괴였습니다. 정신질서가 내부로부터 붕괴되면 사람들은 극도의 혼란과 불안에 떨면서 평상시와 다른 이상행동을 보이게 마련이지요. 이때 절대자를 신봉하던 종교시대가 막을 내리면서 중세인들은 그들을 그 '가혹한 우울'에서 구원해준 르네상스 합리주의에서 새로운 희망을 찾았습니다. 유럽의 정신사는 중세의 완고한 위계질서와 권위주의가 역사가의 은유로 퇴색할 즈음 합리주의 세계관이 기존 질서를 대체하는 과정이었다고 하겠습니다.

종교의 절대권위가 부정되고 자연에 대한 막연한 공포가 과학적 이성과 실험결과로 대체되면서 계몽주의의 물꼬가 트이기 시작한 것입니다. 점성술의 영역이던 예언이 합리적 추론과 데이터에 근거한 예측 영역으로 바뀌고, 이성의 힘이 종교진리의 절대권위를 대신하면서 '합리성'이 인식과 판단의 핵심원리가 되었습니다. 이때 합리성이 새로운 판단의 잣대로 부상한 이유는 그것이 겉으로 드러난 위선과 기만을 파헤치고, 가시현상 너머에 있는 진리를 응시하는 분별력을 주었기 때문입니다. 그 명분이 합리성의 추구였다면, 인정적인 규범으로 양심의 자유와 구원의 기쁨을 묶어놓았던 제도권 교회 또한 그 합리성을 피해 갈 수 없었던 것입니다. 성서에 대한 종교적 해석이 아닌 합리적인 해석이 설득력을 가지면서 신앙세계에서도 이성적인 공감이 자리 잡기 시작했습니다.

과거에 중시했던 신앙 대상이나 내용보다는 신앙의 현실적인 기능과 효능으로 그 관심이 옮겨진 것입니다. 이성이 한때 신앙에 이르는 통로였다면, 이제는 이성 자체가 신의 자리를 대신하게 된 셈입니다. 그렇다면 신앙과 이성은 충돌할까요? 상호보완적일까요? 아니면 각기 다른 별개의 세계일까요? 성 아우구스티누스St. Augustinus의 한마디가 이 모든 논쟁을 단방에 정리해줍니다.

"신앙은 추구하고 이성은 발견한다.Fides quaerit, intellectus invenit." 신앙을 통해 눈을 뜨고, 이성을 통해 비로소 진리를 깨닫는다는 것입니다. 즉, 이성이 신앙의 조명과 도움을 받아야만 그 기능을 제대로 발휘한다는 뜻입니다. 깨달음이 신앙의 대가요, 그 믿음을 통해 인간의 마음과 영혼은 지속적으로 정결해진다는 것입니다. 모든 윤리와 도덕성의 기저에는 종교가 자리하고 있습니다. 본질을 벗어났거나 왜곡하는 현대 종교가 세상 사람들에게 외면당하는 이유입니다.

 수도사의 묵언 수행

수도사들은 침묵을 통해 물음을 던집니다. 그들의 기도와 묵상 및 독서는 모두 질문이었습니다. 먼저 신을 향해 묻습니다. "주여, 당신은 누구십니까?", "이렇게 묻고 있는 저는 또 누구입니까?" 그들의 입이 침묵할 때 그 물음은 자신의 내부, 곧 심장을 향합니다. 수도사들의 침묵은 그저 엄격한 규율이 아닙니다. 삶을 풍요롭게 만들고자 할 때 더 근본적인 물음을 던지기 위한 효과적인 수단이었던 것입니다. 이런 점에서 침묵 자체가 위대한 것이라기보다 그 침묵의 시간을 통해 던지는 '물음'이 더 위대한 것이었습니다.

현대인의 일상도 어찌 보면 수도원과 닮아 있습니다. 매일매일 수만 가지의 복잡한 문제가 발생하는데, 수도원이라니 도대체 무슨 뚱딴지같은 소리냐고 반문할 수도 있습니다. 그러나 엄밀히 따져보면 우리 삶에 다양한 '문제'들이 발생할 때 먼 외지로 떠나는 대신, 조용히 골방에 들어가 마음을 추스를 수 있다면 틀에 박힌 일상도 수도원이 될 수 있습니다. 중세 말 유럽에 등장했던 새로운 경건운동 Devotio Moderna이 오늘날 진지한 신자들이 실천하는 경건 혹은 묵상의 시간 Quiet Time으로 대치된 모양입니다. 아이러니하지만 사실입니다. 자연스러운 이치가 꼬이면서 예상하지 못한 문제가 발생하지 않던가요? 만물의 이치가 통하면 문제도 풀리게 되어 있습니다. 사물의 이

치를 풀릴 때까지 파고들어 궁극적인 앎에 이른다는 격물치지 格物致知
의 정수가 바로 이런 것이라 할 수 있습니다. 일상에서 마주치는 온갖
고뇌야말로 정확하게 그 이치가 꼬인 지점이자 동시에 경건한 명상
이 뿌리내리는 급소입니다.

다소 시대착오적이고 고루하게 들릴지 모르겠지만 하늘에서 승인
하면 땅에서의 관계도 술술 풀리고, 하늘에서 매이면 땅에서도 꼬인
다고 하지 않던가요? 연륜 깊은 신앙인들이 체험을 통해 던지는 메시
지입니다. 고요한 마음으로 골방에 들어가 차분하게 묵상에 잠길 때
태고의 평온이 깃듭니다. 말을 하려거든 침묵보다 낫게 하고, 그러지
못할 바에는 차라리 침묵하는 게 낫습니다. 더 많이 볼수록 말이 적어
지고, 말이 적을수록 더 많이 듣게 됩니다. 모든 언어가 사라진 후에
야 비로소 제대로 보이기 시작합니다.

 '아직도'와 '여전히' 사이

'아직도 희망은 있다!'와 '여전히 희망이 있다?'는 어떻게 다를까
요? 전자와 후자 사이에 희망의 강도는 어느 쪽이 더 강할까요? 어감
상 전자는 젊은이들에게 어울리는 말처럼 들리고, 후자는 중년이 외
쳐야 제맛이 날 것 같습니다. 요지는 성취 여부와 상관없이 희망 자체
를 가져야 한다는 점입니다. 50대의 재취업과 2030세대의 첫 취업 사
이에 팽팽한 긴장감이 감돕니다. 이들 두 세대는 가정에서는 부모 자
식 관계이지만, 사회에서는 일자리를 놓고 경쟁하는 라이벌입니다.
이 기이한 현상은 한국의 가정과 사회에서 이미 가시화되었습니다.

30대에서 70대까지 세대별 특징을 살펴보면 아주 재미있습니다.

30대에는 기고만장해서 물불 가리지 않고 설치면서 덤비고
40대에는 지나친 자신감으로 자신의 퇴보가 눈에 보이지 않고
50대에는 감성 진화에 적응할 수 없는 환경 때문에 급격히 쇠락하고
60대에는 진화가 그다지 중요하지 않아 스스로 퇴보하는 줄 모르고
70대에는 육신을 점령한 병마와 싸우는 데 모든 것을 쏟아붓습니다.

여기서 30대라는 진화 추구의 시기가 바로 70대 이후의 삶을 결정하는 시기에 해당합니다. 30대에는 문화적 취향에서 평준화가 이루어지고, 40대에는 외모의 평준화가 이루어지며, 50대에는 지성과 경험의 평준화가, 60대에는 물질의 평준화가, 70대에는 정신적 평준화가, 80대에는 수명의 평준화가 이루어집니다. 모두가 조금씩 변해간다는 말입니다.

30대까지는 세상만사가 불공평하고 사람마다 높은 산과 계곡처럼 큰 차이가 나는 듯 보이지만, 나이가 들면서 산이 낮아지고 계곡은 깊어지듯이 모든 일이 거의 비슷해 보입니다. 많이 가진 사람의 즐거움이 적게 가진 사람의 기쁨에 미치지 못하고, 많이 아는 사람의 만족이 못 배운 사람의 소박한 행복을 넘지 못합니다. 그래서 이래저래 가감하다보면 마지막 항에서는 거의 비슷하게 평준화되는 것이 우리네 삶이 아닌가 합니다.

사람은 서로 닮아가는 존재입니다. 우리가 교만하거나 자랑하지 말아야 하며 친절하고 겸손하며 진심으로 사랑해야 할 이유가 여기에 있습니다.

'작품'은 세월이 흐를수록 가치가 상승하지만 '상품'은 시간이 지날수록 값이 떨어집니다. 조급한 마음에 그럭저럭한 '상품'을 만들다보면 진짜 열정이 담긴 '작품'은 만들어내지 못합니다. 인생을 작품

화할 것인가 상품화할 것인가는 우리 자신의 몫입니다. 시간이 좀 걸려도 명품 인생을 만들어야 하지 않겠습니까?

자신만이 해낼 수 있지만 결코 혼자 힘으로는 할 수 없는 게 인생입니다. 농구 역사상 가장 위대한 선수였던 마이클 조던Michael Jordan도 혼자 힘으로는 시카고불스를 우승으로 이끌 수 없었지요. 스코티 피펜Scottie Pippen과 데니스 로드맨Dennis Rodman이라는 걸출한 선수가 합류한 후에야 우승컵을 차지할 수 있었습니다. 어디 농구만 그럴까요? 축구도 결정적 찬스에 패스해주는 동료가 없으면 득점이 불가능합니다. 친구와 2인자를 잘 만나야 하는 이유입니다.

『스토리가 스펙을 이긴다』(2010)의 저자 김정태 역시 '부질없이 비교하기를 멈추자 세상사가 제대로 보이기 시작했고, 맹목적인 최고가 되기를 단념하자 자신만의 유일한 길이 열렸으며, 무조건 비싼 상품이 되기를 거부하자 자신만의 독특한 가치를 지닌 작품으로 변해갔다'고 했습니다. 아울러 하늘이 내려준 업業에 주목하자 한시적인 직職으로부터 자유로울 수 있었고, 그렇게 살다보니 진짜 기회가 찾아왔다고 술회합니다.

역경을 경력으로, 걸림돌을 디딤돌로, 장애물hurdle을 장식물로, 주식 투자를 지식 투자로, 스치는 우연을 호혜적인 필연으로 바꾸는 사람에게는 성공 유전자가 흐릅니다. 행복한 삶에 행운이 따르고, 건강한 신체가 마음의 평온을 부릅니다. 이 둘은 동일 주파수 영역을 사용하는 모양입니다. 명품 인생에는 숨어 있는 1인치의 인품이 있습니다.

부부는 가구다?

'침대는 과학이다'라는 말은 들어봤지만 부부가 가구라는 말은 처음 들어보실 겁니다. 한 편의 시가 시대를 초월해 전해주는 감동과 깨달음은 우리의 상식을 초월합니다. 첨단기술 이상으로 변화를 견인하는 힘이 바로 이러한 시에서 비롯됩니다. 다윗이 그랬고, 사무엘 울만Samuell Ullman 이 그랬고, 윌리엄 버틀러 예이츠William Butler Yeats 가 그랬습니다. 한국에도 중년을 묘사한 시가 많습니다. 그 가운데 부부를 가구에 빗대어 인생 노을의 애잔함을 그린 도종환의 시야말로 단연 으뜸입니다. 그의 시 일부를 살펴보며 우리의 속내를 들여다보겠습니다. 추후에 시 전체를 찾아보시는 것이 좋겠습니다.

1연에서 시인은 "아내와 나는 가구처럼 각자의 자리에 놓여 있다"라는 시구를 통해 중년 부부를 말없이 자기 자리를 지키는 가구로 묘사했습니다. 또한 "어쩌다 내가 아내의 문을 열고 들어가면 아내의 몸에서는 삐걱하는 소리가 난다"라는 표현은 오랜만에 육체적인 애정표현을 하려니 몸이 말을 듣지 않는다는 것을 암시합니다. 몸이 보내는 소리에 자발적으로 순종하지 않으면 나중에는 강제로 복종해야 할 순간이 찾아옵니다. 몸이 살려달라는 소리를 '몸살'이라 부르지 않던가요? 새로 들여놓은 가구가 세월을 지나며 앤티크 가구가 되었다는 겁니다.

2연에서는 "나는 아내의 몸속에서 무언가를 찾다가 무엇을 찾으러 왔는지 잊어버리고 다시 돌아 나온다"라는 말로 나이 든 아내를 녹슬어 가는 서랍장으로 묘사합니다. 미닫이가 뻑뻑해진 가구를 보며 머쓱해하는 남편의 모습도 겸연쩍기는 마찬가지랍니다. 아내가 먼저 남편에게 노크하는 적은 결코 없다는 것이 신기하기만 합니다.

타고난 육감에 신비한 영감까지 더해진 모양입니다. 누가 먼저 여닫이문을 열어보는 일은 없어도 서랍 속에 무엇이 들어 있는지 속 깊은 마음으로 다 짐작할 수 있다는 것이지요.

마지막 연에서 시인은 "본래 가구들끼리는 말을 많이 하지 않는다"라고 하면서 말없이 누워만 있어도 서로를 아는 중년의 부부를 '가구'에 비유했습니다. 또한 "나는 내 자리에서 내 그림자와 함께 육중하게 어두워지고 있을 뿐이다"라고 표현함으로써 말은 없어도 각자 자리를 지키는 가구들이 짙어가는 밤과 밝아오는 새 아침을 기다리듯이 중년의 삶이 그렇게 애잔하다고 토로합니다.

낯선 익숙함, 그 자체입니다. 그런데 신체적 교감이 뜸해졌다고 해서 정신적인 교감까지 둔해지면 큰일입니다. 이럴 때 필요한 게 드라마 '함께' 보기입니다. 아니면 둘이서 함께 하는 투썸플레이twosome play 하나쯤 권해봅니다.

가족family끼리 단란한 가정home이 있는 반면, 가족이 없는 독신가구single house도 더러 있습니다. 가구furniture가 없는 가구house도 종종 눈에 띕니다. 어떤 형태이든 가족이 '말없는 가구처럼 놓여 있는' 가정이 대부분입니다. 가정은 함께 밥 먹고 잠자는 장소 이상이지 않을까요?

감성이 시들어버린 중년 부부도 그저 말없는 앤티크 가구에 머물기보다는 퍼지-줌Fuzzy-Zoom 센서를 달고 가끔은 위치를 바꿔보는 것이 좋겠습니다. 바퀴 달린 이동식 가구도 좋지만 집 밖을 나가선 안 되겠지요. 혹시 나가더라도 달이 뜨기 전에는 돌아와야 합니다.

엄마가 된 아빠에게

아빠가 엄마가 되었다니 이게 무슨 말일까요?

아마 제목만으로는 내용을 상상하지 못하실 겁니다. 2010년 어느 날 '사랑밭 새벽편지'에 소개된 글 중 세간에 화제가 되었던 사연 하나가 있습니다. 장성한 아들이 아버지에게 보낸 편지인데, 제목이 '엄마, 사랑합니다!'입니다. 좀 이상하지 않은가요? 사연을 읽은 뒤 저는 한동안 넋을 놓고 울었습니다. 아직도 늙지 않은 순수가 메마른 감성에 물을 부어줍니다.

편지의 내용을 저의 시각으로 재구성해보았습니다.

50세의 '싱글 대디'가 있었습니다. 그는 아들이 다섯 살 되던 해 아내를 먼저 하늘나라로 보냈습니다. 재혼도 생각해보았지만 사정이 여의치 않아 혼자 아들을 길렀습니다. 투박한 남자의 손으로 길렀지만 엄마 없이 자란 티가 나지 않도록 정성을 다했습니다. 그래도 먼저 떠난 아내의 손길을 대신하기에는 역부족이었나 봅니다. 어느 날 아들이 군대에 갔습니다. 입대 당일 배웅도 못했는데, 한 달이 지난 후 아들로부터 소포 하나를 받았습니다. 입고 간 사복이 박스에 포장되어 돌아왔는데, 동봉된 편지가 그를 울렸습니다. 편지가 '사랑하는 엄마에게'로 시작했기 때문입니다. 아버지는 애써 섭섭한 마음을 감추려 했으나 그건 오해였습니다. 편지를 한 줄 한 줄 읽던 그는 울음을 멈출 수가 없었습니다. 아들의 편지 내용은 이러했습니다.

사랑하는 우리 엄마에게!

당신의 손은 투박하지만 먹여주고 입혀주신 그 손길은 하늘나라에 계신 엄마의 사랑 못지않습니다. 서투른 음식이어도 저는 배불리 먹었고 그때마다 엄마의 빈자리를 채울 수 있었습니다. 남들은 엄마, 아빠를 따로 부르지만 저는 아빠이자 엄마인 당신이 너무 고맙고 감사합니다. 쑥스럽지만 아빠인 당신을 '엄마'라고 불러봅니다. 당신은 아빠지만 지금 저에겐 엄마입니다. 따스한 배려로 챙겨주신 사랑, 그 속에 묻혀 있는 엄마, 아빠의 이름을 다시 한 번 불러봅니다. 세상에서 가장 소중한 나의 엄마! 당신을 사랑합니다.

이런 사연을 접한 저 역시 눈시울을 적실 수밖에 없었습니다. 사랑의 능력이 위대한 일을 하게 하나 봅니다. 사랑에는 한계가 없는 것 같습니다. 무소부재無所不在이신 신이 언제나 함께 있어줄 수 없어서 엄마를 그 곁에 두었다고 하지 않았던가요? 저는 그 '엄마가 된 아빠에게' 별 도움을 주지 못한 부끄러움 대신 힘찬 격려의 박수를 보냈습니다. '살다보면 살아낸다'라는 말이 이들 부자를 두고 하는 말 같습니다. 이들 부자가 진정한 부자입니다.

사랑은 천천히 이루어지는 기적

사랑에는 정형화된 공식이 없습니다. 사랑은 그 자체로 그냥 머무를 뿐이고 함께 공유했던 많은 추억과 괴로운 시간, 불화, 화해, 마음의 격동이 주마등처럼 스쳐 지나갑니다. 초점 없는 그리움에 한동안 멍하니 창밖을 응시합니다. 세상은 내 아픔에는 아랑곳하지 않은 채 자기 방식대로 잘 돌아갑니다. 오늘도 스마트폰을 들여다보며 옛 친구의 연락처를 뒤져봅니다.

앙투안 드 생텍쥐페리Antoine de Saint-Exupéry(1900~1944)가 말했듯

이 오늘 나무 한 그루 심었다고 당장 내일부터 그늘에서 쉴 수는 없겠지요. 우리 또한 사랑 안에서 진정한 쉼을 누리기 위해 기다림이 필요합니다. 고귀한 사랑이 무성한 잎을 드리울 때까지 진득하게 말입니다. 고린도 전서 13장은 사랑에 관한 내용인데, 사랑의 특성 중 '오래 참는 것'이 제일 먼저 나옵니다. 그 이유가 무엇일까요? 오래 참는 것이 제일 어렵지만 그것이 가장 큰 사랑이기 때문입니다. 평온한 마음은 만사가 내 뜻대로 되기를 단념할 때 깃들고, 행복은 상대에게 일방적이던 욕심에서 벗어날 때 찾아오며, 기쁨은 이 모두를 홀가분하게 비울 때 생깁니다.

혹자는 몰라서 못하는 게 아니라 알아도 잘 안 된다고 반문할지 모릅니다. 그런데 자세히 보면 알지만 잘 안 되는 게 아니라 제대로 알지 못하기 때문에 안 되는 것입니다. 행복하기가 왜 어려울까요?

미국의 시인인 랠프 월도 에머슨Ralph Waldo Emerson(1803~1882)은 '많은 사람이 진정한 행복을 찾는 데 어려움을 겪는 이유는 실제보다 더 나은 과거이기를 바라고, 있는 그대로보다 더 형편없이 현재를 바라보며, 다가올 미래보다 훨씬 더 빈궁한 결단을 내리기 때문'이라 했습니다.

이 말을 곱씹어 보니 노력보다 더 큰 기대, 냉철한 현실 인식보다 근거 없는 자기비하, 미래를 향한 빈약한 결심이 문제인 것 같습니다. 여기서 유추할 수 있는 것은 본연의 나와 다른 사람이기를 요구하는 현실에서 자기다움을 지키는 것이 가장 필요하지만 그만큼 어렵다는 점입니다. 외부의 평가나 여론에 휩쓸려 진아眞我를 찾기보다 화려한 외피外皮에 몰두하는 것에 대한 경고로 들립니다. 많은 사람이 진정한 행복을 찾지 못하는 이유는 행복의 완성을 미래나 외부 환경에만 맞추기 때문입니다.

이것만 성취하면, 저 일만 끝내면, 진짜로 행복해질 것이라고 믿는 것이지요. 지금 당장 주어진 일상에서 행복을 찾지 못하면 대체 언제 찾으란 말인가요? 누군가의 말대로 성공이 행복인 줄 알았다는 탄식 역시, 행복이 미래시제와 조건에만 맞춰져 있음을 암시합니다.

행복한 삶이란 대체 무엇일까요? 현자들은 네 가지를 실천해보라고 권합니다. 청춘들에게 너그러운가? 노인들에게 연민을 느끼는가? 매일 힘겹게 살아가는 서민들에게 측은함을 느끼는가? 약한 자와 강한 자를 평등하게 대하는가? 이 모든 상황은 마침내 우리 자신에게도 해당될 것이기 때문입니다.

이쯤 되면 행복은 조건이 아니라 마음상태, 그리고 삶의 자세로 결정된다는 것을 짐작하셨을 겁니다. 주변 환경을 우리 마음대로 통제하는 것은 능력 밖의 일이지만, 주어진 삶을 늠름하게 헤쳐나가는 것은 우리의 몫입니다. 궁극적인 좌절이나 절망을 정면으로 응시하지 않으면 희망의 본질이나 광채도 결코 이해할 수 없습니다.

현대인이 문명의 이기 속에 편리하게 살아가는데도 생기를 잃은 채 정신적 대처능력이 떨어지고 갈수록 나약해지는 이유는 절망이나 불행에 대한 인식이 부족하기 때문 아닐까요? 자크 엘룰Jacque Ellul은 일찍이 현대인을 '행복한 저능아'라고 불렀었지요. 좀 더 정확하게 '행복하다고 착각하는 저능아'가 되지 않으려면 우리는 독서와 대화를 통해 심근心筋과 정신적 항체를 길러야 합니다. 선학들이 축적해놓은 삶의 지혜와 경륜은 우리가 예기치 않은 인생의 복병을 만날 때 숨은 진가를 발휘합니다.

인생에서 '경험'만큼 훌륭한 선생도 드물지만, 그 경험이 전부가 아니라는 점도 알았으면 합니다. 충고든 설득이든 무엇이든 시도한 후에 말하는 게 중요하지만, 인생에는 아무리 노력해도 안 되는 것이 있다는 점을 알았으면 좋겠습니다. 우리가 시도한 것이 뜻대로 안 된다고 해서 우리 인생이 완전히 망가지는 것은 아니라는 점 또한 깨달았으면 합니다.

쇠렌 키르케고르 Søren Kierkegaard (1813~1855)의 말대로 인생은 풀어야 할 숙제가 아니라 치열하게 경험해야 할 현실입니다. 오늘 하루도 치열하게 부딪혀보는 겁니다. 늠름하게 맞서는 현실, 여기에 우리 삶의 가치와 묘미가 있습니다. 똑같은 길이의 물리적인 시간을 살아도 굴곡 up & down 을 헤쳐 나온 사람의 인생이 더 멋져 보이는 이유입니다. 삶을 사랑하는 것은 천천히 이루어지는 기적입니다.

 용서에 대하여

'정보의 비대칭성이 역선택의 가능성을 높인다'라는 말을 들어보셨을 겁니다. 게임 이론에 나오는 제1원칙으로서 상대를 잘 알지 못하는 사람은 이미 상대를 파악한 사람에게 100% 휘둘리거나 질 수밖에 없다는 이론입니다. 중고차 시장이 그렇고 그다음이 병원입니다. 한 소비자가 중고차 시장을 찾습니다. 무사고 안전빵 자동차를 사려는 것이죠. 그런데 사고경력이 많고 미터기까지 조작한 차라는 사실을 알고 난 뒤에는 환불이나 교환 규정에 걸립니다. 합법을 가장한 일종의 사기입니다.

병원도 크게 다르지 않습니다. 단순한 편두통이나 감기 몸살인데도 병원에서 정밀검사를 위해 엑스레이 X-ray 나 엠알아이 MRI 검사를 받으라고 하면 별수 없이 응해야 합니다. 해마다 일어나는 의료사고나 소송의 대부분이 부당 혹은 과다 청구 사례입니다.

요즘에는 많이 나아졌지요. 전자의 경우 사고 유무를 검색해주는 차적 조회 프로그램을 통해 조사해볼 수 있고, 후자의 경우 건강보험 심사기관(www.hira.or.kr)의 프로그램을 활용할 수 있기 때문입니다. 그런데도 속은 것에 대한 분노는 쉽게 가라앉지 않습니다. 금전적인 보상을 받는다고 해도 그 절차나 과정에서 받은 심리적 상처를 싸매는 데는 비싼 대가와 오랜 세월이 걸립니다.

제게도 씻을 수 없는 두 번의 악연이 있었습니다. 상대가 저의 순수한 동기의 관심과 행동을 프라이버시 침해로 오해한 것이 하나이고, 순간의 경솔한 선택으로 10년의 세월을 허비했다는 회한의 감정이 다른 하나입니다. 두 경우 모두 말끔히 치유되었지만, 그 과정만큼은 무지하고 분별력 없던 자신에게 화가 났고, 상대를 죽일 만큼 미워하면서 지나온 인생을 후회했던 적이 있습니다. 그러나 지난 일에 후회할 필요가 없습니다. 좋았으면 추억이고 나빴으면 경험이기 때문입니다.

그런데 세월이 지나고 보니 이 모든 것이 성숙한 인격으로 거듭나는 계기였고 과정이었습니다. 구약성서 사무엘하 7장 14절에 나오는 '사람 막대기'와 '인생 채찍'이 바로 그것입니다. 이로부터 두 가지 깨달음을 얻습니다.

첫째, 순수한 사랑도 과잉 친절로 이어지면 상대에게 민폐가 될 수 있습니다. 둘째, 알지 못하는 사이 저질러진 역선택일지라도 참고 인내하면 최악의 인연에서 최선의 교훈을 얻을 수 있습니다. 사람이, 환경이, 그리고 무심코 흐르는 것처럼 보였던 세월마저도 모두 인격 조련사였던 셈입니다. 상대를 잘 알지 못해 일방적으로 당하기만 했던 내 자신의 무지함도 한탄스러웠지만, 더 힘든 것은 자기 공명심을 위해 타인의 삶을 옥죄고, 그것도 모자라 미래의 희망까지 붙잡아 두던

상사를 용서하는 일이었습니다. 그러나 이제는 말할 수 있습니다. 용서야말로 가장 강한 사람이 베풀 수 있는 가장 아름다운 사랑인 것을.

제게 이런 각성을 느끼게 해준 사람이 영국의 성직자이자 작가인 토머스 풀러Thomas Fuller(1608~1661)입니다. 그는 『잉글랜드 명사들의 역사The History of the Worthies of England』에서 주옥같은 명언을 남겼습니다. 그 가운데 가장 인상적인 것이 '정직'과 '용서'에 관한 문장입니다. "정직한 사람은 두려워할 게 없다. 그러나 다른 사람을 정죄하고 타인을 용서하지 않는 사람은 자신이 천국에 이르는 다리를 부수는 사람이다."

용서는 어원 그대로 주기 위한for+give 것으로, 그 출발은 발을 밟힌 쪽에서 시작됩니다. 뒤집어 말하면 내가 당신을 용서한다는 생색내기나, 혹은 그것을 빌미로 상대 위에 군림하려는 태도가 아니라는 말입니다. 진정한 용서란 피해자가 가해자보다 더 낮아지는 것으로, 그 아픔과 대가를 자신이 '기꺼이 짊어지겠다는 배려이자 겸손한 감내'입니다.

심리 구조상 남자가 여자보다 용서하기가 더 힘든 모양입니다. 아마도 자기 이름과 명예에 대한 자존심 때문일 겁니다. 다음의 경구가 이 사실을 뒷받침해 줍니다. "남자들은 못내 잊어버리지만 절대로 용서하지 않는 반면, 여자들은 눈물로 용서하지만 결코 그때의 감정을 잊지 않는다.Men forget, but never forgive. Women forgive, but never forget."

여자는 큰 허물을 용서하는 반면, 작은 모욕감은 죽을 때까지 기억하는 모양입니다. 여자가 한을 품으면 오뉴월에도 서리가 내린다는 말은 팜파탈femme fatale의 한국어 버전인가 봅니다.

인간의 이런 본성을 꿰뚫은 미국의 TV 프로그램이 있습니다. 바로 <용서하거나 잊어라Forgive or Forget>입니다. 이산가족이나 결별한 옛 인연을 다시 찾아주는 프로그램인데, 대부분 용서하지 않은 채 잊으려Forget 하는 대신, 용서Forgive 하고 재회합니다. 용서는 상대를 위한 것이 아니라 내 자신을 위한 것입니다. 여자에게 모욕감은 곧 죽음이나 마찬가지입니다. 앞에서 언급한 풀러의 말을 꼭 기억하시기 바랍니다. "타인을 용서하지 않는 사람은 자신이 천국에 이르는 다리를 부수는 사람이다."

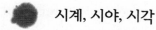 **시계, 시야, 시각**

　인간은 인생에 관한 한 지독한 근시입니다. 그러나 자연은 다릅니다. 봄이 오자마자 제일 먼저 피었다가 지는 벚꽃이 있는가 하면, 3~4일간 화려함이 지속되는 장미가 있습니다. 그런가 하면 여러 해 동안 변함없이 은은함을 풍기는 난초도 있습니다. 그 외에도 자세히 보면 십수 년을 소리 없이 꿋꿋하게 성장해가는 대나무도 있네요.

　나무와 꽃이 이렇게 다르듯이 인간의 삶도 제각각입니다. 자기 본연의 특징을 드러내면 그만이지 굳이 남과 비교할 필요가 없습니다. 빨리 피었다가 금방 사라지는 벚꽃 인생도 있고, 짧은 기간 진한 향기와 아름다움을 뽐내는 장미꽃 인생도 있으며, 인고의 세월을 통해 서서히 피어 오랫동안 생존하는 난초와 대나무 같은 인생도 있는 법입니다. 자신의 길을 가면 그뿐입니다. 스마트폰에 애플리케이션 하나 잘못 깔았다고 망가지지 않듯이 한두 번 실수했다고 인생이 망가지는 것은 아닙니다. 다시 일어서고 새로 시작할 수 있는 사람에게는 실패가 치명적인 것도 아니요, 마지막도 아닙니다. 성공이라는 목적지에 이르는 또 하나의 이정표일 뿐입니다.

벽돌을 쌓아 올린다고 그냥 집이 되지 않듯이 시간이 흐른다고 그것이 자동으로 역사로 기록되지는 않습니다. 주어진 순간에 최선을 다한 시간이 모여 인생의 금자탑이 쌓이는 것이지요.

이런 점에서 성공과 실패도 한순간의 우연이 아닙니다. 작고 지속적인 습관이 일정 시간을 거쳐 모일 때 성공과 실패라는 열매를 맺습니다.

밤샘 벼락치기로 공부를 하다가 늦은 새벽 끓여 먹은 컵라면이 시험 당일 급체나 설사로 이어지는 것은 이미 예견된 결과입니다. 이런 일은 재수財數 옴 붙은 게 아니라 재수再修를 위한 전주곡인 셈입니다.

요행은 열심히 그리고 꾸준하게 노력하지 않는 사람들이 알라딘 램프에 적선을 요구하는 게으르고 천박한 구걸행위입니다.

서양 역사의 연구방법론 가운데 단기 지속, 중기 지속, 장기 지속이라는 개념이 있습니다. 역사를 1년 단위의 통계수치로 서술하는 사건사를 단기 지속이라 하고, 10~30년 단위의 중장기적 관점에서 특정 시대의 배경을 규명하는 구조사(망탈리테)를 중기 지속이라 하며, 100년 세월 단위의 물리적 시간을 뛰어넘는 '문명'의 역사를 장기 지속이라 합니다.

인생도 시작과 끝을 조망하면서 궁극적인 목적을 추구하는 시계視界, 그에 맞게 설정된 중장기적 차원에서의 시야視野, 일일 단위의 실천 혹은 건강한 습관 차원에서의 일상적 시각視覺이 조화를 이루어야 합니다. 원거리의 시계, 중장거리의 시야, 단거리의 시각이 원근 조화를 이룰 때 우리의 인생 항해는 불필요한 우회를 줄이고 안정적인 운행을 유지할 수 있습니다. 설령 경로 이탈을 했다고 해도 지혜라는 지피에스GPS를 잘 작동시키면 원점으로 돌아올 수 있습니다. 우리 삶에 망원경과 현미경이 동시에 필요한 이유입니다. 큰 것을 멀리 보고,

디테일한 것을 섬세하게 보는 균형이야말로 단 한 번의 인생에서 어리석은 실수를 최소화하는 첩경입니다.

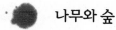 **나무와 숲**

흔히 나무는 보고 숲을 보지 못한다는 말을 합니다. 부분만 보다가 전체 조망을 놓친다는 말이겠죠. 반대로 숲만 바라보다 그 속의 온갖 디테일(나무)을 놓치는 경우도 있습니다. 반세기 이상의 삶에서 나타나는 현상 중 하나가 노안입니다. 수정체 노화에 따라 가까운 물체에 초점을 잘 맞추지 못하는 자연발생적 장애 현상입니다. 인생에 관한 한 철저하게 근시적이던 시각을 원시적으로 길게 보라는 하늘의 계시로 들리기도 합니다. 당장 코앞의 이해득실보다 10년 후를 멀리 내다보라는 교훈이 숨어 있는 것 같습니다. 심폐기능과 근육의 강도가 현저히 떨어지는 중년이 젊은이들이 즐기는 익스트림스포츠보다 산행을 더 선호하는 이유입니다.

그런데 산에 올라 보면 길가에 있는 나무보다 깊은 산에서 외롭게 자란 나무가 더 튼실한 것을 보게 됩니다. 사람도 나무와 다르지 않은 것 같습니다. 사람도 나무도 외로움을 견디며 안으로 파고들어 더디게 자란 것이 마침내 큰 재목이 됩니다. 이를 대기만성late bloomer이라 부르지요. 세상과 단절되어 고독을 극복한 사람만이 힘과 풍모와 인격의 균형을 갖춘 인재가 되듯이 말입니다.

쓸 만한 목재와 인재는 격랑의 세파를 이겨낸 세월 나이테에 고유의 결이 있다고 합니다. 이런 나무가 모여 있는 숲이 휴양림입니다.

숲의 푸른색이 인간에게 주는 영향은 아무리 강조해도 부족합니다. 푸른 하늘이나 나무를 보는 것이 시력 유지나 회복에 좋다는 말은 100번을 들어도 새삼스럽지 않습니다. 오존과 세로토닌을 분비하는 숲은 우울증 치료에 큰 도움이 되는 것으로 알려져 있습니다.

우울증의 원인은 매우 다양하지만 정신의학자들은 무엇보다 '부족', 그중에서도 뇌에서 분비되는 세로토닌 부족을 꼽습니다. 이 물질은 사람으로 하여금 사랑과 행복의 감정에 젖게 하고, 삶의 향기를 불어넣는 요소라고 합니다. 그런데 이 세로토닌의 생성이 태양의 순환 주기와 일치한다니 흥미롭지 않은가요? 다시 말해 햇볕을 자주 쬐어야 세로토닌 분비가 원활하게 된다는 거죠. 나뭇잎 사이로 새어든 햇볕과 거대한 수풀이 뿜어내는 세로토닌의 조합은 돈 받지 않고 치유해주는 종합병원인 셈입니다. 숲에 들어가 나무를 자세히 관찰해 보세요.

나무는 늦가을이 되면 열매 맺기를 과감하게 포기합니다. 해거리 동안 모든 에너지 활동을 중지하고 오로지 재충전하는 데만 전념합니다. 옆의 나무가 열매를 맺건 말건, 전혀 개의치 않고 쉴 때는 확실히 쉬기만 합니다. 일 년간의 긴 휴식이 끝난 이듬 해, 나무들은 그 어느 때보다 풍성하고 튼실한 열매를 맺습니다.

나무와 숲은 계절의 순환에 따라 결코 서두르는 일이 없지만, 열매 맺고 낙엽을 떨어뜨리는 해거리는 심오한 자연의 섭리에 따라 조용하지만 완벽하게 진행합니다. 자연은 천천히 흐르면서 제 할 일 다 하는데, 인간은 그다지 큰 성과를 내지도 못하면서 왜 그리 바쁘기만 할까요? 침묵하는 자연에서 삶의 지혜를 배워야 할 때입니다.

실패의 실체

제가 자주 인용하는 문장 가운데 하나가 존 맥스웰John C. Maxwell 목사의 "실패는 좌절로 끝낼 종착점이 아니라 성공 가도에서 필히 만나는 이정표다. 실패를 거듭할수록 성공이란 목적지에 더 접근하고 있다.Failure is neither fatal nor final, it's an another opportunity to stand up with a goal for those who are ready to begin again."입니다.

실패했다고 곧 실패자로 전락하는 것은 아닙니다. 다만 아직 성공에 이르지 못했고, 좀 더 노력해야 한다는 것을 의미합니다. 실패는 아무것도 이루지 못한 무능력이 아니라 그 대가로 무엇인가 소중한 것을 얻은 자산입니다. 실패로 고귀한 명성에 금이 간 것도 아닙니다. 오히려 위대한 교훈을 얻기 위해 기꺼이 시도해봤다는 것을 의미합니다. 실패가 아무것도 얻지 못했다는 것을 의미하지 않습니다. 그 대신 다른 방법으로 시도할 또 한 번의 기회를 준 것입니다.

실패가 다른 사람보다 부실하거나 열등하다는 뜻도 아닙니다. 그저 다른 이들과 마찬가지로 당신 역시 완벽한 존재가 아님을 보여준 것입니다. 또한 실패는 삶을 낭비한 것이 아닙니다. 그 대신 두 번째 출발을 위해 새로운 목적이 생겼음을 뜻합니다.

실패란 더 이상 아무것도 할 수 없는 무기력이나 무능함을 뜻하지 않습니다. 일을 제대로 완수하기 위해 시간이 좀 더 걸릴 뿐이라는 온전한 인내를 배우는 기회입니다.

이 정도면 실패에 대한 부정적인 편견을 벗고 실패와 아주 가깝게 지낼 수 있을 것 같습니다. 인간은 누구나 실패합니다. 딱 한 번 성공하기 바로 직전 빼고는 말이죠. 실패와 친구가 되면 그만큼 성공이라는 목적지에 가까워졌다는 뜻입니다. 제가 아들딸 같은 젊은이에게 자주 들려주는 말입니다. "빛나는 청춘! 정말이지 싱그럽고 찬란한 삶 아닌가! 희망이 밥이고, 도전이 생명이고, 기적은 옵션이고 실패는 거름이다."

 ## 얼굴은 얼의 거울이다

얼굴의 외형적 정의는 눈, 코, 입과 뺨이 있는 머리의 앞면이지만 그 내면적 정의는 얼(정신)이 드나드는 굴이자 그것을 반영하는 거울입니다. 나이 50이 되면 자기 얼굴에 책임을 지라는 말 역시 얼굴 표정이 곧 그 인생의 궤적이라는 점을 뒷받침합니다. 얼굴이란 한 사람의 얼(정신)이 드나드는 굴tunnel이자 세월의 흔적을 보여주는 거울이라는 뜻입니다. 다시 말해 얼의 굴이자 얼의 거울인 셈입니다.

세월의 나이테인 얼의 흔적을 보톡스 주사 같은 일시적인 의학기술로 위장하는 사람이야말로 정말이지 얼빠진 사람입니다. 고작 눈가와 이마의 주름살 정도는 가릴지 모르지만 그 속의 자연스러움까지 가리지는 못하기 때문입니다. 태생은 예쁜데 매력 없는 얼굴이 있는가 하면 평범한데도 시선을 끄는 얼굴이 있습니다. 바로 표정의 차이입니다.

인간의 얼굴에는 과학적으로 밝혀진 근육만 약 80개가 있는데, 이를 통해 연출할 수 있는 표정은 무려 700개가 넘는다고 합니다. 여성이 페이셜 필라테스Facial Pilates에 열광하는 이유입니다. 끌리는 사람은 어딘지 모르게 생기가 넘치고 풍부한 표정을 지녔다는 공통점이 있습니다. 생김새는 타고나지만 표정은 성장하면서 후천적으로 만들어가는 것입니다.

대다수의 이미지 컨설턴트, 스피치 트레이너, 심리학자는 미소 짓는 표정이 가장 아름답고 호감을 준다는 데 동의합니다. 특히 웃을 때 입가만 올리는 것보다 눈도 함께 미소 짓는 것이 중요하다고 조언합니다. 매일 10분의 투자로도 얼굴 표정이 바뀔 수 있다니 사장된 근육을 움직여보는 것도 나쁘지 않을 것 같습니다. 스스로 할 수 있는 네 가지 방법을 추천해드립니다.

첫째, 워밍업을 철저히 하고 몸과 마음의 긴장을 풉니다.

둘째, 거울을 통한 자기진단으로 자신에게 가장 어울리는 표정을 찾는 게 중요합니다.

셋째, 움직이고 싶은 근육에 의식을 집중하는 것이 중요합니다. 평소 사용하지 않는 근육도 자주 움직여줌으로써 다양한 표정을 연출하는 것이 포인트입니다.

넷째, 매일 15분씩 다섯 가지 이상의 운동을 습관화해 얼굴 근육에 탄력을 기르는 것이 중요합니다.

성형으로 못 고치는 얼굴도 표정으로는 개선할 수 있습니다. 시크한 의상에 밝은 표정이 곧 글로벌시대의 경쟁력입니다. 패션이 옷으로 말하는 자기소개라면 표정은 분위기로 말하는 인격입니다.

 체면과 실속 사이

'체면이 밥 먹여주냐'라는 말이 있지요. 이 말은 체면을 인격과 자존심 혹은 삶의 존재가치와 동일시하는 한국 사회에 큰 파문을 던집니다. 이와 관련해서 일각에서는 'I × A = R'이라는 공식을 들먹거리기도 합니다. 즉, 'Important position x Ambiguity = Rumor'의 첫 글자만 적은 것인데, 중요한 자리에 있는 사람이 석연치 않은 행동을 하면 반드시 (좋지 않은) 소문이 돈다는 것입니다.

그러나 상대적으로 사회적 지위가 높지 않은 사람이 의심스러운 행동을 하면 누구도 상관하지 않습니다. 또 다른 경우, 유명인사와 평범한 사람들 사이에 위치한 이류급 인사들은 이 공식을 역이용해 인위적으로 궁금증을 불러일으키는 노이즈 마케팅Noise Marketing을 활용함으로써 자신의 존재를 각인시키기도 합니다. 마지막으로 중요하고 영향력 있는 위치에 있는 사람이 깨끗하고 청렴해서 사생활이 투명할 때는 불필요한 소문이 떠돌지 않습니다. 단, 첫 번째 경우처럼 중요한 위치에 있는 사람이 석연치 않은 행동을 할 때는 언론이나 민심이 가만 내버려두지 않습니다. 여론의 뭇매를 맞고 언론이 파헤쳐 실체가 드러날수록 소문에 연루된 당사자는 엄청난 심리적 압박에 시달리게 됩니다. 불법자금을 수수한 정치인, 기업인, 유명인사들이 어느 날 갑자기 한강에 투신했다는 소식은 사회적 체면에 대한 한국 사람들의 민감도가 얼마나 높은지를 보여주는 단면이라 하겠습니다. 반면에 부하 직원의 작은 실수에 도의적인 책임을 지고 물러나는 성실한 임원도 드물게 있긴 하지만, 요즈음에는 대부분의 사람이 생존과 실속 챙기기라는 이름 아래 체면을 구기거나 소신 굽히는 일을 서슴지 않습니다. 순간의 쪽팔림만 넘기면 향후 몇 년을 더 버틸 수 있다는 병든 믿음 때문입니다.

한국에서 '체면'은 자신의 인격이나 명예에 비교될 정도로 무겁게 다뤄지는데, 이는 체면을 끼니 이상의 가치를 지닌 것으로 생각하는 사람이 의외로 많다는 점을 보여줍니다. 젊은이들의 비속어인 '쪽팔린다'라는 표현 외에도 '비단옷 입고는 구걸 못한다', '가난할수록 기와집 짓는다', '냉수 마시고 이빨 쑤시기'와 같이 체면과 관련된 속담도 많습니다.

한국인의 체면은 타인 지향적 감정, 이른바 과시와 허영 혹은 허세와 겉치레를 강조하는 타인 중심적이면서 세속적인 평가에 방점이 있는 반면, 중국인들의 체면은 신성한 예禮와 '염치廉恥'를 지키는 행위를 지칭합니다. 체면이 곧 사회적 얼굴social face인 셈이죠. 중국인은 얼굴을 가리켜 롄脸(이미지), 즉 '몐찌面子, mianzi'라는 단어를 사용하는데, 예와 격식은 물론 사회적 성취, 능력, 권위 등을 모두 포함하는 말입니다. 쉽게 말해 중국인의 체면의식은 내적으로는 도덕적·인격적 조화 속에 인간의 도리를 지키는 것이고, 외적으로는 사회적 성취에 따른 타인의 평가 및 인정에 대한 기대심리가 표출되는 현상이라 할 수 있습니다.

이와 달리 한국인의 체면은 주로 외적인 평가에만 편중된 경향이 있습니다. 누구나 저지를 수 있는 사소한 실수에도 알량한 자존심과 체면을 세우기 위해 과도한 영웅 심리에 휘말려 자살을 택하는 경우도 있습니다. 잘못을 인정하느니 차라리 죽음으로써 청렴을 증명하겠다는 태도인 것입니다.

체면 때문에 분수 이상의 예우를 베푸는 것도 문제지만, 실속만 챙기면서 상대의 눈살을 찌푸리게 만드는 형식적인 대접도 문제입니다. 사회적 신분이나 경제적 능력에 맞는 겸손하고 소박한 행동이야말로 가장 바람직한 태도가 아닐까요?

당당하되 교만하지 않고, 겸손하되 비굴하지 않으며, 검소하되 초췌하지 않게, 경쾌하지만 경솔하지 않고, 진중하지만 지루하지 않은 사람에게 더 눈길이 가는 것은 매우 자연스러운 일입니다.

짝퉁 천국으로 불리는 중국에 웃지 못할 일화 하나가 있습니다. 한 농부가 체면을 세우기 위해 아주 비싸고 희귀한 새로운 채소 종자를 사서 심었는데 아무리 기다려도 싹이 나지 않았답니다. 농부가 구입한 씨앗이 모두 가짜였기 때문입니다. 이에 체면을 구기고 상심한 농부가 자살하려고 농약을 마셨는데, 웬일인지 죽지도 않았답니다. 그가 마신 농약마저 가짜였기 때문이랍니다. 불행인지 다행인지, 웃어야 할지 울어야 할지 대략 난감합니다.

이러한 일화에서 보듯이 과도한 체면의식 때문에 허세를 부리는 것도 지양할 일이지만, 돈 몇 푼의 실속만 차리다가 자신의 인격에 치명적인 오명을 남기는 것도 피해야 합니다. 영문학을 전공한 고위인사가 영문도 모르는 변명을 늘어놓고, 수학을 전공한 유명인사가 자기 분수도 모른다면 이보다 더 볼썽사나운 일도 없겠죠. '일생에 한 번 결혼'이라는 미명하에 과도한 사치를 자랑하는 허세나, 실속이라는 이름 아래 싸구려로 눈속임하는 경박한 처신은 이제 사라지면 좋겠습니다.

무한경쟁체제에서 대외경쟁력이라는 '국가적 체면'과 '민생'이라는 실속을 양 날개 삼아 국가와 국민이 모두 행복한 세상이 열렸으면 좋겠습니다. 경제민주화 없이는 정치적 민주화도 이루어지기 어렵다고 하지요. 프랑스 대혁명이 인류에게 던진 메시지처럼 민주주의의 핵심 가치는 자유, 평등, 우애의 실현입니다. 그런데 이렇게 듣기 좋은 슬로건마저 그 속성상 공존하기가 불가능에 가깝습니다. 개인의 자유를 보장해주면 공동체적 평등이 깨지고, 전체의 평등을 앞세우면 개인의 자유가 침해받을 수 있기 때문입니다. 인간의 기본권이 보장된 우애가 어떻게 프랑스 사회를 바꾸었는지 궁금해집니다. '자유'를 상실하지 않고 '평등'을 이루려 했던 계몽주의 박애주의자 루소의 사회계약론을 다시 생각해볼 때입니다.

절망이 희망으로 거듭날 때

인생에서 한 번쯤은 심각하게 절망해볼 필요가 있습니다. 도저히 버릴 수 없는 소중한 것을 찾지 못하면 진정한 삶의 재미도 모른 채 갑자기 어른이 되어버리기 때문입니다. 일본 작가 소노 아야코 浦知壽子는 "운명이나 절망을 깊이 직시하지 않고는 희망의 본질이나 광채를 이해할 수 없다"고 말했습니다. 현대인이 편리해진 삶의 환경에 만족하면서도 생기를 잃고 나약해지는 이유는 절망이나 불행에 대한 인식과 공부가 부족하기 때문일 것입니다.

죽음에 이르는 절망이 곧 생명의 존재가치요, 사랑이요, 희망임을 가르쳐줍니다. 생명이 중요한 이유는 살아 있는 동안 즐거움을 향유할 수 있는 기회를 주기 때문입니다. 어차피 인생은 희망과 긍정의 확률에 베팅하는 게임입니다. 희망이 없으면 숨 쉰다 해도 살아 있는 것이 아닙니다. 희망의 근원을 좇아가는 것이 바로 삶의 본질이기 때문입니다.

실패에서 성공의 실마리가 보이고 역경이 경력을 만들어내듯이 위기에도 기회가 숨어 있습니다. 희망도 알고 보면 절망을 통해 낳는 자식인 셈입니다.

생명의 아름다움은 희망의 '모름다움' 뒤에 찾아오는 찬란한 희열입니다. 최선을 다한 하루가 달콤한 수면을 보장하고, 이 수면으로부터 아름다운 미래의 꿈이 잉태됩니다. 꿈이 현실이 되는 것을 현실적 데자뷔Deja vu 혹은 영혼의 증강 현실이라 불러도 좋은 이유입니다.

온전한 사랑에는 두려움이 없다?

사랑 안에 두려움이 없고, 온전한 사랑이 두려움을 내쫓나니 두려움
에는 형벌이 따름이라. 두려워하는 사람은 사랑 안에서 온전히 이루지
못하였느니라(요한1서 4장 18절).

이 말씀은 상황윤리 연구자들이 뜨거운 논쟁을 벌이는 단골주제
이기도 합니다. 예를 들어 의과대학에 재학 중인 학생이 길 위에 쓰러
져 있는 응급환자를 발견하고 심폐소생술과 응급조치를 해 치명적인
위기를 넘겼는데도 상태가 호전되지 않았다면, 과연 그 의대생에게
과실 책임을 물을 수 있냐는 것입니다. 의사 면허증을 획득하지 않은
상태에서의 행동이 실정법에 저촉될 수는 있지만, 동시에 학교에서
배운 지식에 따라 도무지 외면할 수 없는 상황에서 벌어진 긴급조치
이므로 용인될 수 있다는 반론 역시 가능하기 때문입니다.

응급의료에 관한 법률 5조 2항은 생명이 위태로운 환자에게 응급
처치를 하던 중 발생한 재산상의 손해와 사상死傷과 관련해서 고의
또는 중대한 과실이 없는 경우 해당 행위자는 민사상의 책임과 상해
에 대한 형사 책임을 지지 않는다고 명시하고 있습니다. 이른바 '선
한 사마리아인의 법'입니다.

그런데도 많은 의학도는 이와 유사한 상황이 벌어지면 자신의 의
학지식을 과감하게 실천하기보다는 사후 결과에 대한 두려움 때문에
망설이거나 못 본 척하고 지나치기 십상입니다. 양심에 따라 행동하
는 진정한 용기보다 불필요한 사건에 휘말리지 않으려 못 본 척하는
것이 훨씬 더 편하고 안전하다는 심리가 작용하기 때문입니다.

순수한 신앙에 근거한 지속적인 사랑 표현이 성가신 스토킹stalking

으로 오인되고, 현금인출기에 놓고 간 지갑을 찾아주려다 날치기범으로 누명을 쓰는 일이 빈번해지면서 남의 일에 쓸데없이 참견하지 않으려는 분위기가 만연하게 된 것입니다. 그 결과 공동체의 일원에 대한 최소한의 배려마저도 의심스러운 눈총을 받곤 합니다.

한 대기업이 영하 8도의 한파에 떨고 있는 노숙자에게 자신의 목도리를 주고 간 어느 대학생을 신입사원으로 채용했다는 미담도 들려오지만, 그마저도 '의미 없는 타자의 이야기'로 일축되고 마는 세태가 우울할 뿐입니다. 애매한 사안을 엄중한 법의 잣대로 처벌하는 관행을 의식해서인지 현대인들은 최소한의 배려마저도 센스 있는 무관심 속에 묻어버리고 맙니다. 이른바 '스마트한 야만인 highly educated barbarian'이 되어가는 건 아닌지 걱정됩니다.

운전 중 담배꽁초를 창밖으로 버리는 장면을 블랙박스에 담아 신고하면 포상금을 주고, 자신이 속한 직장의 의혹을 보고하다 내부 고발자로 몰리는 건강하지 않은 조직 문화 때문에 현대인은 최소한의 배려마저도 꺼립니다. 어디 나만 그러냐며 사회 분위기를 탓할 수 있지만 못 본 척 돌아서는 발길은 왠지 모르게 무겁고 찜찜합니다.

분명 '이건 아닌데' 하면서도 '이렇게 해야 된다'라는 정답이 없어서 답답합니다. 모든 행위를 법적 조항이나 조례로 규정할 수는 없다고 해도 최소한의 규칙이나 지침을 조속히 정해주었으면 하는 바람입니다.

감추는 법에 익숙해지다보니 이제는 소박한 관심을 표현하는 것마저도 서툴러졌습니다. 아프고 슬픈 것에 무뎌지다보니 따뜻한 것에 반응하는 것마저 담담해져버렸습니다.

여러분의 생각은 어떠신지요? 무거운 질문 하나 던지면서 이번 글을 마무리합니다.

온전한 사랑에 두려움이 없다? 온전한 사랑에는 두려움이 없다! 어느 쪽이 맞나요? 물음표보다 느낌표가, 망설임보다 확신에 찬 용기가 더 주목받는 사회이기를 바랍니다.

 ## 고통 총질량의 법칙

반세기 이상을 산 느낌은 묘하다 못해 신비하기까지 합니다. 제가 지은이 소개에서 두 세기의 달빛을 목격했다고 쓴 이유입니다. 종종 허무한가 싶더니 곰곰이 생각해보면 순간순간 깊은 의미가 숨어 있습니다. 전혀 희망이 없는 순간에조차 의미를 부여해야 하는 이유는 우리 내면에 최종 행선지와 성취해야 할 궁극적 가치가 있기 때문입니다.

날이 갈수록 확신하게 되는 사실은 인생사 모두 심은 대로 거둔다는 점입니다. '고통 총질량의 법칙'에서처럼 살아가는 환경과 조건은 각양각색이지만 일생 경험해야 할 고통과 행복의 분량은 모두 동일한 모양입니다. 고통과 행복이 전후 순서와 강도의 차이만 바꿔 전개될 뿐 전체 부피는 모든 사람에게 같아 보입니다.

김민주의 『하인리히 법칙』(2014)을 읽고 나면 더 공감이 갑니다. 1:29:300, 즉 300번에 걸친 사소한 위반이 29번의 심각한 위기의 순간과 마주하다가 결국 1번의 결정적인 비극을 낳는다는 것이지요. 눈에 보이지 않고 귀에 들리지 않으며 논리적으로 이해되지 않는다고 실재하지 않는 것은 아닙니다. 다시 말해 과학적으로 증명할 수 없다고 물리세계에 존재하지 않는 것은 아닙니다. 초물리의 세계를 다룬 형이상학metaphysics이 이런 질문을 푸는 데 단서를 제공합니다.

천망회회 소이불실天網恢恢 疎而不失. 하늘의 그물이 광대한 나머지 외견상 엉성해 보여도 결코 그 그물을 빠져나가지 못한다는 뜻의 이 말은 『노자老子』73장 「임위편任爲篇」에 나오는 고사성어입니다. 좀 더 쉽게 풀이하면 하늘의 진리天道는 다투지 않아도 결국 승리하고, 부르지 않아도 스스로 온다는 것입니다. 천도天道는 살리는 것生을 추구하되 죽이는 것死을 원하지 않는다는 점을 노자 특유의 논법으로 풀이한 것이라 하겠습니다.

살리는 것과 죽이는 것 사이에는 반드시 양면이 존재합니다. 하나가 이로우면 다른 하나는 해롭게 마련이죠. 그런데 하늘은 죽이는 것을 원하지 않습니다. 아니, 미워한다고 하네요. 그렇다면 하늘이 그렇게 미워하는 살인을 단호하게 실행에 옮기는 용기는 하늘의 뜻을 배반하는 일이므로 당연히 하늘의 심판을 받겠지요.

그런데 근시안적으로 보면 세상일이 반드시 그렇게 돌아가지는 않는 것 같습니다. 이런 이유로 해석상의 난제가 따릅니다. 사람 하나 살렸다고 곧바로 하늘의 보상이 주어지는 것도 아니요, 반대로 사람 하나 죽여도 금방 죽지 않고 버젓이 살아갑니다. 바로 여기가 많은 사람이 헷갈려 하는 대목입니다. 사람을 살리고 죽이는 이 두 행위 중 어느 것이 이롭고 어느 것이 해로운지, 이에 대해 하늘이 누구를 미워하고 누구의 편을 들어줄지 아무도 모릅니다. 지극히 순한 성인마저도 이 점이 또렷하지 못해 결단을 망설였죠. 그러나 긴 안목으로 보면 하늘이 미워하는 바는 자명합니다. 비록 하늘 심판대 그물이 성글어도 선악에 대한 보응은 필연코 따르며 누구도 피해 갈 수 없다는 점입니다.

세상은 참으로 요지경입니다. 기만과 착취로 무책임한 행동을 계속하고도 승승장구하는 후안무치의 고위층이 있는 반면, 다른 한편에서는 말 못할 억울함을 당해 비탄에 젖은 선량한 시민이 지난한 과정을 숙명으로 받아들이며 힘들게 살아갑니다. 옛날에는 길흉화복의 주기가 매우 길게 느껴졌지만, 세월이 흐를수록 그 주기가 급속하게 짧아지는 것처럼 느껴지는 것은 저만의 착각일까요?

선악에 대한 기준과 해석은 각각이지만, 분명한 사실은 '거짓이 유일한 악惡이고 거짓 없음이 유일한 선善'이라는 것입니다.

거짓이라는 양날의 검은 순서와 대상과 시간에 아랑곳하지 않고 광란의 유희를 즐기는 것처럼 보이지만 종국에는 자신과 남을 모두 죽이고 맙니다. 세상살이가 팍팍해도 거짓되게 살지 말아야 하는 이유입니다. 인생은 심은 대로 거두는 추수입니다.

 ## 요즘에도 지고선이 있을까?

동서양의 많은 현자가 지고선至高善과 행복에 대해 논해왔습니다. 프랑스의 작가 빅토르 위고 Victor Hugo(1802~1885)는 지고선을 아주 단순하게 정의했습니다. 어찌 보면 인생의 행복은 참 단순합니다. 사랑하거나 사랑받거나 둘 중 하나입니다. 예술가들이 개인전과 연주회를 여는 것도 그 예술행위와 활동을 통해 나는 이렇게 행복했노라고 자신의 행복잔치에 초대하는 것입니다.

그런데 속을 들여다보면 이게 만만치 않은 깊이와 신비한 비밀을 담고 있습니다. 사랑을 받아본 사람이 제대로 사랑할 줄 안다는 말이겠지요. 동사로서 사랑을 실천해보면서 참사랑이 무엇인지 깨달아간다는 말일 겁니다. 한 미국인 친구가 던진 한마디가 귓전에 맴돕니다.

보통남자는 1000명의 여자를 다양하게 사랑하려 들지만, 진짜 팬

찮은 남자는 한 여자를 1000가지의 방법으로 감동시킬 줄 안답니다. 이게 무슨 말인가요? 그런데 불가능할 것처럼 들리지 않습니다. 그렇다고 쉽게 실현될 것 같지도 않습니다. 이런 걸 현실과 초현실의 중간 시제, 곧 과실재 hyper-reality 라 합니다. 이러한 '과실재'는 모든 드라마와 영화에 공히 적용되는, 이른바 흥행의 필수 3종 세트입니다.

첫째, 충분히 일어날 수 있는 개연성 plausibility, 둘째, 충분히 일어날 수 있으나 흔하게 발생하지 않는 희소성 scarcity, 셋째, 그런데도 만약 자신에게 일어나면 아주 끝내주거나 끔직한 결과상의 적용가능성 personal application 이 그것입니다.

10여 년 전 한국 남녀의 마음을 훔쳤던 박신양, 김정은 주연의 TV 드라마 <파리의 연인>을 기억하시는지요? 이 드라마는 사랑이 꿈이자 환상이며, 동시에 넘을 수 없는 장벽으로의 도전임을 극적으로 보여주었습니다.

평범한 사람들이 만나 무난하게 사랑하는 것은 재미도 없을뿐더러 성격 급한 사람에겐 본질적인 짜증을 유발합니다. 자신의 상식이나 조건으로는 도저히 어울릴 수 없는 사람을 만나 사랑하는 것. 재벌집 아들과 가난한 옥탑방 여대생의 이루어질 수 없는 사랑. 그것도, 전혀 특별할 것이 없는 나를 사랑해준다는 것이 얼마나 감동적인가요? 흔히 일어날 것 같지는 않은데 내게 일어나면 정말 끝내줄 것 같은 대리만족은 고스란히 시청률로 이어집니다.

이 정도면 솔로몬 왕의 술람미 여인에 대한 사랑에도 견줄 만합니다. 구약성서 아가서 1장 10절, 15절과 2장 10절에 나오는 사랑의 대화를 잘 아실 겁니다.

네가 내게 입 맞추기를 원하니 네 두 뺨은 땋은 머리털로, 네 목은 구슬꿰미로 아름답구나. 내 사랑아 너는 어여쁘고 어여쁘다 네 눈이 비둘기 같구나. 나의 사랑, 나의 어여쁜 자야 일어나서 함께 가자.

<파리의 연인>에 나온 그 유명한 대사가 아가서의 러브스토리에서 영감을 얻은 모양입니다. "애기야 가자!" 백마 탄 기사의 21세기 버전이죠. 이때 한기주(박신양 분)는 호텔 로비에 서 있는 사랑의 라이벌 앞에서 강태영(김정은 분)에게 다가가 담대하게 자신의 사랑을 고백합니다. "너는 왜 이 남자가 내 남자라고 당당하게 말을 못해, 바보야!"

그러자 태영은 눈물을 흘리며 "당신이 싫지는 않지만 아무리 그래도 내가 당신을 받아들일 수 없는 것은 어쩔 수 없는 현실이에요. 내 사랑을 이루기 위해서 당신의 자존심을 망가뜨릴 수는 없잖아요"라는 주옥같은 말로 재벌 2세의 마음을 사로잡습니다.

원래 청혼은 남자가 여자에게 하는 것이지만, 이 장면에서는 여자가 눈물 어린 심경을 고백하면서 남자의 청혼을 끌어냈습니다. 극적인 반전입니다. 다 가진 남자가 별로 가진 것이 없는 여자에게 청혼하다니. 그것도 아주 절박하게. 사랑은 원래 말이 안 되는 겁니다. 있을 수 없는 일이 일어나는 게 사랑의 위력이자 실체입니다. 흔하게 일어나지는 않습니다. 그래서 대리만족을 통해 막연한 희망에 목을 맬 뿐입니다. 아가서 2~4장을 읽다보면 아래와 같은 내용이 나오는데, 한번 보시지요.

바위틈 낭떠러지 은밀한 곳에 있는 나의 비둘기야 나로 하여금 네 얼굴을 보게 하라, 네 소리를 듣게 하라. 네 소리는 부드럽고 네 얼굴은 아름답구나. 네 입술은 홍색 실 같고 네 입은 어여쁘고 너울 속의 네 뺨은 석류 한 쪽 같구나. 네 두 유방은 백합화 가운데서 꼴을 먹는 쌍태 어린 사슴 같구나. 내 누이, 내 신부야 네가 내 마음을 빼앗았구나.

한눈에 혹 갔다는 말입니다. 영어로 하면 "Every man will give you second look. You really captured my heart with a single touch……" 정도 될 것 같습니다.

네 눈으로 한 번 보는 것과 네 목의 구슬 한 꿰미로 내 마음을 빼앗았구나. 내 신부야 네 입술에서는 꿀방울이 떨어지고 네 혀 밑에는 꿀과 젖이 있고, 네 의복의 향기는 레바논의 향기 같구나. 내 누이, 내 신부는 잠근 동산이요 덮은 우물이요 봉한 샘이로구나(아가서 4장 11, 12절).

결국 옥탑방 아가씨는 그 남자의 여자가 되고 맙니다. 기주와 태영의 사랑 이야기는 어릴 적부터 지금까지, 여자들이 단 한 번도 포기하지 않고 늘 꿈꿔 왔던 로망이자 사랑의 정수입니다. 로미오와 줄리엣의 러브스토리는 역사 속에 늘 있어왔고 앞으로도 쭉 계속될 것입니다. 잃어버린 유리 구두 한 짝으로 왕자의 신부가 된 신데렐라, <귀여운 여인pretty woman>의 비비안, 모나코의 왕비 그레이스 켈리Grace Kelly, 니컬러스 케이지Nicolas Cage의 배우자가 된 엘리스Alice 킴과 덴마크 왕세자비가 된 호주의 섬 처녀 메리 도널드슨Mary Donaldson까지. 그 명단은 아직도 끝이 보이질 않습니다.

그런데 만약, 어디까지나 만약입니다. 어느 날 당신이 꿈같은 사랑의 주인공이 된다면 어떻게 될까요? 대답은 간단합니다. 주눅 들지 말고 과감하게 그 사랑을 붙잡으면 됩니다. 정말로 그(녀)를 사랑한다는 확신이 있다면 말입니다. 비현실적이고 미친 짓이라고요?

괜찮습니다. 어차피 사랑에 빠진 사람들은 모두 다 조금씩은 미쳐

있거든요. 현대 의학으로 치유가 불가능한 불치병, 이름하여 상사병
이라 합니다. 현실세계에도 신데렐라는 여기저기 있습니다. 다만 그
것이 내 것이 아닌 것처럼 느껴질 뿐. 오늘도 분위기 좋은 카페 한구
석에서 그 러브스토리는 계속되고 있습니다. 바로 당신과 우리의 이
야기처럼 말입니다.

모든 러브스토리가 아름답고 감동적이지만 내 이야기가 더 소중
합니다. 사랑의 치유제는 사랑밖에 없습니다. 모든 인간은 후천성 사
랑 결핍증 환자입니다. 불치병이지만 죽지는 않습니다. 바로 이것이
사랑의 묘약이 지닌 신비한 효능입니다.

 ## 가을비 내리는 아침의 기도

철없던 시절, 청운의 꿈을 안고 뛰어다니던 30년 전까지만 해도 눈
앞의 목표 하나를 이루면 금방 행복해질 줄 알았습니다. 아주 잠깐은
그랬습니다. 이번 성취 다음의 내 인생목표는 무엇일까? 또 하나의
목표 달성에 목말라하며 습관처럼 하던 일에 열중했습니다. 꾸준히
그리고 성실하게 살아가는데, 내 인생만 끝이 보이지 않는 터널 속을
지나는 기분이었습니다. 부지런히 손발을 움직이면 최소한 굶어 죽
지는 않는다는 희미한 믿음에 붙들려 있었으나 가시지 않는 아쉬움
에 원인 모를 답답함이 속을 휘젓고 다녔습니다. 아무래도 내게는 행
복 유전자가 없는 듯했습니다.

저 터널 끝에는 어떤 희망이 나를 기다리고 있을까? 오늘도 여느
때와 같이 한 발 내디딜 뿐입니다. 넘어지지 않으려 자전거의 페달을
계속 밟고는 있지만 방향이 보이질 않습니다. 목적지도 없이 무작정

달리는 기분입니다. 그래도 패기 하나로 버텼던 청춘이었습니다. 그런데 나이 50을 넘기자 이런저런 생각이 들면서 노력과 성실 자체에 깊은 회의가 찾아들기 시작합니다.

지금 내가 걷고 있는 이 길이 제대로 가고 있는 삶일까? 현재 걷고 있는 길이 옳은 길인지 아닌지 잘 모를 때는 제대로 가고 있다고 믿는 것이 결과적으로 좋다고 합니다.

그러한 확신은 항상 옳다고 여길 때에만 오는 게 아니라 틀리는 것을 두려워하지 않을 때 오기도 합니다. 사춘기에나 어울릴 법한 고민이 아직도 현재진행형인 것을 보면 저는 영원히 사춘기인가 봅니다. 스마트폰의 주소록을 훑으며 전화해볼 사람을 찾지만 선뜻 누르고 싶은 사람이 없습니다. 용기를 내 오래된 벗에게 전화를 걸어보지만, '쳇!' 오늘따라 엄청 바쁘답니다.

진짜 바쁜 것인지 마음에서 멀어진 것인지 알 필요도 없고 알고 싶지도 않지만, 내가 외롭고 힘들 때는 주변 사람들도 흔쾌히 연락을 받질 않습니다. 반면에 정작 조용히 혼자 있고 싶을 때는 그다지 가깝지도 멀지도 않은 지인들이 느닷없이 전화를 걸어와 밥 한번 먹자고 합니다. 필시 자기가 자랑할 일이 생겼거나 도움이 필요하거나 아니면 최근 다른 사람으로부터 들은 내 근황이 궁금한 경우입니다. 자신의 사회적 지위에 어울리는 모임에만 골라 나가는 요즘 사람들은 우리가 생각하는 것 이상으로 아주 영특합니다.

이래저래 포털사이트를 검색하다 마음 한구석에서 기도할 마음이 솟아오릅니다. 무심코 들여다보던 기도에 서서히 빠져들다 보니 어느새 표류하던 제 영혼에 고요한 안식이 깃듭니다.

매일 만나도 그다지 정들지 않는 사람이 있는가 하면, 멀리 떨어져 있어도 가슴 깊이 생각나는 사람이 있습니다. 영혼의 부딪힘이 없는 만남은 그저 마주침에 불과하다지요. 가로등도 꺼진 늦은 밤, 서재에 들어가 묵상에 잠겨 지나온 발자취를 더듬어보았습니다. 30~40대를 돌아보며 많은 반성을 했습니다. 크고 허황된 기도를 드렸지만 신은 제게 연약함을 통해 겸손을 배우게 하셨습니다. 물질적인 행복만을 달라고 했는데 그보다 더 중요한 지혜를 배웠습니다. 물질적인 궁핍함이 가져다준 선물입니다. 세상에 칭찬을 구걸했으나 돌아온 것은 비참한 고립이었습니다. 실패와 가난과 고립을 통해서만 배울 수 있는 값진 교훈이었습니다. 이제 와서 보니 원하는 것은 아니었으나 꼭 필요한 것은 모두 누리고 산 것 같습니다. 삶은 천천히 이루어지는 기적이라던 말이 꼭 맞는 것 같습니다.

미국에서 독일 선교사의 아들로 태어난 미국 복음주의 개혁교회의 성직자 라인홀드 니부어 Reinhold Niebuhr(1892~1971)의 기도를 소개합니다.

> 오! 신이시여! 내게 바꿀 수 없는 것을 받아들이는 '평온'을, 바꿀 수 있는 것은 바꿀 수 있는 '용기'를, 그리고 그 차이를 분별하는 '지혜'를 허락하소서. O God and Heavenly Father, Grant us the serenity of mind to accept that which cannot be changed; the courage to change that which can be changed, and the wisdom to know the one from the other, through Jesus Christ our Lord, Amen.

신앙의 선배들이 겪은 영성이 제게도 오롯이 다가오는 듯합니다. 성자의 경건함은 삶의 무게에 짓눌려 있을 때 깊은 감동을 줍니다. 등대는 경적을 울리지 않습니다. 조용히 빛날 뿐입니다. 이런 존재감은 어디서 나오는 걸까요? 경건한 마음으로 무릎 꿇고 싶은 새벽입니다.

죽음에 관하여

셸리 케이건Shelly Kagan 의 『죽음이란 무엇인가? Death』는 하버드 대학의 '정의' 및 '행복' 시리즈와 더불어 '아이비리그의 3대 명강의'에 선정된 책으로, 저자는 17년 연속 예일 대학교에서 최고의 강사로 명성을 날렸습니다. 그는 이 책에서 기존의 심리적 믿음이나 종교적 접근과 달리 아주 상식적인 차원에서 죽음의 본질과 삶의 의미를 동시에 고찰함으로써 큰 주목을 받았습니다. 사후 세계는 과연 존재하는지, 영혼은 실재하는지, 죽음 그중에서도 특히 자살은 비도덕적 행위의 표본이자 도덕적으로 납득할 수 있는 것인지와 관련해서 죽음에 관한 다양한 쟁점을 철학적인 관점으로 파헤쳤습니다.

이 책은 '죽음'을 테마로 하지만, 궁극적으로는 '삶'을 이야기하는 점이 흥미롭습니다. 세상에 죽음을 거치지 않는 삶이 없고, 삶 없는 죽음 또한 존재하지 않는다고 주장하는 케이건 교수는 '삶은 죽음이 전제되어 있기에 완성되는, 살아가는 데 가장 위대한 목적이며 죽음의 본질을 이해할 때 비로소 가치 있는 삶을 살 수 있다'고 역설합니다.

한국에서도 수많은 문헌과 사람들이 죽음의 문제를 다루었습니다. 인간의 죽음에 대한 표현을 살펴보는 것도 흥미롭습니다. 예를 들어, '흙으로 만들어진 인간이 흙으로 돌아가다, 하늘이 불렀다(소천), 영원히 잠들다(영면), 세상과 이별했다(타계), 숨을 거두었다' 등입니다.

이 가운데 백미는 '숨을 거두었다'라는 표현입니다. 인간의 호흡은 살아 있는 동안 수없이 날숨(out)과 들숨(in)을 반복합니다. 그러다가 임종 순간에는 들숨만 있고 날숨이 없어집니다. 숨을 거두었다는 말이 성립하는 순간입니다. 출생 이래 자신의 나이만큼 펌프질 하던 심장이 작동을 멈춘 것입니다.

문학은 죽음에 대해 어떻게 말할까요? 히브리 문학의 정수라고 할 수 있는 시편 9편 10절은 인간의 연수^{年壽}가 칠십이요, 강건하면 팔십이라도 그 연수의 자랑은 수고와 슬픔뿐이요, 신속히 가니 인생이 날아간다고 말합니다. 요즘은 평균 수명과 기대 수명이 늘어나 100세 시대를 맞이하고 있습니다. 무병장수는 아니어도 유병장수가 바람직하냐고 반문할지 모르겠으나, 생명을 어찌 인간 마음대로 하겠습니까?

　70~80년의 인생을 소풍이라 했던 천상병의 고백처럼 후회 없는 삶의 여정 후에 그래도 삶이 아름다웠다고 반추할 수 있다면 참으로 성공한 삶 아니겠습니까? 최소의 짐으로 최대의 자유를 느끼러 떠나는 소풍, 불필요한 욕심을 버리고 호방한 자연의 숨결과 하나됨이 좋은 계절입니다. 가을 산의 웅장함과 내 곁의 살구꽃이 하나같이 아름다운 이유는 그것이 우리의 생을 찬미하는 요소이기 때문입니다.

　다빈치의 말도 음미해볼 만합니다.

　　최선을 다한 하루의 저녁 끝에는 편안한 잠이 나를 기다린다. 마찬가지로 알차게 보낸 인생 다음에는 조용하고 평온한 죽음이 기다린다.

　시오노 나나미^{しおのなみ}도 "내게도 당연히 여러 순간의 행복이 있었지만 진짜 행복은 인생을 알차고 의의 깊게 보내고 난 뒤 임종을 맞을 때"라고 삶을 회고합니다.

　매일매일 최선을 다해 살다가 최선의 상태에서 신세계를 만나는 것이 지상에서의 지고선이 아닐까 생각합니다. 아름답고 후회 없는 죽음을 준비한 자만이 최선의 삶을 살아가겠지요. 죽음은 결승선이 아니라 또 하나의 출발선임을 아는 사람이 영원을 맛본 자입니다.

제 4 장

스마트한 소외

흔히 현대사회를 개방적 협력 Open Collaboration 의 시대라고 부릅니다. 하루가 다르게 빛의 속도로 변하는 한국 사회는 경험이 일천한 제 눈에도 새로운 분기점에 서 있는 듯합니다.

그런데 진지하게 고민하는 사람들 눈에는 보이는데, 일상에 쫓겨 사는 사람들은 놓치는 일이 많습니다. 시력은 있으나 관찰력이 없고, 청각은 있으나 주변과 자기 내면의 소리를 듣지 못하는 청력 장애가 오늘날 진정한 소통의 장벽이 되고 있습니다.

한국 사회의 갈등 해소비용이 무려 246조 원이라고 합니다. 개인 간 불신과 상처는 말할 것도 없고, 학연·지연의 관계망, 가족 간, 친척 간, 출신 성분과 지역 및 이해집단끼리의 담 쌓기가 날이 갈수록 심각한 사회 병폐를 낳고 있습니다. 온 국민이 하나같이 가슴에 폭탄 하나 달고 살면서 여차하면 터뜨릴 것 같은 긴장감이 흐릅니다. 어느 누구도 내 고민에, 내 아픔에 귀 기울여주지 않는다는 소외감, 빈부격차와 교육수준에 따른 무시당함이 자폭할 마음을 자극합니다. 열린 대화는 없고 일방적인 권리주장만 있습니다. 거대한 불의는 참아도 사소한 불이익은 절대 못 참습니다. 이 불통시대의 소통은 밥통을 나누는 데 있습니다. 이런 기회를 자주 만들자는 '이기자' 구호를 외치며 혼자만의 울림이 함께하는 어울림으로 번지기를 희망해봅니다.

국민소득 2만 8000달러 시대, 세계 13위의 경제대국 대한민국. 그 이면에는 경제궁핍으로 인한 중년의 황혼이혼과 자살공화국이라는 불명예, 살기 '힘든' 나라에서 살기 '싫은' 나라로 만들어버린 치열한 대학입시 경쟁, 무늬만 선진국인 사회복지 수준, 골고루 분배되지 않는 의료 혜택 등 수많은 시대과제와 인생숙제가 복잡하게 혼재되어 있습니다. 부모 자식 할 것 없이 피로감이 극에 달해 있습니다. 베이비부머세대인 저는 국민소득 50달러 시대를 사셨던 부모와 2만 달러 시대에 태어난 자녀를 잇는 가장이자, 5000~1만 달러 시대를 헤쳐 나온 '낀 세대'로 살아왔습니다.

부모에게 효도하는 마지막 세대요, 자녀에게 최초로 무시당한다는 가정 내 외딴섬이요, 거시기마저 고개(?) 숙인, 이른바 지붕 위의 외로운 참새입니다. 그럼에도 인정만큼은 살아 있어서 기분 좋으면 한턱 쏘는, 그래서 열심히 (카드) 긁은 당신, (다음 달에는) 신(용)불(량)자로 떠나야만 하는 서글픈 신세입니다. 그러면서도 김연아, 이상화, 박태환이 금메달을 따고, 손흥민, 손연재가 승전보를 전하고, 싸이가 '미치면 이기고 지치면 진다'고 외치며 펄펄 나는 동안 저들이 곧 우리의 아들딸인 양 기뻐하는 '의~리'를 훈장 삼아 살아갑니다. 한강의 기적을 이룬 주역답지 않습니까? 서구 사회가 300~400년 동안 이룬 성과를 전후(한국전쟁) 60년 만에 세계 13위 경제대국으로 일군 일등공신이 바로 50대를 포함한 베이비부머세대입니다. 그런데 벌써 용도 폐기 선언을 받다니…….

남자는 그 어떤 어려움 앞에서도 눈물을 보이지 않아야 한다는 어머니의 엄한 가르침 아래, 오늘날 우리 시대의 일그러진 영웅들은 소리 없이 울음을 삼키고 있습니다. 그 침전된 '울음'을 의미 있는 '울림'으로, 그 '울림'을 미치지 못해 미칠 것 같은 2030세대와의 '어울림'으로 승화시키기 위해 몸부림쳤던 흔적을 여기에 모았습니다. 공감의 파장이 어디까지일지는 미지수이지만, 이 작은 나비의 날갯짓이 의미 있는 바람으로 확산되길 감히 기대해봅니다.

이런저런 주제들이 외견상 무관한 것처럼 보여도 마지막 장에 이르러 터뜨릴 곳과 미칠 곳이 있다는 사실에 희망을 가져봅니다. 저의 독창이 2030/4050세대의 합창으로 이어져, 마침내 그들이 속해 있는 가족과 사회가 재도약하는 협주곡으로 편곡되기를 바라면서 제4장 '스마트한 소외'의 세계로 떠나보겠습니다.

 우리 시대의 역설

미국의 밥 무어헤드Bob Moorehead 박사[1]는 1999년 4월 20일 미국 콜로라도 주 리틀턴 소재 콜럼바인 고등학교 총기난사 사건[2]을 본 소감

---

1 무어헤드 박사는 캘리포니아 대학교 신학부에서 박사학위를 받은 현지 목회자로 워싱턴 레드먼드의 오버레이크 교회Overlake Christian Church에서 30년 이상 건강하게 섬기고 있습니다.

2 에릭 해리스Eric Harris와 딜런 클리볼드Dylan Klebold라는 두 학생이 12명의 고등학생과 1명의 교사를 죽이고 23명의 부상자를 낸 끔찍한 총기사건입니다. 범행을 저지른 두 학생은 체포 직전 들고 있던 총기로 자살했습니다. 이 사건은 미국 사회에서 총기 소지 법에 대한 논란과 더불어, 학교 내 학생의 집단 왕따, 폭력적 영화, 음악, 게임에

을 다음의 기사로 발표해 전 세계인의 공감을 이끌어냈습니다. 영어 표현 고유의 맛을 음미하기 원하신다면 해당 사이트의 원문을,[3] 그렇지 않을 경우에는 다음의 내용을 참조해도 무방할 듯합니다.

건물은 높아졌으나 인격 수준은 낮아졌습니다.

고속도로는 넓게 트였지만 시야는 더 좁아졌습니다.

소비는 많아졌지만 더 가난해졌고, 더 많은 물건을 구입하지만 기쁨은 줄어들었습니다.

집의 규모는 커졌으나 가족관계는 줄어들었고, 더 빠르고 편리해졌지만 시간에 더 쫓기며 삽니다.

학력은 높아졌지만 상식은 부족하고, 지식은 많아졌으나 판단력은 부족합니다.

전문가들은 늘어났지만 더 많은 문제가 파생했고, 의학은 발달했지만 건강은 이전보다 더 나빠졌습니다.

너무 많이 술을 마시고, 너무 많이 담배를 피우며, 너무 빨리 운전하고, 너무 성급하게 화를 냅니다.

날밤을 새우다 지쳐서 일어나고 책을 너무 적게 읽는 한편, TV는 너무 오래 봅니다.

생활비 버는 방법은 배웠지만 어떻게 살 것인지는 잊어버렸고, 물리적 시간은 늘어났지만 삶에 의미를 부여하는 방법은 잃어버렸습니다.

대해 집중적으로 조명하는 계기가 되었습니다.

3 이 원문의 출처에 대해 많은 논란이 있었습니다. 원저자가 콴타스Quantas 항공사 사장이던 제프 딕슨Jeff Dixon이라는 설과 달라이 라마Dalai Lama라는 설 등 다양한 주장이 제기되었으나 결국 원저자는 무어헤드 박사로 밝혀졌고, 그의 설교를 딕슨이 인용해 온라인상에서 회자된 것으로 드러났습니다. http://journeytocrunchville.wordpress. com/2008/03/30/the-paradox-of-our-age-time/

더 큰 일들을 해냈지만 더 나은 일을 한 것은 아닙니다.

공기정화기는 갖고 있지만 영혼은 더 오염되었고, 원자는 쪼개면서도 편견은 깨지 못하고 있습니다.

더 많은 글을 쓰지만 배우는 일도 줄어들고 성취도 줄어들었습니다.

신나게 질주할 줄은 알지만 기다리거나 멈추는 법은 배우지 않습니다.

그 어느 때보다 더 많은 정보와 지식을 생산해내지만 진정한 의사소통은 하루가 다르게 줄어들고 있습니다.

패스트푸드가 늘어난 만큼 소화불량도 넘쳐납니다.

수입은 두 배로 늘었지만 이혼율이 높아졌고, 더 멋진 집에 살고 있으나 가정이 깨지고 있습니다.

기저귀를 마구 버리면서 윤리와 도덕도 함께 버립니다.

사랑하는 사람과 최대한 많은 시간을 보내야 하는 이유는 그들이 당신 곁에 머무는 시간이 너무나도 짧기 때문입니다.

이제 사랑하는 이들에게 진심으로 사랑한다고 말하세요. 진심에서 우러난 단 한 번의 입맞춤과 포옹으로도 깊은 상처를 치유할 수 있습니다.

손을 잡은 채 순간을 음미하십시오. 이제부터라도 당신이 품었던 소중한 생각을 나누면서 진심으로 사랑할 시간을 키워나가세요.

어디 이뿐이겠습니까? 우리가 사는 세상에서는 평화를 이야기하면서도 반목과 시위가 늘어나고, 여가시간이 길어져도 마음의 평화는 오히려 줄었습니다. 더 빨라진 고속도로, 더 편리한 일회용품, 더 많은 광고 전단, 더 마비되어가는 양심.

이 가운데 더 찾기 힘들어진 행복! 그야말로 '행복한 저능아'가 아닐 수 없습니다. 우리의 일상도 크게 다르지 않습니다. 과연 우리의 현주소는 어디일까요? 우리는 과연 제대로 살고 있는 걸까요?

인구 증가와 문명 발달, 급속한 산업화로 IT강국이 된 한국은 세계 220여 개 국가에서 문맹률이 가장 낮은 국가 중 하나입니다. 한국전쟁 이후 도시화가 진척된 지 어언 60여 년! 오늘날 한국은 하늘을 찌르는 마천루와 현란한 LED조명에 거리마다 와이파이가 팡팡 터지는 스마트폰 강국이 되었습니다. 이렇듯 더 많은 사람이 더 복잡한 도시에서 더 편리한 문명의 이기를 사용하는데도 행복지수는 더 낮아지고 본질적인 짜증만 늘어나는 역설을 어떻게 설명할 수 있을까요?

과연 21세기 인류는 바람직한 방향으로 나아가고 있는 걸까요? 제3장에서 언급한 엘룰의 '행복한 저능아', 좀 더 정확하게는 '행복하다고 착각하는 저능아'로 역행하는 것은 아닌지 의문이 듭니다.

2000년 프랑스 작가 피에르 상소Pierre Sansot의 『느리게 사는 것의 의미Du bon usage de la lenteur』가 출간된 이래 먹거리에서 주거환경에 이르기까지 참살이에 관한 논의가 뜨거운 화두가 되었습니다. 그 후 10여 년이 흐른 요즘은 힐빙healing+wellbeing이 대세라고 합니다. 혜민 스님의 『멈추면 비로소 보이는 것들』(2012), 정목 스님의 『달팽이가 느려도 늦지 않다』(2013) 같은 책은 앞서 언급한 피에르 상소 책의 한국 버전인 셈입니다.

다른 한편에서는 김난도의 『아프니까 청춘이다』가 등장해 신선한 충격과 함께 이래저래 힘든 청춘을 집단적으로 상담해주었습니다. 그 후 다양한 패러디가 등장했습니다. '아픈 니가 청춘이다'에서 '아프리카 청춘이다', '아프니까 회춘이다' 정도는 이미 고전이 되었고, '아픈 청춘, 너나 하세요'까지 그 스펙트럼이 매우 다양해졌습니다.

이러한 힐빙 열풍은 지상파 심야 프로그램에도 영향을 끼치면서 페이스북, 트위터와 같은 공개형 SNS를 통해 대중화되었고, 카카오톡, 카카오스토리, 밴드, 라인, 인스타그램 같은 폐쇄형 SNS로까지 확산되었습니다. 이러한 진화가 계속되는데도, 인간 대 자연, 인간 대 사회, 인간 대 인간의 소외가 더 심화되는 기현상이 벌어지고 있습니다.

아우라aura라는 신조어를 만든 베냐민이 그 방대한 분량 때문에 한국에서 2008년 『방법으로서의 유토피아』, 『도시의 산책자』 등 6권으로 나뉘어 출간되기도 한 『아케이드 프로젝트Das Passagenwerk』를 통해 '도시에서의 권태'를 지적한 이래 인간소외는 날로 더 심화되고 있습니다. 황혼이혼의 증가나 고독사 문제는 말할 필요도 없습니다. 3포세대의 미혼과 비혼 문제도 더 이상 새삼스럽지 않은 일상이 되었습니다. 10년 후 세상은 과연 어떤 모습일까요?

막연한 두려움에 사로잡혀 작취미성昨醉未醒의 환각으로 아침을 맞지는 않을까 자못 궁금합니다.

이에 저는 이 시대의 고민을 울림과 어울림이라는 각도에서 조명해보고자 했습니다. 제4장의 제목 선정에만 꼬박 일주일이 걸렸습니다. '스마트 시대의 권태'라고 하자니 내용이 금방 짐작될 것 같아 '스마트한 소외'라는 표현으로 윤색할 수밖에 없었습니다. 앞서 지적한 엘룰의 '행복한 저능아'의 한국적 표현으로서, 스마트기기에 의한 타의적 소외와 그 폐해로부터 벗어나기 위한 자발적 성찰이라는 이중성을 포착해내고 싶었습니다.

'울림과 어울림의 인문학적 이중주'라는 개념을 어떻게 담아낼지도 깊은 고민거리였습니다. 울림은 세월의 연륜에서 얻은 깨달음이자 반향이고, 내면을 울리는 감동이자 외부로 탄식하게 만드는 울부짖음입니다. 좀 더 구체적으로는 50대의 울림을 그들의 자녀인 2030세대의 어울림으로 이어주고 싶은 바람이었습니다.

작게는 가정에서의 대화 단절을, 크게는 사회계층 간, 지역 간, 소득 간, 문화수준 간 소통을 회복하고픈 희구였습니다. 다소 무모하게 보이는 이런 시도가 개인과 사회의 행복을 증진하는 데 일조하기를 기대하면서 현시대의 첨단 주제들을 함께 생각해보겠습니다.

못 느끼는 게 아니라 안 느끼고 싶은 사람들

대중교통에서 가장 흔히 보이는 풍경 하나가 있습니다. 젊은이들이 커널형 이어폰을 꽂고 4.6인치짜리 화면에 집중하면서 다니는 모습입니다. 교통카드를 단말기에 찍는 순간에도, 건물 계단이나 에스컬레이터를 오르내리는 순간에도, 횡단보도를 건너고, 심지어 자전거 핸들을 한 손으로 잡고 타면서도 넘어지거나 전봇대에 부딪히지 않는 것을 보면 아찔하다 못해 신기하기까지 합니다. 아마 저의 노파심이겠지요.

주변 상황에 아랑곳하지 않고 자기만의 동굴에 서식하는 스마트폰족, 귀에 들리는 내용이 동영상인지 음악인지, 메시지 알림인지는 알 길이 없으나 오로지 손끝 하나로 지배하는 4.6인치 풍경은 새로운 인류의 탄생을 유감없이 보여줍니다.

보행자들의 배려도 있지만, 전후좌우를 잘 살피는 한국 젊은이의 멀티태스킹 능력은 IT기술 최강국의 면모를 유감없이 보여주는 듯합니다.

그런데 사람들의 얼굴이 하나같이 무표정합니다. 기뻐하고 분노하고 사랑하고 즐거워하는 것喜怒哀樂이 모든 인생의 보편적 정서일진대, 요즘 스마트폰족을 보면 자기에게 편리한 콘텐츠만 기가 막히게 골라 먹는, 정말이지 끝내주게 입맛 깐깐한 편식주의자들입니다.

그 결과, 미성숙이 아닌 편향된 성숙으로 옮겨가는 스마트 영장류 smart primates가 탄생한 것입니다. 이들은 대뇌가 발달한 대신 얼굴은 작은 편이며, 손발은 물건을 잡기에 적당한 크기이며, 대부분 퓨전음식을 좋아하고 사회적 행동의 범위가 매우 넓으면서도 인간관계는 매우 제한적인 것이 특징입니다. 이러한 스마트한 신인류는 좁게는 유인원 종에 속하지만, 넓게는 인류 전체에 포함됩니다.

이들의 감각은 극도로 내재적이어서 감정 표출의 기복이 심하지 않을뿐더러 거의 무반응에 가깝습니다. 고도로 발달된 이들의 침전된 감정은 외부 표출을 극히 꺼립니다.

못 느끼는 게 아니라 안 느끼고 싶은 사람들입니다.

민감하게 느끼면 느낄수록 반응해야 할 시간, 대상, 비용이 상대적으로 늘어난다는 점을 잘 알기 때문입니다. 표현하고 싶은 감정의 여력이 남아 있지 않기 때문에 자신의 감각 에너지를 선호하는 대상에만 탐닉합니다. 다시 말해 다양한 변화가 급속하게 지나가는 도심 생활에서 웹툰webtoon과 같이 자기 동굴 속 아바타와 교류하기만을 선호하기 때문입니다.

그래서 거대한 불의는 참을 수, 아니 적당히 간과할 수 있어도 사소한 불이익은 절대 참을 수 없는 것입니다. 개인의 인권 보장과 자유의 향유라는 이름하에 사회정의나 공중도덕은 사라진 지 오래입니다. 개인의 자유가 소중하지만 개인의 무리인 '집단'의 전체적 균형 또한 간과할 수 없기에 공동체적 자유주의를 강조한 샌델의 주장이 그 어느 때보다 설득력 있게 들립니다. 개인의 취향과 공동체 질서의 조화!

어느 하나가 다른 하나를 깨뜨리지 않으면서도 질서 속에 발전하는 것, 이것이 경제성장에 어울리는 진정한 문화 선진국의 면모 아닐까요? 못 느끼는 게 아니라 안 느끼고 싶은 사람들.

이는 외부적 요구에 눈·귀·입을 의도적으로 닫고 사는 것을 안락함이라 믿는 현대인의 성향을 잘 나타내줍니다. 커널형 스마트 영장류의 출현, 10년 후 어떤 유형의 인간으로 진화할지 자못 궁금해집니다. 싫든 좋든 이 '예의 바른 싸가지들', 아니 좀 더 정확하게는 '예의를 갖춘 싸가지들'이 바로 한국의 미래이고 후손이자 1979~1992년에 출생한 에코세대Eco-generation입니다. 휘발된 장미 향기에 인간 향수를 뿌려야 할 요즘입니다.

 ## 13.3인치의 즐거움, 페이스북

온 세상이 하나의 색깔로 물든다면 어떨까요? 노을빛이 사라진 암흑의 하늘을 아름답다고 할 사람은 없겠지요. 심지어 푸른빛을 잃은 밤바다는 차라리 두려움으로 다가옵니다. 온 세상이 분홍색 꽃으로만 뒤덮이면 그 꽃이 아무리 아름다운들 어디에 쓸까요? 식상한 나머지 모든 사람이 색맹이 되겠지요. 해바라기가 아무리 아름다워도 모조리 노란빛으로만 도배된다면 정신착란을 일으킬 겁니다.

다양한 색깔의 인간 군상이 만나는 곳, 페이스북! 한때 'TGIF'라는 말이 유행했었지요. 이전에는 유명 프랜차이즈 레스토랑 'Thank God! It's Friday'의 머리글자였지만, 요즈음에는 'Twitter, Google, I-Phone, Facebook'의 머리글자를 통합한 신조어로도 쓰입니다. 공개형 SNS의 대명사 페이스북은 한국 싸이월드의 국제 버전으로, 사진첩, 일기장, 일촌 맺기, 파도타기 등을 대폭 개선한 것이 그 골자를 이룹니다.

SK기업이 개발했던 '싸이'월드는 너와 나 사이를 뜻하는 '사이'를 경음화한 말이자 '싸이버' 월드의 줄임말로, 고등학교 졸업 후 헤어진 친구를 찾는 웹사이트 아이러브스쿨의 후속판이었습니다. 지금은 개인정보 유출 문제로 사용자가 현저히 줄어들었지만, 싸이월드의 원천 기술 대부분이 페이스북에서 고스란히 재현되었습니다.

이러한 네트워크의 기반이 되는 것은 '정보망grapevine'으로, 이는 의사소통 경로가 직선이 아닌 포도 덩굴처럼 얽혀 있어 신속하게 정보를 습득할 수 있는 반면, 소문을 사실로 왜곡할 수 있는 양면성을 지닙니다.

트위터나 페이스북으로 대변되는 가상세계는 언어와 이미지가 무차별적으로 공중 유포되고, 수단이 쾌락으로 쾌락이 단발성 수단手段으로 발전하는 현장으로서, 끊임없는 변화와 자극을 통해 다양한 인간이 조화를 이루는 풍성한 재래시장 같은 곳입니다. 그러나 막연한 '카더라' 식 소문이 기정사실로 둔갑할 때 루머와 관련된 당사자는 치유할 수 없는 상처를 입습니다. 무심코 올린 악플에 자살하는 연예인이 늘어나는 것이 바로 그 사례입니다. 그래서 만인을 위한 이 소통공간은 또 다른 이에겐 폐쇄공간이 됩니다. 과속 열풍, 고속 성장 이면에서 한 번쯤은 반추해야 할 대목입니다. 사이버세상에서 대부분의 사람은 상대를 이해할 의도로 듣기보다는 반응(댓글)하기 위해 듣는 척합니다. SNS가 지닌 야누스의 얼굴입니다.

인터넷 세상에서 네티즌 12억 명을 이어준 약관 30세의 청년 마크 주커버그Mark Zuckerberg. 과연 그가 꿈꾼 세상은 무엇이었을까요?

가상세계에서도 최소한의 에티켓이 필요하다는 것은 여러분도 다 아실 겁니다. 선플이 네티켓으로 자리 잡아야 할 때입니다. 그런데도 가상공간이라는 이유로 여과되지 않은 온갖 광고와 정치선전 및 잡동사니 정보들이 실시간으로 공유됩니다. GPS를 통한 위치 수집으로 빅데이터 논쟁이 격렬한 화두가 되기도 했지요.

타인의 관심 여부는 전혀 아랑곳하지 않고 음식 사진, 친구 사진, 여행 사진들을 마구 올려댑니다. 특정인과 무관한 불특정 다수를 말하는 것이니 부디 오해 없으시길 바랍니다.

누가 물어는 봤나? 당신이 해외출장 간 것에 대해 누가 궁금해하던

가요? 부모와 친인척에게 안부는 묻지 않으면서도 페이스북 친구에게는 꼬박꼬박 보고하고 출장과 여행을 떠납니다. 당신이 유명인사를 만난들, 좀 유별난 곳에서 식사를 한들 그게 뭐가 대수인가요? 당신이 트레비 분수Fontana di Trevi에 간 사실을 누가 알고 싶어 하는데요? 일방적으로 품위 있게(?) 들이대고, 사랑과 관심을 애교스럽게 구걸합니다. 이 점에서 인간은 누구나 후천성 사랑(관심) 결핍자입니다. 지나치게 현학적인 저만의 표현일까요?

그런데 어쩌겠습니까? 이 모든 행위가 자기 행복하자고 몸부림치는 제법 고상한 이기주의자들의 깜찍발랄한 발버둥인 것을! 자세히 들여다보면 각양각색이면서도 서로 닮아 있는 게 신기할 따름입니다. 재치발랄한가 하면 터프하고, 디테일하면서도 은근히 고집 세고, 너그러운 듯 보이지만 장미 가시처럼 금기 영역을 한사코 경계하는 결기 넘치는 사람도 더러 있습니다. 징검다리에 발목 적시며 시내 건너듯 서로에게 다리가 되어 서로 닮고 비슷한 이들을 찾아내는 재미가 제법 쏠쏠합니다. 생활습관처럼 오늘도 페이스북 담벼락에 올라온 댓글을 보며 뻔한 격려와 위로cliche 속에 계산된 미소를 짓고, 때로는 새로운 활력까지 얻곤 합니다.

글과 사진으로 자신을 드러내기에 포장에 비해 표현이 과장된 듯해도 결국에는 자기 모습이 말갛게 드러납니다. 바닥이 거울인 우물처럼 아무리 숨기고 에둘러도 본성이 읽힐 수밖에 없습니다. 바쁘고 잘나갈 때는 끊임없이 자랑하고, 심심하고 짜증날 때는 조용히 잠수 탈 수 있는 곳. 오늘도 우리는 그곳에 실시간 접속합니다. 제레미 리프킨Jeremy Rifkin의 예측인 '접속의 시대'가 그대로 실현된 것입니다.

저 역시 이 펀fun한 중독 때문에 형님, 아우, 선배, 교수님이라 불리며 관심이란 이름으로 길들여지고 있습니다. 이유야 어찌되었건 오늘도 저는 페이스북 친구들이 그립습니다. 그저 클릭 한 번의 거리에서 실시간으로 체크되는 판옵티콘panopticon처럼 일방적으로 감시당하는 카타르시스가 그리 기분 나쁘지 않습니다.

매일 아침 같은 장소에서 조깅하던 사람이 안 보이면 궁금해지듯이 낯선 익숙함, 고상한 일탈, 가끔은 도발적 농담과 계산된 아부 속에서 저는 저와 동시대를 사는 인간 군상들이 연출한 단면들을 즐겁게 훔쳐봅니다. 아니 공개적으로 엿봅니다.

그런데 페이스북은 누가 만든 거죠? "오늘 수업 여기서 끝!"이라고 하면 "누가 수업 끝이래?" 하며 누군가 튀어나올 것 같습니다. 공감 댓글은 센스! 엣지 있는 센스를 가진 당신은 진정한 페이스북 친구입니다. 지나친 과신은 금물이지만 오랜 찌르기poke 끝에 성사되는 오프라인 번개모임도 은근히 재미있습니다. 참고로 회비는 1/n이랍니다.

 도시의 이중성

앞서 지적한 대로 엘룰은 현대인을 '행복한 저능아'로 불렀습니다. 우리의 자화상을 오래전부터 예측한 듯합니다. 그는 1936~1939년 즈음 프랑스 정계에서 활동했고, 1940~1944년에는 레지스탕스 운동에 가담했으며, 1953년부터는 프랑스 개혁교회의 지도자로 활동한 인물입니다. 그를 견인한 두 사상은 성경과 마르크스의 자본론으로서 양자 간 이론적 화해를 시도했지만 현실적으로 성공하지는 못했습니다.

특히 창세기부터 요한계시록까지를 연구한 엘룰의 책 『도시의 의미 The Meaning of the City』(1970)는 '기술에 의한 진보'를 도시의 표상으로 설정하면서, 이를 신을 향한 인류의 반역으로 규정한 바 있습니다. 최초 살인자 카인^{Cain}이 인류 최초의 도시를 세웠다는 점에 근거해서 말이죠. 그에게 도시는 일종의 대응창조$^{counter-creation}$로서, 신으로부터 독립된 안전한 장소를 모색하려던 노력이었습니다.

성서의 도시는 이해와 교제가 불가능하다는 뜻의 '바빌론^{Babylon}'이란 이름으로 명시된 바 있습니다. 도시를 향한 신의 저주는 거주민을 향한 것이라기보다 그 내면에 흐르는 도시의 정신에 관한 것으로, 모든 도시는 자체적인 자율을 추구하려는 특징을 지닙니다. 도시는 그 자체를 다른 도시와 분리시키는 경향이 있다는 뜻입니다. 도시는 그 자체의 삶을 경영하는 일종의 폐쇄된 공간으로, 특히 상업과 산업 자본주의가 지배할 경우 건강한 인간관계를 망가뜨리고 파괴합니다.

그렇다고 완전히 절망할 일은 아닙니다. 비록 소돔^{Sodom}이 파괴된다고 해도 니네베^{Nineveh}는 회개를 통해 구원받기 때문이죠. 그러나 그 구원은 도시를 사로잡고 있는 영적 권세를 넘어뜨려야 가능합니다. 예루살렘은 예외입니다. 예루살렘 역시 다른 도시와 같이 대안 창조에 해당하지만, 창조주는 그 가운데 거하기로 결정하셨습니다. 신이 도시를 저주했지만 도시 전체가 저주의 절망 가운데 멸망하도록 내버려두지 않는다는 겁니다. 하지만 완전한 구원의 시점이 도래할 때까지 도시는 한시적으로 소외의 장소일 수밖에 없습니다. 도시 전체는 그 안에서 사는 사람들을 모두 노예로 삼으려 합니다. 또한 도시는 그 구성원들이 도시의 이익에 봉사하게 하는 필요의 질서를 강요합니다.

그런데도 도시는 다른 한편에서 인간 존재를 완전히 보존하기 위해 신적 질서를 유지하고 있습니다. 이런 면에서 도시는 파괴와 유지를 반복하는 변증법적 성격을 지닌다고 하겠습니다. 도시 없는 생활은 상상이 불가능합니다. 도시는 인간이 살아가는 필요불가결한 공간이면서 동시에 인간의 삶을 극단적인 소외로 이끌어갑니다. 이 인위적인 소외로부터 고립되지 않는 방법은 무엇일까요?

 ## 고독과 고립

지방에서 도시로 이주한 1인 가구가 의외로 많다고 하네요. 가족과 헤어져 사는 주말 부부는 물론이고, 타의에 의해 불가피하게 혼자 사는 독신인구가 늘어나면서 고독 관리 시스템을 개발해야 한다는 목소리가 날로 커지고 있습니다.

『고독이 나를 위로한다 Die hohe Schule der Einsamkeit』(2006)의 저자 마리엘라 자르토리우스 Mariela Sartorius는 이렇게 말합니다. 고독이 정말로 나를 위로해줄까? 사람들이 정말로 두려워하는 것은 '홀로 있는 것'이 아니라 '외톨이로 여겨지는 것'이라고.

혼자서 잘 지내는 사람에게 괜히 전화해서 밥 먹고 영화를 보자는 게 바로 이런 상황을 가리키나 봅니다. 프랑스의 계몽주의자 루소도 한마디 보태는군요. "사막에서 혼자 사는 것이 사람들 사이에서 혼자 사는 것보다 훨씬 덜 힘들다"고 말이죠.

그렇습니다. 진짜 외로움은 주위에 아무도 없을 때가 아니라 많은 관계 속에 살면서도 진정으로 소통하지 못할 때입니다. 혼자라는 사실, 혼자 남겨질 것이라는 두려움이 우리를 외롭고 힘들고, 때로는 두렵게 합니다. 외로울 때의 반응은 주로 두 가지로 나타납니다. 외로움을 즐기는 것과 외롭다는 사실을 숨기는 것이 그것입니다.

사회적 존재인 인간은 불필요한 오해에 부딪히는 게 싫다는 이유로 자기 내면과 전혀 다른 방어기제를 형성합니다. 겉모습이 까칠해 찬바람이 쌩하게 부는 사람일수록 감수성이 여리고 인정이 따스한 사람입니다. 다만 불편한 관심에 반응하기 귀찮아 쌀쌀한 표정으로 대구하는 것입니다. 비록 최소한의 자기방어기제라도 지속되다보면 이상형이 다가와도 까칠하게 대하다가 오해를 받곤 합니다.

반대로 아주 예외적인 경우이긴 하지만 혼자 있는데도 당당한 사람이 더러 있습니다. 진짜 부러운 사람들입니다. 혼자 밥 먹어도 청승맞게 보이지 않는 사람들이 그들입니다.

네덜란드에 솔로 전용 레스토랑이 있다고 합니다. 암스테르담 근처에 위치한 레스토랑 '엔말EENMAAL'은 디자이너 반 고어 Van Gore 가 설계한 곳으로, 혼자 식사하는 사람에 대한 사회적 편견을 깨기 위해 디자인했다고 전해집니다. 일본에도 1인당 한 테이블이 배정되는 솔로 전용 식당이 있는데, 전문직 독신 남녀들에게 인기가 높다고 합니다. 심지어는 TV 모니터 앞에서 혼자만의 먹방을 통해 불특정 다수와 소통하는 비디오자키도 있다니, 별난 고독이지만 참 재미있는 세상입니다.

그러면 고독과 고립의 차이는 무엇일까요?

'고독'이 특정 목적을 이루기 위한 자발적 분리라면, 고립은 사회 부적응으로 인한 외부적 혹은 타의적 격리에 해당합니다. 자세히 보니 우리 주변에 미성숙 혹은 편(향된)성숙으로 인한 적응 장애자가 늘어나고 있습니다. 워크맨세대에서 커널형 이어폰족까지, 너 나 할 것 없이 자기 동굴 속에 안주하는, 이른바 스마트한 소외의 전형이라 하겠습니다.

이들은 혼자만의 세상에서 격리된 이기주의를 통해 자기 동굴 속 독거를 능동적으로 즐깁니다. 자신이 좋으면 그만이랍니다. 공중도덕도 전혀 신경 쓰지 않습니다. 이들이 세상 밖으로 나와 연출하는 모습은 실로 살풍경합니다. 낯선 익숙함, 군중 속의 고독, 이어폰으로

틀어막은 혼자만의 세상에서만 흥얼거리는 소리 없는 아우성, 심지어는 방귀를 뀌어도 정작 자신은 소리를 듣지 못하는데 주변 사람들이 쳐다보는 경우는 참으로 황당합니다. 조용한 절규, 우아한 냉혈인, 침착한 사이코패스, 단아한 살인자, 그리고 친절한 '웬수'들입니다. 아주 비정상적인 것마저 개성으로 치부되는 요지경 세상입니다.

 ## 결혼, 이혼, 재혼

결혼했으면 가정생활을 즐거워해야 하고, 혼자 살면 싱글의 삶에 만족해야 합니다. 행복이 결혼 자체와는 별 상관이 없으나 사람들은 혼자 살면 외롭고, 같이 살면 거추장스러워합니다. 그래서 독거와 동거를 오락가락하며 사랑의 울타리를 벗어나 혼자 사는 것인데, 이를 출가가 아니라 가출이라 합니다.

그럴 일도 없겠지만, 수녀가 귀찮아서 스님이 되겠다고 하면 그 또한 가출입니다. 진정한 출가는 혼자 살아도 외롭지 않고, 같이 살아도 귀찮지 않은 것입니다. 혼자 살아도 더불어 살 수 있고, '같이' 살아도 가치 있는 삶을 공유하는 것이 가족공동체의 행복입니다. 솔로천국을 외치는 이 땅의 수많은 싱글에게 한마디 충고합니다. 가출하지 말고 출가하세요.

미셸 몽테뉴 Michel de Montaigne 의 말이 정곡을 찌릅니다.

결혼은 하나의 새장과 같다. 어떨 때는 안으로 들어가고 싶어 안달하는 새장 밖의 새를 보고, 다른 때에는 밖으로 나가고 싶어 발버둥치는 새장 안의 새를 본다.

결혼은 해도 후회하고 안 해도 후회한다지만, 요즘은 시각이 조금 바뀐 듯합니다. 결혼을 잘하면 두 배로 행복하고, 최소한 결혼을 잘못했다고 해도 둘 중 하나는 철학자가 됩니다. 많은 사람이 완벽한 대상을 만나면 그때 결혼하겠다고 다짐하는 모습을 보곤 합니다. 제발 꿈 깨시기 바랍니다.

스티브 도나휴Steve Donahue는 『사막을 건너는 여섯 가지 방법Shifting Sands: A Guidebook for Crossing the Deserts of Change』(2004)이라는 책에서 사막에서 완벽한 준비가 가능한지 자문해보라고 말합니다. '당신은 완벽하게 준비된 상황에서 결혼했던가요? 해고될 때 새 직장을 찾을 준비가 되어 있었던가요?' 아울러 그는 말 그대로 완벽하게 준비되어 있지 않다는 사실을 받아들이고 나면 캠프파이어에서 떠나기 쉬워질 것이라고 말합니다.

조건이 완벽하게 준비되지 않았어도 마음가짐과 각오만은 단단히 준비되어 있어야 합니다. 결연한 의지로 준비하지 않은 결혼은 오히려 불행을 낳는 결별의 기회가 될 수 있습니다. 다소 시대착오적인 잔소리로 들릴지 모르지만 박종화 시인은 「나의 하나 남은 옛날 친구」에서 배우자를 친구로 생각하라고 충고했습니다.

매년 5월 21일은 부부의 날입니다. 결혼해서 40년이 지나야 진짜 부부가 된다고 하지 않던가요? 험한 세상에서 평생지기로 동행한다는 것이 쉽지만은 않습니다. 사심 없이 낭랑 18세에 결혼해 60년을 해로하며 초야에 묻힌 노부부가 오늘따라 더 존경스러워 보입니다.

허기진 솔로가 아름다운 듀엣으로, 그리고 행복한 삼중주 혹은 콰르텟quartet으로 이어질 때마다 새로운 신비의 단면이 드러납니다. 독주보다 협주, 독창성보다 협창성이 더 아름다운 이유는 모든 결혼식이 주는 경이감이자 신비로움 때문입니다. 하지만 이러한 신비의 과정에서도 극복해야 할 현실이 적지 않습니다.

사랑은 눈을 멀게 하고, 결혼은 눈을 뜨게 한다는 말이 있습니다. 눈을 뜨고 나니 뜨겁고 달콤했던 감정의 유효기간 3년이 지나갔고, 뒤이어 찾아온 권태감을 이기지 못하고 이혼하는 부부가 늘고 있다니 매우 안타깝습니다. 최근에는 황혼이혼까지 다반사라니 다시 돌아볼 일입니다.

결혼은 상대에 대한 이해 부족 때문에 하는 것이고,

이혼은 서로에 대한 인내 부족 때문에 하는 것이며,

재혼은 과거에 대한 기억 부족 때문에 하는 것이다.

부족함 때문에 갈라서지 말고, 그 부족을 채우기 위해 동행하십시오. 그것이 부부이고 결혼생활입니다.

 부부에 대한 새로운 정의

"맛있어?"와 "맛이 써!"

35세의 P씨는 전문학교를 졸업하고 이탈리아의 한 요리학교에서 2년간 연수를 지낸 일급 요리사입니다. 그는 A호텔 양식당의 부주방장으로 스테이크 요리 솜씨가 일품인 것으로 정평이 나 있습니다. 이 레스토랑에 우연히 들른 32세의 여성 B씨는 중견회사의 팀장으로, 평소이 식당을 즐겨 찾았습니다. 그 신비한 맛에 반한 B씨는 종업원에게 화를 내며 주방장을 보자고 했습니다. 사실은 그 요리의 주인공을 실제로 보고 싶어서였습니다. 여성고객 앞에 나타난 P씨는 얼굴이 발갛게 달아올라 안절부절못하며 서 있었는데, 자세히 보니 P씨는 용모도 매우 괜찮았고 친절한 매너까지 돋보이는 훈남이었습니다.

그날 이후 두 사람은 연락처를 교환하고 예쁜 사랑을 가꾸어나갔습니다. 즐거운 데이트를 한 지 10개월이 되던 화창한 가을날, 이들은 많은 사람의 축복을 받으며 백년가약을 맺었습니다. 비록 자녀는 없었지만 3년 동안 알콩달콩 행복하게 살았습니다. 그러던 어느 날 아내 B씨는 청천벽력 같은 종합검진 결과를 받습니다. 유방암에 자궁암까지……. 이들 부부는 잘나가던 직장을 뒤로하고 척박한 귀농을 택했습니다. 자연과 호흡하고 유기농 채소를 먹기 위해서였습니다.

신선한 채소 위주의 식단을 권한 의사의 말에 따라 남편 P씨는 매일 아침 항암제를 갈아 섞은 신선한 채소 샐러드를 정성스레 만들어주었습니다. 이런 생활을 한 지 3개월, 별다른 차도가 없던 아내는 갑자기 짜증을 냅니다. 아이가 없다는 자괴감과 잘나가던 직장을 그만두고 사랑하는 남편을 생고생시키는 것이 못내 미안했던 모양입니다. 그날 아침 남편은 평소보다 더 신경 써서 채소 샐러드를 만들었습니다. 한 숟갈 입에 떠 넣어주고 아내에게 물어봅니다.

"어때? 내가 만든 샐러드 맛있어?"

아내는 볼멘소리로 대답합니다. "맛이 써!"

이를 잘못 알아들은 남편은 "얼마나 맛있는데?" 하며 또 한 번 묻습니다.

그러자 아내가 접시를 물리며 신경질을 부립니다. "맛이 쓰다고!"

부부 사이에 어색한 침묵이 흐릅니다. 겸연쩍은 남편은 "알았어, 내가 미안해. 내일은 달게 만들어줄게……"라고 말합니다. 이들 부부는 부둥켜안고 하염없이 펑펑 울었습니다.

하늘을 원망하던 이들의 넋두리는 6개월이 지난 요즘 산책 덕분인지 항암 수치가 떨어지는 작은 기적으로 바뀌었습니다. 부부란 무엇일까요? 사이버세상의 친구 맺기 이상으로 평생을 동행하는 반려자이자 일촌입니다.

가정의 달 5월을 맞아 한 TV 프로그램에서 부부 100쌍을 대상으로 설문조사를 실시했습니다. 문항은 단 하나, 내일 다시 태어나도 현재 배우자와 다시 결혼하고 싶은 사람이 있으면 손들어 보라는 것이었습니다.

그런데 100쌍의 부부 중 오직 두 쌍만 손을 들었습니다. 한 쌍은 결혼한 지 두 달 된 20대 후반의 신혼부부였고, 다른 한 쌍은 팔순이 넘은 노부부였습니다. 사회자가 노부부에게 결혼 60년 동안 그리도 금실이 좋은 이유가 무엇이냐고 물었습니다. 노년의 할아버지가 던진 한마디가 촌철살인입니다. "내가 한 60년 살아보니 말이여, 낯선 사람을 만나 티격태격하는 것보다 이미 잘 길들여진 사람하고 사는 게 훨씬 더 행복하당께." 이 한마디에 온 객석이 초토화되었습니다.

그렇습니다. 외모가 결혼생활의 행복을 유지하는 데 기여할 확률은 15% 미만이라네요. 그러면 행복한 결혼이 비극적인 파국으로 떨어지는 이유는 무엇일까요? 바로 성격 때문이랍니다.

흔히 말하는 성격 차란 타고난 유전적 성격personality의 차이이기도 하지만 성性의 격格, 즉 'Sexual Communication' 차이일 경우가 더 많습니다. 후자는 나이가 들면서 점차 둔화되고, 전자는 이해와 배려 섞인 대화를 통해 충분히 극복할 수 있습니다.

부부란 자고로 결혼해서 아이 낳고 30년이 지나야 진짜 부부가 된다던 어머니의 충고를 이제야 이해할 것 같습니다. 진짜 멋있는 부부는 노년에 더 아름답습니다. 아침마다 함께 산책하고, 주말마다 손잡고 산에 오르며, 매달 한 번 외식하고, 영화 한 편 보러 다닐 수 있다면 아주 멋있고 성공한 부부입니다. 서로 부딪히고 보듬으면 취미도 식성도 닮아가게 되어 있습니다. 다음의 글에는 평범하지만 깊은 진리가 담겨 있습니다.

> 스무 줄은 아기자기하게 살고
> 서른 줄은 눈코 뜰 새 없이 살고
> 마흔 줄은 서로 못 버려서 살고
> 쉰 줄은 못내 가여워서 살고
> 예순 줄은 서로 고마워서 살고
> 일흔 줄은 등 긁어주는 맛에 산다고 안 혀요?

배우자의 사명은 실패와 실수를 지적하는 것에 있지 않고, 실패와 실수를 덮어주는 데 있습니다.

남편과 아내는 배우자의 약점을 찾아서 일일이 지적하고 비판하기 위해 각 가정에 보내진 스파이spy가 아니라, 배우자의 부족한 파트part를 메우기 위한 파트너partner입니다.

삶에 힘겨워하는 반쪽이 축 처진 어깨를 하고 있을 때 나머지 반쪽이 건네는 격려의 말 한마디가 행복한 가정을 지탱하는 버팀목이 됩니다. 부부는 서로 경쟁하는 '여야' 관계가 아니고 서로 존중하는 '여보야' 관계입니다. 부부를 서로의 '존재의 근거'라 부르는 이유가 바로 여기에 있습니다.

배우자의 체면을 깎으면 결국 자기 체면이 깎이는 것이고, 배우자를 높이면 자기가 높아집니다. 배우자를 울게 만들면 자기 영혼도 울게 될 것이고, 배우자를 웃게 하면 자기 영혼도 웃게 될 것입니다. 배우자는 서로를 더 깊이 알기 위해 '배우자Let's learn together'고 외치며 같은 방향을 향해 나아가는 동반자입니다. 반려동물 하나쯤은 동반 여행의 윤활유가 될 수도 있습니다.

부부간 갈등이 말해주는 유일한 메시지는 나를 동반자로 존중하고 대화의 훌륭한 파트너가 되어달라는 것과 다름없습니다.

 흥미, 재미, 의미

요즘 들어 주변에서 사는 게 재미없다고 푸념하는 사람들을 자주 봅니다. 하루하루 삶을 전쟁 치르듯 치열하고 팍팍하게 살아가는 개미들의 모습이 바로 우리의 현주소입니다. 수많은 제도와 감시 속에 사람들은 하루 평균 70여 차례 'CCTV'의 감시를 받으며 철저하게 원자화되어 살고 있습니다. 이럴 때일수록 '따로 그리고 함께' 사는 '디지로그'의 융합이 필요합니다.

'사는 게 재미없다'는 말은 '흥밋거리'가 없다는 뜻이고, 이는 삶이 의미 없다고 느끼는 무료함으로 이어집니다. 물론 주체적인 느낌과 외부환경으로 인한 느낌이 다를 수 있습니다. 대안으로 등장한 인위적인 재밋거리가 본성에서 우러나오는 흥미를 유발하지 못하기에 삶이 더 밋밋해지는지도 모르겠습니다. 그나마 인위적인 재미마저도 돈 없으면 즐길 수 없는 게 요즘 현실입니다.

그렇다면 이 모든 것이 과연 누구의 탓일까요? 바로 우리 탓입니다. 외부에서 오는 재미보다 내부에서 솟구치는 흥밋거리가 있을 때 비로소 삶의 의미를 찾게 됩니다. 약간의 돈, 감동적인 책 한 권, 진심어린 칭찬 한마디면 나른한 오후가 불타는 금요일 회식으로 이어질 수 있습니다. 그리 어렵지 않습니다.

흔히 공급과 수요의 밀당이 자연 경제의 시장 논리라지만, 그 시장도 수익성이라는 이름 아래 부도덕하기는 마찬가지입니다. 순수한 관심의 표현이 관계 회복의 열쇠입니다. 저는 언어를 통해 상대를 이해하기를 좋아합니다. 언어는 존재의 집이기도 하지만 내면을 반영하는 거울이기 때문이죠. 어느 성직자의 말씀을 제 나름 패러디해보았습니다.

잘난 척하는 사람은 그 속에 공허함을 감추기 위함입니다.
있는 척하는 사람은 그 속에 궁핍함을 감추기 위함입니다.
아는 척하는 사람은 그 속에 무식함을 감추기 위함입니다.

이른바 3척(잘난 척, 있는 척, 아는 척)이 문제입니다. 소화할 수 없는 음식을 무리하게 섭취하다가 대장, 소장, 십이지장에서 막히는 것을 '체'했다고 합니다. '척'하는 사람이 '체'하는 법입니다. 무리하게 욕심내면 반드시 탈이 나는 것입니다. 영어에 "Do not take too much more than you can chew"라는 말이 그냥 있는 게 아닙니다.

언어는 개인의 내면을 측정하는 바로미터입니다. 날아간 화살처럼 주워 담을 수 없는 것이 말이라지요. 천 냥 빚을 갚는 것도, 10년의 우정을 한 방에 훅(?) 가게 만드는 것도 결국 말 한마디입니다. 유순한 대답이 분노를 잠재우는 대신 과격한 말은 '노를 격동시킵니다'. 말 한마디만 맛깔스럽게 해도 점심식사를 대접받을 수 있습니다. 다만 눈치채지 못하게 하는 것이 포인트입니다. "언니, 오늘 스카프 진짜 잘 어울리네요. 혹시 그분이 사주신 거예요? 진짜 부럽다……."

식사까지는 아니어도 최소한 커피 한잔은 대접 받을 것입니다. 믿으셔도 좋습니다.

'현학'에 대한 사전적 정의는 자신의 학문이나 지식을 스스로 뽐낸다는 뜻으로, 흔히 논문이나 전문적인 글에서 이론적 근거나 실력이 부족할 때 자신의 약점을 감추기 위해 사용하는 의도적이고 인위적인 과장법입니다. 쓸데없이 외래어나 전문용어를 쓰고, 누구나 알 만한 단어인데도 (괄호 안에) 원어를 표기함으로써 자신의 유식함을 드러내려는 '지적 과시'입니다. 상품의 본질이 약할 때 포장지가 현란한 것과 마찬가지입니다. 대학 신입생들을 위한 과목 가운데 '글쓰기'라는 과목이 있습니다. '컴퓨터의 이해', '한국의 역사'와 같은 과목과 더불어 대부분의 대학에서 교양 필수과목으로 지정하고 있습니다. 그 가운데 글쓰기와 관련된 참고서들을 보니 훌륭한 글에는 대략 7가지의 원칙이 있는 것 같습니다.

① '있다', '것', '수' 등과 같은 불필요한 보조 삽입어간이 없습니다. '싸우고 있다'를 '싸운다'로, '왔던 것이다'를 '왔다'로, (병에) '걸릴 수도 있다'를 '걸릴지 모른다'로 표현해야 힘 있는 글이 됩니다.

② 불필요한 수동태는 가능한 한 쓰지 않는 것이 좋습니다. 과도한 수동태 글은 독자들에게 소극적으로 보이고 서양식 표현처럼 보이며, 출처가 불분명하거나 얼버무릴 때 자주 등장하는 문법입니다.

③ 정작 하고 싶은 말을 다했으면 과감히 마침표를 찍어야 합니다.

④ 장식적 표현, 과장된 표현은 없을수록 좋습니다. 중요하지 않은 단어는 생략해도 전체 맥락에서 의미 왜곡이 없습니다.

⑤ 동작 묘사는 짧게, 사색 전달은 길게, 분노를 표현할 때는 스타카토로 표현하는 것이 이해하기 쉽다고 하네요.

⑥ '그리고', '그래서', '하지만' 등의 접속사는 생략해도 의미를 전

달하는 데 지장이 없습니다.

⑦ 반복 단어, 중복 의미, 토씨를 걸러내는 것이 간결한 문체의 장점입니다.

그렇다면 해학은 무엇일까요? 이를테면 흥부가 부르는 「볼기짝 타령」은 비극을 해학으로 처리하면서 민중의 넉넉한 낙관주의를 보여준 사례입니다. 구수한 해학과 신랄한 풍자가 곁들여진 고대 소설은 조선 후기의 사회상을 반영하는 거울이기도 합니다. 흔히 세상사를 겪으면서 인간의 부족함이나 불완전성을 익살스럽고 우스꽝스럽게 표현하는 말이나 행동을 일컫습니다.

그런데 일반적인 경우와 달리 예외적인 경우 심각한 비판을 해학적으로 표현해 상대의 정곡을 찌르는 촌철살인의 저격화법도 있습니다. 부드러운 미소 속에 감춰진 조용한 위압이 이에 속합니다. 이때의 해학은 신랄한 충고를 익살이라는 칼집에 가둔 비수에 비유되곤 합니다.

한편 미학은 어떨까요? 미학은 자연에서 인생이나 예술작품이 지닌 아름다움의 본질 혹은 형태를 연구하는 학문으로, 생각과 느낌을 심미적으로 극대화함으로써 전달 효과를 배가시키는 기술로 풀이되곤 합니다.

관료사회에서 자신의 입지를 각인시키기 위해 교묘하게 등장하는 교언영색巧言令色이나 젊은 학자들에게서 심심찮게 등장하는 현학적 표현보다 진술하면서도 담백한 미학적인 심성이 훨씬 더 고상해 보이는 것은 당연한 이치입니다. 과거 조선시대의 사림士林들이 끼리끼리 당을 이뤄 상호 비판하고 견제하던 것이 붕당정치였다면, 오늘날 학교 선후배 사이를 빌미로 자신의 외연을 확대하고 출신 대학이나 전공을 공개적으로 내세워 은근히 젠체하는 스노비즘snobbism도 세

번 이상 접하면 눈살이 찌푸려집니다. 이쯤 되면 당신도 제게 은근히 현학적이고 스노비즘에 길들여진 것 아니냐고 반문할지 모르겠습니다. 물론 저 역시 이로부터 완전히 자유로울 수는 없습니다만, 굳이 해명하자면 예를 들기 위해 전문용어가 등장하는 것은 '최소한의 불가피함'으로 이해해주셨으면 합니다.

어느 회식자리에 가보면 주최자는 밥값을 내면서도 필요할 때 한두 마디 던지는 것 외에 자신의 손님이 즐겁게 대화하는 것을 지켜보면서 행복해하는 경우가 종종 있습니다. 이런 사람들은 절제와 숨김의 미학을 터득한 사람들로 중요한 일을 부탁할 때 거절할 수 없게 만드는 매력의 소유자들입니다.

앞서 제2장에서 말한 대로 식사에는 세 가지 종류가 있습니다. 생존을 위한 식사, (문화)생활을 위한 식사, 관계 유지나 개선을 위한 식사가 그것입니다. 라이벌이나 상사의 초대를 받았을 때는 진수성찬이라도 지극히 경계해야 합니다. 솔로몬 왕은 이렇게 경고합니다.

네가 관리와 함께 앉아 음식을 먹게 되거든 삼가 네 앞에 누가 있는지 생각하며, 네가 만일 음식을 탐하는 자이거든 네 목에 칼을 들이대라. 그 진수성찬을 탐하지 마라. 그것은 너를 속이는 음식이기 때문이다.

먹기를 탐하기보다 함께하는 상대의 마음을 헤아리는 것이 훨씬 더 중요합니다. 그렇다고 음식을 자유롭게 즐기는 행복감까지 포기하라는 뜻은 아닙니다. 진정으로 즐겨야 다음 약속으로 이어지기 때문입니다.

길들여진 욕구

한번은 편의점에 들렀다가 깜짝 놀란 적이 있습니다. 손님들이 가장 많이 찾는 품목이 음료수인지라, 통상 음료수 냉장고는 제일 깊숙한 곳에 자리하고 있습니다. 동선을 늘려 소비를 부추기려는 기업의 속셈인 거죠. 그런데 신종 음료들이 이름을 다 외우지 못할 정도로 많다는 사실에 다시 한 번 격세지감을 느낍니다.

몇 년 전 코카콜라의 자매음료 스프라이트는 '당신의 갈증에 복종하라'라는 카피를 내세운 광고를 한 적이 있습니다. 아마도 우연이겠지만 이 광고는 칸트의 통찰력을 담은 것으로 보입니다. 우리가 스프라이트, 코카콜라, 환타 한 캔을 집어 들면 그때 우리는 마시는 자유가 아닌 길들여진 욕구에 복종하는 것입니다. 샌델은 이를 "내가 선택하지 않은 욕구에 반응하면서 내 갈증에 복종하는 행위"라고 불렀습니다. 섬뜩한 지적이 아닐 수 없습니다. 우리 시대의 석학인 이어령 선생께서 어느 TV 강연에서 하신 말씀입니다.

콜라 맛밖에 모르는 젊은이여! 인간의 삶은 맹물과 같다는 점을 잊지 말게나. 물은 색깔이나 향기도 없는 액체지만 삶의 깊은 갈증을 느낀 자만이 그것의 경이로운 미각과 향기를 맛볼 수 있다네. 콜라 같은 채색된 생을 찾을 것이 아니라 진정한 물맛을 깨닫기 원한다면 먼저 생의 조난자가 되기를 바라네.

인위적인 것이 아무리 멋져 보여도 자연스러운 아름다움을 대신하지는 못합니다. 가장 멋진 디자인은 대자연에서 온다고 하지 않던가요? 인조장미보다 연못가에 핀 소박한 수선화에 더 눈길이 가는 것은 독특한 감성을 지닌 저만의 센티멘털리즘일까요?

사람들은 흔히 타고난 천성과 후천적 교육이 인간행동에 미치는 영향을 두고 설전을 벌입니다. 스프라이트를 먹고 싶다는 욕구는 유전자에 생득적으로 새겨진 욕구일까요? 아니면 광고에 자극받은 욕구일까요? 내 행동이 생물학적으로 결정된 것이든 사회적으로 길들여진 것이든 진정으로 자유로운 행동은 자율적으로 행동하는 것이겠지요. 자율적 행동이란 천성이나 사회적 관습이 아닌 내가 나에게 부여한 법칙에 따라 행동하는 것을 말합니다. 이때 자율적인 행동이 공공선과 충돌하지 않아야 한다는 점이 중요합니다. 하고 싶은 것을 마음대로 할 수 있는 자유는 보통 수준의 자유입니다. 좀 더 성숙한 자유는 위해한 요소를 자발적으로 금하고, 진정한 가치를 지닌 채 특정한 방향으로 나아가는 자유여야 합니다. 하지 말아야 할 것을 스스로 절제하는 것이 최고의 자유입니다. 여러분은 길들여진 욕구로부터 진정 자유로우신가요?

 몸, 몸매, 몸짓

한국 사회에서 성공하려면 해당 분야의 전문성 못지않게 외모와 인상도 중요합니다. 특히 여성들은 보이게 보이지 않게, 알게 모르게 한국 사회에 만연한 외모 지상주의의 압박에 저당 잡혀 있습니다. 방학마다 성형외과는 문전성시를 이루고, 피트니스센터 등록은 도시인의 필수가 된 지 오래입니다. 문제는 무리한 다이어트로 건강을 해치는 경우입니다.

대부분의 여성은 길에서 자기보다 더 예쁘고 날씬한 여성을 보면

'쟤는 반드시 성형수술을 했을 것'이라고 단정합니다. 몸무게가 52kg
인 마른 비만이 있을 수 있는데도 말입니다. 한국인의 경우 체지방이
전체 몸무게에서 25% 이상이면 비만이라 하지요. 120kg의 씨름선수
가 비만이 아닌 근육질 몸매이고, 52kg 이하의 가녀린 여성도 엘리베
이터에 타서 '삐' 소리를 들으면 자신을 비만으로 착각하는 것이 요
즘의 세태입니다.

몸은 망가져도 몸매만 가꾸면 된다는 '별난 열심'이 온 국민을 몸
짱 열풍으로 몰아가고 있습니다. 몸짱 아줌마의 헬스 장비와 다이어
트 식품의 연간 매출이 천정부지로 상승하는 것만 봐도 외모에 대한
시간과 물질 투자는 이제 문화 트렌드로 자리 잡은 듯합니다.

초콜릿 복근에 'S라인' 허리를 가져야만 반드시 매력적인 것은 아
니지만, 그저 편안한 정도의 몸매에 자신 고유의 멋을 잘 살리기만 해
도 멋과 맵시를 충분히 살릴 수 있는데 말이죠. 요즘 각광 받는 서비
스 산업 가운데 이미지메이킹이라는 분야가 있습니다. 고객 서비스
Customer Service 산업에서 출발한 이 산업은 인성, 적성 검사와 더불어
취업 준비생들의 필수 과정으로 자리 잡아, 간단한 화장법과 맵시 나
는 의상 코디는 물론 자신의 피부색에 맞는 컬러 상담까지 해줍니다.
최단시간에 그 사람의 매력을 극대화시키겠다는 것이지요.

그리 나쁘지 않은 시도지만 이미 만들어진 이미지에 겉모습만 살
짝 바꾼다고 해서 과연 그 사람의 내면 유전자까지 개조할 수 있을지
는 의문입니다. 이와 관련해서 이미지메이킹 산업과 지성 코디를 병
행해주는 멘탈메이킹 산업은 왜 활성화되지 않는지 궁금합니다. 서
로 비슷한 경계선을 넘나드는 자기 계발서 등에서 간접적으로 다뤄
지기는 하지만, 내용이 고만고만하고 깊이가 결여된 것이 대부분이
라 추천하기에는 조금 망설여집니다.

오늘날에는 움직이는 1인 기업의 시대, 바야흐로 개인 미디어의 시대가 열린 만큼 인도어^{indoor} 에티켓이든 아웃도어^{outdoor} 매너든 그 어떤 형태의 이미지메이킹이라도 자신의 품격을 멋지게 꾸미는 노력은 나름 괜찮은 부지런함입니다. 다만 겉모습에 쏟는 노력과 열정 이상으로 정신이나 문화적 수준에도 투자해야겠지요. 고전을 재해석한 인문 교양 서적 읽기를 추천합니다.

이야기가 좀 빗나갔지만 암튼 요즘 사람들의 매력은 몸과 몸매에서 끝나지 않고 몸짓으로까지 연장됩니다.

미국 과학전문매체 라이브사이언스닷컴^{livescience.com}은 최근 명품 핸드백이나 의상에서처럼 신체 언어도 재력 과시의 수단이 될 수 있다고 보도한 바 있습니다. 미국 캘리포니아 대학의 한 연구진은 서로 모르는 대학생 100명을 두 명씩 짝지어 60초 동안 대화를 나누게 하고, 이를 비디오로 촬영해 이들의 신체 언어로 상대방에 대한 관심도를 평가하는 실험을 했습니다. 그 결과 소리 내서 웃거나 눈썹을 치켜올리는 등의 행동은 상대에 관심을 보이는 증거인 반면, 자기 매무새 가다듬기나 딴청 부리기, 꼼지락거리기 등은 상대에 관심이 없음을 나타내는 행동으로 분류되었습니다.

아울러 연구진은 참가자들의 부모가 어떤 사회경제적 지위^{Socio-Economical Status: SES}를 갖고 있는지도 조사했는데, 부모의 SES가 높을수록 상대에 대한 무관심을 동반한 '무례한' 행동을 보인 반면, 부모의 SES가 낮은 대상은 상대에게 진지한 관심을 보이면서 예의 바르게 행동한다고 분석했습니다.

예를 들어 SES가 높은 대상은 주변에 물건이 있을 때 그것을 가지고 약 2초간 꼼지락거린 반면, SES가 낮은 사람은 그런 행동을 전혀 하지 않았습니다. 또한 SES가 높은 사람은 잠깐씩 자기 매무새를 가

다듬었지만, SES가 낮은 사람은 그렇게 행동하지 않을 뿐 아니라 SES
가 높은 사람과 비교할 때 고개를 끄덕이고 소리 내서 웃거나 눈썹을
치켜 올리는 행동을 1~2초 더 길게 하는 것으로 나타났습니다. 연구
진은 이와 관련해서 "실험에서 나타난 것은 불과 몇 초 차이이지만 1
분이라는 시간을 고려하면 사실은 엄청난 차이"라고 설명했습니다.

이들은 이런 경향이 동물적 본능으로부터 나온 것이라며, SES가
높은 사람의 동작은 마치 공작새의 화려한 꼬리처럼 '나는 건강해',
'나는 네가 필요 없어'라는 메시지를 던지는 것이라고 분석했습니다.

즉, 동물세계에서는 지위를 둘러싼 갈등이 자주 벌어지지만 사람
의 경우 이런 갈등을 피하기 위해 이런 식으로 '나는 너보다 한 수준
높으니까 괜히 엉기지 마'라는 경고를 보낸다는 것입니다. 한편, SES
가 낮은 사람들은 별로 가진 게 없어서 다른 사람에게 더 의존할 수밖
에 없고, 따라서 타자를 밀어낼 형편이 안 된다고 평가했습니다.

통유리로 반짝거리는 최신식 유비쿼터스 빌딩 1층 커피숍에서 뒤
꿈치를 내보인 채 엄지발가락으로 하이힐을 깔딱(?)거리는 모습이나,
지하철에서 멋진 의상을 입은 여성이 자기 앞에 서면 넥타이를 고쳐
매고 자세를 가다듬는 쩍벌남들은 이제 매너 교육 좀 받아야 합니다.
바야흐로 겉으로 내보이는 외모뿐 아니라 내면에서부터 풍기는 매너
도 경쟁력인 시대입니다.

부실한 몸에 명품으로 휘두른 몸매보다 자신의 일에 흠뻑 젖은 젊
은 몸짓에 더 눈길이 가는 것은 저만의 과민한 반응일까요? 누구라도
두 번 눈길을 주는 사람이 되면 좋겠습니다.

당당한 매력

매력이란 우리 내면에서 가장 아름답고 위대한 것을 끌어낸 사람들이 소유한 조금 특별한 그 무엇입니다. 자신을 돌아보면서 스스로 빛나게 행동하면 주변에 사람들이 모입니다. 모든 리더십은 자신의 인품을 닦는 것에서부터 출발합니다. 나 자신이 바로 스스로에게 믿음직한 리더임과 동시에 내가 이끄는 최초의 추종자인 것입니다. 이것이 최근에 회자되는 셀프리더십 self-leadership 의 핵심입니다.

저는 당당한 여성을 좋아합니다. 항간에 '된장녀'라는 말이 회자된 적이 있었지요. 많은 남성이 명품을 선호하는 여성을 비난할 때 쓰던 이 표현 이면에는 여성의 욕구를 충족시켜줄 능력이 부족하거나 결핍된 남성의 열등감이 일면 숨겨져 있습니다.

당당함이란 비싼 물건으로 치장하지 않아도 자연스럽게 배어 나오는 자신감입니다. 진짜 당당함은 잘난 척, 똑똑한 척, 있는 척하지 않고, 건방지거나 도도하지 않으면서도 자신을 존중할 줄 아는 지혜입니다. 당당함은 사랑스러운 자신을 가장 멋지게 표현하는 자신감으로 스스로에게 떳떳하고 자신으로부터도 자유로운, 그야말로 침착한 여유에서 나옵니다.

남자든 여자든 자신감 넘치는 리더는 어디서든 뒤뚱거리지도 땅땅거리지도 않고 언제나 당당합니다. 그들은 사람을 좇아가지 않고 사람들이 자신을 좇아오도록 끌어당깁니다. 그래야 사람들이 마음에 들기 위해 노력하고 그들을 탐구하기 시작할 테니까요!

남자나 여자나 자신의 말을 잘 들어주는 이성을 원할 것 같지만 막상 그런 이성을 만나면 긴장감이 없고 설레지도 않을뿐더러 지루함까지 느낍니다. 사랑이란 이름으로 상대를 구속하지 않기를 바랍니다. 방법이 그르다면 이미 사랑이 아닙니다. 왜냐고요? 느낌 아니까!

　매력적인 리더이기에 인기가 있는 것이 아니라 인기가 있기 때문에 매력적인 리더인 것입니다. 당당한 리더는 대의와 소명을 추구하기 위해 타인으로부터의 인정 욕구에서 자유로운 사람입니다.

　부와 지위에 얹힌 인정은 외생변수일 뿐입니다. 그보다 더 중요한 것이 개인적인 대의나 소명을 위해 열정적으로 집중하게 만드는 내생변수입니다. 직과 업을 합쳐 직업으로 버티던 과거와 달리 글로벌 시대에는 '안정된 직'이라는 말 대신, '인정된 업'이 각광받는 시대입니다. 우리가 종종 합리화하는 것 가운데 하나는 그다지 좋아하지도 않는 일을 꽤 잘하기 위해 노력한다는 점입니다. 꽤 잘하는 것과 탁월한 능력 사이에는 엄청난 차이가 있습니다. 그것은 마치 반만 채워진 인생과 오래 지속되는 성공의 차이와 같습니다.

　사람들의 직업 선택 기준을 보면 그 차이가 드러납니다. 우리는 어떤 직업이 지위를 주거나 '안전한' 선택이라고 판단하기 때문에 그 직업을 택합니다. 그러나 그 선택에 진정한 의미가 없다면 지속적인 성공과 무관할 뿐 아니라 중장기적으로도 안전하지 않습니다.

　루저는 주어진 조건에서 장애요인을 보지만, 리더는 장애환경에서 기회요소를 발견합니다. 한번쯤 들어본 말이죠? 바로 긍정심리학의 대가이자 에이브러햄 매슬로Abraham Maslow와 함께 '낙관적인 귀책 사고'라는 신조어를 주조한 마틴 셀리그먼Martin Seligman의 말입니다. 그는 자신의 책 『학습된 낙관주의Learned Optimism』(2006)에서 비관주의자들은 낙관주의자들이 성공으로 보는 세 가지, 즉 널리 퍼져 있고, 영원하며, 개인적인 것들을 모두 실패로 해석하는 경향이 있다고 분석했습니다.

　그는 비관주의자들이 모든 기회에서 난관을 찾아내는 반면, 낙관주의자들은 모든 난관에서 기회를 찾아낸다는 링컨의 말을 인용했습니다. 링컨은 성장과정에서 깊은 우울증을 경험하고 가장 어두웠던 순간에 내면의 자신에게 말을 걸어 숱한 난관을 이겨낸 인물로 평가됩니다.

당당한 리더가 되기 위해서는 부당한 관행에 맞서 정당함을 추구하는 용기를 가져야 합니다. 그들은 '사회적 압력 때문이 아니라 사회적인 압력이 있음에도' 일을 주도했던 열정의 소유자들이었습니다. 이를 만델라 효과라 합니다.

누군가 성공을 오래 지속하고 있다면 그것은 그 사람이 완벽하거나 운이 좋아서가 아니라 자신에게 소중한 일을 줄기차게 밀어붙인 용기 때문입니다. 그들에게는 남들이 사랑하는 것보다 자신이 사랑하는 일에 정서적으로 더 몰입했다는 공통점이 있습니다. 끌리는 사람에게는 뭔가 다른 1%가 있답니다. 당신의 1%는 무엇인가요?

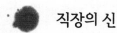 직장의 신

대학 진학률이 43% 미만인 유럽과 달리 80%가 넘는 한국에서 여러분은 구직난과 구인난을 동시에 겪고 있다는 말이 이해되시는지요? 말이 안 될 것 같지만 사실입니다. 괜찮은 직장을 찾는 취업 희망자들과 쓸 만한 직원을 찾는 기업의 잘못된 만남이 한국 청년 실업의 현주소입니다.

연애, 결혼, 출산을 포기한 이른바 3포세대는 출구가 보이지 않아 끙끙 앓다가 김난도의 『아프니까 청춘이다』를 집단적인 신경 안정제처럼 복용해왔습니다. 3~4년 공무원 시험 준비로 노량진 학원가를 전전긍긍하면서 2000원짜리 컵밥에 불어터진 라면이 지겨울 정도가 되면 '아픈 청춘, 너나 하세요!'라는 탄식이 일상의 고백이 됩니다. 뾰족한 수가 없어 자격증 시험 문제집을 공부하다가 책상에 엎어진 젊음들.

문제집 위에 번진 침 자국과 얼굴에 남은 줄 자국이 지난한 청춘의 하루를 보여줍니다. TV 드라마 <9회말 2아웃>에 "20대! 빛나는 청춘이지 않냐? 희망이 밥이고, 도전은 생명이고, 기적은 옵션이고, 실패는 거름이다"라는 대사가 나옵니다. 언제 들어도 가슴을 울리는 말 아닌가요?

결심을 적은 빛바랜 포스트잇이 세월의 아픔을 달래줍니다. 이제 내년이면 서른 살이 되는 이들에게는 또다시 두 권의 책이 눈에 들어오겠지요. 『서른 살이 심리학에게 묻다』와 『서른 살이 심리학에게 답하다』가 그것입니다.

책을 다 읽을 즈음이면 친구의 취업 소식에 기쁘기도 하고 다른 한편으로는 서글프기도 합니다. 예의 없이 들이대는 '청첩 문자'는 염장을 지릅니다. 아, 우리들의 일그러진 영웅은 활짝 핀 꿈에 부풀어 창공을 날아야 하는데, 화창한 날씨마저 심기를 불편하게 만드는군요. 무공훈장처럼 아이디카드를 목에 걸고 지나가는 직장인 남녀의 손에 들린 별다방, 콩다방 커피 향이 오늘따라 왜 이리도 잔인하게 향기로운지요? 하늘을 향해 이유 없는 한숨을 뱉어보지만, '젠장!' 떨어지는 벚꽃 잎은 하필이면 왜 내 눈 위에 떨어지는가 말입니다.

오늘도 빽빽한 강의실에는 땀에 찌든 청춘들이 치열한 정글에서 살아남기 위해 7급 공무원 시험에 도전합니다. 학원 강의가 끝나니 어느덧 저녁 10시! 무심코 TV 채널을 돌리니 김혜수, 오지호 주연의 <직장의 신>이 마침 잊혀가는 꿈을 상기시켜주네요. 출퇴근이 자유롭고 개성이 톡톡 튀는 계약직? 글쎄 현실적으로 가능할까요?

금융계에서 고졸 신입사원을 뽑는 것은 지극히 예외적인 사례로 전시행정의 단면이라고 할 수 있습니다. 이는 취업시장에서 좌절한 청년들에게 던지는 가장 그럴듯한 연출처럼 보입니다. 진정성 어린 미끼라고나 할까요?

연말 연예대상 시상식에서 드라마 <직장의 신>이 대상을 받은 것은 무엇을 의미할까요? 상당한 역량과 스펙을 지닌 여성 직장인이 안정된 고수익의 정규직 대신 자유로운 계약직을 통해 얼마든지 행복을 누릴 수 있다? 글쎄요, 제 눈에는 흔하지 않은 역설을 극적으로 호도한 드라마처럼 보일 뿐입니다. 암튼 드라마는 대다수 계약직 직장인에게 어설프게나마 희망과 용기를 주려 했나 봅니다.

그래 힘내라! 비정규직이면 어떠랴? 나 자신 역시 잠재적 절대 다수의 일원이라는 사실에 상대적 위안을 얻을 뿐입니다. 때로는 카타르시스를, 때로는 냉정한 질타를, 궁극적으로는 따뜻한 손을 내미는 이 드라마를 통해 많은 청춘은 편안한 안락사에 빠져듭니다. 밤 11시! 컵라면에 물을 붓고 다시 문제집을 펼칩니다. 1년 후 연봉 2800만 원 계약직에 둥지를 틉니다.

청운의 꿈을 품고 회사에 뼈를 묻을 각오였으나 하나둘 이직하고 전직하는 걸 보면서 또다시 갈등에 빠집니다. 직원은 월급 한 푼 더 주는 곳으로 미련 없이 떠나고, 회사는 실적 없으면 가차 없이 잘라버리는 야박한 현실에서 애사심을 기대하는 건 애초부터 무리입니다.

직장에 열심히 다니는 이유는 단 하나입니다. 직장에 머무는 하루 8~10시간이 고스란히 내 인생이기 때문입니다. 바로 옆자리 선배의 책상에 놓여 있는 소설이 궁금해서 힐끗 쳐다봅니다. 미치 앨봄Mitch Albom이 쓴 『모리와 함께한 화요일Tuesdays With Morrie』입니다. 모서리가 접힌 페이지를 여니 아직도 형광펜 자국이 선명합니다. "나는 30대의 꿈 많은 청춘을 좀 더 두꺼운 월급 봉투, 늘어난 뱃살, 엉성한 대머리와 바꿔버렸다." 후회는 없지만 그래도 마음 한구석에는 그것이 최선이었을까 하는 의문이 남습니다. 25년 직장생활을 마치고 명퇴하는 상사의 잔주름이 그 해답을 말해주는 듯합니다. 소리 없는 눈물이 흘러내립니다. 우리 아버지, 나의 삼촌도 그랬을 것이기 때문입니다.

창가에서 캔 커피를 뽑아 드니 신문 기사 하나가 눈에 들어옵니다. 갤럽이 2년마다 애사심에 관한 설문조사를 한 결과 응답자 3명 가운데 1명이 자신이 하는 일이나 다니는 직장에 강한 애착을 느낀다고 답했다는 소식입니다. 자신이 하는 일에 '열심이다', '몰두하고 있다', '열성적이다', '헌신한다'라고 답한 사람이 30%였다니. 2010년 조사에서는 28%가 이렇게 대답했다고 하네요. 여성이 남성보다 일에 더 강한 애착을 보였는데, 여성은 33%, 남성은 28%였답니다.

이로부터 유추할 수 있는 사실은 회사와 일정한 거리를 둔 '프리랜서 스타일'의 직원이 회사가 경영위기를 겪더라도 평정심을 유지할 가능성이 크고, 회사 문제로 받는 스트레스가 적다는 사실이었습니다. 과연 직장의 신은 실제로 있을까요? 아니면 그렇게 되라는 것인가요? 의문을 던질수록 애매해지는 물음입니다. 긍정하기도 부정하기도 어려운 데자뷔입니다.

 ## 우리 시대의 도민준과 천송이

한 인터넷 포털에서 조사한 바에 따르면 시대마다 인기를 끈 이름

구분	여자 이름	남자 이름
1945	영자	영수
1948	순자	영수
1958	영숙	영수
1968	미경	성호
1975	미영	정훈
1978	지영	정훈
1988	지혜	지훈
1998	유진	동훈
2008~2009	서연	민준

자료: 위키피디아 '시대별 가장 흔한 이름 10선'을 참조하여 필자 재구성.

이 각각 다르다고 합니다. 이른바 각 시대가 낳은 이름의 인기도가 작명에도 큰 영향을 준다는 것이죠.

1980년대 등장한 철수와 영희는 동화 속 주인공으로 근대화 과정에서 한국이 낳은 러브스토리의 전형이었습니다. 이는 연극과 뮤지컬을 통해 러브스토리의 세계적 전설^{steady seller} 이 된 윌리엄 셰익스피어^{William Shakespeare} 의 원작 <로미오와 줄리엣^{Romeo & Juliet}>의 한국판 버전인 셈입니다.

2014년 초겨울을 녹인 TV 드라마 <별에서 온 그대>(이하 '별그대')는 소치 동계올림픽의 열기 속에서도 30%의 시청률을 올리며 종영했습니다. 판타지 소설과 영화는 재미도 없을뿐더러 흥행하기도 힘들다는 편견을 보기 좋게 깨뜨렸습니다.

순간 시청률이 가장 높았던 장면의 명대사 한 구절을 인용해보겠습니다. 천송이(전지현 분)가 (독백하듯이) 훌쩍이며 대사를 읊습니다. "도민준 씨 예고도 없이 그냥 그렇게 갑자기 사라지는 것 힘들지 않으세요? 물론 그래서 더 사랑할 수 있기도 해요. 지금 내 앞에 있는 그 사람의 모습이 마지막일지도 모른다고 생각하면 그 순간이 정말 소중하거든요."

이렇게 고백한 후 천송이는 급성 스트레스로 인한 해리현상을 경험합니다. 정신과 전문의에 따르면 그 현상의 특징은 이성 간 빙의 doppelganger 현상의 변종으로서, 환자 내면에 침전된 채 숨어 있던 무의식이 평소와 전혀 다른 인격으로 나타나 환자를 지배하는 것입니다. 쉽게 말해서 지나친 몰입으로 꿈과 현실을 오락가락하는 혼미 상태라는 것이죠.

아주 멀리 옛날 초대교회의 열성적 신도들이 예수와 용모가 비슷한 선지자를 따르면서 그를 구세주로 오인·착각한 사례나, <겨울연가>의 주인공 배용준이 불붙인 욘사마 열풍에 일본의 중년 여성들이 기절한 현상과도 흡사한 측면이 있습니다. 심각한 경우 욘사마를 환상 속에 품고 다니면서 상상임신까지 경험하는 환자들이 있다니 드라마 한 편의 위력이 얼마나 대단한지 가늠할 수도 없습니다. '별그대'의 대사 한마디를 옮겨봅니다. "강한 남자보다, 멋진 남자보다 나를 아껴주는 남자가 여자에게 인정받는다. 인정받을수록 더 잘해주는 게 남자의 생리다."

'별그대'의 도민준은 강하고 멋진 것은 기본이고 자기 사람을 아껴주기까지 하니 어느 여자인들 먼저 사랑고백을 하지 않을 수 있겠습니까? 해외 명문대학 MBA에다 순간이동 초능력까지 가졌고, 한 영혼을 위해 별세계에서 성육신해 지구에 머무는 그 사랑의 깊이 앞에 많은 청춘 남녀가 가슴앓이를 했습니다. 그 앓음이 곧 아름다움의 원천인 줄 알기에 본방 사수를 위해 수요일과 목요일에는 회식 약속도 하지 않는 것이 예의였답니다.

2002년 드라마 <겨울연가>가 일본을 강타한 이후 원소스멀티유즈 One Source Multi Use: OSMU를 기반으로 중국 드라마 시장에 파장을 일으킨 '별그대'는 한류열풍의 새로운 자극제가 되었습니다. '별에서 온 그대'가 '변해서 온 그대'로, '변해서 온 그대'가 '취해서 온 그대'로 변하지 않기만을 바랄 뿐입니다.

이제 한류 드라마는 싸이의 「강남스타일」 흥행에 이어 제2의 전성기를 맞이했습니다. 많은 전문가는 케이팝의 스타^{star} 등급과 비교해 한류 드라마를 캐시카우$^{Cash\ Cow}$로 정의하는데, <겨울연가>의 일본 시장 흥행에 이어 2014년에는 '별그대'가 프로블럼 차일드$^{Problem\ Child}$와 도그^{Dog} 수준을 오가는 단계를 넘어 Star 수준으로 상승한 것으로 보입니다.[4] 그야말로 남존여비 시대의 도래입니다. 남자는 존귀하고 여자는 비천하다던 가부장 중심사회의 과거와 달리 남자의 존재가치는 여자의 비위를 잘 맞추는 데 있다니! 오호라. 요즘 남자들이 청혼하기 힘든 이유가 하나 더 늘어난 셈입니다.

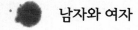

남자와 여자

에덴동산에서 오늘날에 이르기까지 한 시대도 빠짐없이 등장한 남녀의 러브스토리가 어쩌면 인류 역사 자체입니다. 남자와 여자는 출생의 기원이나 성장과정, 생존방식에서 많은 차이가 있습니다.

원시시대 남자들은 수렵과 채집을 통해 가족구성원의 생계를 책임져야 했기에 대외적인 활동과 사회적 이동이 잦을 수밖에 없었던

---

4 'Star'는 수익성과 성장가능성이 모두 높은 최고 단계이며, 'Cash Cow'는 당장의 수익성은 높지만 성장에는 한계를 지닌 산업을 칭하고, 'Problem Child'는 수익성은 낮으나 성장가능성은 무한한 산업을 뜻하며, 마지막 'Dog' 수준은 수익성과 성장가능성이 모두 낮은 사양성 산업을 나타내는 경제학 용어입니다.

반면, 여자들은 아늑한 장막 안에서 가사와 육아를 감당해야 했기에 생활패턴이나 사고思考 구조가 내향적일 수밖에 없습니다. 이런 이유로 결혼한 여성을 안사람이라는 뜻의 내자內子라고 부르나 봅니다.

계몽주의 시대, 역사의 주변부에 있던 여성들은 살롱Salon 문화의 태동과 함께 역사의 중심부로 발을 들여놓기 시작했습니다. 사회적 활동과 현실 참여의 기회가 높아진 것입니다.

양성평등이 정착되어가는 요즘은 남녀의 기능이나 역할상의 경계가 많이 사라졌습니다. 남성의 전유물로 여겨졌던 정치인, 경제인, 교수, 법률가, 작가는 물론 경찰이나 군대에서까지 우먼파워가 빛을 발하고 있습니다. 남성 위주의 외벌이 시대에서 양성평등의 맞벌이 시대로 변한 것입니다. 성Biological Sex 의 경계가 모호해진 유니섹스Uni-Sex 시대가 굳어지고, 사회적 성gender 의 장벽도 이전보다 많이 사라졌습니다.

그런데도 변하지 않는 사실이 있습니다. 남자와 여자는 선호하는 대상이나 추구하는 방식이 서로 다르다는 것입니다. 동일 장소에서 같은 영화를 봐도 남자는 영화 속 스포츠카Sports Car 와 첨단장비의 성능에 열광하는 반면, 여자는 분위기 있는 레스토랑이나 감미로운 음악, 혹은 가구나 의상에 눈길을 줍니다.

신체나 심리 구조에서도 남성은 공격적인 반면, 여성은 수비적인 자세로 과잉 경계할 수밖에 없습니다. 물론 개인 편차가 있을 수 있습니다. 남자는 외부적인 평판으로 자신의 존재가치를 드러낼 때 행복하고, 대부분의 여자는 사회적 지위보다 미모로 인정받을 때 더 행복하다고 합니다. 이러한 원칙에 근거해 사랑에 관한 남자와 여자의 견해 차이를 정리해보았습니다.

남자는 첫사랑을 '가슴'에 심는 반면, 여자는 첫사랑의 경험을 '기억'에 남깁니다. 남자들이 가슴에 묻은 첫사랑을 잊지 못하고, 여자들이 마지막 사랑을 지우지 못하는 이유입니다. 남자는 괜찮은 여자를 발견하면 어떻게 표현할까를 고민하고, 여자는 맘에 드는 남자가 다가오면 어떻게 숨길까를 고민합니다. 여자는 어떻게 옷을 입을까에 신경 쓰는 반면, 대다수의 남자는 어떻게 옷을 벗길까(?)에 예민한 듯합니다. 그래서 '옷이 날개'라는 말이 남자보다 여자에게 더 호소력이 있는지도 모르겠습니다.

이렇듯 남자의 사랑이 외향성을 띠는 반면, 여자의 사랑은 내향적입니다. 그래서 남자는 성격이나 경제적 능력으로 부족한 외모를 상쇄하려 하고, 여자는 외모로 성격적 결함을 은폐하려 합니다. 위장과 변신에 능한 여성이 화장에 남다른 신경을 쓰는 이유입니다. 기억 속에 그리워하며 그렸던 '그대'를 지울 수 없어 애꿎은 화장만 그렸다 지우기를 반복합니다.

헤어질 때도 남자의 결단과 여자의 미련은 묘하게 엇갈립니다. 애절하게 시작한 사랑이 식어가는 과정도 서로 다릅니다. 남자는 모든 여자에게 호기심을 갖는 반면, 여자는 자기에게 눈길을 주는 남자에게만 호기심을 갖습니다. 그렇게 서로 사랑하다가도 남자는 다른 여자와 사랑에 빠지면서 이별을 말하고, 여자는 그 남자의 사랑이 식었다고 배신감을 느낄 때 작별을 고합니다. 이후 상황이 더 흥미롭습니다. 남자는 실연당하면 다른 여자를 통해 그녀와의 추억을 잊으려 하고, 여자는 실연당한 후 다른 남자를 통해 그의 손길을 느끼려 합니다.

남자의 무관심은 그 자체가 무관심이고, 여자의 무관심은 질투일 가능성이 많습니다. 남자는 영화배우 같은 여자와의 사랑을 꿈꾸고, 여자는 영화 속 주인공 같은 남자와의 사랑을 꿈꿉니다. 남자는 자신이 첫 남자이기를 바라고, 여자는 자신이 마지막 여자이길 바라는 이

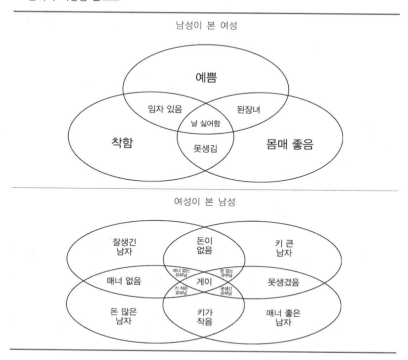

남성이 본 여성

예쁨

임자 있음 　 된장녀

날 싫어함

착함　　못생김　　몸매 좋음

여성이 본 남성

잘생긴 남자　돈이 없음　키 큰 남자

매너 없는 유부남　돈 없는 유부남

매너 없음　게이　못생겼음

키 작은 유부남　못생긴 유부남

돈 많은 남자　키가 작음　매너 좋은 남자

유는 무엇일까요? 남자의 공격적 성향이 치솟은 알프스 산에 비유되고, 여자의 은밀한 내면이 깊은 바다에 비유되는 이치와 연관이 있는 듯합니다.

　앞서 말했듯이 수렵과 채집을 통해 정글에서 자기의 활동영역을 넓히려는 것이 남자의 특징이라면, 안락한 장막에서 오순도순 아기자기하게 가족 돌보는 일에서 즐거움을 느끼는 것은 아주 오래전부터 여자들에게 학습된 삶의 방식입니다. 시대가 변하고 문화가 달라져도 남녀 간 사랑의 소통방식에는 큰 변화가 없습니다. 단, 청혼 멘트가 약간 달라졌다는군요. '저와 결혼해주실래요?' 하던 고전적 프러포즈가 '우리 하이마트 같이 가실래요?' 정도로 변했을 뿐이랍니다. 알다가도 모를 남녀의 사랑 이야기는 인류 역사의 항구적인 주제입니다. 무엇보다 남자는 (경제적) 능력, 여자는 (가슴 뛰게 하는) 미모가 우선인가 봅니다. 애써 부인해도 사라지지 않는 진리입니다. 242쪽에 남녀의 선호도를 절묘하게 보여주는 강력한 메시지를 담은 <남녀의 이상형 분포도>를 소개합니다.

 ## 팩션이 패션이다

지난 몇 년간 팩션^{fact+fiction}이란 말이 세간의 뜨거운 화두로 부상했습니다. 팩션이란 역사적 사실^{fact}이나 실존인물의 일대기에 작자의 상상력을 가미해 새로운 이야기로 각색한 장르를 말하는데, 최근 10년간 흥행했던 영화들이 모두 이에 속합니다. 고종황제가 숨겨놓은 국새를 찾아내 잃어버린 세월을 다시 찾자는 메시지를 담은 영화 <한반도>, 독립선언서의 진본을 찾는 과정을 다룬 영화 <내셔널 트레져^{National Treasure}>, 한반도의 데탕트^{détente} 시대에 무장공비로 낙인찍혀 억울하게 죽어간 자들의 이야기를 다룬 <실미도>, 2012년 말 대선 열기를 고조시키는 데 일조하면서 큰 흥행을 거둔 영화 <광해, 왕이 된 남자> 등이 그것입니다. 최근에는 이순신 장군의 탁월한 리더십을 다룬 <명량>이 관객 1700만 명을 돌파하면서 한국 영화사에 새로운 기록을 남기기도 했지요.

냉철한 낭만주의자인 저 역시 팩션 애호가로서 순수 역사의 대중화, 이른바 역사의 대중화 혹은 문화사에 깊은 관심을 갖고 있습니다. 역사 기록의 진위를 당대 정황에 맞게 검증하고, 그로부터 과거의 실체를 현재적 관점에서 재구성하는 일이야말로 역사학도들이 천착하는 분야입니다. 기록의 위조나 오전誤傳의 가능성을 배제하고 누적된 사실을 체계적으로 정리함으로써 특정 사관의 역사를 서술하는 것이지요. 관점이나 방점에 따라 서술이나 묘사 혹은 해석이 달라질 수밖에 없지만 역사적인 사실은 딱 하나밖에 없습니다.

그 하나의 역사history로부터 여러 개의 역사들histories이 파생됩니다. 전자가 사건으로서의 역사라면 후자는 전자를 개인의 삶에 적용해 자기만의 이야기를 재생산해내는, 이른바 과정으로 반복되는 역사, 즉 경험되는 '역사들'입니다.

사실과 기록record 사이의 공백을 상상력으로 메우는 사람이 대하소설가요, 드라마 제작자입니다. 여기서 역사가와 (대하) 소설가가 가끔 충돌합니다. 사극 또는 상술된 역사 영화들은 작가, 제작자, PD 등이 역사적 시뮬레이션을 통해 과거 사실과 당대 정황을 혼합한 뒤 그 안에 흥미로운 메시지를 넣어 제법 공감되는 상상력을 자극한 것으로, 이런 행위를 모두 역사 왜곡으로 일축하는 것은 그다지 바람직하지 않습니다.

이때 드라마나 영화가 주는 역사적 상상력은 사료에 기록된 사실 너머 역사적 사고의 지평을 넓히는 기능을 합니다. 관건은 사실의 허구화가 아니라 사실과 픽션을 구별하지 못하는 시청자나 관객의 혼동을 어떻게 최소화하느냐 입니다.

역사는 어렵고 고리타분한데 퓨전사극이나 영화는 재미있는 이 역설을 어떻게 설명할 수 있을까요? 비록 픽션이지만 TV 드라마 <해를 품은 달> 같은 퓨전사극은 척박한 일상을 살아가는 현대인에게 현실의 시름을 잠시나마 잊게 해주는 진통제 같은 역할을 함으로써 현실의 결핍을 대리 충족시켜주는 꿈의 기능을 감당합니다. 형태야 어찌되었든 사극 드라마 열풍이 일정 부분 역사의식 함양에 도움이 되기를 바랄 뿐입니다. 그것이 사실로서의 역사든, 혹은 과거의 재현이라는 '역사적' 의미로서든 모든 역사는 '우리 안의 과거'입니다. 그것을 재발견하는 희열이 우리가 사극 드라마를 보는 이유입니다.

 ## True Lies: 사실, 소설, 진실

특정 시점에 실제로 일어난 일이나 현재 벌어지는 일을 '사실'이라 합니다. 그러나 사실이 전달자의 해석을 거치면서 그 실체적 진실은 확대, 축소 혹은 왜곡되기도 합니다. 목격자의 증언이나 진술이 그래도 객관적이고 정확하지만, 현장에 있지 않은 독자나 시청자는 이미 메시지화된 소식을 접할 뿐입니다. 객관적인 보도와 주관적인 논평이 다르듯이 사실은 일어난 그대로 받아들여져야 하지만 보도매체의 입장과 전달자의 시각에 따라 뉴스는 사실과 다르게 묘사되기도 합니다. 팩트를 다루어야 할 기자와 언론이 특종을 위해 임팩트impact 있는 메시지로 편집하면서 당사자의 희비가 엇갈리기도 합니다.

역사학도인 저 역시 '관점으로 사실을 재단하는' 오류를 종종 범하곤 합니다. 일반인보다 빈도수가 적고 그 정도가 미미할 뿐이지, 있는 그대로 재구성해 전달하는 데는 한계가 있을 수밖에 없습니다.

예를 들어 길에서 예쁜 여자와 뚱뚱하고 못생긴 남자가 걸어가면 필시 저 남자는 회장님 아들일 거라고 추정합니다. 반대로 연예인 같이 반듯한 외모의 남자 옆에 다소 공감하기 어려운 여성이 걷고 있다면 아마도 부회장집의 딸일 거라고 추측합니다. 이를 '가용적 편향성 available bias'이라 부르는데, 허용가능한 정도의 편견이라 할 수 있습니다. 그러나 아주 자유분방하게 생긴 남녀가 나란히 걸으면 흔히 사랑에는 국경이 없다고 치부하고 맙니다. 관계에 대한 해석 자체가 불가능하거나 귀찮은 경우입니다. 이 세 경우 모두 남녀관계의 실체는 당사자에게 직접 물어보기 전까지는 그저 '추정'일 뿐 함부로 '간주'해선 안 됩니다. 추정은 반증이 나올 때 결과가 반전될 수 있지만 간주는 증거 발견 후에도 판결이 번복되지 않을 때 사용하는 법률 용어입니다. 또 다른 예를 하나 들어보겠습니다.

2001년 도쿄의 지하철 신오쿠보 역에서 당시 27세였던 한국인 유학생 이수현 군이 일본인 취객의 생명을 구해 일본 열도를 감동시켰던 적이 있지요. 이 아름다운 실화는 곧 2008년 <너를 잊지 않을 거야>라는 영화로 제작되어 국내에 소개되었고, 이어 의사자義死者로 지정되어 이 군의 고향인 부산에 추모비가 세워지기도 했습니다. 그런데 감동이 가라앉자 혐한嫌韓 정서를 지닌 극우파 일본인들이, 당시 현장에 한국인만 있었던 게 아닌데 왜 이 사건을 한류열풍과 연관 짓느냐고 말하다가 안팎에서 빈축을 사기도 했습니다.

최근 인기리에 상영된 영화 <국제시장> 역시 산업화시대의 부성애를 잘 그려냈다는 호평이 있었던 반면, 일각에서는 특정 시기 대통령의 근대화 치적을 기리기 위한 계산된 홍보라는 비판이 첨예하게 맞서기도 했습니다. 관점에 따라 해석이 달라지는 게 역사라지만 누가 봐도 객관적인 것은 액면 그대로 받아들여야 합니다. 물론 정도의 차이는 있겠지만 시시콜콜 삐딱하게 보기 시작하면 한도 끝도 없습니다. 전체 분량에서 에피소드 삽입이 흥행 요인상 불가피하다지만 기저에 깔린 숨은 메시지를 천편일률적으로 관객에게 전달할 수 없다는 것이 문화예술의 힘이자 난제입니다.

이때 중요한 것은 사실과 픽션의 경계 너머에 있는 진실입니다. 연극과 영화는 픽션인데도 감동을 주고, 정치는 현실을 다루면서도 눈살을 찌푸리게 한다면 역사는 어느 편을 들어줘야 할까요? 허구를 다루는 전자가 소설과 영화의 영역이라면 현실세계를 다루는 후자는 역사 중에서도 정치사에 해당합니다.

그런데 문제는 제도권의 주류학자들이 수많은 논문을 쏟아내는데도, 대중의 궁금증과 욕구는 전혀 해소되지 않는다는 데 있습니다. 이 점이 바로 정사正史에 기초한 순수역사보다 비사秘史나 상상력에 근거한 퓨전사극이 더 인기 있는 이유입니다. 퓨전사극은 역사의 문화화 혹은 문학화가 이루어지는 공간입니다.

2006년 지상파 방송3사에서 모두 사극 드라마를 방영했지요. <대조영>(KBS), <주몽>(MBC), <연개소문>(SBS)이 그것입니다. 시청률 경쟁을 넘어 당대의 화두는 고구려/발해에 대한 재조명이었습니다. 이른바 블라디보스토크와 압록강 주변 북한 지역이 원래 중국 영토였다고 주장하는 '동북공정' 논쟁이 한창이었죠. 역사적 고증을 얼마나 거쳤는지는 미지수지만 당시 방송사들은 한반도 주변국의 교묘한 역사 왜곡에 대국민 홍보교육을 펼쳐야 할 형국이었습니다.

역사가는 과거와 현재의 시차를 일시에 메우는 시대착오anachronism를 가장 혐오하는 반면, 대중은 시대착오와 상관없이 퓨전사극을 즐깁니다. 이때 퓨전사극이 주는 묘미는 '현실에서 실제로 일어난 역사'가 아니라 장기불황에 시달리는 대중의 기대, 이른바 특정 개인의 내면에 자리 잡은 '꿈과 희망의 역사'를 대신해주는 것입니다. 드라마 제작자에게 주인공은 실제 역사의 서술 대상이 아닌 당대의 암울한 세태를 구원해줄 영웅에 대한 투영일 뿐입니다. 요즘 시대에는 왜 저런 인물이 없는 거야? 이것이 시청자의 반응입니다.

사실을 기반으로 한 순수역사학은 소수의 진지한 학자 사이에서 우물 안 개구리처럼 다루어지는 반면, 엄밀한 사료의 검증을 거치지 않은 사극 드라마의 메시지는 감동적인 영상미와 플롯으로 문자기록의 역사를 대신합니다. 이제 드라마 제작자와 역사가가 만나 철저한 사료 검증을 거치면서도 재미와 흥행을 잡을 수 있기를 기대합니다. 필요하다면 저도 기꺼이 동참하겠습니다. 완성도 높은 콘텐츠는 대국민 역사교육의 매체로도 활용될 수 있을 것입니다.

사진도 예외가 아닙니다. 일제강점기 시절 일본의 사진작가들은 젖가슴을 드러낸 조선 여인의 모습과 말쑥한 차림의 일본군을 악의적으로 대비시키면서 일본군 '위안부'의 처참한 역사를 왜곡했습니다. 이는 특정 시대의 한 단면이 사진을 통해 하나의 사실로 둔갑하고, 이를 픽션에 삽입함으로써 사진 속 대상이 픽션의 주인공이 된다는 사실을 보여줍니다. 그렇다면 사진과 픽션 중 누가 더 진실을 말하고, 어느 쪽이 더 감동을 줄까요?

제2장에서 언급한 미국 사진작가 하인의 '사진은 거짓말하지만 거짓말쟁이들도 사진은 찍을 수 있다'는 말이 좋은 결론이 됩니다. 우리는 양심적인 사진작가와 정직한 사진을 통해 진실을 보기 원하는 것입니다.

 ## 스토리텔링에 관한 모든 것

요즘은 어딜 가나 스토리텔링, 북 콘서트, 토크쇼 열풍입니다. 시집 『외로우니까 사람이다』의 주인공 정호승 시인이나 그것의 2030세대 버전이라 할 수 있는 『아프니까 청춘이다』를 굳이 언급하지 않아도, 유명인사나 연예인의 자전적 고백이 꾸준한 인기를 끌며 대국민

상담자 역할을 하고 있습니다. 개인 생활의 치부마저도 실시간 검색어 1위라는 인기 앞에 서슴없이 공개되는 것이 요즈음 세태입니다.

올림픽 6회 연속 출전기록 보유자이자 소치 동계올림픽의 기수였던 이규혁 선수나 이승훈 선수는 그간 피나는 노력을 했는데도, 금메달을 따고 반짝 스타가 된 유명선수들 뒤에 조용히 묻히고 말았습니다. 어느 개그맨의 고백대로 '1등만 기억하는 더러운 세상' 때문인가요? 아니면 '승자의 기록이 역사가 되는 반면, 패자의 기록은 신화에 그치고 마는 역사적 생리' 때문인가요?

아무튼 평일, 주말 가릴 것 없이 저녁 시간대 시청률을 확보한 프로그램들이 토크쇼에 집중되는 것을 보면 그야말로 스토리텔링이 시대의 화두임에는 틀림없는 것 같습니다. <강연100°C>, <힐링캠프>는 말할 것도 없고 종합편성채널의 <황금알>, <동치미>가 스토리텔링의 진수를 보여줍니다.

인간이 이야기를 위해 태어난 것인지, 이야기가 특정 인간을 유명하게 만드는 것인지 도무지 분간이 안 될 정도입니다. 천신만고 끝에 부를 축적하고 대중의 인기를 누린 연예인이 어느 한순간에 마약 복용으로 구속되거나 비극적 자살로 마감하는 이유는 어떻게 설명해야 할까요?

그러한 극단적인 선택의 기저에는 인문학적 성찰의 부재가 깔려 있습니다. 산이 높으면 골짜기가 깊은 법! 삶이 주는 영욕과 굴곡에 대한 항체의 결핍이 찾아온 순간 모든 인간은 우울해지고 마침내 만사를 무의미하게 응시하게 됩니다. 체코 프라하의 민주화를 배경으로 한 밀란 쿤데라Milan Kundera의 소설『참을 수 없는 존재의 가벼움 Nesnesitelna lehkost byti』(1984)에서처럼 해방의 기쁨과 환희의 순간이 느닷없이 실존의 감기로 발전할 때 이를 치유해주는 것이 바로 스토리텔링의 힘입니다.

스토리텔링의 어원은 말 그대로 스토리story와 텔링telling의 조합으로, 전자는 경험이 섞인 이야기를 뜻하고 후자는 매체의 특성에 어울리는 표현수단을 의미합니다. 간단히 요약하면 스토리텔링이란 (개인의 경험이나) 이야기라는 콘텐츠를 전달효과가 높은 대중매체에 담아내는 것입니다. 이때의 대중매체는 콘텐츠 전달도구라기보다 그것을 담는 그릇에 해당합니다. 특정 개인의 이야기나 과거 사건이 기록이든 녹음이든 방송이든 특정 매체를 통할 때 비로소 역사로 기억된다는 점 때문에 '미디어가 곧 메시지'라던 캐나다의 미디어 비평가 마셜 매클루언Marshall McLuhan(1911~1980)의 주장은 강한 설득력이 있습니다.

내용의 경중과 상관없이 영향력 있는 대중매체의 경로를 탔다는 사실만으로도 스토리텔링의 주체는 금방 유명인사로 부상합니다. 제법 그럴듯한 신분의 저명인사들이 방송권력의 언저리에서 세련된 거지로 얼쩡거리는 이유입니다. 저 같은 사람은 왜 안 불러주는지 진짜 궁금합니다.

이 방송권력의 부정적 사례가 곧, 무명의 설움을 달래려 성 상납을 강요당한 여성 연예인들의 아픔을 대변합니다. 형태만 다를 뿐 오늘날에도 여전히 개인과 방송사의 이익 사이에서 아부와 칭찬의 경계를 아슬아슬하게 줄타기하며 치사한 먹이사슬을 먹고 물어야 하는 연예인들을 보면 가끔 불쌍하기까지 합니다.

저러면서까지 방송을 하고 싶은 것일까? 인기를 누릴 때는 언제고, 명예훼손으로 고발할 때는 언제인가요? 어차피 그 바닥이 그러려니 하며 인기가 절정일 때 한몫 챙기려는 한탕주의가 사라져야만 오랫동안 칭송받는 스타가 나오지 않을까요?

오드리 헵번Audrey Hepburn(1929~1993)은 1953년 아카데미 여우주연상과 진 허숄트Jean Hersholt 박애상까지 수상한 유명배우입니다. 그녀는 은퇴 후 아프리카 선교활동을 통해 아름다운 퇴장의 본보기를 보임으로써 전 세계 연예인의 귀감이 되었습니다. 그녀가 숨을 거두기 1년 전 크리스마스이브에 아들에게 남긴 유언을 토대로 샘 레벤슨Sam Levenson이 그녀의 일생을 회고하면서 헌정한 시 「세월이 알려주는 아름다움의 비결Time Tested Beauty Tips」이 오늘따라 새삼스러운 감동으로 다가옵니다.

아름다운 입술을 갖고 싶다면 친절하게 말하라.

사랑스러운 눈을 갖고 싶다면 다른 사람의 장점을 보라.

날씬한 몸매를 갖고 싶다면 너의 음식을 배고픈 사람과 나눠라.

아름다운 머릿결을 갖고 싶다면 아이가 네 머리를 쓰다듬게 하라.

아름다운 자세를 갖고 싶다면 인생에서 결코 너 혼자 걷고 있지 않음을 명심하라.[5]

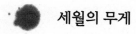 **세월의 무게**

세월에도 무게가 있을까요? 시간이란 측정 대상은 비물질적이어서 수치나 분량으로 정량화하기 어렵지만, '세월의 무게'라는 것이 있긴 있는 모양입니다.

---

5 이 시는 여러 사람의 오해와 달리 헵번이 지은 시가 아니라 레벤슨이 헵번의 일생을 회고하면서 지은 시입니다. 영어 원문은 http://www.robinsweb.com/inspiration/beauty_tips.html 참조.

흔히 말해 흘러가는 시간을 길고 멀리 볼 때 '세월'이라고 부릅니다. 20년 전이나 오늘이나 하루 24시간이라는 물리적 길이는 똑같지만 체감 길이는 확연하게 다릅니다. 30년 전 필름 카메라로 찍은 빛바랜 사진을 꺼내 보면 자신의 전근대적인 모습이 얼마나 촌스럽고 어색한지 정말 격세지감隔世之感을 느낍니다.

몸에서도 이상 징후들이 나타납니다. 몸이 말을 듣지 않는 것은 젊어서 내가 몸의 말을 듣지 않았기 때문입니다. 추적추적 비가 내리는 날엔 유난히도 무릎이 쑤시고, 잠시만 앉았다 일어나도 반사적으로 튀어나오는 말이 '아이고, 허리야'입니다. 혹자는 '아이고'가 최종 목적지를 향해 가는 'I go'라며, 웃지 못할 소리를 합니다.

나이 50이면 지천명知天命이라더니 반세기를 살다보니 '하늘의 경륜'이라는 걸 새삼 깨닫습니다. 20대에 야구선수를 지냈던 저 역시 '나는 절대로 안 늙을 줄 알았다'는 착각에서 벗어나는 데 긴 세월이 걸렸습니다. 3~4시간만 자고 일어나도 하루를 거뜬히 버텼던 청춘의 열정은 온데간데없습니다. 신진대사가 매우 더디게 진행되기 때문입니다.

이제는 하루하루가 다릅니다. 어깻죽지가 지끈거리고 등이 조금씩 굽습니다. 저는 하루 6시간 이상을 의자에 앉아 일하는 직업 탓에 허리가 S자로 굽었고, 그것도 모자라 앞쪽으로 기울기 시작하면서 신장이 20년 전보다 3cm나 줄었습니다. 예전이나 지금이나 식사량도 비슷하고 체중에도 변화가 없지만 외형적 부피만 커지는, 이른바 '나잇살'을 먹은 것입니다. 얼굴을 비롯해 가슴, 엉덩이, 뱃살 등이 점점 밑으로 처집니다. 잃어버린 탄력을 찾으려고 피트니스센터를 찾지만 가시적인 효과는 쉽사리 보이질 않습니다. 단지 나이가 들어 슬픈 게 아니라 나이 들어 몸은 말을 듣지 않는데 마음만은 여전히 청춘인 것이 서글픕니다.

인생사가 다 그런 거려니 하며 그냥 지나치려다가도 은근히 부아가 치밀어 오릅니다. 꾸준히 운동하면서 나름 관리도 잘 했는데, 어쩌다 이 지경이 되었는지. 마음은 팡팡 날아다니는데, 몸은 자꾸 굼떠지는 것이 한탄스럽습니다. 스마트폰 문자에도 오타투성이입니다. ('여보 사랑해'를 '여보 사망해'로 입력했다가 난리가 났다는 이야기는 이미 고전이 되었지요.) 왜 이렇게 굼뜨고, 서툴고, 둔감해지는 걸까요? 그저 즉각적인 행동보다 후속 결과까지 내다보는 내공이려니 하고 애써 자위해봅니다.

그러던 어느 날 20대의 하루 길이와 50대의 하루 길이가 왜 다른지를 깨달았습니다. 구약성서 시편 90편 10절에 "인생의 연수年壽가 70이요, 강건하면 80이라도 이 모든 수고가 슬픔뿐이라. 세월이 신속히 가니 날아간다"라는 말이 있는데, 딱 맞습니다.

평균 수명 80세에서 현재 나이를 뺀 숫자가 곧 자신이 느끼는 세월의 체감지수입니다. 예를 들어 20대의 하루는 남은 60년 세월 가운데 하루인 반면, 50대의 하루는 남은 30년 기간 중 하루이기 때문에 상대적으로 짧게 느껴집니다. 건강 100세시대인 요즘, 80대 어르신들은 대책 없이 세월만 연장한다고 해서 과연 행복할까 하는 시름에 빠집니다. 그래서 하늘나라 본향에 "빨리 가야지, 빨리 가야지" 하면서 '아이고I go'를 외치나 봅니다.

제가 깨달은 '세월의 무게'는 이것입니다. 가령 800mg짜리 음료수 한 병이 탁자에 놓여 있다고 가정해봅시다. 이 음료수를 잠깐 들었다가 다시 놓을 때는 무게를 느끼지 못하지만, 같은 자세로 30분만 들고 서 있어도 그 체감 무게는 엄청나게 늘어납니다. 탁자 위에 있을 때나 손에 들고 있을 때나 음료수 무게는 똑같이 800mg인데 말입니다. 이렇게 장시간 들고 있으면 엄청난 무게감에 눌리듯이 우리 인생에도 '세월의 무게'라는 게 있습니다. 입고 먹고 자는衣食住 것은 물론이고, 버스와 지하철을 타고 내리고, 사람을 만나고, 사회생활을 하는 것 자체가 예전 같지 않게 버겁습니다. 이 '세월의 무게'가 향후 30~40년을 더 버텨야 하는 가장들에게는 '내 어깨에 드리워진 삶의 무게'인 것입니다. 장차 '써야' 할 액수와 현재 '벌고' 있는 액수의 심한 괴리감에서 기인하는 경제적 압박감, 그냥 누워만 있어도 피곤이 가시지 않고, 침대에 누워도 눈만 감았을 뿐 뇌는 깨어 있는 날이 늘어납니다. 우울성 불면증에 시달리며 몸과 마음이 서서히 쇠약해집니다. 그나마 건강하게 극복할 수 있는 방법 세 가지만 소개할까 합니다. 그건 바로 '잊든지', '잃든지', '읽든지'입니다.

첫째, 배신감, 굴욕감, 비참함, 용서하지 못할 과거를 잊어야 하고, 둘째, 잃지 말아야 할 것을 취하기 위해 불필요하거나 차선의 것은 과감하게 잃어야 하며, 셋째, 동시대에 유사경험을 극복한 선후배, 동료의 이야기를 읽어야 합니다. 그런데 이게 말처럼 쉽지 않습니다. 몰라서 못하는 게 아니라 제대로 안 해서 안 되는 것입니다. 제대로 하면 저절로 됩니다. 제가 터득한 인생 진리입니다. 그런데 우리는 잃어도 될 것을 취하다가 애꿎은 술에 취하고, 정작 취해야 할 것에는 넋 놓고 있다가 더 소중한 것들을 잃습니다.

건강, 가족, 평생의 업, 그리고 친구. 성공한 사람이 행복을 누리는 게 아니라 행복한 사람이 성공하는 것입니다. 이제 세 가지만 잘하면 됩니다. 용서, 단념, 독서입니다. 잊든지, 잃든지, 읽든지.

단어 암시와 착각

한국이 낳은 세계적인 첼리스트 장한나는 한 음악 잡지사와의 인터뷰에서 이런 말을 했습니다. "좋은 소리요? 물론 있죠. 소리는 예쁘고 밉고를 떠나 무엇이든 잘 표현하는 소리가 좋은 소리예요."

대상을 잘 가리키는 소리가 훌륭한 소리라면 개념과 단어를 최적화해 조합한 글이 훌륭한 것도 당연한 이치입니다. 문장의 자구적인 표현보다 그것들이 묘사하는 대상 혹은 세계를 적실하게 표현하는 것, 좀 더 구체적으로 최상의 단어 조합이 훌륭한 문장이라는 이른바 '일물일어설一物一語說'은 음악이든 문학이든 크게 다르지 않은 모양입니다.

여기서 소쉬르의 말을 빌려봅니다. 시니피앙signifiant(기호)과 시니피에signifié(의미)를 조합한 소쉬르는 기호보다 의미의 깊이가 더 심오하기 때문에 단어 하나보다 관련된 단어의 조합이 훨씬 더 그 의미와 느낌을 풍요롭게 한다는 점을 규명한 바 있습니다.

『나는 아내와의 결혼을 후회한다』(2009)로 인기작가가 된 김정운 교수는 가수 조영남과 함께 괴팍한 입담으로 지성계와 예능계를 넘나들며 '여러가지문제연구소'를 운영 중입니다.

그의 두 번째 책 『남자의 물건』은 첫 번째 책에 비해 반응이 좀 가라앉긴 했으나, 기발한 발상으로 독자의 상식에 보기 좋게 한 방 먹입니다. 『남자의 물건』이라니……. 대다수 사람들이 남자의 생식기를 떠올리겠으나 실제로는 사회 명사들의 애장품에 관한 이야기로, 그 물건들에 얽힌 사연을 그럴듯하게 풀어내고 있습니다.

이와 관련해서 한국에서 의사소통은 해당 단어의 사전적 정의보다는 그 언어가 지닌 사회적 함의, 즉 콘텍스트context에 의해 이루어진다는 것을 알 수 있습니다.

아줌마라는 단어가 좋은 예입니다. 아줌마는 결혼을 하고 나이 든 여성을 가볍고 다정하게 부르는 말입니다. 하지만 사회적 함의로는 남성도 여성도 아닌 제3의 성으로 한적한 들판에서 아무렇게나 볼일을 보거나 지하철에 30cm의 공간만 비어도 창피함 없이 사유화해버리는 뻔뻔함의 대명사입니다.

 ## 남자들은 모르는 여자의 심리

남자들이 여자의 심리를 모르는 것은 당연합니다. 출생에서 성장까지 수많은 환경을 거치면서 형성된 심리를 어찌 다 알겠습니까? 오히려 잘 안다는 것이 이상한 것 아닌가요? 그러나 연애경험이 많은 고수의 이야기를 종합해보면 대강의 공통분모가 있습니다. 그들이 말하는 공통분모의 이면에는 심리학자가 보기에도 공감되는 일련의 원칙이 있어 보입니다. 한국어에도 번역이 필요한 이유입니다. 당대 사회를 모르면 특정 집단의 언어를 이해하지 못하는 것과 마찬가지입니다. 보통 슬랭slang을 은어라 하는데, 그 기원은 ' 's+language=slang', 즉 특정 집단 간 은밀한 코드인 것입니다.

"오늘 저녁 어디서 뭘 먹을까?" 남자가 묻습니다. 그러면 100이면 99 여자들의 답은 거의 동일합니다. "자기(혹은 오빠) 먹고 싶은 거!"입니다. 이 말은 지불과 선택권을 남자에게 주되 결과는 반드시 여자 마음에 들어야 한다는 뜻입니다. 만약 과정이나 결과가 안 좋으면 남자는 애써 좋은 일 하고 핀잔 듣기 일쑤입니다. 일상 대화에서 여자의 심리를 엿볼 수 있는 기회는 아주 많습니다.

아름답다는 칭찬에 귀가 얇아지는 여자들은 비록 그 말이 립서비스라 해도 왠지 모를 자신감이 생깁니다. 쇼핑이라도 같이 가면 여자의 심리는 극명하게 나타납니다. 동선을 같이하면 꼭 갈등상황이 발생합니다. 시간을 정해놓고 한 시간 반 후에 만남의 장소에서 만나는 것이 지혜입니다. 여자는 남자가 얼마나 쇼핑을 지겨워하는지 죽기 전까지는 절대 알지 못합니다. 여자는 데이트할 때 남자가 먼저 연락하는 것이 기본이고, 남자가 항상 자신을 데리러 오고 데려다주길 바랍니다. 그야말로 남존여비! 남자의 존재가치는 여자의 비위를 잘 맞추는 데 있습니다.

여자에게는 베스트 프렌드가 여럿 있지만 진짜 친구는 자기 자신밖에 없습니다. 여자는 남자의 작은 배려와 호의에 쉽게 사랑에 빠지지만 시간이 흐르면 사랑을 길들여진 '정'으로 착각하면서 살아갑니다. 여자는 가능한 한 남자가 원하는 대로 입고 그가 사준 구두를 신으려고 합니다. 드라마에 꼭 나오는 장면입니다. 여자가 '나는 너랑 결혼하고 싶지 않아'라고 말하는 것은 남자에게 자기를 얼마나 사랑하는지 확실하게 보여달라는 속셈이 있는 애교입니다. 여자는 특정 모임에 도착한 지 5분 만에 그 분위기에서 어떻게 행동해야 자신이 돋보일지 본능적으로 알아챕니다.

조신한 여자라고 항상 플라토닉 사랑만 바라는 것은 아닙니다. 아주 가끔은 도발적인 표현도 여자에게 큰 활력소가 됩니다. 하지만 최적의 기회가 아닐 경우 호되게 뺨을 맞습니다. 여자는 모든 남자에게서 단점을 발견하지만, 자신이 좋아하는 단 하나의 장점을 발견하면 그 단점을 모두 덮어버립니다. 여자가 주변 사람을 칭찬하면 자신도 같은 칭찬을 받고 싶다는 속마음을 드러낸 것입니다. 여자에게 과거를 물으면 여자는 당신이 자신을 믿지 않는다고 오해합니다. 과거가 있든 없든 그것을 캐묻는 순간 당신은 그 여자의 신뢰를 잃게 됩니다. 여자들은 작은 일에도 밤을 새우며 심각하게 고민합니다.

여자들이 블랙을 선호하는 까닭은 드레시하기 때문이기도 하지만 조금이라도 더 날씬해 보이기 위해서입니다.

여자가 남자의 우는 모습을 좋아하는 이유는 연약한 존재를 보호하고픈 모성애를 앞세워 사랑을 자기방식대로 가꿔나갈 기회라고 생각하기 때문입니다. 여자들도 의자나 무거운 물건을 번쩍 들어 옮기고 형광등을 갈 수 있지만, 남자들이 해주는 것을 더 좋아하는 이유는 보호받고 싶은 본능 때문입니다. 그러나 아줌마는 스스로도 잘합니다. 아가씨는 벌레가 나오면 비명을 지르지만 아줌마는 손바닥으로 냅다 갈기면서 단방에 죽입니다. 남자는 유독 가을을 많이 타지만 여자는 사계절 모두 잘 탑니다.

여자는 남자가 자신을 예쁜 마음씨 때문에 좋아한다고 착각하지만 대다수의 남자는 여자의 얼굴과 몸매부터 살핍니다. 경제 수준, 교육 수준, 문화 수준과는 전혀 무관합니다. 예쁘기만 하면 모든 것이 용서되는 것이 오늘날의 한국 사회입니다. 여자는 자기 남자친구가 다른 여자와 이야기만 나눠도 질투를 느끼지만 그 사실을 애써 감춥니다. 여자는 자기 남자가 바람을 피우는 것은 아닌지 항상 의심합니다. 계속되면 의부증입니다. 여자는 남자의 모든 것을 소유하고자 하는데, 거기엔 남자의 정신까지 포함됩니다. 여자는 센스 없는 남자에게 질립니다. 자기가 다른 남자와 만나는데도 전혀 신경 쓰지 않는다면 그 남자에게 완전히 질립니다. 이를 역으로 잘 활용하면 싫어하는 여자를 단방에 떼어놓을 수 있습니다.

'그 이야기는 더 이상 하고 싶지 않아'라는 여자의 말은 남자가 그걸 다시 물어보면 상처받고 화를 내겠다는 엄포입니다. 약간 술에 취한 여자가 키스하고 포옹하면서 '같이 있고 싶다'고 말하면 ― 그 말을 곧이곧대로 믿지는 않지만 ― 남자가 자기를 버리고 다른 여자를 찾을까봐 걱정한다는 뜻이기도 합니다. 여자는 사랑하는 사람을 위해 모든 걸 바치면서도 일부만 준 것처럼 말하고, 남자는 여자에게 일부만 주면서도 모든 걸 다 준 것처럼 위세를 떱니다. 여기에 성인 버전을 하나 추가하면, 여자는 만인을 위해 옷을 입지만 단 한 남자를 위해 옷을 벗습니다. 여자는 어떻게 옷을 입을까에 신경 쓰지만 남자는 본능적으로 어떻게 옷을 벗길까에 머리를 굴립니다. 보통의 남자들은 1000명의 여자를 사랑하려 하지만, 진짜 남자는 한 명의 여자를 1000가지 방법으로 감동시킬 줄 아는 사람이라 했었지요. 아주 드물게 이런 사람이 있습니다. 남자는 먼저 온전한 사람이 되어야 신사가 됩니다. 영어에서 사람과 남자를 하나의 단어인 'man'으로 표현하는 이유입니다.

상술한 내용 가운데 85% 이상 공감하셨다면 이미 사랑의 묘약을 맛본 사람입니다. 반대로 15% 이하이면 전문가의 상담을 받으셔야 합니다. 부디 이 내용이 영혼 없는 일회용 연애도구로 오용되기보다 건강하게 지속되는 사랑의 촉진제가 되길 바랍니다.

이 말을 꼭 기억하시기를 바랍니다. "비 오는 날 곁에 있어주는 남자가 함께 무지개를 볼 자격이 있다."

 좋아하는 것과 사랑하는 것의 차이

최원현은 수필집 『기다림의 꽃』(2005)에서 '좋아하는 것'과 '사랑하는 것'의 차이를 아주 멋지게 묘사했습니다. 즉, 좋아하는 사람은 상대에 관한 많은 정보를 알고 있는 대상이지만, 사랑하는 사람은 그의 내적 동기와 속마음을 더 알고 싶은 사람이라고 합니다. 또한 좋아하는 사람 앞에서는 내 생일이 기다려지지만 사랑하는 사람일 경우 상대방의 생일날 어떻게 기쁘게 해줄지를 생각합니다. 누군가를 좋아하는 감정은 함께 있다는 사실만으로도 가슴 뛰는 느낌표(!)인 반면, 사랑의 감정은 알면 알수록 더욱 더 궁금해지는 물음표(?)라고 합니다.

아주 명쾌하고 절묘한 설명입니다. 이제 시대가 바뀌었습니다. 추측건대 아마 요즘 세대는 이렇게 말할 것 같습니다.

> 좋아하는 사람의 번호는 단축번호 1번에 저장하지만
> 사랑하는 사람의 명함은 가슴에 품고 다닙니다.
> 좋아하는 사람은 그에 대한 정보를 많이 알고 있는 사람이지만
> 사랑하는 사람은 그에 대해 알고 싶은 것이 더 많은 사람입니다.
> 좋아하는 사람은 이어폰을 끼고 통화하는 사람이지만
> 사랑하는 사람은 영상통화로 하트를 날리는 사람입니다.
> 좋아하는 사람 앞에서는 받고 싶은 선물이 기대되지만
> 사랑하는 사람 앞에서는 주고 싶은 선물을 고민합니다.
> 좋아하는 사람은 친구들에게 자랑하고 싶은 사람이지만
> 사랑하는 사람은 오직 나하고 있을 때만 행복한 단짝입니다.
> 우정은 곁에 있는 것만으로 가슴 뿌듯한 신용수표지만
> 사랑은 곁에 있을수록 더 확인하고 싶은 체크카드입니다.

지금 이 순간 단축번호 다이얼을 바꿀 사람은 없습니까? 당신이 유일하게 기억하고픈 사람의 전화번호는 몇 번인가요?

스마트폰으로 잃어버린 것을 위해 묵념할 시간입니다.

 나는 정말로 너를 사랑하는 걸까?

저 역시 군복무를 정상적으로 마친 한국 남자로서 첫사랑의 추억은 물론 결혼 후에도 아름다운 여성에게 흔들린 적이 한 번도 없지는 않습니다. 미국인 친구는 이를 두고 'MBA Married But Available'라고 조크를 던집니다. 다행히 한눈만 팔았지 두 눈 모두 팔지 않았기에 지금까지 가정을 잘 유지하고 있습니다.

그중 한 여성은 제 친구의 아내가 되어 아프리카 선교사로 떠났고, 다른 여성은 같은 하늘 아래에서 같은 흙을 밟고 살아도 종적을 알 수가 없습니다. 노래의 한 소절 그대로 '흘러간 옛 추억'입니다. 첫눈이 내리거나 촉촉한 보슬비가 내릴 때면 아련했던 추억이 조용히 되살아나곤 합니다. 다행인지 불행인지 결정적으로 아찔했던 순간은 없었기에 그나마 떳떳하게 거리를 활보하고 다닙니다. 이제는 직접 대면해도 알아보지 못할 만큼 변했을 테니까요.

사랑의 속성은 과거 특정 시점에서 어떤 사람을 대상으로 자신이 억압했거나 부인하고, 또 그 결과 부족함을 느꼈거나 잃어버린 모습을 보상하거나 복원하려는 경향이 강하기 때문에 상당히 자기애적 요소를 띠게 마련입니다. 대부분의 사람은 상대에게 무의식적으로 자기 내면을 투영하면서, 그와 유사한 특성을 지닌 상대에게 동질감과 강렬한 호감을 동시에 느끼는 것이지요.

이러한 경우 '짝'을 잘 만났다는 것은 상대방의 자질을 제대로 잘 파악했다는 뜻입니다.

힘들다고 자신에게 투정을 부려도 사랑을 그만둘 수 없다는 사실이 얼마나 무섭고 잔인하고 슬픈 일인지요?

태어난 순간부터 줄곧 죽음을 향해 일방통행으로 달려가는 것도 두렵고 싫은데, 살아 있는 내내 나머지 반쪽을 찾아 헤맬 수밖에 없고, 설령 그 반쪽을 만났다 해도 완전히 일치될 수 없다니. 오호라! 사랑은 왜 이리도 어려운 것일까요?

사람 마음이 자기 마음대로 안 되는 모양입니다. 소유권과 통제권이 자신에게 없는데도 마음의 작동방식에 대해 여전히 자기 마음이라고 우겨대는 이 위대한 모순을 도대체 어쩌란 말입니까? 음악, 예술, 문학, 철학, 사회학, 정치학, 경제학 등 인간과 관련된 다양한 주제 가운데 과연 사랑과 인정받고 싶은 욕망을 다루지 않는 분야가 어디 있습니까?

사랑이 (가상이든 현실이든) 차안과 피안의 세계에서 겪을 수 있는 모든 존재의 위험과 불행으로부터 우리를 보호해주지도 구원해주지도 않지만, 인생 여정에서 시간을 의미 있게 연장시켜주는 힘은 분명 제공합니다. 사랑에 언제나 어려움이 동반한다는 것은 분명한 사실입니다. 그런데도 사랑이 좋은 이유는 그 어려움을 이기는 힘도 동시에 주기 때문입니다. 부작용이 두려워서 피하기보다 당당하게 경험해야 하는 이유이기도 합니다. 이른바 실존을 견인하는 가장 중요한 동력이 바로 사랑의 힘인 것이죠. 사랑할 때는 불과 몇 초 몇 분이 한 세기처럼 느껴지기도 하고, 그 질량의 부피와 한계를 감히 측정할 수도 없습니다.

고통과 위로를 동시에 주는 사랑이 잠정적이나마 존재론적인 구원을 베풀어주기에 어느 현자의 말처럼 사랑은 '지구에서 가장 특별한 축복을 받은 자만이 누릴 수 있는 제일의 아름다움이자 묘약'으로 온갖 병든 영혼을 치유합니다. 우아한 에로티시즘은 유사 이래 죽음에 이를 정도로 황홀하고 지고지순한 생의 찬미인 것입니다. 화가는 그림으로, 음악가는 소리와 악기로, 시인과 소설가는 글과 언어로 사랑을 노래합니다. 평생 쏟아붇고, 평생 울어도 그 사랑과 눈물은 늙지 않습니다.

미술전시회와 음악 콘서트에 갈 때마다 느끼는 감흥이 있습니다. "음악은 소리로 듣는 그림이고, 그림은 색깔로 보는 음악이다." 그리움이 그림을 낳고, 그림은 음악이 들려주는 세상을 그리워하게 합니다. 인생은 짧지만 예술은 길 수밖에 없는 이유입니다.

 ## 말로 설명할 수 없는 법칙

세상에는 정형화된 규칙이나 공식으로 절대화할 수 없는 기이한 상황이 아주 많습니다. 과거 르네상스 인문정신이 자연에 대한 새로운 독법을 자극한 것은 서구의 역사발전 과정에서 아주 중요한 단초 가운데 하나였습니다. 그것은 자연 지배력으로서의 자연과학이 오늘날까지 새로운 사회적 가치로 뿌리내린 긴 여정의 출발점이었기 때문입니다. 그런데도 문학, 역사, 철학이 자극한 목표와 자연과학의 실제 현장 사이에는 뛰어넘을 수 없는 커다란 간극이 있습니다. 이 간극을 묘하게 미봉한 것이 바로 마술magic입니다. 적어도 17세기까지 마술은 태곳적의 지식을 회복해 인류가 잃어버린 낙원을 복원하겠노라고 끊임없이 약속했습니다.[6]

---

6 예이츠가 지적한 대로 16세기 중반부터 마술은 박애적·유토피아적인 계획과 결합

예이츠가 주장한 3단계 이후의 세계에서 발생한 이런 법칙을 설명할 대안이 아직은 없습니다만, 흔히 머피의 법칙으로 뭉뚱그려 통용되는 듯합니다.

머피의 법칙은 미국의 공군기지에 근무하던 에드워드 머피^{Edward}
^{A. Murphy} 대위가 1949년 처음 사용한 용어로, 일종의 '경험의 법칙'으로 불리곤 합니다. 당시 미국 공군에서 조종사들에게 전극봉을 주고 가속이 붙은 몸을 갑자기 정지시킬 때의 신체상태를 측정하려 했는데, 결과는 성공하지 못했습니다. 이를 본 머피 대위가 조종사들에게 붙인 전극봉 한쪽 끝이 잘못 연결되어 있었음을 발견했습니다. 기술자의 배선 연결 실수가 원인이었습니다.

이를 두고 머피는 "어떤 일을 할 때 여러 가지 방법이 있는데, 그 가운데 하나는 재앙을 초래할 수도 있다. 그런데 누군가는 꼭 그 방법을 쓴다"라고 말했습니다. 여기서 유래한 것이 '머피의 법칙'입니다. 훗날 일이 좀처럼 풀리지 않고 갈수록 꼬일 때 관용적으로 쓰는 말로 자리 잡았습니다. 다시 말해 머피의 법칙은 자신이 바라는 바는 이루어지지 않고 유독 나쁜 방향으로만 상황이 전개될 때 쓰는 말로 정착된 것입니다. 정재승의 『과학 콘서트』(2003)의 일부 내용을 제 경험에 비추어 재구성해보았습니다.

· 공부의 법칙: 공부를 안 하면 몰라서 틀리고, 어느 정도 공부하면 헷

됩니다. 그는 태고 신학의 계보가 헤르메스주의^{Hermeticism}라는 단일체계로 환원될 수 있다는 신념하에 세 가지 변화를 주장했습니다. 즉, ① 르네상스 이전 단계에서는 미켈란젤로^{Michelangelo}나 다빈치의 예술에 영향을 미치고, ② 16세기 파라켈수스파^{Paracelsus} 단계에서는 박애적이고 유토피아적 계획과 결합되며, ③ 17세기 들어 마술적 과학의 단계에서는 과학적 탐구와 병행하다가 주변으로 밀려난다는 것입니다.

갈려서 틀립니다.

· 동창회 법칙: 괜찮다 싶으면 하나같이 다 결혼했고, 쓸데없는 사람끼리만 2차를 갑니다.

· 세일의 법칙: 백화점 세일에 가면 꼭 필요해서 사고 싶은 물건은 항상 세일 제외 품목입니다.

· 보험의 법칙: 보험에 들면 사고가 거의 나지 않는 편인데, 사고 난 사람을 보면 하나같이 보험 미가입자입니다.

· 마켓의 법칙: 평소에 찾지 못한 도구나 장비는 대체품을 사자마자 금방 눈에 띕니다.

· 추락의 법칙: 빵을 떨어뜨리면 언제나 버터와 잼을 바른 면이 바닥으로 떨어집니다.

· 기억의 법칙: 꼭 기억할 내용은 망각하고, 망각하고 싶은 기억은 노력하지 않아도 기억됩니다.

· 치통의 법칙: 치통은 항상 치과가 문을 닫는 토요일 오후부터 시작됩니다.

· 방송의 법칙: 오랜만에 라디오를 켜면 언제나 좋아하는 노래의 마지막 부분이 흘러나옵니다.

· 미용실의 법칙: 기분 전환을 위해 오랜만에 헤어스타일을 바꾸려 하면 하나같이 지금 스타일이 멋지다고 칭찬합니다.

· 전화의 법칙: 펜이 있으면 메모지가 없고, 메모지가 있으면 펜이 없고, 펜과 메모지가 둘 다 있으면 메모할 일이 없어집니다. 이미 고전이죠? (최근 제2법칙이 등장했습니다.)

· 전화의 제2법칙: 전화번호를 잘못 누른 순간 상대방이 통화 중인 경우는 절대로 없습니다. 이건 정말 대박입니다.

· 편지의 법칙: 기막힌 문구가 떠오르는 순간은 언제나 편지를 봉투

에 넣고 풀로 붙인 후입니다. 책 출판도 그렇고 논문 작성도 그렇습니다. 출간 후에는 반드시 집어넣어야 할 내용이 생각납니다. 젠장!

· 쇼핑백의 법칙: 집에 가면서 먹으려고 산 초콜릿은 언제나 꺼내기 힘들게 쇼핑백 제일 밑바닥에 깔려 있습니다.

· 버스의 법칙: 버스에서 정말 오랜만에 원하던 노래가 흘러나오면 꼭 그 순간 목적지 안내 방송과 겹칩니다. 거기서 끝나지 않죠. 도로가 꽉 막힐 때면 어김없이 트로트가 들립니다.

· 바코드의 법칙: 사면서 왠지 모르게 창피하다는 생각이 드는 물건일수록 계산대의 바코드는 단 한 번에 찍히지 않습니다. 창피하게도.

· 인체의 법칙: 손에 들고 있는 물건이 무겁고 이동거리가 멀수록 콧구멍과 귓불이 미치도록 가렵습니다.

· 수면의 법칙: 코를 심하게 고는 쪽이 언제나 먼저 잡니다.

· 신호등의 법칙: 앞서 달리던 초보 운전자가 어물거리다 황색 점멸등을 위반하면서 지나가면 적색 신호등은 언제나 내 앞에서 바뀝니다. 정말 미칠 지경입니다.

자연과학으로 설명할 수 없는 이 경험의 법칙은 삶의 순간을 정밀하게 관찰한 사람일수록 더 뼈저리게 느끼는 듯합니다. 인간은 서두르는 반면, 자연은 느린 것처럼 보여도 자신의 주기대로 철저하고 정확하게 작동합니다. 창조주가 사람의 생각과 자연의 섭리를 동시에 지배한다는 사실을 깨달을 때 그토록 신비스러운 법칙도 새삼스럽지 않게 다가옵니다. 인간이 보기에는 '우연의 신비'지만 신은 그것을 '자신의 섭리'라 부릅니다.

레지나 브렛의 인생교훈 50선

미국 오하이오 주 클리블랜드에서 발행되는 ≪더 플레인 딜러The Plain Dealer≫는 미국에서 독자 확보율 상위 20위에 오른 일간지입니다. 그곳의 칼럼니스트 레지나 브렛Regina Brett은 50세 되던 해에 "인생을 위한 50가지 교훈Regina Brett's 45 Lessons and 5 to grow"을 기고해 세계적인 반향을 불러일으켰습니다.[7]

자기 주도적인 행복 속에서 살아가는 데 꼭 필요한 삶의 자세 50가지를 정리한 것입니다. 동서양의 상황이 다르고 경제문화적 수준이 다른 만큼 모든 항목에 동의할 수는 없지만, 대부분의 충고가 깊은 울림을 줍니다. 원래는 45세 되던 해에 45가지 충고를 발표했으나, 50세에 접어들어 5가지를 추가한 것으로 전해집니다. 그 가운데 제가 공감한 내용 일부를 음미해볼까요?

· 의심이 들 때는 완전히 주저앉기보다 조금만 천천히 전진하세요.

· 스스로의 처지를 너무 심각하게 받아들이지 마세요. 당신 자신 말고는 그 누구도 그렇게 생각하지 않습니다.

· 모든 논쟁에서 반드시, 언제나, 매번, 이겨야 하는 것은 아닙니다. 동의할 수 없는 때도 있다는 사실을 인정하십시오.

· 누군가와 함께 우십시오. 혼자 우는 것보다 훨씬 더 잘 치유됩니다.

· 종종 신에게 화를 내도 괜찮습니다. 신은 충분히 받아줄 수 있는 분입니다.

---

7 원문은 http://www.cleveland.com/brett/blog/index.ssf/2006/05/regina_bretts_45_life_lessons.html 참조.

· 당신의 과거와 화해하십시오. 그러면 그 해묵은 과거가 현재를 망가뜨리지 않을 것입니다.

· 당신의 삶을 다른 사람과 비교하지 마십시오. 당신은 다른 사람들의 인생이 실제로 어떻게 흘러가는지 결코 알 수 없답니다.

· 자기연민에 빠지거나 남에게 동정을 받기에는 인생이 너무 짧습니다. 바쁘게 살지 않으면 느닷없이 죽습니다.

· 오늘의 그 자리에 그대로 머문다면 당신은 아무 일도 이룰 수 없습니다.

· 행복해지는 것은 언제라도 늦지 않습니다. 하지만 그것은 그 누구도 대신할 수 없는 오직 당신 자신만이 할 수 있는 일입니다.

· 정말 사랑하는 것을 추구하는 일에서만큼은 절대로 양보하지 마십시오.

· 준비는 항상 필요한 것보다 더 많이 하고, 실전에서는 흐름을 따르십시오.

· 섹스를 위해서 가장 중요한 신체기관은 바로 '뇌'라는 사실을 잊지 마십시오.

· 당신 외에는 그 누구도 당신의 행복을 대신해주지 않습니다.

· 이른바 재앙이라고 부르는 일과 마주하면 과연 '5년 후에도 ~ 할까?'라고 물어보십시오.

· 용서는 최대한 끊임없이, 속상해도, 억울하고 분해도 끝까지 실천하십시오.

· 다른 사람들이 당신을 어떻게 생각할지 타인의 오해까지 신경 쓰지 마십시오.

· 상황이 좋든 나쁘든 그것은 반드시 변한다는 사실을 명심하십시오.

· 당신이 아플 때 당신을 지켜주는 것은 당신의 일이 아닙니다. 오로

지 친구와 가족만이 당신 곁을 지켜줄 것입니다. 무덤에 와서 함께 울어 줄 절친 happy few 을 남기십시오.

· 기적을 믿으십시오. 기적의 실체를 증명할 수는 없지만 믿는 사람에게는 일어날 수 있다는 사실을 믿으시기 바랍니다.

· 신은 그저 신이라는 이유로 당신을 사랑합니다. 당신이 했거나 하지 않은 것들 때문에 당신을 사랑하거나 미워하는 존재가 아닙니다.

· 어떤 고통이든 그것이 실제로 당신을 죽이지 못했다면 언젠가는 당신을 강하게 만들어줄 조련사가 될 것입니다.

· 성숙해가는 노인이 젊은 채로 죽어가는 청춘보다 낫습니다.

· 당신 자녀에게 어린 시절은 인생의 단 한 번뿐입니다. 그것이 추억이 되게 만들어주십시오. 믿고 기다려주십시오.

· 시를 즐겨 읽으십시오. 시적 감상은 인간의 모든 감정을 치유합니다.

· 쓸모없는 것, 아름답지 않은 것, 기쁘지 않은 것은 과감하게 제거하십시오. 허접한 잡동사니들이 당신의 삶을 짓누를 수 있습니다.

· 결국 마지막에 정말로 중요한 것은 (어떠한 경우에도) 당신이 자신의 삶을 후회 없이 사랑했다는 사실입니다.

· 질투는 쓸데없는 시간낭비입니다. 당신은 이미 필요한 것을 모두 갖고 있습니다. 그것에 만족하고 감사하십시오.

· 가장 좋은 기회, 최고로 행복한 순간은 아직 오지 않았습니다.

· 간구하고 기대하지 않으면 아무것도 얻지 못합니다.

· 가능한 한 많이 양보하십시오. 온유한 사람이 땅을 차지할 것이기 때문입니다.

· 리본을 두른 포장을 하지 않았더라도 인생이 선물임에는 여전히 틀림없습니다.

함축적인 의미로 가득하지만 50년의 세월을 꼼꼼하게 검증한 점으로 미루어볼 때 깊은 신뢰감을 주는 내용입니다. 세월의 불필요한 우회를 막아준 브렛 여사에게 감사의 마음과 더불어 그녀의 건강과 행복을 기원합니다.

초고속 정보화시대에서 느림의 미학

농경사회로 대변되는 제1의 물결에서는 지주귀족들이 재력과 권력을 휘둘렀습니다. 인구는 유동적인데 땅은 제한되어 있었기 때문입니다. 땅을 매개로 지주와 농노 사이의 주종관계를 이루었던 봉건제는 동서양을 막론하고 대륙과 인종에 상관없이 중세까지 지속되었습니다. 예나 지금이나 부동산이 부를 축적하고 증식시키는 방편임에는 별반 차이가 없어 보입니다.

한편 제조업과 산업화로 대변되는 제2의 물결에는 중상주의와 중공주의라는 시대 흐름에 따라 공장주나 금융가들이 부와 권력을 누렸습니다. 물론 상공인들이 어느 날 갑자기 등장한 것은 아닙니다. 상공업에 종사하던 부르주아들은 많은 경우 농경사회에서 두각을 나타냈던 지주귀족으로서, 땅을 기반으로 한 농업만으로는 부와 권력을 유지할 수 없었기에 상공업에 전환 투자한 것입니다.

그렇다면 제3의 물결로 일컬어지는 초고속 정보화시대에서는 누가 부와 권력을 누릴까요? 속도를 생명으로 하는 IT기술과 바이오산업이 주도할 전망입니다. 정보화시대에서 제일 중요한 자원은 두말할 필요 없이 '정보'입니다. 정보 검색사라는 직업이 빠르게 부상하는 이유이기도 하지요. 그러나 포털사이트에서 누구나 쉽게 얻을 수 있는 정보라면 이미 정보로서의 가치가 없는 것입니다. 이제 노하우know-how의 시대에서 노웨어know-where의 시대로 진화하고 있습니다.

소중한 정보를 선점해 재빨리 재화의 가치로 환원하는 자만이 초고속 정보화시대를 지배할 것입니다. 여기에도 하나의 역설은 존재합니다. 속도의 느림이 아니라 판단과 행동의 느림이 결과적으로는 더 유익할 때가 있습니다. 프로 바둑기사 이창호 9단의 말이 의미심장합니다.

느린 쪽이 단지 둔한 수라면 나는 항상 스피드에 밀릴 수밖에 없습니다. 솔직히 말해 나는 능력이 부족해서 둔한 수를 잘 두고, 그 때문에 초반엔 자주 밀리곤 합니다. 하지만 빠른 게 꼭 좋은 것은 아니라고 생각합니다. 느림에도 가치 있는 느림이 있습니다. 그 '가치 있는 느림'이란 스피드를 따라잡을 수 있는 것으로 상대가 스피드로 승부할 때 행동의 속도보다 생각의 속도를 높이는 것이 중요합니다.

실사구시의 생각, 신중한 정황 분석, 느리게 보이지만 결코 느리지 않은 행동! 작은 것은 섬세하되 큰 것은 대범하게, 나무와 숲을 전체로 조망하는 현미경(미시)과 망원경(거시)을 동시에 가져야 바둑판 정세를 최종적으로 점령하지 않겠습니까?

부분과 전체를 통섭하는 미래 전망! 느리게 보이는 행동 이면에서 빠른 생각의 속도를 읽어야만 결선에서 승리하리라 봅니다. 사족 하나 붙이자면, 정보화시대에도 사색이 검색보다 훨씬 더 중요합니다. 빅데이터시대의 호모 서치엔스Homo Searchiens!

실시간 검색을 진리로 믿고 따르는 인터넷 신인류의 등장이 21세기의 일상을 일일 단위로 업데이트하고 있습니다. 이러닝e-Learning,

이북e-Book 등이 새로운 문명의 이기로 급성장하고 있는데도, 여전히 교실에서의 면대면 강의나 종이책 읽기가 주는 감동을 대신할 수는 없습니다. 내용을 글자에 담아 전달한다는 측면에서 전자책이나 종이책이 크게 다를 바 없어 보이지만, 사고의 탄력성을 키우기에는 온라인보다 오프라인 대화가, 전자책보다는 줄 긋고 메모를 남길 수 있는 종이책이 훨씬 더 깊고 유익한 영감을 줍니다.

인생에서 빠른 속도의 생각CPU, 유용한 정보를 신속하게 처리해 주는 융합역량RAM, 심미안적 디자인 감각이 만날 때 글로벌 지혜가 더 빛날 것입니다. 생물학적 나이와는 크게 상관없습니다. 느림 속에 감춰진 생각의 속도, 결과를 내다볼 수 있는 판단능력, 그리고 이 모든 것을 실천에 옮길 수 있는 추진력과 의사결정이 최적화된 타이밍에 만날 때 우리 삶에서 놀라운 성과를 얻을 것입니다. 타임보다 타이밍이 훨씬 더 중요한 이유입니다.

인생은 느린 속도 이면에 있는 깊은 생각과 정중동靜中動이 만나는 격전장입니다. 정보화시대에도 여전히 검색보다 사색이, 정보 서치보다 고전 리서치가 더 중요합니다. 천천히 서두르라Festina Lente던 충고는 오늘날에도 여전히 유효합니다.

 한류의 현재와 미래

1997년 영국의 1인당 국민소득 2만 3000달러, 2011년 한국의 1인당 국민소득 2만 2220달러.

당시 영국이 국가적 차원에서 추진한 성장 동력이 '크리에이티브 브리튼Creative Britain'이었습니다. 이것이 몰고 온 경제적 파급효과는 아주 위력적이었죠. 영국의 국민소득은 2003년 3만 달러를 돌파했고, 다시 3년 뒤 2006년에는 4만 달러를 넘어섰습니다. 이를 통해 창조산업 분야의 일자리 40만 개가 창출되었다고 합니다.

지금 한국은 약 15년 전의 영국을 떠올려야 하는 시점입니다. 바로 한류열풍 때문입니다. 한류는 단순한 문화현상이나 경제적 효과로만 따질 이슈가 아닙니다. 전 세계 역사를 거슬러볼 때 한 국가의 문화가 전쟁이나 제국주의의 힘을 빌리지 않은 채 이처럼 전 세계로 퍼져나간 전례가 없습니다. 전 세계 인구 중 0.7%의 작은 나라에서 일으킨 기적입니다.

이 한류는 중국이나 일본이 할 수 없는 아시아적 가치를 새롭게 만들어냈습니다. 중국, 일본 등에서 혐한嫌韓과 반한反韓 분위기가 확산되고 있는 이때 쌍방향 문화교류의 틀을 짤 수 있어야 합니다. 진짜 선진국은 모두 문화 선진국이었습니다.

로마는 원래 지중해 지역에서 열등아였습니다. 군사력에서는 스파르타에, 무역에서는 카르타고에, 철학에서는 그리스 같은 경쟁적인 도시국가에 크게 밀렸지만, 로마에는 과감한 개방성이라는 그들만의 독특한 유전자DNA가 있었습니다. 이 덕분에 로마는 다른 지역에서 들어온 다양한 문화를 흡수, 재창조했습니다. 군사와 경제, 철학과 사상적으로 열등했던 로마가 200년간 태평성대를 구가하면서 대제국을 건설했던 동력이 곧 문화저력이었던 겁니다. 그러나 로마제국의 위용 밑에는 그리스 사상이 깔려 있었습니다. 그리스 문화를 바탕으로 로마가 영토를 확장한 이 시기를 '그레코로만Greco-Roman' 시대라 부르는 이유입니다.

한류 위기론의 핵심은 편중입니다. 지역은 아시아, 분야는 케이팝과 드라마에 쏠려 있다는 얘기입니다. 이 위기의 타개책은 문화와 기업 간 연계성 제고를 통한 입체화 전략의 수립이 될 전망입니다.

문화의 특징은 흔히 '독창성'과 '보편성'으로 구분됩니다. 한 문화가 다른 문화에서 사랑받으려면 참신한 독창성뿐 아니라 서로 다른 정서를 메워줄 수 있는 보편성이 필요합니다. 산업화 과정에서 유입된 미국, 일본, 홍콩, 유럽 등의 다양한 문화는 한국이라는 멜팅팟 Melting Pot 속에서 융합, 발전해 한류 탄생을 위한 에너지 공급원이 되었습니다.

한류는 이제 드라마 콘텐츠에서 문화 콘텐츠로, 관광 콘텐츠와 산업 한류로 발전해야 합니다. 미국, 중국, 일본 등 전 세계 9개 국가에서 400명씩 총 3600명을 대상으로 설문조사를 한 결과 한류의 미래는 그리 밝지 않은 것으로 나타났습니다. 한류 확산의 진원지인 일본, 중국, 대만 3개국에서 한류는 향후 5년 이내에 막을 내릴 것이라는 어두운 전망이 80%에 달했습니다.[8]

≪매일경제≫는 한류의 경제적 가치를 두고 2012년 11조 원 수준이던 생산유발효과가 2020년에는 57조 원이 될 것이라 전망했습니다. G20 정상회담(21조 5000억 원), 평창 동계 올림픽(20조 5000억 원), 여수 엑스포(12조 2000억 원) 유치에 따른 생산유발효과를 모두 합한 것보다 더 큰 수치입니다.[9]

세계인이 한국 문화를 좋아하는 이유는 첫째, 과거 대동아 공영권을 내세웠던 일본이나 자국 문화 중심의 중화사상을 중시하는 중국 문화와 다르고, 둘째, 할리우드를 비롯한 서구 중심의 식상한 문화현상에서 찾을 수 없는 전혀 새로운 대안을 보유했다는 점 때문입니다.

---

8 ≪매일경제≫ 한류본색 프로젝트 팀, 『한류본색』(매일경제신문사, 2012), 10쪽.
9 같은 책, 249쪽.

한류는 참신, 세련, 보편이라는 세 단어로 요약됩니다.

　이를 위해 마련한 '2020 MEGA 한류 전략'(2012년 매일경제신문 주최 '제19차 비전코리아 국민보고대회')이 주목을 끕니다. IT는 물론이고 드라마, 콘텐츠, 스포츠, 케이푸드K-Food에 이르기까지 문화 전반에 걸친 약진이 필요합니다. 한류는 개인과 국가가 함께 도약할 수 있는 산업입니다. 문화체육관광부가 더욱 분발해야 하는 이유입니다.

 씨실과 날실

　'씨실'과 '날실'이라 하니 18세기 후반 영국에서 시작된 산업혁명 당시 실을 짜고 옷감을 만들던 방직산업과 방적공업이 떠오릅니다. 17세기까지 농경사회였던 영국은 집 안에서 손으로 작업하던 '가내수공업'을 공장의 기계를 이용한 대량생산체제로 전환함으로써 유럽 대륙을 근본적으로 바꾼 것은 물론 인류문명을 제2의 물결로 견인했습니다. 또한 '해가 지지 않는 나라'의 위용을 이어받은 앵글로색슨족은 그 영향력을 아프리카와 인도차이나 반도 및 신대륙 미국으로까지 확대했습니다. 영국은 산업화-근대화로 약 15%의 경제성장을 이루었지만, 사람이 할 일을 공장 대량생산이 대체함으로써 실업자 양산, 자본주의 도입과 그에 따른 빈부격차와 신분갈등이라는 새로운 고민거리를 낳기도 했습니다. 8시간 노동제, 하루 3교대 근무를 통한 가족관계의 붕괴, 유아사망률 증가 등 경제적 진보와 행복지수의 퇴보를 동시에 경험했습니다. 이러한 현실을 역설적으로 표현한 문화예술 두 개가 있는데, 하나가 비틀스The Beatles의 「렛잇비(Let it be)」이고, 다른 하나가 영화 <007> 시리즈입니다. 「렛잇비」는 근대화로 자연의 섭리가 무너진 것에 대한 저항이었고, 영화 <007> 시리즈는 중산층이 붕괴했음에도 대영제국의 위력을 유감없이 드러냈습니다. 그 결과 아프리카와 동아시아에까지 제국주의를 펼쳤고, 이를 모방한 일본제국이 동아시아의 패권을 한동안 장악하기도 했지요.

경제발전으로 인한 문명발전과 그로 인한 인간소외는 영국에만 국한된 이야기가 아니라 우리에게도 해당됩니다.

하루에 낮과 밤이 공존하듯이 행복한 삶의 이면에도 어두운 그림자는 있게 마련입니다. 날마다 화창한 날이면 좋을 것 같지만 비 오는 날이 있어야 태양의 따사로움이 고맙게 느껴지듯이, 슬픔이라는 요소가 균형을 잡아야 지속적인 행복이 가능합니다. 통제나 압박을 거치지 않은 자유가 짜릿할 수 없고 고통을 수반하지 않는 아름다움이 존재할 수 없듯이, 시련의 아픔 없이는 사랑의 달콤함도 더 이상 감미롭지 않습니다. 인간은 늘 단것만 찾지만 신은 삶의 난이도를 조절하면서 종종 쓴맛을 주십니다. 좌절과 실패는 신이 자신의 길을 계시하는 필연적인 과정이라 하지 않던가요? 인생의 씨실과 날실은 함께 만들어지는 벽화와 같습니다. 십자수를 보세요. 겉면이 매우 멋지게 보이지만 그 뒷면을 보면 울퉁불퉁 실들이 얽혀 있습니다. <모던 타임스Modern Times>의 주인공 찰리 채플린Charlie Chaplin이 남긴 '인생은 가까이서 보면 비극이고, 멀리 보면 희극'이라는 명언은 인생이 곧 행복한 순간과 슬픈 추억이 엮어낸 한 폭의 지그소퍼즐jigsawpuzzle임을 깨닫게 합니다.

누구나 시대적 환경에 영향을 받는 당대의 아들이듯이 한국의 격동기를 헤쳐 나온 제 삶에도 기쁨과 슬픔이 퍼즐처럼 엮여 있습니다. 제 삶을 아름다운 십자수로 수놓은 씨실과 날실을 잠시 소개합니다.

학위 공부를 마칠 때까지 근 10여 년 동안 매일 반복해서 규칙적으로 해온 일이 몇 가지 있습니다. 아침에 일어나 명상의 시간Quiet Time 을 가진 후 약 30~40분 산책 겸 운동을 합니다. 약간 숨이 찰 정도로 빨리 걸으며 심폐기능과 근육을 키우려 했지만 왕王 자 복근을 만드는 것은 남의 일이었습니다. 초콜릿을 자주 먹는다고 해서 초콜릿 복근이 만들어지지 않고, '베이글'을 매일 먹는다고 '베이글녀'가 되지는 않습니다. 간단한 아침식사 후 연구실로 향합니다. 책읽기와 글쓰기에 몰입하다보면 어느새 점심시간. 총각 신세를 처녀가 알듯이 식사 후에는 선후배, 동료와 커피를 나누며 심드렁한 넋두리를 늘어놓습니다. 식곤증이 밀려오는 오후엔 20분간 낮잠을 청하기도 합니다. 그러다보면 어느새 오후 3시. 다음 주 강의 준비를 하거나 위탁이 있을 경우엔 번역 작업을 합니다. 번역翻譯이 반역反逆이 되지 않고, 오독誤讀이 독자를 오도誤導하지 않도록 어휘 선택에 특별히 신경을 씁니다. 저는 번역을 제 삶의 두 번째 업으로 여깁니다. 언젠가 물려주어야 할 직職보다 평생을 즐겁게 소일할 업業을 개발하기 위함입니다. 스마트폰이나 구글Google 같은 번역기들이 모방할 수 없는 제2의 창작을 하는 것이죠.

이렇게 살다가 맞이한 가을에는 낙엽 떨어진 오솔길을 산책하기도 합니다. 이제는 뜨거운 태양의 여름보다 우수에 젖은 가을에서 더 큰 매력을 느낍니다. "가을엔 편지를 하겠어요. 누구라도 그대가 되어 받아주세요." 즐겨 듣던 이 노랫말이 이제는 추억으로 살아납니다. 특별한 날에는 인사동 거리를 찾기도 합니다. 일교차가 큰 늦가을, 북촌 한옥마을에 올라 내려다보는 도심의 단풍이 그렇게 아름다울 수 없습니다.

거리의 나무들이 여름내 붙들고 있던 자신의 분신을 하나둘 땅으로 밀어냅니다. 스쳐 지나가는 미풍에도 견디기 힘든 세월의 무게를 느끼나봅니다. 이파리들은 부스러질 듯 흔들리다가 이내 온갖 색깔로 물듭니다. 태양빛에 시달린 엽록소들이 세월에 지쳐 단풍이 드는 것입니다. 이런 변화가 시인의 감성을 자극하듯 형형색색 화려한 옷으로 갈아입은 낙엽들이 땅 위에 사뿐히 내려앉습니다. 연인의 발에 밟히는 것을 마지막 사명으로 받아들이나 봅니다. 세상의 그 어떤 종말이 이보다 더 화사하고 아름다울까요? 바람 불면 또 다른 누군가의 발길을 멈추게 하겠지요. 생애를 마친 낙엽은 가장 자기다운 빛깔을 머금은 채 스산하게 흙으로 돌아갑니다. 물들어가는 단풍잎에서 화사하게 나이 들어가는 제 모습이 오버랩^{overlap}됩니다.

내일은 지하철 4호선의 종점 '오이도'를 들러볼까 합니다. 지난여름 수많은 연인이 해변에 사랑의 흔적을 남기고 떠났지만, 늦가을에 밀려온 파도는 다음 연인들을 위해 그 흔적을 모두 지우고 떠납니다.

여성들은 지워도 지워지지 않는 그리움을 추억 속에서 '그렸다' '지웠다'를 반복하다가 끝내는 애써 그린 화장만 지웁니다. 그러면서도 「립스틱 짙게 바르고」라는 가요를 들으며 손에는 시집 한 권 들고 대학로 카페를 찾습니다. 출가하라는 성화에 짜증이 난 비 갠 오후, 가출한 노처녀는 시집 한 권에 마음을 빼앗깁니다. 시집^{詩集} 읽다가 시집가려는 모양입니다. 시집은 '갖는' 것도 중요하지만 '가는' 편이 더 행복합니다.

 익숙한 것들과의 결별

저는 유년시절, 어머니께서 새 신발을 사주시면 언제나 머리맡에 놓고 자곤 했습니다. 새 신발이 주는 독특한 냄새를 맡으며 운동화 끈

이 꼬이지 않게 정성스럽게 매고, 그것도 모자라 고운 흙만 밟고 다녔습니다. 성인이 되어 새 차를 샀을 때도 시트에 덮여 있는 비닐을 뜯지 않은 채 한 달 내내 쓸고 닦았습니다. 그런데 신발이나 가전제품의 경우 짧게는 한두 달, 자동차의 경우 길게는 1~2년이 지나면 새것에 대한 애착도 점차 시들해집니다.

그토록 갖고 싶었던 새 옷도 정작 사고 나면 어느새 시시해지고 맙니다. 뭐든 다 그렇습니다. 갖고 싶은 것을 손에 넣거나 감춰진 비밀이 공개되면 식상해지기 마련이죠.

이제는 나이가 들어 다 보여주지도 않을뿐더러 모든 것을 알려고도 하지 않습니다. 적당한 거리를 두고, 알아도 모르는 체해야 비로소 삶이 매력 있다는 사실을 후험적post priori으로 터득한 것입니다. 비밀이 감춰져 있을 때 진가를 발휘하듯 삶에도 어느 정도의 감춰진 신비가 필요합니다.

사랑에도 음악처럼 포르티시모와 피아니시모가 적절히 섞여야 아름답지 않던가요? 저는 사랑의 세레나데 중 6/8박자 리듬을 제일 좋아합니다. 강-약-약, 중강-약-약. 익숙해질 만하면 다시 새롭고, 새로운 것이 다시 익숙해질 때면 기존의 것 위에 이전에 없던 의미를 부여하는 데 신경을 씁니다.

제 생애 두 번째 차였던 엑셀은 현대자동차의 오랜 숙원이던 '미국 시장' 진출에 처음으로 성공한 승용차로서, 해외 시장에서는 '포니엑셀'로 알려진 이른바 1세대 국민차였습니다. 아내와 맞벌이를 하던 시절 세컨카를 구입하고 난 후에도 폐차할 때까지 16년을 고장도 사고도 없이 잘 타고 다녔습니다.

7~8년이 지났을 때 새 차로 바꾸고 싶었으나 10년을 넘기고 나니 새로운 애착이 생기기 시작했습니다. 20년 이상을 타고 다니면 현대

자동차에서 신차로 바꿔준다는 헛소문(?)까지 나돌던 시기였습니다. 외진 곳에 주차를 하면 폐차된 차량으로 오인해 윈도 브러시만 빼가던 차였습니다. 16년이 지나자 소모품을 더 이상 구할 수가 없어 불가피하게 차를 바꿔야 했습니다. 사람도 물건도 싫증을 느끼는 권태기가 있으나 그 고비를 넘기면 또 다른 애착이 들게 마련입니다. 손잡이가 부러진 저희 집 전기밥통은 신혼살림 때 장만한 것으로 25년째 쓰고 있습니다. 이제는 낡은 제품이 아니라 보기 드문 앤티크가 되었습니다.

우리 인생도 그렇습니다. 생활로 인해 늙어가는 사람은 아무도 없습니다. 다만 삶에 대한 관심과 열정을 잃으면서 늙어갈 뿐이죠. 인간은 생물학적 나이로만 늙는 게 아닙니다.

이 나이에 이런 상황에서 이런 상태로 뭘 하겠나? 이 같은 의기소침함이 세포의 노화를 촉진시킵니다. 갖지 못한 것보다는 가지고 있는 것, 사라진 기회보다는 할 수 있는 것부터 실천하면서 소박한 성취의 기쁨을 누릴 수 있어야 합니다. 젊고 건강한 생각이 생물학적 퇴화를 연장해준다고 믿습니다.

싫증을 넘어서면 익숙한 것도 전통이 되고 앤티크가 됩니다. 애장품도 그렇고 가족도 그렇습니다. 유효 수명이 다할 때까지 아껴 쓰고, 나눠 쓰고, 바꿔 쓰고, 다시 쓸 것입니다. 제품에 대한 기대보다 바라보는 내 느낌이 새로워야 오래 쓰고 즐겨 씁니다. 유지 관리에 쏟는 진통 없이는 명불허전의 전통이 되지 않습니다.

저희 집 전자제품의 사용기간은 기본적으로 10년입니다. 익숙한 것에 대한 싫증이 제2의 애착으로 이어지는 날까지 날마다 새로운 애정을 쏟습니다. 3년 된 경차보다 7년 된 비엠더블유BMW가 더 나은 이유입니다. 가격 대비 품위와 승차감 면에서 단연 비교 우위입니다.

어설프게 시행착오를 겪었던 청춘보다 안정감 있는 현재의 중년을 더 소중하게 느끼는 요즘입니다.

 ## 타인의 오해까지 책임질 필요는 없다

살다보면 오해하고 오해받는 일이 종종 있습니다. 부지중에 원인을 제공한 경우도 있지만, 대부분 관찰자의 심경에 따라 생기는 오해는 자신의 의지와 상관없이 일어납니다. 그냥 모르고 지나칠 수도 있으나 해소되지 않은 감정으로 매일 한 직장에서 만나다보면 반드시 풀어야 할 순간이 옵니다. 풀지 않으면 언젠가 대형사고가 날 것 같은 불길한 예감 때문입니다. 정작 내 자신은 오해를 풀고 싶어도 자기의로움self righteousness과 오기에 갇혀 절대로 사과를 받아들이지 않는 사람들이 있습니다. 어쩌겠습니까? 요즘 유행하는 「렛잇고Let it go」를 부를 수밖에요.

많은 중고등 학생이 자살하는 이유가 학업성적 다음으로 친구에게 당하는 '왕따' 때문이라지요. 주변 사람이 작당해서 나를 험담해도 저는 이렇게 생각합니다. '당신들이 나를 욕한다고 내 가치가 훼손되는 것이 아니다. 역으로 당신들이 어설프게 칭찬한다고 해서 어느 순간 갑자기 내가 의기양양해지는 것도 아니다.'

자기 마음대로 하도록 내버려두십시오. 전혀 무관하게 살 수도 없겠지만 주변 사람들의 평가에 일일이 신경 쓰고 반응하는 것도 피곤한 일이거니와 정작 제일 중요한 것은 나 자신의 자유로움입니다. 내 삶의 주체는 바로 나 자신이니까요. 시쳇말로 나는 소중하니까요! 고개를 흔들어 머리카락을 뒤로 한번 제쳐봅니다.

저는 편견으로부터 자유로운 사람이 가장 훌륭한 인격을 갖춘 사람이라고 생각합니다. 자신의 가치가 남의 평가에 따라 흔들리지도 않을뿐더러 타인의 오해가 내 정체성을 바꿀 수도 없기 때문입니다. 외부를 향한 자신의 질투도 마찬가지입니다. 남의 행복이 커진다고 내 행복이 줄어드는 것은 아닙니다. 오해가 있으면 풀면 되고, 풀리지 않으면 자유自由하면 됩니다. 기뻐할 일이 있으면 함께 기뻐하고, 아파할 때는 섣부른 조언보다는 함께 있으면서 손잡아 주면 됩니다. '같이'의 가치입니다. 빨리 갈 땐 혼자 가도 되지만 멀리 갈 땐 함께 가야 하는 이유입니다.

 돈, 벌기와 쓰기

오늘날의 일상이 아주 서글픕니다. 직장을 구하기 위해 엄청난 교육비를 투자하고, 입고 다닐 옷과 출퇴근용 차를 사고, 그 돈 다 갚으려고 회사에서 뼈 빠지게 일하고, 그렇게 번 돈은 결국 하루 종일 비워놓을 집값 상환에 쏟아붓습니다.

이러한 일화를 들어보셨을 겁니다. 한 40대 맞벌이 부부가 열심히 돈을 벌어 10년 만에 30평대 아파트 하나를 구입합니다. 이번엔 베란다에 정원을 꾸미기 위해 돈을 벌었고, 3년 만에 그 꿈도 이룹니다. 이때 조선족 가사 도우미가 집에 들어옵니다. 지능형 로봇 청소기를 돌리고, 빨랫감은 세탁기에 넣고, 햇나물을 물에 헹궈 살짝 데쳐놓으니 시간은 어느새 11시 20분. 도우미는 지난주에 집주인 부부가 산 이디오피아 예가체프Yirgacheffe 커피를 한 잔 내리고, 짱짱 울리는 오디오에서 나오는 음악을 들으며 베란다로 들어오는 아침 햇살을 맞으며 커피를 홀짝홀짝 마십니다.

옛말에 돈 버는 사람 따로 있고 쓰는 사람 따로 있다고 했던가요? 집주인이 뼈 빠지게 번 돈으로 꾸민 베란다에서 그 도우미는 안토니오 비발디 Antonio Vivaldi의 <사계>와 이루마의 피아노 변주곡을 5.1채널의 우퍼사운드로 들으며 망중한을 즐깁니다. 점심시간에는 친구까지 불러들여 생색을 냅니다.

돈은 누구를 위해 벌고 어떻게 써야 바람직할까요? 좋은 집에서 잘 먹고 잘 살면서 좋은 차 타고 멋진 곳을 여행하기 위해서? 딱 꼬집어 틀렸다고 할 수는 없으나, 그렇다고 정답도 아닌 것 같습니다.

돈은 '돌다'라는 동사에서 '돎'이란 명사로 압축된 말로, 그 출발은 유동성에 있다고 합니다. 돈은 돌고 도는 것이란 말이겠지요. 그 돈이 흘러가는 길목에 그물을 치는 것을 '투자'라고 하지요. 시대마다 지갑을 여는 분야가 다르고 사람마다 소비성향이 다르니, 어디에서 어떤 아이템으로 승부하느냐에 따라 재물을 쌓기도 하고 까먹기도 하는 모양입니다.

우리 주변에서 '돈만으로 행복해질 수 없다'라는 말을 듣습니다. 그럼 '가난하면 더 행복해질까요?' 그 또한 맞지 않습니다. 다만 더 많은 돈을 탐내기보다 자신을 행복하게 하는 일에 더 많은 시간을 투자할 수는 있지 않을까요?

돈은 필요악입니다. 꼭 필요하지만 과하면 악이 된다는 말이죠. 돈을 사랑하는 것이 모든 악의 뿌리라 하지 않던가요? 돈이 많은 문제를 해결해주기도 하지만, 정작 돈 때문에 더 많은 문제가 생기지 않던가요? 좀 더 확대해서 말하면 모든 문제는 결국 돈 때문입니다. 돈에 지배당하기보다 돈을 지배해야 합니다. 즐겁게 일하다보면 돈은 자연스럽게 따라옵니다. 그중에서도 제일 조심해야 할 것이 신용카드 사용입니다.

DJ정부 시절, 청소년도 길거리에서 신용카드를 쉽게 발급받았지요. 신용카드 한 장이면 영화는 물론이고 리조트 이용권도 할인 받았죠. 거기에 사은품까지 준다는데, 발급받지 못할 이유가 없겠지요. 한 달 새 신용카드가 석 장이 됩니다. 카드마다 할인내용이 다르기 때문에 적재적소에 필요한 카드를 골라 쓰기 위해서죠. 실적 기준이나 연회비가 면제되었기 때문에 신용카드 사용이야말로 알뜰 생활의 지름길이라 생각합니다. 그런데 그것이 과연 우리에게 유리할까요?

단말기의 '찌지직~' 소리와 함께 매출전표가 올라올 때마다 돈으로 살 수 없는 뿌듯한 행복을 느낍니다. 왜죠? '카드'로 산 행복이기 때문입니다.

마음껏 긁어도 유효기간 내 사용한도를 보면서 뭔가 특별대우를 받고 있다는 느낌까지 듭니다. 이렇게 신용카드 사용이 익숙해지고 나면 한 달 지출이 얼마인지 잊고 삽니다. 문제는 회사를 그만둘 때 불거집니다. 급여가 없어도 카드 명세서는 칼같이 날아옵니다. 세상이 아무리 변해도 딱 두 가지는 불변이라지요. 사람이 태어나면 반드시 죽는다는 사실, 그리고 이사를 가도 세금고지서와 카드 명세서는 반드시 날아온다는 사실!

신용카드로 필요한 물건을 사지만 실제 차감은 한 달 뒤에 이뤄지기에 그동안은 통장에 돈이 머물러 있다고 착각합니다. 이렇게 후불 결제 생활을 반복하다가 드디어 마이너스 통장 시대에 진입합니다.

사용 명세서를 살펴보니 큰 액수를 결제한 것은 한 건도 없고, 그저 밥 먹고 차 마시고 영화 몇 번 봤을 뿐입니다. 푼돈이 모이니 큰돈이 된다는 사실을 한 달 후에 깨닫습니다. 이때부터 '영화 할인', '마트 할인', '교통비 할인', '커피 할인', '혹시나 해서' 만든 신용카드를 다시 보기 시작합니다.

'내가 정말로 카드혜택을 보고 있는 걸까?' 이렇게 일일이 신경 쓰면서까지 꼭 신용카드를 써야 하나? 이런 생각이 듭니다. 카드회사의 할인혜택이 고객을 위한 배려라고 믿었던 자신이 너무나 순진했음을 깨닫고 후회합니다. 매월 수십만 원씩 쓰는데도 실제 할인액은 고작 몇천 원 정도입니다. 한 번도 사용하지 않아도 할인혜택을 꾸준히 제공하던 신용카드 회사는 언제부턴가 깨알 같은 글씨로 작성된 약관 변경서를 보내 할인혜택 기준이 변경되었다는 사실을 일방적으로 통보합니다. 더 열 받는 일은 느닷없이 제휴관계가 종료되어 할인을 해주던 가맹점이 갑자기 줄었다는 점입니다. 청구서를 일일이 확인하지 않다가 갑자기 이런 소식을 들으면 진짜 황당합니다.

어떻게 최적의 할인을 받을지 갖고 있던 신용카드를 다시 살펴봅니다. 카드별로 혜택을 따지고 매월 중순쯤 카드 사용액을 집계한 후 사용빈도수와 유형을 분석하다보니, 어느새 실속만 차리는 체리피커 cherry picker가 되고 맙니다.

여러 장 가운데 어떤 카드로 결제해야 가장 효과적인지를 기억하는 것 자체가 쉽지 않아 카드 뒷면에 메모까지 해둡니다. 할인금액은 이전보다 늘었지만 그 이상으로 피곤하게 살아야 합니다. 게다가 신용카드의 실적 기준도 날이 갈수록 복잡해집니다. 사용금액에 따라서 할인혜택도 달라집니다. 할인 한도와 횟수가 제한되고, 제외 항목이 슬그머니 늘어납니다. 이 정도면 카드 할인혜택을 따라다니는 것이 왠지 쪼잔하게 느껴집니다. 쥐꼬리만큼 할인 받으려고 너무 큰돈을 썼다는 사실을 후회합니다. 이제 담배 끊기보다 더 어렵다는 카드를 끊기로 결심합니다.

일단 은행에 가서 체크카드부터 만들어보지만 신용카드와의 결별이 쉽지 않습니다. 이미 저질러놓은 구매 건이 많아 남은 월급으로 한 달을 버티기가 쉽지 않습니다. 현금 한도 내에서 체크카드를 쓰는 것도 평소에 습관이 안 되면 잔액이 부족하기 십상입니다. 귀빈에게 멋진 식사대접을 하고 체크카드를 내미는 데 '한도 초과입니다'라는 말을 들으면 그처럼 쪽팔리는 일이 없습니다. 잠자리에 들어서도 그 기억 때문에 얼굴이 화끈거립니다. 하늘의 별 따기보다 어렵다는 취업도 하고, 정말 독한 사람만 성공한다는 담배까지 끊지만, 신용카드 끊기는 마음처럼 되지 않습니다. 이대로는 안 되겠다 싶어 일단 신용카드를 가위로 자릅니다. 통장에 현금이 없으니 매월 내던 보험을 해지해 해약 환급금으로 한 달을 버티려 합니다. 그런데도 할부가 끝날 때까지 석 달은 외부와 연락을 끊고 살아야 합니다.

카드 절단과 담배 끊기는 같습니다. 하루에 한 갑 피우던 담배를 조금씩 줄이려 하면 실패합니다. 끊으려면 단번에 끊어야 합니다. 카드도 조금씩 줄여서 없애는 것보다 한 번에 없애는 것이 더 좋습니다. 신용카드 끊기에도 담배처럼 금단현상이 나타납니다.

쓸 거 다 쓰면서 신용카드를 없애려 하면 절대로 불가능합니다. 한두 달 바짝 불편함을 견뎌내면 그다음부턴 수월해집니다. 먼저 내 삶에서 결제일이 사라집니다. 월급날이 되면 지난달 받은 월급이 고스란히 남습니다. 단지 카드 하나 잘랐을 뿐인데 결제금에 대한 스트레스가 사라지니 월급날이 즐거워집니다.

마트에서 장을 볼 때도 예전이라면 그냥 샀을 품목을 몇 개라도 더 빼게 됩니다. 현금이 없는데도 습관적으로 쓰던 것이 문제였습니다. 사방 천지가 은행이고 통장에 잔고가 있으니 이젠 꼭 필요할 때만 인출하면 됩니다.

이 말을 딸에게 해주니 곧장 은행에 가서 6개월짜리 만기적금을 가입하고 왔습니다. 그래야 중간중간 목돈 지출이 생길 때 신용카드 사용에 대한 유혹에서 벗어날 수 있기 때문이랍니다. 매달 3만 원 24개월짜리 적금이 만기되면 그때 사고 싶은 물건을 사는 겁니다. 재미있는 사실은 똑같은 물건을 사도 카드 할부로 살 때보다 저축한 돈으로 살 때 훨씬 더 만족스럽다는 점입니다. 생각해보니 어린 시절 부모님이 쉽게 사준 물건보다 내가 힘들게 모아서 산 물건을 훨씬 더 아끼고 오래 사용했던 기억이 납니다. 더 큰 변화는 신용카드로 쉽게 산물건은 쉽게 애착이 사라지고 그래서 또 사곤 했는데, 그러한 악순환을 끊은 것입니다. 이제 보니 신용카드의 쥐꼬리 할인은 열심히 일한 대가로 받는 월급날의 설렘과는 비교할 수 없는 즐거움입니다. 사람들이 신용카드 없으면 불편하지 않느냐고 묻습니다. 그때 저는 그들에게 이렇게 되묻습니다. "당신은 편하게 돈 버세요?"

돈은 불편하게 쓰는 것이 옳습니다. 그 불편은 생각보다 오래가지 않습니다. 그것이 오히려 돈을 자유롭게 쓰는 방법입니다. 신용카드 끊기는 간단합니다. 그냥 가위로 자릅니다. 그다음 전화로 해지 신청을 합니다. 이렇게 쉬운 걸 어렵게 하지 마세요.

 ## 역설 속에 담긴 진리

아이들은 종종 혼자 있게 내버려 두라고 짜증을 냅니다. 그래서 혼자 있게 내버려 두면 왜 자신에게 아무도 관심을 갖지 않느냐고 투정을 부립니다. 어쩌란 말이죠? 아이, 어른 할 것 없이 인간은 모두 후천성 사랑 결핍증 환자입니다. 반드시 기억해야 할 내용은 쉽게 망각하고 영원히 지우고 싶은 과거는 노력하지 않아도 저절로 기억되는 이 역설을 어떻게 설명해야 할까요?

　이런 문제의식으로 고민하던 중 의외의 인물로부터 해결의 실마리를 찾았습니다. 우리에겐 다소 생소한 자메이카 태생의 흑인 가수 밥 말리Bob Marley(1945~1981)가 이런 말을 했더군요.

> 당신은 비를 사랑한다고 말하면서 우산을 쓴다.
> 당신은 태양을 사랑한다고 말하면서 그늘을 찾는다.
> 당신은 바람을 사랑한다고 말하면서 바람이 불면 창문을 닫는다.
> 그래서 난 당신이 사랑한다고 말할 때가 두렵다.

　그는 민중을 핍박하는 자메이카 정부를 향한 저항정신을 담은 두 번째 앨범 <내티 드레드Natty Dread>을 발표했고, 이를 통해 백인 우월주의에 대한 흑인의 각성을 촉구했습니다. 그가 시대의 아이콘으로 부상하면서 많은 지지자를 얻자 자메이카 정부는 그를 가만 놔두지 않았습니다. 1976년 자메이카 총선을 앞두고 그가 '인민국가당'을 지지하는 콘서트를 준비하던 중 그의 아내와 매니저가 크게 다치는 총기 테러를 당했습니다. 이로 인해 그는 2년간 영국으로 망명합니다. 1978년 내전 발생의 분위기를 감지한 그는 자메이카의 상황을 안정시키고자 고국에 돌아와 평화콘서트를 엽니다. 거기서 서로 정치적 앙숙이던 인민국가당의 마이클 만리Michael Manley와 노동당 지도자 에드워드 시가Edward Seaga의 화해를 중재합니다. 대립각을 세우던 두 지도자의 손을 맞잡게 한 말리의 사진은 전 세계로 알려집니다. 이후 자메이카의 한 방송국은 그의 삶을 다룬 다큐멘터리 <말리>를 제작해 자유를 향한 아프리카 민중의 굴기를 기념했습니다. 화해를 끌어낸 이러한 감동은 자메이카에만 국한되지 않았습니다.

2012년 미국 대선 직전 인기리에 방영된 드라마 <뉴스룸Newsroom> 첫 회에서 주인공 월 맥커보이Will McAvoy는 "미국은 더 이상 위대한 국가가 아니다America is not the greatest country in the world anymore"라고 독설을 퍼붓습니다. 이 내용은 공교롭게도 같은 해 대선을 치른 한국 사회에도 많은 파장을 일으켰지요. 내용을 정리해보면 다음과 같습니다.

미국의 한 대학교에서 공개 정치 토론회가 열렸습니다. 그 자리는 특정 후보를 홍보하기 위해 기획된 자리로, 패널들은 모두가 예상한 대로 자유와 기회의 평등이 미국의 우월함이라고 자랑했습니다. 그런데 청중 한구석에서 피켓을 든 한 여성이 그것은 위장된 평화라는 암시를 던집니다. 진실을 말해야 한다는 부담감에 언론인 맥커보이는 폭탄 발언을 쏟아냅니다. 미국이 위대한 이유가 무엇이냐는 질문에 그는 숨 막히는 감동의 대사로 청중을 압도합니다.

미국이 위대하다고? 그게 무슨 헛소리죠? 제 눈에 현재의 미국은 위대하지 않습니다. 관련 증거를 제시해볼까요? 오늘날의 미국은 비문맹률 세계 7위, 수학이 27위, 과학이 22위, 기대 수명이 49위, 유아사망률이 178위, 중산층 수입이 3위, 노동력이 4위, 수출 규모가 4위입니다. 물론 잘하는 것도 있죠. 첫째, 인구 1000명당 교도소에 가는 비율이 제일 높고, 둘째, 천사가 진짜라고 믿는 성인이 세계에서 제일 많으며, 셋째, 세계에서 제일 비싼 국가 방위비를 쓰죠. 구체적으로 말하면 세계 상위 25개국의 1년 예산을 합친 것보다 더 큰 비용을 쏟아붓고 있습니다. 그래도 미국이 세계에서 가장 위대한 국가라고 말할 수 있나요? 고작 요세미티국립공원Yosemite National Park 하나 때문에요? 천만에요. 저는 미국이 더 이상 세계에서 가장 위대한 국가가 아니라고 생각합니다. 왜요, 제 말이 틀렸나요?

이보다 더 감동적인 부분은 마지막 대사입니다.

한때 우리에게도 위대한 순간들이 있었죠. 우리 선조들은 가난을 위해 싸웠지만 가난한 사람을 무시하진 않았습니다. 때로 바른 신념을 위해 모금운동을 펼쳤지만 그걸로 생색을 내진 않았습니다. 우주를 탐사하고, 위대한 예술가도 길러냈습니다. 그런데 지금 와서 내가 누구에게 투표했는지가 왜 중요하죠? 우리가 중요하게 여겨야 할 것은 위대하고 양심적인 지식인들의 말을 존중하고 그 말에 귀 기울여야 한다는 점입니다. 문제를 해결하는 첫 번째 방법은 우리에게 문제가 있음을 인식하는 것입니다. 이런 가치를 회복하지 않는 한 미국은 세계에서 가장 위대한 나라가 될 수 없습니다.

'미국은 더 이상 위대하지 않다'라고 말하면서도 이러한 언론인을 둔 미국이 진짜 위대하다고 믿게 만듭니다. 드라마 제작자의 의도된 연출이나 배우의 연기력도 일정 부분 영향을 주었겠지만, 그 속의 진실이 주는 감동은 결코 과소평가할 수 없습니다. 독자 여러분도 꼭 한 번 보시기를 추천합니다. 이를 본 듯한 한국 종합편성채널의 뉴스 앵커는 세월호 참사 와중에 "저와 우리 방송은 사회적 약자를 두려워하고, 사회적 강자들이 두려워하는 언론(인)이 되겠습니다"라고 말했습니다. 실행 여부와 별도로 결코 쉽지 않은 발언이었을 텐데 언론인의 자세와 정신을 당당하게 말한 그 용기만큼은 큰 박수를 받기에 충분하다고 생각합니다.

울림과 어울림

오늘날 한국 사회에는 '터뜨리지 못해 터질 것 같은' 중년세대와, '미치지 못해 미칠 것 같은' 청년세대가 공존하고 있습니다. 이 두 세대는 가정에서는 부모-자식 간 협력 구도이지만 사회에서는 재취업과 첫 직장을 놓고 대립하는 구도로, 이는 한국만의 기현상 가운데 하나입니다. 지금까지 중년의 내면적 울림 독주였다면, 그들을 존중해야 할 청년의 어울림은 이제 협주를 위한 레퍼토리입니다.

현재의 한국 사회는 그리 건강하지 않습니다. 사회갈등 해소비용이 엄청 비싸다는 말입니다. 비관하거나 좌절하기에는 이르고, 그렇다고 단시일에 치유하기에는 그 대가가 너무 큽니다. 이것이 바로 청장년과 중년이 공조해야 할 부분입니다.

이번 글에서는 한국의 실질적인 가장과 부모, 좀 더 구체적으로는 베이비부머세대의 말 못할 심정을 대변하고자 했습니다. 경제적·문화적·교육적 수준에서 개인 편차가 있을 수 있겠으나 가능한 한 평균적인 시민의 상식적인 견해에 초점을 맞추었습니다.

베이비부머세대는 한국전쟁 이후 사회 안정에 따라 출산율이 급증한 1955년부터 산아정책이 시작되던 1963년 사이 태어난 세대를 총칭하는 용어로, 2012년 통계청 보고에 따르면 전체 인구의 14.3%(총 714만 명)에 해당합니다.[10]

---

10 성미애, 「100세 시대 맥락에서 본 베이비부머와 가족」, "베이비부머의 삶과 과족" 한국방송통신대학교 통합인문학연구소 제10차 정기학술대회(2014. 2. 12), 4쪽. 한편 사회(복지)학에서는 (15~49세 가임기 동안 출산하는 평균 자녀 수) × 합계출산율(total birthrate)이 3.0 이상인 중년층을 가리키며, 1955~1963년에 출생한 코호트cohort(분류상 통계인자를 공유하는 일단의 무리)를 칭합니다.

이들 대부분은 유년기에 절대빈곤을 거쳤고, 청년기에는 4·19혁명과 5·16군사정변이라는 독재시절과 일에 몰두한 삶work-oriented life을 살았으며, 중년에는 문화생활 한 번 제대로 못하고 별 대책 없이 100세 시대를 맞은 '지공쓸백'이자 '지돈화백'이 되었습니다.

이들은 2010년 신자유주의의 여파로 대거 명퇴 바람을 맞은 실질적 가장으로, 2030년이면 전체 인구의 1/4이 될 전망입니다. 더 슬픈 현실은 이들은 부양해야 할 80대 노부모[11]와 미혼자녀로 인한 경제적 부담 때문에 신체적·정신적 건강까지 위협받고 있다는 점입니다.

이들은 제1의 물결인 농경시대에 태어나 제2의 물결인 근대와 제3의 물결인 현대를 거쳐 경제성장을 견인한 주역으로서, 한국 사회에서 특별한 사회경제적 의미를 지닙니다. 또한 고학력세대의 첫 주자로서 48%가 고졸이고 24%는 전문대졸 이상인, 이른바 고등교육의 수혜자이자 산업화시대의 초석이었습니다.[12] 이들은 청소년기에 독재정권을 경험했고, 1노-3김시대, 소선거구 중심의 헌법 개정과 5년 단임제 대통령직선제가 정착한 87년체제 때 20~30대를 보냈으며,

---

11 현재 한국의 최빈사망연령(한 해 동안 가장 많이 사망하는 연령)은 85세로서, 2020
~2025년 즈음이 되면 100세 시대가 더욱 가시화될 전망입니다.

12 김원규, 「소설을 통해 본 베이비부머세대의 망딸리떼」, "베이비부머의 삶과 가족"
한국방송통신대학교 통합인문학연구소 제10차 정기학술대회(2014. 2. 12), 22쪽.

구분	전체	남자	여자
1955년생(57세)	657	325	331
1956년생(56세)	702	351	351
1957년생(55세)	741	372	368
1958년생(54세)	777	390	386
1959년생(53세)	812	408	404
1960년생(52세)	847	425	422
1961년생(51세)	870	435	434
1962년생(50세)	872	438	433
1963년생(49세)	855	434	421
총계	7136	3583	3553

10년 후 신자유주의의 옷을 입고 등장한 97년체제(글로벌 금융위기) 시절에 30~40대를 보냈습니다. 아울러 이들은 애국애족愛國愛族, 멸사봉공滅私奉公 교육을 받고, 군사독재와 민주화운동 이후 형식적인 민주주의 달성, 사회주의의 해체, IMF 위기와 세계화라는 격랑을 거치며 '민족공동체를 위한 충정'과 '실존적 생존' 사이에서 갈등하며 살아온 망탈리테Mentalité를 갖고 있습니다.

베이비부머의 자녀인 에코세대(1979~1992년 코호트)는 물가상승의 현실에서 스펙 쌓기에 혈안이 되어 사랑이란 이름으로 부모의 등골을 징그럽게 빼먹는 이른바 '빨대세대'입니다. 졸업과 취업 때까지 손 벌리는 것은 기본이고 결혼까지, 이 징글징글한 기생충들은 미안함과 고마움 속에서 아슬아슬한 줄타기를 합니다. 아! 어쩌란 말입니까?

이런 자녀를 둔 베이비부머는 부모에게 효도하는 마지막 세대이자 자식에게 처음으로 소외받는 '낀 세대'로서, 오늘의 한국을 세계 13위 경제대국으로 끌어올린 한국 사회의 중추적 산업역군들입니다. 그런데도 사회에서는 용도 폐기 선언을 받았고, 신체적으로는 퇴행성 척추염을 앓고 있습니다. 그것도 모자라 황혼이혼과 자살률까지 증가하고 있습니다.

부모 섬김과 자녀 뒷바라지를 위해 자신의 삶을 으깨버린 한국의 부모에게 의지하고 대화할 대상은 배우자밖에 없지만, 그나마 경제적 여력이 없으면 노후대책은 꿈도 못 꿉니다. 그래도 한 가닥 희망은 있습니다. 사회공헌형 일자리를 통해 행복한 노후를 즐기는 것입니다.

우리는 모두 AIDS 환자입니다. 인간 면역 결핍 바이러스HIV를 보유한 후천성 면역 결핍 질환이 아니라 '아직(A) 이렇다(I) 할 대책(D)이 없으니, 스스로(S) 알아서 해야 할' '후천성 관심 결핍증 환자'입니다. 죽을병은 아니나 평생 고칠 수 없는 사랑앓이 환자들에게 이 소소한 경험의 편린을 희망 백신으로 남깁니다.

 스마트한 소외: 제3의 길

이 '愛Say'는 산업화 이후 극도로 파편화된 인간이 생존에 꼭 필요한 사색을 쉽고 빠른 검색으로 대신하고, 참교육이 특정 목표를 이루기 위한 사육으로 대체되는 현실에 대한 비판이자, 코앞의 생존을 좇다가 말라버린 정서에 인간다움을 회복하자는 몸부림이기도 합니다.

저에게 '스마트한 소외'란 이중적인 의미를 지닙니다. 각종 스마트기기들이 인간 삶을 지배하는 역설, 이른바 인간이 만들어낸 기술에 인간 자신이 지배당하는 역설적인 소외가 그 하나입니다. 사회부적응과 같은 타의적인 고립과 달리 진정한 행복을 염원하는 자발적 고독의 산물로서 인류의 축적된 지혜를 스마트한 지성으로 재구성해 사람과 사랑에 대한 본질을 재조명하려는 노력이 다른 하나입니다.

즉, 전자는 '스마트기기에 의한 소외'이고, 후자는 삶의 본질을 꿰뚫기 위해 '스마트하게 소외되보자'라는 외침입니다. 그것만이 외형적 풍요로움의 허세를 치유할 수 있다는 역설적 희망의 제시인 셈입니다.

저는 '같이'의 가치를 존중합니다. 제가 말하고자 한 스마트한 소외는 한편으로 첨단과학기술이 주는 똑똑함the cutting edge of technology과, 다른 한편으로 반문명적인 자세 혹은 타의적인 고립입니다. 저는 이 스마트한 소외로부터 움츠러드는 양극단을 조율하고자 했습니다.

중립neutral이란 어느 쪽에도 편중되지 않는 객관적인 양면성을 의미하지만 모든 견해를 다 옳다고 여기는 양시론兩是論이나, 때로는 분위기나 이해득실에 따라 대상과 선택을 바꾸는 약삭빠른 기회주의로 오인되기도 합니다. 중립은 다른 한편에서 양극단으로 분산된 에너지를 중앙의 공통분모로 끄집어내는 중심점 혹은 구심점이기도 합니다.

예컨대 자동차 중립기어는 전진과 후진이 동시에 가능한 것으로, 방향 설정과 중대한 결단에 선행하는 준비 자세set position를 뜻합니다. 야구경기에서 투수의 세트포지션은 누상의 주자를 견제함과 동시에 공격에 선 타자에게 어떤 공을 던질지를 결정change-up하는 정지 상태를 칭하기도 합니다.

정치 분야에서의 중도는 좀 다릅니다. 일반 시민의 입장에서는 중도가 가능하지만 직업 정치인으로서는 쉽지 않은 선택입니다. 양쪽의 지지를 모두 얻을 기회이지만 양쪽 모두로부터 배척받을 수 있는 무리수이기 때문입니다. 팽팽한 줄다리기 게임에서의 중립은 힘의 균형점을 의미합니다. 어느 한쪽으로 기울지 않는 평형상태가 오래 지속되면 그 힘은 양쪽 모두에 정체된 에너지일 뿐 생산적인 파워로 기능할 수 없습니다.

극단은 언제나 쉽고 편리합니다. 어떠한 이론이든 한국에 들어오기만 하면 극단화된다는 어느 외국인의 지적이 따끔하게 다가옵니다. 이런 이유로 접점이나 타협점을 찾기 힘든 한국적 상황에서 아쉽게도 많은 사안이 단순한 이분법적 구도로 판단되고 작동합니다. 이를테면 '우리를 위한 것이 아니라고not for us 그것이 곧 우리에게 반대하는 것against us'은 아니라는 말입니다.

중도가 우유부단 혹은 결단력·판단력 부족으로 간주되는 것은 지양해야 할 미성숙입니다. 오랜 시간 쌍방을 잘 이해하면 대화의 접점이 결코 없지는 않을 것이라고 생각합니다.

제가 평화적 공존을 위해 중립의 평화를 선호하고 사랑하는 이유는 사적인 이해관계에 따라 양극단에 서 있는 사람들이 한발씩 양보하면 공존의 길이 있을 것이라고 확신하기 때문입니다. 그런데도 극단은 언제나 쉽고 편리하며, 그래서 색깔이나 정체성이 분명하고 선명하다는 평가를 받는 것 같습니다.

중립지대를 회색으로 부르는 것도 무리는 아닙니다. 그러나 회색이야말로 튀지 않으면서 주변의 여러 색을 흡수하는, 그래서 경험이 풍부하고 노련한 중년이 선호하는 가장 무난한 색이지 않던가요? 평범한 사람들이 가장 크게 공감하는 보편타당성이야말로 진리가 보여줄 수 있는 가장 위대한 힘이 아닐까 생각합니다.

저는 앞에서 말한 '스마트한 소외'를 행복을 위한 '또 하나의 새로운 길'에 비유하고 싶었습니다. 『제3의 길The Third Way』은 구조화 이론Structuration Theory의 세계적 권위자이자 사회학자로서 영국에서 토니 블레어Tony Blair 수상 당시 복지정책 자문역을 맡았던 앤서니 기든스Anthony Giddens의 대표저서로서, 우파적 경제관과 좌파적 사회정책 사이에서 훌륭한 접점을 찾아냈다고 평가받고 있습니다.

그가 경제위기에 처한 영국에서 대외적 성장과 대내적 분배의 균형을 이룬 것처럼, 국민 대다수가 스마트 열풍에 빠져 있는 요즘 때로는 시대의 조류에서 벗어나 스마트한 소외를 통해 삶의 궤적을 재점검하는 일도 나름 의미 있는 일이라 판단했습니다.

물질적 풍요로움의 이면에서 정신적 빈곤을 키워가는 기형적인 일상이 이 책을 통해 진정한 행복 창출에 일조할 수 있다면 그보다 더 큰 보람은 없을 것입니다. 이제 그 대단원의 막을 내립니다. 모쪼록 스마트기기로 인한 인간관계의 소외가 참행복을 위해 성별聖別된 스마트한 인간의 성찰적 소외로 승화되기를 바랍니다. 스치는 우연에서 의미 있는 필연을 발견하는 것이 사랑입니다. 스미면 관심이고 번지면 사랑입니다. 스밈과 번짐, 소리 없이 강한 사랑의 힘입니다.

내게 인문학이란?

인문학은 이제 열풍을 지나 광풍시대에 진입했습니다. 각양각색의 저자와 서적이 제목과 구성만 바꿔 인문학 표지를 달고 출시되고 있습니다. 인문학이 특정 분야의 전문지식을 생산하지 않는다는 이유로 경영학의 변종이나, 혹은 잡동사니를 다루는 일반general 학문으로 오해되고 때론 축소되기도 합니다. 모두 틀렸다고 하자니 부박해 보이고, 그렇다고 모두 옳다고 하기에는 허전한 느낌을 지울 수 없습니다. 그것이 인문학의 본령이 아니기 때문입니다. 다만 변화무쌍한 세상의 문제들을 학제 간 교류로 이끌기만 해도 인문학은 충분히 사회발전에 기여할 수 있다고 봅니다.

누구나 알 것 같은데 막상 정의를 내려보라고 하면 주저하는 주제가 인문학입니다. 가장 보편적인 정의에 따라 인문학은 인간의 언어, 문학, 예술, 철학, 역사 등을 연구하는 학문으로 자연에 새겨진 인간의 무늬라는 표현이 그나마 적절해 보입니다.

위키피디아는 인문학을 '경험적 데이터와 함께 후험적으로 접근하는 자연과학이나 사회과학적 접근과 달리 그에 대한 원인 규명을 위해 분석적·비판적 해석으로 사유의 탄력성을 길러주는 선험적 학문'으로 정의합니다. 딱 꼬집어 말하기는 어렵지만 굳이 함축적으로 표현하면 자연과 인간사회에 대한 정태적 분석과 동태적 연구를 근원적으로 연결해보려는 노력이라 할 수 있습니다.

흔히 문사철文史哲로 대변되는 인문학의 기원은 최초의 근대적 대학이 등장한 12세기까지로 소급됩니다. 프랑스의 파리 대학, 이탈리아의 볼로냐 대학, 영국의 옥스퍼드 대학이 출현한 배경에는 경제발전과 상업도시의 증가 및 교역 증대라는 시대 변수가 있었습니다. 당대에 적실한 맞춤형 지식이 필요했고, 따라서 대학이 고전을 번역해 보급하는 일에 앞장섰습니다. 관료와 국가 봉사의 자원을 배출하고 지원하는 일 역시 인문학자들의 전문 분야였습니다.

그들은 고대 그리스 철학자인 아리스토텔레스(B.C 384~322)의 그리스어 원작을 중세의 공용어였던 라틴어로 번역, 보급하는 일을 했습니다. 고대 로마의 9학에서 건축학과 의학을 뺀 중세대학의 최초 커리큘럼은 '문법, 수사학, 변증(논리)법' 3학과 '산술, 음악, 천문학, 기하학' 4학이었습니다. 다시 말해 (오늘날 문과에 해당하는) 말의 기호를 다룬 3학과, (오늘날 이과에 해당하는) 사물과 수를 다룬 4학이 최초 대학의 커리큘럼이었던 셈입니다.

당시의 대학은 학사, 석사, 박사라는 계서제hierarchy에 입각해 있었습니다. 교양학부를 마치고 학사학위를 받은 사람은 교수가 되거나 전문 고등교육을 받기 위해 의학부, 법학부, 신학부에 진학했습니다.

문·사·철 중 역사학 전공자인 저는 문학과 철학을 잇는 교량으로서 인문학을 고전에 대한 냉동과 해동의 이중주로 규정합니다. 인류가 축적해온 지혜, 곧 긴 세월 속에 냉동된 고전의 보고를 현시대에 맞게 해동하는 작업인 것입니다. 고전에 대한 해석이자 번역인 셈입니다. 그런데 '번역'을 잘못하면 '반역'이 됩니다. 원문을 '오독'하면 독자들을 '오도'하고, 심지어 주관적인 논평을 사실 보도로 호도하는 경우도 있습니다. 통섭이나 융합, 적확한 조합 등 그 어떤 표현으로 대체한다고 해도 인문학이 지닌 항구적 포괄성을 모두 담아내기에는 여전히 역부족이고 시기상조입니다.

이런 이유로 저는 동향 분석차 여러 인문서적을 접했습니다. 많은 사람이 인문학을 등산에 비유했는데, 나름 공통점이 있어 보입니다. 인문학을 등산이라 한 이유는 지상에서 보지 못한 전체 조망을 산꼭대기에서는 볼 수 있기 때문입니다. 몇 시간을 땀 흘려 오르는 수고는 정상에서의 환희와 결코 비교할 수 없습니다. 산악인 엄홍길은 '인간이 산을 정복한 게 아니라 산이 인간에게 정상을 허용한 것'이라고 말합니다.

그는 등정보다 하산이 더 중요하다고 지적합니다. 대부분의 조난 사고가 산에서 내려올 때 발생한다는 것이죠. 정상을 향해 오를 때는 긴장을 늦추지 않지만, 잠시 꿀맛 같은 휴식을 마치고 나면 땀이 식고 다리 근육이 풀려 낙상하기 쉽다는 말입니다.

마라톤도 마찬가지입니다. 42.195km를 달리는 경주에서 30km 지점이 승부처가 되듯이 인생에서도 후반부가 중요합니다. 황영조 선수는 마라톤을 할 때 30km까지는 기초훈련량으로 뛰지만 그 후부터는 결승점을 향한 목표의식이 뛰게 한다고 말했습니다. 전반 역주의 관성과 함께 마지막 정신 집중이 완주의 관건이라는 말입니다.

등산이나 마라톤에서처럼 인생도 잘나갈 때보다 이직이나 퇴직할 때가 더 큰 위기입니다. 승리한 역사보다 실패한 역사에 더 많은 교훈이 숨어 있는 것과 유사합니다. 승리의 짜릿한 순간보다 실패의 과정이 훨씬 더 길지만, 그것을 헤쳐 나가는 지혜가 곧 행복입니다. 모든 사람이 정상을 향해 성공가도를 질주하지만 빈 마음으로 내려오는 연습은 하지 못했기 때문에 황당한 퇴직과 은퇴는 백신 없이 심한 열병을 앓는 것 이상으로 고통스럽습니다.

인문학도 마찬가지입니다. 안팎에 잠복해 있는 수만 가지 경우의 수와 변화무쌍한 세상에서 육체적·정신적·사회적으로 건강하고 씩씩하게 버텨낸다는 것은 생각보다 쉽지 않습니다. 살다보면 살아낸다지만 막상 부딪히면 녹록지 않습니다. 나이가 들수록 더 뼈저리게 느낍니다.

대학에서 전체 A$^+$ 학점을 받아도 생득적인 형질 유전자를 유동적 환경에 적확하게 조율하는 노력은 하루아침에 이루어지지 않습니다. 이 점에서 인문학은 학제 간 교류와 융합의 정상에 오르는 것만큼이나 실천적 변화를 위해 내려오는 일이 중요합니다. 우리의 삶에 인문학적 성찰을 가미해야 하는 이유는 그것이 현주소 진단은 물론 미래의 방향을 슬기롭게 모색하는 동력이 되기 때문입니다.

혹자는 인문학을 지하수에 비유했습니다. 지하수가 전기를 비롯해 생태계 전체를 지탱해주는 자원의 공급처이듯이 인문학 역시 색다른 문제제기를 통해 희망의 탈출구를 찾아나서는 실마리가 될 수 있다는 것입니다. 당장은 눈에 보이지 않지만 지하수, 공기, 햇빛 없이는 생명체가 존재할 수 없습니다. 어쩌면 인간 삶에서 중요한 것은 눈에 보이는 것이 아니라 보이는 것들을 지탱해주는 보이지 않는 세계입니다. 현자는 눈 뜨고 발로 돌아다니는 낮 시간보다 잠들기 전 눈 감았을 때 더 많은 지혜를 터득합니다.

실용적인 예를 하나 더 들면 인문학은 기존 식재료에 맛과 영양을 겸비한 건강한 메뉴 꾸미기에 해당합니다. 김경집이 『인문학은 밥이다』(2013)에서 언급한 견해를 일부 윤색해 소개합니다.

> 융합시대의 인문학은 요리의 재료가 아니라 레시피다. 퓨전 레스토
> 랑 메뉴들이 대체적으로 달착지근한 이유는 음식이 달달해서 미각을
> 끄는 것이 아니라 당분을 에너지원으로 인식한 몸이 그것을 섭취하도
> 록 반응하는 쪽으로 진화해왔기 때문이다. 음식에도 조합이 필요하다.
> 그러나 무작위적인 조합에 당분만 살짝 없으면 김치도 상추도 아닌 어
> 정쩡한 겉절이로 둔갑한다. 깊은 맛은 물론 냉장 보관도 불가능하기에
> 당일 소비해야 한다. 음식재료로서의 가치를 상실하는 것이다. 정체성
> 이 결여된 어설픈 퓨전은 혼란스러운confusion 잡동사니가 될 수밖에
> 없다. 요리재료 이상으로 요리법이 중요하다면 인문학은 학문의 매파
> 媒婆가 아니라 주례자다. 관람객이 아닌 선수로 사각 링에 오르는 치열
> 한 격투기 심판인 셈이다.[1]

오지에서 발굴한 신소재가 혁신적 신약 개발의 단초가 되듯이 오
래 묵은 와인 한 잔에 불치병을 치유하는 효능이 있다고 합니다. 첨단
기술과 경제성장만이 해답으로 호도되는 요즘, 인문학은 시대의 방
향과 개인의 목적지를 알려주는 안내자navigator가 되어줍니다.

인류 역사의 축적된 지혜를 공유하는 인문학! 그것은 유서 깊은 첨
단이자 '아주 오래된 참신함'으로서, 그 정수는 역시 글쓰기입니다.
제게 글쓰기란 엉터리 같은 세상을 향해 부르짖는 나름의 차분한 복
수이지만 성긴 논리와 일천한 경험 탓에 진한 아쉬움이 남습니다. 그
저 맛깔스러운 언어유희에 그치지 않고 좀 더 나은 세상, 더 깊은 세

---

1 김경집, 『인문학은 밥이다』(RHK, 2013), 627쪽 참조.

계를 보여주고자 했지만 아직도 못다 한 이야기들이 여운으로 남습니다.

눈물은 늙지 않습니다. 다만 씻길 뿐입니다. 억울한 분노와 좌절, 상실과 슬픔, 고독과 회한의 눈물이 감사와 감격과 환희의 눈물로 바뀌었으면 좋겠습니다. 이생에서 흘린 눈물이 저생의 '눈물 없는 세상'으로 이어지길 바라며 함께해주신 첫 번째 여정을 여기서 마무리합니다.

끝으로 여러 가지 열악한 환경에서도 이 책의 출간에 많은 도움을 주신 도서출판 한울의 김종수 사장님, 윤순현 과장님, 이교혜 편집장님, 치열한 열정으로 편집해주신 신유미 씨께 감사의 마음을 전합니다. 최고의 찬사가 아깝지 않은 이들의 노고에 풍요로운 결실로 보답할 수 있기를 바라며, 독자 여러분의 행복과 건승을 기원합니다.

지은이 **임도건**

스스로 예리한 낭만주의자이자 자유로운 상상가라는 착각과 확신을 넘나
드는 인문학자이며, 섬세한 직관으로 첨단문화의 역사적 뿌리를 캐는 노무
NOMU족이다. 튀기엔 어쭙잖고, 안주하기에는 직성이 안 풀리면서도 함부로
도전하기에는 신중한 성격에 개성마저 강하지만, 최소한 보편타당성의 한계
를 넘지는 않는다. 농경사회–산업화시대–초고속 정보화시대를 거쳐 두 세
기의 달빛을 목격한 한국의 베이비부머세대다.

대학에서 20년간 인문교양을 가르쳤고, 현재 국립 한국방송통신대학교에
서 세상 연륜(?) 높은 학우들과 어울려 가르침과 배움을 공유하는 지성 코디
네이터이자 인성 스타일리스트다. 머리에 살구꽃을 피우며 한국 최초의 근
대대학이자 민족사학인 숭실대학교에서 박사Ph. D가 된 이래 식지 않은 열
정으로 미래세계를 탐험하는 나름 괜찮은 문화교양인이다.

안식년 동안 '안식' 대신 '안 쉬다'가 이제 쉰 살을 훌쩍 넘겼다. 화려한
전성기bella epoch에 미국 해외선교연구센터OMSC와 예일 대학교Yale university
의 병행 프로젝트를 통해 세계적 석학들을 만나는 과분한 영예를 누렸다.

무엇보다 '대책 없이 맞이한 100세 시대'에서 예측 가능한 비상구를 모
색하는 대한민국의 성실한 가장이다. 반세기 동안 열거할 이력이 적지 않으
나 타임캡슐에 냉동된 사색의 편린을 해동시킨 '愛Say' 『눈물은 늙지 않는
다』를 이제야 세상에 내놓는다. 스치는 우연이 의미 있는 필연으로 이어지
길 기대한다.

눈물은 늙지 않는다

ⓒ 임도건, 2015

지은이 ǀ 임도건
펴낸이 ǀ 김종수
펴낸곳 ǀ 도서출판 한울
편집책임 ǀ 이교혜
편집 ǀ 신유미

초판 1쇄 인쇄 ǀ 2015년 4월 20일
초판 1쇄 발행 ǀ 2015년 5월 4일

주소 ǀ 413-120 경기도 파주시 광인사길 153 한울시소빌딩 3층
전화 ǀ 031-955-0655
팩스 ǀ 031-955-0656
홈페이지 ǀ www.hanulbooks.co.kr
등록번호 ǀ 제406-2003-000051호

Printed in Korea.
ISBN 978-89-460-4995-6 03810

* 책값은 겉표지에 표시되어 있습니다.